HET SPIJT ME, M

Claire Rainwater Jacobs

Het spijt me, mam

UITGEVERIJ AREOPAGUS

Voor Ronnie en Veronica,
en ter nagedachtenis aan Rozsi

Oorspronkelijke titel
Mother, may I sleep with danger?
Uitgave
Donald I. Fine Books, New York
Copyright © 1997 by Claire Rainwater Jacobs
Published in arrangement with Dutton Plume,
a division of Penguin Putnam Inc.

Vertaling
Wil van der Terp
Omslagontwerp
Jan de Boer
Omslagdia
Tony Stone Images

ISBN 90 5108 301 7   NUGI 331

Proloog

Lente 1990

Billy Owens keek glimlachend in de spiegel. Hij liet zijn vingers door zijn keurig gekapte krullende haar glijden en trok zijn stropdas recht. Hij klopte met zijn vingers zijn nieuwe blazer af en bekeek zichzelf, eerst met de knopen dicht, daarna geopend. Het was allemaal voor April. Alles wat met April te maken had, gaf zijn kleurloze leven glans.
Met April aan zijn arm waren alle ogen op hem gericht. Billy met het knapste, mooiste meisje van de hele stad. Billy met de slanke, langbenige blondine, de meest begeerde verovering van de school. Hij verfrommelde de brief die hij haar de vorige avond in een plotseling opkomende vlaag van paniek had geschreven, stopte de prop in zijn broekzak, pakte zijn schoolboeken en liep naar de voordeur.
Met zijn gedachten bij April, struikelde hij bijna over een steen op de oprit, die hij nijdig weg trapte. Hoe kwam hij in 's hemelsnaam de dag door voordat hij haar weer zou zien? Vanaf het eerste ogenblik dat hij haar een jaar geleden had ontmoet, had hij ervan gedroomd om het met haar te doen, om de eerste te zijn. Hij vroeg zich af of ze zou bloeden.
Hij wierp een blik op zijn auto. Hij schaamde zich ervoor hoe oud hij was, zijn deuken en zijn vlekkerige, slordig overgespoten plekken. Maar het scheen April niet te storen, en dat was het belangrijkste. Maar toch zou hij ooit een sportwagen kopen.

Toen Billy omhoog keek naar het open raam om een glimp van haar op te vangen, bekroop hem een angstig voorgevoel. Eigenlijk had het niets te betekenen, dacht hij, het was alleen maar die vage, onbestemde angst die hem achtervolgde, angst die hij 's nachts van zich moest afschudden om te kunnen slapen. Hij neuriede een deuntje dat hij altijd neuriede om zijn angst te verdrijven, van een liedje over hun kleine stad in Indiana.

Toen hij, de geur van de seringen opsnuivend, over het geplaveide pad naar het statige witte huis liep waar April woonde, opende en sloot zijn vuist zich onbewust om de brief in zijn broekzak.

Toen het schrille geluid van de deurbel klonk, wierp April een snelle blik op de klok naast haar bed. Hij is vroeg, dacht ze in paniek en ze haastte zich om het ingelijste gedicht dat hij voor haar had geschreven weer aan de muur te hangen. Eerder was het haar bijna gelukt om de kromme spijker uit de muur te trekken waaraan het had gehangen. Maar zich nu schuldig voelend, liet ze de hamer die ze had gebruikt op de poster van de Stones vallen die op haar bureau lag.

Waarom voelde ze zich eigenlijk schuldig? Ze had het recht om haar leven te veranderen en opnieuw te beginnen. Ze droomde van een zangcarrière en ze had talent. Billy Owens had geen enkele ambitie, behalve haar. Hij paste gewoon niet meer in haar plannen. En nu hij was geslaagd, leek het de beste tijd om er een punt achter te zetten. O, in het begin had ze hem best leuk gevonden – hij was tenslotte ouder, een ouderejaars, en hij was aantrekkelijk en had goede manieren. Maar hij was te bezitterig geworden en te dominant. Ja, tijd om er een eind aan te maken.

Toen de bel weer hardnekkig rinkelde, rende ze naar beneden om hem binnen te laten, en toen ze zijn gezicht zag, begon ze even te twijfelen. Billy was nogal tenger, knap, en niet veel groter dan zij. Hij leek jonger dan achttien, en met zijn jongensachtige gezicht vol sproeten, groene ogen en vlammend rood haar was hij zo aantrekkelijk dat al haar vriendinnen jaloers op haar waren. Deed ze er wel verstandig aan om deze knul te laten schieten?

Billy kuste haar op de lippen, waarbij zijn tong haar mond binnendrong. 'Ik ben een deel van je, April.' Zijn stem klonk zacht, bijna fluisterend. Hij kuste haar oogleden, stak zijn tong in haar oor. 'En *jij* bent een deel van mij,' zei hij. Zijn angsten waren vergeten.

Aprils voornemen maakte plaats voor een gevoel van... van wat? Verwarring, verlangen. Maar toen hij haar naar zich toe trok en stevig tegen zich aan drukte, wist ze hem weg te duwen en herinnerde ze zich weer waarom ze steeds meer tegen hun afspraakjes was gaan op zien. Hij bezorgde haar zo'n verstikkend gevoel, hij wilde altijd alles samen doen. Allemachtig, ze was pas veertien – tot volgende week tenminste. Hij zag eruit als een jongen, maar hij was drie jaar ouder. Ze waren te verschillend. Binnenkort zou hij naar de universiteit gaan en dan –

'Ben je alleen?' vroeg hij, terwijl hij haar de trap op volgde naar haar kamer.

'*Natuurlijk* ben ik alleen.'

Hij kon zichzelf wel voor zijn hoofd slaan dat hij het had gevraagd. Stomkop. Hij wilde haar niet zenuwachtig hebben, maar kalm, ontspannen, bereidwillig.

'Wie zou hier moeten zijn, Billy?'

Hij keek naar iedere hoek van de kamer, alsof ze daar werkelijk iemand verstopt zou kunnen hebben. Hij wist dat het krankzinnig was; ze zou *nooit* iemand verbergen. Alleen iemand uit een lager milieu zoals hij zou zoiets banaals kunnen bedenken. Het zweet stond in zijn handen.

Haar vrouwelijke slaapkamer kalmeerde hem. De gehaakte sprei met de bijpassende volant, de gesteven witte gordijnen en haar keurig ingelijste eervolle vermeldingen, zorgden op de een of andere manier dat hij zich veilig voelde, bijna ontspannen.

'Zie je, niemand heeft zich ergens verstopt.'

'Ik heb de gymles overgeslagen, alleen maar om bij je te zijn. Ik... Ik moest je gewoon zien.' Hij wist dat ze er niet in zou trappen, dat ze begreep dat hij was gekomen om haar te bespioneren. Zijn ontspannen gevoel begon als sneeuw voor de zon te verdwijnen.

Ze leek hem te taxeren, zoals haar blik over zijn corduroy jasje gleed en zijn keurig passende kaki broek. Hij stond dicht bij haar, hij liet haar haar door zijn vingers glijden – sluik, blond, hangend tot op de schouders, de kleur van gerijpt koren, dacht hij.

'Je bent volmaakt, April,' fluisterde hij, nauwelijks zijn eigen stem horend. Zijn hand ging langs haar hals, omlaag naar de gouden ketting met het kruisje om haar nek en gleed in haar bloesje. Ze duwde hem weg. 'Ik... moet nog oefenen.'

Hij duwde haar omlaag op het bed en sloeg zijn benen om haar heen. 'Zing voor *mij*,' fluisterde hij in haar oor, terwijl hij boven op haar liggend een erectie kreeg van haar stevige, jonge lichaam en haar op en neer deinende borsten. Zijn hand gleed tussen haar dijen en masseerde haar. Soms had ze zich bijna niet kunnen bedwingen, maar ze waren altijd gestopt.

Ze ademde zwaar en liet zich even gaan. Hij schoof haar rok omhoog. Nu, voordat ze –

Ze duwde hem opzij en sprong onder hem vandaan. De telefoon ging. Ze greep haar draadloze telefoon stevig beet en liep achteruit bij het bed vandaan. 'Ik moet weg,' zei ze na een minuut in de telefoon. En toen: 'Billy, het spijt me, maar je begint zo langzamerhand knap vervelend te worden…' Ja, hak de knoop door, dacht ze terwijl ze de telefoon neerlegde. 'En kijk me maar niet zo aan, probeer maar niet me een schuldgevoel te bezorgen omdat ik met Mark heb gepraat. We zitten alleen maar samen in dezelfde muziekklas. Waarom zou ik me schuldig moeten voelen…?'

'Omdat ik van je *hou*,' zei hij, terwijl hij zijn vuist met een klap op haar nachtkastje liet neerkomen. Een glazen beeldje van een balletdanseresje viel op de vloer aan scherven.

'Kijk nu eens wat je hebt gedaan!'

'Niemand houdt zoveel van je als ik.'

'Ik *wil* niet dat je van me houdt.'

Hij probeerde zijn razernij te onderdrukken. 'Oké, oké, het spijt me.'

'Je *liegt*, het spijt je helemaal niet.'

Maar het speet hem wel degelijk – het speet hem dat ze nu boos op hem was, dat hij zijn zelfbeheersing had verloren, dat hij zijn woede had getoond. Zo'n ruzie hadden ze nog nooit gehad. Hij had het altijd kunnen sussen, terug kunnen krabbelen, haar zelfs weer aan het lachen kunnen maken.

'Je maakt altijd dat ik me schuldig voel, Billy, met wie ik ook praat. Ik mag nooit eens met iemand anders contact hebben – zelfs niet met mijn vriendinnen – '

'Ik heb nooit gezegd dat je niet met ze mocht omgaan!'

'Toch voel ik het zo. Het is de manier waarop je je *gedraagt*.'

'Je bent niet goed snik, je liegt.'

De woede in zijn stem maakte haar bang, maar ze kon zich niet meer inhouden, nu niet meer. Ze stak haar vinger naar voren waaraan ze zijn schoolring met de amethist droeg. 'Deze ring betekent nog niet dat je me *bezit*.'

Ze zag de pijn en de woede in zijn ogen, en zelfs voordat hij haar uitgestrekte hand beetgreep en de ring van haar vinger probeerde te wringen, besefte ze dat ze dit niet had moeten zeggen.

Toen zijn lange vingers omhoog kwamen om haar pols te grijpen deinsde ze snel achteruit, maar zijn hand sloot zich met een knellende greep om haar pols.

'Je doet me *pijn*.' Toen ze hem met haar linkerhand weg probeerde te duwen, haalde hij met zijn andere hand uit en sloeg haar striemend over haar gezicht.

Geschokt staarde ze hem aan. Dit was Billy niet meer, dit was een vreemde.

Nu besefte hij het. Hij raakte haar kwijt. Zijn hand ging open en hij bracht haar vingers naar zijn lippen. 'Vergeef me,' fluisterde hij en hij probeerde de vurige plek op haar wang te kussen.

'Ga bij me *vandaan*. Ik wil je nooit meer zien!'

'Dit is allemaal gewoon… een vergissing. Dat weet je toch, April. Je weet dat ik van je hou, dat we van elkaar houden. Ik bedoel, wat zullen de mensen wel niet zeggen? Je bent mijn meisje, we gaan samen naar het schoolbal.'

Ze trok de ring van haar vinger en duwde hem in zijn hand. Toen ze een stap achteruit deed, sneed een kleine glasscherf in haar blote hiel. Ze negeerde het en pakte de telefoon bij haar bed op.

'Wie ga je bellen?'

'Mijn moeder, oké? Ze vroeg me of ik haar na het oefenen wilde bellen.'

'Je gaat haar bellen om *dit* te vertellen – '

'Nee, echt niet…'

Misschien sprak ze de waarheid, dacht hij. Haar moeder was altijd bezorgd om haar. Maar het deed er niet meer toe. Hij wist dat hij haar kwijt was, maar hij wilde het niet accepteren. Hij drukte de verbinding met zijn vinger weg en strekte zijn handen naar haar uit. Hij greep haar bloesje vast waardoor er een stuk losscheurde.

Gegil. Hij staarde naar wat hij had gedaan, het was alsof zijn hand een eigen leven was gaan leiden. Hij viel naar haar uit en klemde zijn rechterhand over haar mond. '*Laat dat*, alsjeblieft.' Zijn linkerhand klemde zich om haar keel. 'De buren zullen het horen,' zei hij, haar mond dichtdrukkend.

'Beloof dat je niet zult gillen.' Ze kon alleen maar knikken.

Ze kreeg geen adem. Hij hield haar te vast in zijn greep, zijn linkerhand klemde zich nog steeds om haar keel.

Plotseling liet hij haar los. Maar ze zat ingesloten tussen het bed en haar bureau. Hij versperde de weg naar de deur.

Ze zakte ineen op het bed. Hij ging naast haar zitten en begon over haar haar te strelen.

'Ik hou van je, April. Echt waar.' En terwijl hij haar gezicht en haar lichaam liefkoosde, herhaalde hij de woorden als een mantra, zowel voor zichzelf als voor haar.

'Laat me dan gaan,' zei ze half snikkend, toekijkend hoe hij haar probeerde uit te kleden. 'Ik *wil* niet, Billy, alsjeblieft, alsjeblieft...'

'Je bent van mij, April. 'Ik *kan* niet zonder je.'

Hij kuste haar natte gezicht, en zij voelde zijn adem, zijn speeksel. Ze rook zijn zweet. Walgend spande ze iedere spier van haar lichaam, en met inspanning van al haar krachten wist ze hem weg te duwen. Ze greep de telefoon, sprong op en rende, bovenaan bijna struikelend, de trap af naar beneden.

Ze hoorde hem achter zich aan komen, zijn stampende voeten de gestoffeerde trap af komen. Het zou haar nooit lukken om op tijd naar buiten te komen... Ze rende de keuken in, sloeg de deur achter zich dicht, deed hem op slot en draaide alarmnummer 911. Neem op, *neem op...* De telefoon ging een keer over... Er klonk een krakende klap tegen de deur. Weer klonk de beltoon... angst verstikte haar keel, bij iedere beltoon werd haar ademhaling heftiger.

Het zwakke slot begaf het en de deur ging open. In zijn hand had hij de hamer. Toen hij op haar af kwam, liet ze de telefoon op het aanrecht vallen en wist net haar hand weg te trekken voordat hij de hamer hoog boven zijn hoofd zwaaide en de telefoon aan gruzelementen sloeg.

Sprakeloos van angst zat ze ineengedoken in een hoek met haar ogen gefixeerd op de hamer. Maar, ongelofelijk, wat hij met geweld in haar richting duwde, was zijn gedicht. '*Lees voor,*' commandeerde hij. De hamer ging omhoog.

'*Weet je nog wat dit is?*' vroeg hij. Ze knikte, niet in staat om een woord uit te brengen. '*Wat is dit?*' snauwde hij, het gedicht in haar gezicht duwend.

'Het... gedicht dat je voor me hebt geschreven.'

'*Ter gelegenheid van wat?*' Hij ramde met de hamer op het hakblok.

'Van...mijn verjaardag.'

'*Lees voor.*'

'Ik kan het niet – '

Hij greep haar bij haar nek beet en duwde haar gezicht dichter naar het gedicht.

'De passie van April,' las ze, terwijl de hamer het ritme op het hakblok dreunde.

'De belofte van juni / De melancholische stemming van oktober.' Ze stopte. Hij begroef zijn vingers in haar nek.

'Als de tomeloze kracht van een winterstorm – '

'Luider, lees de laatste regel luider.'

'...*is mijn liefde voor jou,'* dreunde hij op, de hamer dicht langs haar heen zwaaiend, haar hoofd schampend.

Ze gilde, ze voelde het bloed over haar gezicht lopen.

En ze keek in ongeloof toe hoe hij voor haar op zijn knieën zakte. 'Het was nooit mijn bedoeling om je pijn te doen, ga niet bij me weg, *doe het niet...'*

Ze probeerde weg te komen, maar hij stond alweer rechtop en strekte zijn handen naar haar uit. Met knikkende knieën wankelde ze achteruit naar de deuropening.

Boven ging de telefoon. Een fractie van een seconde gingen haar ogen in de richting van het gerinkel – Billy raakte haar vol met de hamer in haar borst waardoor ze achterover sloeg. Toen ze de moed kon opbrengen om haar ogen op te slaan, zag ze hem over zich heen staan met de hamer in zijn hand. Hij tilde hem hoog op en liet hem kantelen in zijn hand toen hij sloeg. De klauw doorboorde haar keel.

Hij deed een stap achteruit toen het bloed in een boog uit haar gutste. Jij bent uitgezongen April, dacht hij, de hamer weer opheffend. Gorgelende geluiden. Ze probeerde adem te krijgen, maar het klonk alsof ze snikte.

De telefoon rinkelde. 'Mamma' vormden haar lippen geluidloos, maar er klonk geen geluid toen de hamer weer neerkwam, nu haar schedel verbrijzelend.

Zag hij haar lippen bewegen? Hij boog zich over haar met bloed doorweekte lichaam heen om te luisteren. Het enige dat hij hoorde, was de adem die haar lippen deed trillen. 'Vergeef me, mamma.'

Toen was het doodstil. Hij schoof met geweld zijn schoolring terug aan haar vinger en keek toe hoe ze haar ogen sloot om te sterven.

Hij stapte over haar heen en liep naar de gootsteen om het bloed weg te wassen. Hij wist dat hij zich onder controle moest houden; hij beefde en opeens was hij bang. Transpiratie parelde op zijn voorhoofd en zijn oksels waren nat van het zweet. Hij tuurde door het keukenraam naar buiten. De zon scheen. De gazonsproeier draaide rond alsof er niets was gebeurd. In een boomtop tjilpte een vogel. De hemel was nog even blauw als toen hij een uur geleden Aprils huis binnenstapte. Maar niets zou ooit meer hetzelfde zijn. Wanneer ze April vonden en het bloed zouden zien, zouden ze hem achternagaan. Zelfs zijn vader zou zich bij Aprils naasten aansluiten om hem op te sporen. In gedachten zag hij voor zich hoe hij werd opgejaagd door politie, helikopters, motoragenten en honden. Ze zouden zijn gezicht laten zien op de televisie, zijn doopceel lichten in *America's Most Wanted*. Hij zou zich nergens kunnen verbergen, er was geen plek waar iemand hem niet zou kunnen vinden – Hij sloeg zichzelf keer op keer op zijn dijbeen. Denk na! Denk! Hij wrong de woorden uit zijn keel, om een menselijk geluid te horen, al was het maar zijn eigen stem. Hij raakte in paniek bij de gedachte dat de deur open zou gaan, dat hij zou worden aangetroffen bij April. April…ze was bijna onherkenbaar.

Zoals ze daar lag op de vloer vormde ze een grote aanklacht. Hij moest haar met iets bedekken, en bij die gedachte nam zijn instinct tot zelfbehoud het over.

Hij dacht aan de lappendeken die hij en April altijd gebruikten als ze gingen picknicken op hun geheime plekje bij de verlaten steengroeve. De deken, waarvan hij wist dat die boven in Aprils linnenkast lag, en de oude steengroeve, deden in zijn geest een plan rijpen, een plan waarmee hij zichzelf kon redden.

Beseffend dat Aprils ouders binnen een uur de oprit op zouden komen rijden, liet hij de roestvrijstalen gootsteen volstromen met heet water en goot daar wat groene allesreiniger uit het gootsteenkastje in. Van achter uit de kast pakte hij een handdoek, rolde zijn mouwen op, gooide de handdoek in het zeepsop en wrong hem uit. Hij bukte zich over April heen en dweilde nauwgezet de vloer naast en onder haar schoon. Hij worstelde om zijn kalmte te bewaren, om de impuls ervandoor te gaan te onderdrukken.

Toen hij weer terug naar de gootsteen liep, ontdekte hij een veeg – van haar bloed op zijn hemd – precies midden op zijn borst. Hij wierp een blik op de klok. Zijn hart begon weer heftig te bonzen. De handdoek uitwringend, liet hij het roestkleurige water weglopen en gebruikte schoon water om de vlek op zijn geruite hemd te verwijderen.

De telefoon boven verbrak met een schril geluid de stilte en bleef aanhoudend rinkelen. Dat moest Aprils moeder weer zijn. Ze wist dat er iets mis was… Hij staarde naar de gehavende telefoon op het aanrecht. Die was hij compleet vergeten. En hij zag de stukjes plastic die alle kanten op waren gevlogen toen hij hem kapot had geslagen. Op handen en voeten kruipend, zocht hij de stukjes bij elkaar. Te veel aanwijzingen. Eindelijk, bevrijdend, hield de telefoon op met rinkelen. Vlug, vlug, Aprils moeder komt eraan. Op zijn knieën wreef hij verwoed de gevlekte vloertegel schoon om hem zo van ieder spoor van bloederige water te ontdoen, wreef toen met een schone handdoek de gootsteen schoon, en onderwierp vervolgens de keukenvloer aan een kritische inspectie op weggevlogen splinters. Hij haalde de kapotte telefoon weg. De keuken was perfect, er was niets te zien, geen vlekje, geen enkele aanwijzing…

Hij keek op de klok. Vier uur! Hij zocht onder de gootsteen naar een plastic zak, propte daar toen de telefoon, de handdoeken, de splinters, de hamer en het ingelijste gedicht in, en zette hem toen op Aprils borst. De hamer in de zak vormde een verdachte bobbel die hem onpasselijk maakte. Hij haastte zich naar boven om de deken te halen, die hij keurig gevouwen in Aprils kast op haar koffer zag liggen. Aangezien die vaak in zijn auto had gelegen zou die niet gemist worden. Ernaar verlangend om haar lichaam te bedekken, greep hij snel de deken. Toen bleef zijn blik op haar koffer rusten. Hij rukte hem van de plank. Daar kon hij de handdoeken, de hamer, en de hele zak met problemen in kwijt…

Toen moest hij bijna glimlachen door de genialiteit van het idee dat plotseling, bijna terloops, in hem opkwam. Hij trok een la van Aprils commode open en gooide een handvol ondergoed in de koffer. Hij trok rokjes, bloesjes, spijkerbroeken en topjes van hun hanger en gooide ze erin. Hij knipte de koffer dicht. Nu zouden ze naar April zoeken en niet naar hem!

Toen zag hij het. Het gebroken beeldje op de vloer. Hij maakte in de badkamer een panty vochtig, waarmee hij het versplinterde glas opdepte, waarna hij met zijn vingers de plek voorzichtig op onzichtbare scherven onderzocht. Hij gooide ze in de koffer. Bedankt mam, dacht hij, zich herinnerend hoe zijn moeder altijd een oude doek had gebruikt als ze een bord op de keukenvloer stuk had laten vallen. Hij greep de koffer en rende de trap af. Hij propte het bewijsmateriaal in de zachte koffer, sloeg de deken naast haar open en rolde haar erop. Zo, dacht hij, terwijl zijn brein op volle toeren werkte, zou er geen bloed op de vloer of in zijn auto komen. Dan er was ook nog haar rugzakje dat in de hoek lag. Hij vond haar portefeuille, haalde hem eruit en legde haar rugzakje toen weer terug op de plek waar ze het had laten vallen.

Hij kwam tot de conclusie dat hij niets was vergeten, iedere aanwijzing had verwijderd. De adrenaline had het beste in hem naar boven gebracht. Zelfs nu dacht hij razendsnel vooruit.

Hij ging terug naar April. Ze lag op haar buik op de deken. Hij hield de rand van de deken tegen haar rug en rolde haar in de deken, daarbij telkens de zijkant als bij een loempia naar binnen vouwend. Plotseling overviel hem een gevoel van misselijkheid. Hij had geen minuut meer te verliezen. Haar moeder kon nu ieder ogenblik aan komen rijden.

Hij tilde April van de vloer en gooide haar als een tapijt over zijn schouder, waarbij hij onder haar gewicht bijna zijn evenwicht verloor. Hij torste haar naar de deur, waar het hem lukte met zijn rechterhand de koffer op te pakken. Als er nu iemand was die hem zag... Bij de deur ging zijn hand aarzelend naar de knop.

Hij opende de deur. De angst om van de veranda af te komen, om zichzelf bloot te stellen, was overweldigend. Hij struikelde op de trap van de veranda, waardoor het lichaam uit zijn hand schoot en hij in een poging haar weer stevig in zijn greep te krijgen zijn linkerenkel verzwikte. Het lichaam met zijn schouder weer in evenwicht manoeuvrerend, strompelde hij de pijn negerend de trap van veranda af. Nog maar een meter of tien naar zijn auto. Nog maar twee. Hij was nog nooit zo blij geweest om zijn oude, gedeukte Chevy weer te zien. Hij had zijn roestige, lelijke casco wel kunnen zoenen. Het was zijn entreekaartje naar de vrijheid.

Met het lichaam nu onzichtbaar en veilig opgeborgen in de kofferbak, reed hij van de garage naar de weg achter het huis. Hij had een licht gevoel in zijn hoofd en voelde zich bijna duizelig van de doorstane spanning. Hij reed over stille wegen, langs maïsvelden, langs de begraafplaats en langs de lutherse kerk. Toen hoorde hij het in de verte rommelen. De wind joeg grijze wolken langs de lucht en het werd kouder. Nu maakte hij na de melkfabriek bij de lagere school een scherpe bocht naar rechts, dan de overwoekerde weg volgen die naar de steengroeve voerde. Nog zo'n vijftien kilometer. Het zou gauw donker worden. Des te beter.

Toen hij bij de steengroeve aankwam, regende het licht. In de wetenschap dat hij haar naar beneden zou moeten dragen en met stenen bedekken, zeulde hij haar uit de kofferbak. Ze zouden haar nooit vinden. Hij wierp een blik in de diepe schacht en vond de plek die hij zocht, op een richel beneden hem, toen hij hard met zijn voet tegen de rand van een enorme afwateringsbuis stootte. Aprils lichaam viel met een plof op de grond die de buis bedekte.

Stommeling, stommeling, schold hij, terwijl hij woedend met zijn vuisten op de buis beukte. Het holle galmen van het gegalvaniseerde ijzer deed hem denken aan de staalfabriek waar zijn vader werkte.

Toen hij haar weer optilde, klopte zijn linkerenkel pijnlijk, en was hij bang dat hij niet meer de kracht zou kunnen opbrengen om omlaag te klauteren en haar met stenen te bedekken. Toen kreeg hij een inval. De buis was ruim genoeg voor Aprils lichaam.

Met behulp van de deken zou het eenvoudig zijn om haar erin te laten glijden, maar er was een scherp uitsteeksel aan de rand van de opening. Hij vouwde de randen van de deken naar buiten en duwde haar met haar voeten vooruit de buis in en trok toen met een ruk zijn handen naar achteren. Een felle, misselijkmakende pijn overrompelde hem. Het kleine, verwrongen uitstekende stuk staal was in de muis van zijn hand gedrongen. Het begon hevig te bloeden en hij werd onpasselijk van de pijn.

Vervloekt jij, *April*. Ze had hem van zich weggeduwd, hem beledigd. Net als... hij verdrong de gedachte. Ondankbaar kreng... Waarom heb je me dit aangedaan? Toen begon de regen op hem te vallen, als tranen die hij niet kon vergieten. Hij zag het bliksemen en hoorde de donder. Hij sprong op, greep zijn wond beet en kneep hem stevig dicht terwijl hij zich zonder zijn enkel te ontzien naar de auto haastte.

Miserabel van pijn de motor startend, herinnerde hij zich dat hij nog een ding moest doen voordat hij naar huis kon. Hij reed regelrecht naar het winkelcentrum, de eerste gelegenheid die hem te binnen viel om de koffer te dumpen. De regen werkte in zijn voordeel; het winkelcentrum was uitgestorven. Hij parkeerde achter een Chinees restaurant, maakte een grote vuilniszak in een afvalcontainer open en duwde de koffer diep in het afval.

Opgefrist door de regen sprong hij weer in zijn auto. Het gevaar en zijn eigen vindingrijkheid hadden hem in een staat van euforie gebracht en plotseling voelde hij hoe uitgehongerd hij was. Tijdens zijn rit naar Orange Julius aan de andere kant van het winkelcentrum voelde hij een onvoorstelbare honger die hij nog nooit eerder had gevoeld. Het was hem *gelukt*! Hij had in de laatste seconden van de wedstrijd een doelpunt gescoord. Het zien van de vette, glimmende, ronddraaiende worstjes in de grill deed het water in zijn mond lopen.

'Twee hotdogs,' zei hij, er net in slagend niet te kwijlen. 'En een grote cola.'

Nog nooit hadden hotdogs hem zo goed gesmaakt. Hij voelde zich fantastisch. Zijn zintuigen registreerden alles in zijn omgeving scherper dan ooit tevoren, de mensen, de geuren. Zelfs de geur van de jus d'orange-koeler en de zoetige lucht van zijn cola waren sterker. Het werd donker. Billy glimlachte. Hij voelde dat het hem ging lukken. Hij zou naar huis gaan en zich volkomen normaal gedragen. *Niemand* zou hem met de dood van April in verband kunnen brengen.

Niettemin zou hij deze stad graag voor gezien laten, net zoals zijn voorbeeld, zijn bewonderde steun en toeverlaat, twee jaar geleden had gedaan. Hij had de school de rug toe gekeerd en was op stel en sprong naar de skipistes ergens in Colorado vertrokken. Wat had Billy zijn oude makker benijd, wat had hij graag in zijn schoenen gestaan.

En nu, in de regen naar huis rijdend met het rumoer van het verkeer om hem heen, en terwijl hij toekeek hoe het licht van koplampen de schemering tussen dag en nacht doorboorde, dreven Billy's gedachten weg op het ritme van het geluid van de snelweg en hij begreep dat ook hij spoedig de stad achter zich zou moeten laten... En tot die conclusie komend, kreeg hij een fantastisch idee... Op een dag zou er geen Billy Owens meer zijn. Nee. Hij zou worden wie hij altijd al had willen zijn. Hij zou van de aardbodem verdwijnen en ergens weer opduiken, met zijn nieuwe identiteit.

Hij herhaalde zijn nieuwe naam als een mantra... Kevin Glade, Kevin Glade.

16

Hoofdstuk een

Herfst 1991

'Mamma dit is Kevin, Kevin Glade.'

Lauries hand maakte zich los uit die van Kevin toen haar moeder haar op haar wang kuste.

'Kevin, dit is mijn moeder, Jessica Lewisohn.'

'Waar bleef je?' vroeg Jessica, naar Kevin glimlachend, hem ondertussen vluchtig taxerend.

'Om voorbij de nieuwe portier te komen had meer voeten in de aarde dan de reis van Cornell naar hier,' antwoordde Laurie.

'Daarom wonen we in dit gebouw,' zei Jessica lachend. 'Het is veilig.' Ze keek Kevin recht aan toen hij haar zijn hand toestak. Ze kon achter zijn brillenglazen in het stalen montuur duidelijk zijn groene ogen zien en ze taxeerde zijn hand toen ze hem stevig omklemde. Hij was koel, stelde ze vast, maar aangenaam krachtig. Hij had slanke vingers en lange nagels, kennelijk gemanicuurd – ongebruikelijk voor een student, dacht ze – en kort, roodachtig haar op zijn polsen.

'Welkom, Kevin. Zo te horen kom je uit Vermont.'

'Regelrecht uit de staat met de Groene Bergen,' antwoordde hij. Hij had een oprechte glimlach en mooie witte tanden.

'Ik heb ernaar uitgezien om u te ontmoeten, mevrouw Lewisohn,' zei hij. 'Ik heb veel over u gehoord.'

'Daar was ik al bang voor,' zei Jessica, de schuldbewuste uitdrukking op Lauries gezicht opmerkend. Ze wist dat haar dochter zich geneerde voor hun chique appartement in een opzichtig gebouw in Manhattan, met zijn ploeg dikdoenerige portiers in uniformen met epauletten, die hen er volgens Laurie deden uitzien

17

alsof ze regelrecht uit een Hongaarse operette waren weggelopen. 'Nou, ik benijd Laurie,' zei hij, op enigszins trieste toon. Hoewel ietwat alledaags, had hij toch wel een knap gezicht, besloot ze, en uit zijn gelaatsuitdrukking viel niets af te leiden. Maar zijn ronde brillenglazen verzachtten zijn blik. En de verfomfaaide vilten safarihoed die hij zwierig op het tot in zijn nek lopende bruine haar had gezet, gaf hem iets avontuurlijks. Slimme zet Indiana Jones, en nog handiger dat je zo mijn geweldige dochter aan de haak hebt geslagen, dacht ze, een blik op Lauries knappe gezicht werpend. Toen nam Kevin zijn hoed af, en ze ging haar dochter en haar eerste studievriendje voor naar de woonkamer.

'Wouw,' wat een schitterend uitzicht!' zei Kevin.

De glazen wand van de woonkamer bevond zich vrijwel boven de Hudson. Als op afspraak gleed een zeilboot voorbij.

'Het maakt het leven in de stad een beetje draaglijk,' zei Jessica.

'Ik ben *gek* op de stad,' antwoordde Kevin.

Geef het een kans, hield Jessica zichzelf voor, in haar hart een zweem van twijfel voelend. Ze is niet meer je kleine meid.

'Ik wilde dat je vader niet weer eens op een van zijn wilde ganzenjachtpartijen was,' zei Jessica, een slokje van haar espresso nemend. Het diner was voorbij en ze had haar dochter nu voor zichzelf. Ze zat in haar lange peignoir op de zwartleren bank met haar blote voeten onder zich getrokken. Laurie lag gestrekt op het Victoriaanse tweezitsbankje, dat, naar haar moeder vaststelde, te smal en te fragiel was voor haar dochter.

'Pappa zou van die toespraak van je toen je me Laurel noemde echt helemaal over de rooie zijn gegaan. Het was *stomvervelend.*'

'Laurie, ik ben de Jiddische Mamma van de familie. Het is mijn taak, mijn recht om toespraken te houden.'

'Nou, het was gewoon niet te *geloven* wat je allemaal uitkraamde.' Laurie spreidde met een theatraal gebaar haar armen toen ze haar moeders woorden herhaalde. '"Mijn dochter is een New Yorkse bloem. Een bloem, gedijnd in de woestenij, delicaat, maar gehard. Een *wonder* der schepping."' Laurie slaakte een diepe zucht. '*Spaar me.*'

Jessica perste haar lippen op elkaar. Wat leek Laurel toch veel op haar. Sarcastisch, rebels, wilskrachtig. Maar haar blanke huid en het blonde haar had ze van haar vader, van de Schotse tak van zijn familie. De onvolmaaktheden in haar uiterlijk gaven het gezicht van haar dochter karakter, dacht Jessica. Ze leek in niets op de meisjes die je zag in kauwgumreclames. Ze was ook blij dat ze de forse Cherokee-neus van haar vader niet had geërfd. Daar was natuurlijk niets mis mee, maar een jong meisje zou er problemen mee kunnen hebben. Tom, dacht ze, waarom was je niet thuis om Lauries aanwinst te ontmoeten. Vanavond had ze de hulp van haar man best kunnen gebruiken. Misschien had hij haar kunnen vertellen waarom ze vrijwel direct bedenkingen over deze Kelvin Glade had gehad. Ze kon het natuurlijk helemaal bij het verkeerde eind hebben, dat het knagende, onbehaaglijke gevoel alleen maar achterdocht was van een jaloerse, bezitterige moeder. Dat het weer gewoon het oude liedje was, dat geen jongen goed genoeg was voor haar dierbare Laurie.

Ze herinnerde zich die dag in augustus, toen zij en Tom zich klaar hadden gemaakt om hun enige kind weg te brengen naar de universiteit. Jessica had toegekeken hoe Tom met een bedrukt gezicht Lauries laatste koffer achter in hun stationcar had geladen, waarbij het besef ten volle tot hem door was gedrongen dat ze misschien voor altijd hun huis zou verlaten.

'Ik voel me net als Polonius die Laertes de wijde wereld in stuurt,' zei Tom. 'En ik voel me net zo dwaas als hij zich moet hebben gevoeld toen hij de juiste woorden probeerde te vinden om zijn kind voor onheil te behoeden.'

'Ik ga alleen maar naar *Ithaca,* pa,' zei Laurie. 'Niet naar Bagdad.'

'"Leer de waarheid onder ogen te zien" is nog niet zo'n slecht advies,' zei Jessica later tegen Tom, toen ze vlak voordat ze hun dochter op Cornell achterlieten, de tranen in zijn ogen had zien staan. Ze drukte haar dochter stevig tegen zich aan. Ze voelde haar jonge schouders, kuste haar op haar zachte wang, en zag in het onschuldige gezicht van haar dochter de gelofte van een toekomst vol mogelijkheden.

'Wees voorzichtig,' zei ze, in weerwil van zichzelf.

'Mam, ik ben een kind van de straat. Het zijn de boerenkinkels die voor *mij* gewaarschuwd moeten worden, niet andersom. Dit gat is een makkie voor zo'n gehaaide tante als ik.' Toen keek ze glimlachend haar moeder aan. 'Ken je ons wachtwoord nog? Ik heb gevechtstraining op de kleuterschool gehad. Maak je over mij maar geen zorgen.'

Vechtend tegen haar tranen en het beeld van Lauries verlaten kamer thuis, liet Jessica Laurie los.

De herinnering hoe ze die dag haar dochter los had moeten laten, bracht nog steeds de tranen in haar ogen. Ze *was* een goede moeder geweest. Ze had haar kind niet gebukt laten gaan onder de pijn van het afscheid...

Jessica beet in het citroenschilletje dat ze uit het bezinksel in haar kopje had gevist.

'Glade?' vroeg ze aan haar dochter. 'Wat voor naam is dat eigenlijk?'

'*Ma-am*,' antwoordde Laurie, wanhopig haar ogen ten hemel slaand. 'Ik ben vergeten om hem naar zijn stamboom te vragen.'

'Ik ben alleen maar nieuwsgierig, lieverd.'

'Ja, dat zal wel.'

'Naar zijn familie,' vervolgde Jessica.

'Ma, kan het een beetje minder?'

Jessica hield zich in. Ruzie met Laurie tijdens haar eerste weekend thuis was wel het laatste wat ze wilde.

'*Ik* vind hem aardig, ma, *ik* vertrouw hem,' zei Laurie. 'Vind je hem trouwens niet knap?'

Jessica knikte. Het geluk van haar dochter deed haar goed. Ze herinnerde zich haar eerste vriendje en hoe moeilijk haar dominante moeder daarover had gedaan.

'Mam, hij is zo fantastisch.' Ze liet zich opgetogen op de zwartleren bank naast haar moeder vallen, haar gezicht straalde. Jessica's hart vulde zich met tederheid en verdriet. Haar dochter was bij haar weggedreven. Haar dochter had nu een heel eigen leven buiten haar moeder om. En ze besefte dat ze, hoewel Laurie haar goedkeuring wilde, haar vlijmscherpe tong in bedwang zou moeten houden. En hoewel Laurie op haar achttiende nog steeds rond het beschermende ouderlijk nest rondfladderde, kon ze zo wegvliegen en voor iedere denkbare gevaarlijke manier van leven kiezen zonder dat haar moeder daar ook maar het minste vermoeden van zou hebben.

Laurie trok het laken omhoog over haar borsten. Na seks voelde alles zo zijdeachtig aan, dacht ze, zich in haar bed uitrekkend, blij dat ze bij het verloten van de kamers aan de eerstejaars haar kleine kamer niet met iemand anders had hoeven te delen. Het enige bezwaar was dat haar kamer zich op de benedenverdieping bevond, vlak naast de ingang, en een groot raam had dat op een grasachtig speelveld uitkeek, zodat ze stil moesten zijn als ze vreeën, anders zou iedere student op de campus zou het horen.

Ze voelde de warmte van Kevins lichaam naast zich. 'De wereld is goed,' citeerde ze, beseffend dat dit Robert Browning niet voor ogen had gestaan toen hij dat schreef.

'Om twaalf uur begint de ochtend,' zei ze hardop, Kevin wekkend.

'Wat?'

'Het gedicht van Emily Dickinson. Begint dat niet zo, "Om zeven uur begint de ochtend"?'

'Al sla je me dood,' antwoordde hij, terwijl hij het laken optilde en aan haar tepel begon te sabbelen.

'Het is bijna twaalf uur!' zei ze, proberend hem weg te duwen. 'Mijn moeder belt me 's zondags altijd om twaalf uur op.'

Hij liet zijn tong over haar linkerborst glijden en zoog. 'Mmm, zeg haar maar dat ik je nodig heb, dat je het druk hebt.' Zijn hand gleed over haar buik omlaag. 'Zeg maar dat je haar terugbelt,' zei hij, voelend hoe haar lichaam op zijn vingers reageerde.

'Zeg haar dat je nu van mij bent. Nu is het Kevin Glades beurt,' zei hij, met zijn mond langs haar lichaam glijdend, en het laken op de grond gooiend.

Vijf minuten later ging de telefoon, maar geen van beiden was bij machte om op te nemen.

'Ik moet rennen voor mijn boetseerles, Jessica.'

'Creatieve vormgeving? Wat is dat nu weer, Anyuka?' vroeg Jessica haar kleine maar ontzagwekkende tachtigjarige moeder. *Anyuka* was het Hongaarse woord voor mams. Haar moeder, Rozsi Roth, sprak de letter z uit zoals Zsa Zsa Gabor de letters van haar naam uitsprak, en met dezelfde bezieling. Jessica sprak met stemverheffing in de telefoon om er zeker van te zijn dat Rozsi haar kon verstaan.

'Wat moet ik anders doen, lieverd, thuis blijven zitten? Dood zijn kan ik nog lang genoeg,' antwoordde Rozsi.

'Ik wist niet dat je boetseerles had.'

'Een telefoontje en je weet het. Zeg ik heb haast. Waar heb ik de eer aan te danken?'

Jessica stelde zich haar moeder voor, met haar golvende grijze haar strak achterover gekamd en opgestoken tot een elegante Grace Kelly-rol. Jessica en Laurie hadden haar lange, interessante neus geërfd. Haar diepblauwe ogen zouden spoedig vanachter haar opzichtige bril uit de jaren vijftig waakzaam het gevaarlijke getto observeren dat ze weigerde te verlaten. Ze stelde zich altijd voor hoe haar moeder vastberaden met haar linnen boodschappentas langs de dichtgetimmerde, door junkies gekraakte gebouwen stapte, zo nu en dan stoppend voor een praatje met een bekende, en tot Jessica's afschuw ook met onbekenden. Al lang geleden had Jessica geprobeerd om haar koppige moeder te overreden om de buurt te verlaten waar opgeschoten jongeren in de stegen tussen de gebouwen met echte vuurwapens oefenden. Het appartement van haar moeder was zo vaak geplunderd, dat de meubels, spiegels en de namaak schouw die de art deco-hal een beetje cachet had gegeven, waren verdwenen.

'Het gaat om Laurel. Ik heb haar net gebeld en ze is niet op haar kamer.'

'Ha, is dat alles? Ik stond op het punt om weg te gaan toen de telefoon ging. Ik sta hier met mijn winterjas aan.'

'Maar ik bel haar 's zondags altijd precies om twaalf uur, en ze ligt altijd nog in bed.'

'Misschien houdt iemand haar gezelschap.'

Even was het stil. Vanzelfsprekend zou haar moeder aan zoiets denken.

'Anyuka, hoe zeg je sufferd in het Hongaars? Want dat ben ik namelijk.'

'*Tok fey.*'

'Laurie heeft een vriendje. Kevin Glade.'

'Kevin Glade, wat is dat nu voor een naam?'

Jessica lachte. 'Volgens mij valt de appel niet ver van de boom. Ik heb haar dezelfde vraag gesteld, en ze vindt me een achterdochtige feeks.'

'De laatste keer dat mijn familie iemand vertrouwde, deed ze in de verbrandingsovens in Duitsland belanden.'

'Veel plezier met boetseren, Anyuka. Ik bel je later nog wel.'

Jessica hing op. Zelfs haar tachtigjarige moeder wist waarom haar dochter de telefoon niet had opgenomen. Als Hongaarse zou ze natuurlijk meteen aan zoiets denken. Haar moeder had nogal een reputatie, en naar verluidt waren er diverse aanbidders geweest die hadden gedreigd een eind aan hun leven te maken toen ze uiteindelijk trouwde. Ook haar eigen leven was nu niet bepaald saai geweest, bedacht Jessica, en zeker niet in de jaren zestig, maar ze zette de gedachte snel uit haar hoofd.

Tom zou om haar stommiteit hebben gelachen, maar wat zou hij ervan vinden dat zijn dierbare dochter met die Kevin Glade sliep? Ze wilde maar dat hij belde.

Maar ze zou wel met haar vriendin naar de historische optocht in Grenwich Village gaan, en in het weekend naar de marathon in Central Park, en proberen niet verder in te zitten over het seksleven van haar dochter. Ze vroeg zich af door welk gedeelte van de Zuid-Amerikaanse jungle haar echtgenoot ploeterde terwijl zij probeerde aan de gifstoffen in de hedendaagse voeding te ontsnappen. Ze schakelde de blender in om wat wortelsap bij haar enorme muffin en haar cafeïnevrije koffie te maken, toen ze treurig besefte dat ze alleen zou moeten eten.

Jessica staarde door haar panoramische ruit naar de wandelaars aan de overkant van de Riverside Drive, vierentwintig verdiepingen onder haar. Mensen met honden schuifelden door de gevallen herfstbladeren en de zon zakte onder de horizon van New Jersey toen zij maar weer eens het nummer van het appartement van haar dochter intoetste. De schemering was haar favoriete tijd, maar ze genoot niet van de zachte avond en de dwarrelende bladeren op de palissade. Lauries telefoon was drie dagen onbeantwoord gebleven en Jessica's hartslag versnelde als ze dacht aan de talloze rampen die haar konden zijn overkomen. Maar waarom zou haar dochter tijdens etenstijd thuis moeten zijn? Ze herinnerde hoe zich Laurie tijdens het open weekend voor de ouders op de campus een paar oude vrienden van de Science High School tegen het lijf was gelopen. Ze stelde zichzelf gerust door zich Laurie voor te stellen, zittend in de gelambriseerde middeleeuwse eetzaal, samen met al haar maatjes van de debating-club, of heftig debatterend met een van hen, of studerend in de imposante bibliotheek. De schitterende campus van Cornell, gelegen op een heuvel en uitkijkend op het uitgestrekte Lake Cayuga, was een inspirerende locatie. Zat Laurie misschien met een boek in haar hand aan een van die kleine leistenen tafels achter de studentenflat van de twinkelende sterren te genieten en van de lichtjes van de stad die nu beneden in het dal aangingen?

Het was nu bijna een week geleden sinds ze Laurie – en Kelvin – voor het laatst had gezien. Kelvin… Ze kon er niets aan doen, maar de gedachte aan Lauries nieuwe vriendje deed haar hart in haar schoenen zinken. Ze had zich voor Laurie een andere jongen voorgesteld, meer een echte vent, iemand zoals Tom in zijn jonge jaren.

Daar kon Kevin niet bij in de schaduw staan, Tom, tijdens zijn studie een briljant, gedreven actievoerder, betrokken bij de brandende vraagstukken van die tijd, zonder rockmuziek en modieuze kleren. Een wetenschapper en een humanist. Uiteindelijk had Tom voor rechten gekozen, om te vechten voor de autochtone bevolking in Noord- en Zuid-Amerika. Zijn Cherokeese gevoeligheid van moederskant had zich versmolten met zijn koppigheid. Hij was ongelofelijk boeiend, maar ook moeilijk om mee te leven.

Nu, na al hun persoonlijke problemen, nadat zijn werk vruchten was gaan afwerpen en zij zich een positie had verworven als hoofd maatschappelijk werk bij een internationaal agentschap, na al die jaren van inspanning om een kind in een harde wereld probleemloos groot te brengen, kon het Jessica maar weinig bekoren om te zien hoe haar talentvolle dochter dweepte met een jongen die zich volgens haar moeder niet met haar kon meten. Zij en Tom hadden van Laurie als eerstejaars zoveel verwacht. En zoals haar vriendin Ricky placht te zeggen, leek deze Kelvin Glade een zeker talent voor middelmaat te hebben.

Terwijl ze Lauries nummer weer probeerde, dacht ze aan de pompoenen en de kalebassen en het mandje met gele chrysanten op de vensterbank in Lauries kamer. Allemaal cadeautjes van Tom. En ze dacht aan de presentjes waarmee Kevin Laurie had overladen – knuffelbeesten, dozen met bonbons, kaarten met bloemmotieven – rommel die ongelukkigerwijs door Laurie werd gekoesterd. Hij had haar overdonderd met liefdesbrieven en gevlei, op het moment dat Laurie daar het meest ontvankelijk voor was – tijdens haar eerste maanden van huis. Was ze vanavond met Kevin samen? Jessica stelde zich de rinkelende telefoon in Lauries kamer voor, het waarschijnlijk onopgemaakte bed, en natuurlijk, vochtige handdoeken op de Laura Ashley-lakens. Naast de stereo zou een stapel cd's van Mozart staan, naast die van Sting en dolzinnige popgroepen als 10.000 Maniacs en de Smashing Pumpkins. Net als haar vader, had Laurie een zeer brede smaak; haar boekenplanken puilden uit van zowel dichtbundels als wetenschappelijke samenvattingen. Aan haar muur hingen diverse afbeeldingen van een gerimpelde Albert Einstein, met daar omheen posters van het zonnestelsel, en boven haar bed prijkte een enorme afdruk van Georgia O'Keefe's interpretatie van kleurrijke bloemen.

Gefrustreerd smeet Jessica de hoorn weer op de haak. Waar *zat* ze toch! Toen herinnerde ze zich hoe Tom haar bezorgdheid 'Hon-

24

gaarse hysterie' had genoemd. Gedraag je niet als een idioot, hield ze zichzelf voor, proberend het bonzen van haar hart te negeren. In een flits zag ze even de vermanende uitdrukking op Toms gezicht voor zich. En dat van haar dochter, die vroeg om met rust te worden gelaten om haar eigen leven te kunnen leiden. Laat het dus los! gebood ze zichzelf. Je dochter is veilig.

'Kevin, ik wist niet dat je gedichten schreef,' zei Laurie. 'Er is nog zoveel dat ik niet van je weet.'

De Delaware River baadde in het felle zonlicht en Laurie zweefde van geluk toen haar kleine gele VW Kever rommelend over de brug reed, waarbij het feit dat ze zich moedwillig aan haar universitaire verplichtingen had onttrokken haar euforie een pikant detail gaf. Kevin die naast haar zat, had geen oog voor de aanblik en de geluiden van Port Jervis toen ze naar de snelweg reden, maar had zijn blik gefixeerd op Lauries in de wind wapperende blonde haren en de opgetogen uitdrukking op haar gezicht.

'Wil je het lezen?' vroeg hij, het antwoord al wetend.

'Natuurlijk.'

'Het heeft een Franse titel.'

'*Je parle Française*,' zei ze, even haar blik van de snelweg losmakend. Zijn ogen waren tijdens de lange rit voortdurend op haar gericht geweest en de adorerende uitdrukking op zijn gezicht had haar een beetje een onbehaaglijk gevoel gegeven.

'Het gaat over Vermont, hoe prachtig het is in de herfst. Het hele jaar door. Dat is eigenlijk het enige wat ik mis,' zei hij raadselachtig. 'Ik zal een gedicht schrijven, voor jou alleen,' zei hij, terwijl hij zijn hand over haar dij liet glijden en hij haar nek onder haar oor kuste.

Laurie giechelde, trapte het gaspedaal helemaal in en liet bossen, velden en boerderijen met grote vaart achter zich. Ze hadden net de uitlopers van de Catskill Moutains bereikt.

'Wat voor verrassingen heb je nog meer voor me in petto?' vroeg ze hem.

De ineengrijpende takken van de eikenbomen boven de weg lieten geen zonlicht door en grote, oeroude pijnbomen verspreidden een heerlijk dennengeur toen Kevin en Laurie over een zandweg en door een bijna aan het oog onttrokken stenen toegangspoort reden. Tussen stukjes wegdek waar nog net zon kwam, woekerden vingerhoedskruid en paddestoelen in alle mogelijke vormen en kleuren, en wolfskers ging schuil tussen roestbruine varens.

HARTEWOODS, PRIVATE CLUB, stond er op een houten bord met vervaagde letters net aan de binnenzijde van de muur te lezen.

'Deze plek trek regen aan,' zei Laurie. 'Op de weg mag dan misschien de zon schijnen, boven Hartewood hangen altijd wolken.'

'Het is prachtig,' zei Kevin, de frisse dennenlucht opsnuivend. 'En kil.'

'Berglucht,' zei Laurie, zich uitrekkend. 'Soms, wanneer er mist hangt, lijkt het hier wel het land van de onthoofde ruiters. Links ligt een golfterrein en het meer is vlakbij.' Ze passeerde een rustiek huisje en een huis met een dak van shingels dat opging in het landschap. 'Vierduizend hectare en bijna geen mensen. Jij houdt toch van stilte?'

Laurie maakte een bocht. Het water weerspiegelde verstilde ahorns en verwelkende seringen. 'Je had je schildersezel moeten meebrengen,' zei Laurie. 'Een schilderij mee terugnemen had dit tochtje legitiem gemaakt.'

'En al de pret bederven?'

'Het buiten van de Lewisohn-Hunters komt in zicht,' kondigde Laurie aan. Het was genoemd naar de meisjesnaam van haar moeder en haar vaders naam. 'Het is gewoon een groot, oud zomerhuis. We hebben het nog niet winterklaar gemaakt. Aan de voorkant kun je het meer zien,' zei ze, een onverharde weg in rijdend die voerde naar hun modderige oprit. 'Om het een beetje primitief te houden, leggen ze hier geen verharde wegen aan. Het moet afgelopen nacht hebben geregend.'

Ze zochten hun weg over de platte stenen en beklommen de gammele treden. Laurie zocht naar de sleutel in het profiel van de hordeur.

'Op en top beveiligd, zie ik,' merkte Kevin op.

'Hier wordt niets gestolen. Tot de lente is dit een spookstad, en herten en wasberen stelen alleen maar voedsel.'

'Waar is iedereen?' Kevin zag geen andere huizen.

'De oudjes zijn naar Florida, en mijn ouders zijn terug naar de stad. En als het niet zo'n uitbundige Indian Summer was, dan zouden wij er ook niet zijn.'

Laurie loodste hem door een keuken met ouderwetse kastjes en apparaten uit de jaren zestig en vervolgens naar een aangrenzende veranda met een stenen vloer. In een hoek naast de picknicktafel bevond zich een grote houtstapel van zo'n twee kubieke meter.

'De rijken moeten zich maar behelpen,' zei ze, met een gegeneerd lachje, door de verroeste horren op de talrijke bomen en het meer beneden uitkijkend. De houten vloer in de woonkamer was bedekt met tot op de draad versleten oosterse tapijten en de wanden bestonden uit de in de jaren dertig gebruikelijke messing-en-groef gezaagde planken van esdoornhout. Bij de openslaande deuren die toegang gaven tot een verweerd plankier dat een beter uitzicht op het meer bood, stond een piano. Kevin stelde vast dat een enorme stenen open haard en elektrische kacheltjes de enige warmtebronnen waren.

'Het is hier kouder dan een heksentiet,' merkte hij op. 'Buiten is het warmer.'

Laurie lachte. 'Dit huis heeft geen isolatie.'

'Ik haat kou,' zei hij rillend.

'Een Vermonter die een hekel heeft aan kou?'

Hij keek haar aan en verzachtte snel zijn blik toen hij haar verbazing zag. 'Nou ja, tenslotte heb ik jou om me warm te houden,' zei hij, langzaam op haar af komend.

'Het wordt donker, wil jij wat aanmaakhout in de open haard doen?' Ze streek een lucifer af en stak de kaarsen op de schoorsteenmantel aan. De schaduwen bewogen zich grillig over de stenen, en ze nam hem aandachtig op om zijn stemming te peilen.

Hij zag haar bezorgde blik en sloeg zijn arm om haar middel. 'Het is Halloween,' zei hij. 'Laten we wat ondeugends gaan doen.'

Hij staarde omlaag naar haar naakte lichaam op het bed naast zich. Ik had nooit gedacht dat er zoveel bloed zou zijn…

Hij porde haar in haar arm. Haar ogen gingen met een ruk open.

'Je hebt zo'n eigenaardige uitdrukking op je gezicht,' zei ze. 'Waar denk je aan?'

'Aan onze eerste keer, ik had niet zoveel bloed verwacht.'

'Ik heb de sprei in de wasmachine moeten gooien,' zei ze.

'Deed het pijn?'

'Een beetje.' Ze kwam op een elleboog omhoog om hem aan te kijken. 'Het is de prijs die we nu eenmaal moeten betalen.'

'Om beestachtige mannen zoals ik op een afstand te houden, neem ik aan,' zei Kevin.

'Waarschijnlijk heb je gelijk. Het maagdenvlies beschermt ons, jonge vrouwen, tegen zwangerschap tot ons lichaam zover is om gezonde baby's krijgen.'

'Had je je pessarium in?' vroeg hij nerveus.

Ze knikte. 'Wist je dat sommige meisjes nauwelijks bloeden?'

'Praten meisjes over dat soort dingen?'

Laurie lachte. 'Waarom niet?'

Hij greep haar kin beet. Ze is zo anders dan April, dacht hij even. 'Heb je het met ze over mij?' vroeg hij, zijn woede verdringend. 'Hé, wat is er?' Een vlaag van van angst. 'Wat had je gedacht?' vroeg ze zacht, zijn vingers wegtrekkend. 'Geen intimiteiten,' verklaarde ze. 'Niets dat jou niet zou bevallen.'

'Het spijt me, Laurie,' zei hij. 'Wat ben ik toch een sufferd. Het komt gewoon... omdat ik zo gek op je ben.' Hij pakte haar handen en kuste haar zachtjes op haar neus en haar mond.

'Geef de liefde maar de schuld,' zei hij, haar vingertoppen kussend.

'Vergeef je me?' vroeg hij bedeesd.

'Lees me je gedicht maar voor,' antwoordde ze.

Hij reikte naar zijn broek op de stoel bij het bed en haalde een opgevouwen blaadje papier uit zijn portefeuille. 'Lees jij het maar,' zei hij. 'Ik wil het met jouw stem horen.'

Op haar rug liggend, hield ze het gedicht omhoog.

Vert Mont

Silhouetten van ahorns in een maanovergoten nacht in Vermont
Suikerahorns, reikend naar de nachtelijke hemel

(Hij streelde haar dij. Ze las verder, zonder hapering)

Wachtend op de herfst, als het groene blad sterft

In oranje en goud gekleurde windvlagen omlaag dwarrelende trots, houden ze stand tot november.

Grijs als lavendel.
Vroeg in maart hun schors doorstroomd met levenssappen.

(Hij kuste haar hals)

Zwaar van sneeuw, zoeken ze hun ranke evenwicht
Gegeseld door wind, ontdoen zij zich van hun vlokken

Beschenen door de zon, glanzend van verborgen leven,
bevroren raadsels van smaragdgroen ijs.

Bottend als wolfsmelk, hangend als kristallen luchters,
gesierd met diepblauwe aderen in goud gemarmerd jade.

Wachten ook zij op hun moment van bevrijding.

Hij likte haar oor.
  'Mijn God, Kelvin.'
  'Vond je het mooi?'
  'Ik vind het fantastisch,' fluisterde ze.
  'Wat bevalt je het meest?' vroeg hij, haar kussend. 'Ik hou van je,
Laurel,' fluisterde hij in haar oor. 'Mijn bloem.'

Proberend de angst over haar afwezigheid onder controle te houden, deed Jessica nasporing bij alle hotels in Brazilië waar haar
man zou kunnen verblijven, voordat ze haar dochter weer belde.
Luisterend naar de beltoon en hopend dat het personeel niet dronken zou zijn of zou slapen, stelde ze zich het verwaarloosde hotel
voor dat Tom in zijn brief had beschreven. Tot haar verbazing werd
ze plotseling doorverbonden en de bediende van de receptie sprak
Engels.
  'Señor Hunter? Ja, die ken ik goed,' antwoordde hij.
  Jessica's hart sloeg over. Hij is dood!
  'Is net uitgeboekt. Weer terug naar de Verenigde Staten.'

Kevin kuste haar ogen. 'Wat is het Hongaarse woord voor ogen?'
  '*Szemek.*'
  Hij kuste haar mond. 'Wat is dat in het Hongaars?'
  '*Szaj.*'
  'Geinige taal.'
  'Volgens een onderzoek heeft het de mooiste vloeken ter we-
reld. Zelfs nog beter dan de Arabische.'
  Hij kuste haar borsten. '*Tszitzi,*' zei ze.
  Hij lachte. 'Hoe zeg je poesje?' vroeg hij, zijn hoofd langs haar
buik bewegend.
  '*Punszi.*'
  Hij lachte weer. 'Hoe zeg je neuken?'
  '*Busz,*' zei ze.

Hij bedekte haar mond met zijn hand en drong heftig bij haar naar binnen. Ze draaide met haar hoofd op het kussen heen en weer, maar zijn vingers bleven op haar lippen gedrukt. Ze rukte zijn hand weg. 'Ben je *gek* geworden?' lukte het haar snakkend naar adem uit te brengen. Hij was nog steeds in haar.

'Je keelde me zowat!'

'*Sorry,*' zei hij, glimlachend over haar bezwete gezicht strijkend. En toen: 'Ik was even vergeten dat je hier naar hartelust kunt gillen.'

Hoofdstuk twee

Draaiend en woelend gaf hij zijn pogingen om te slapen op en stond zichzelf toe om met zijn gedachten terug te gaan naar de dag nadat April was verdwenen. Hij had geweten dat er bij hem op de deur zou worden geklopt, dus toen dat gebeurde was hij er klaar voor geweest. In de stad blijven was een geniale inval geweest, maar toch verstrakte zijn lichaam toen hij door het gordijn keek en de politie zag.

Hij had de hele avond daarvoor voor de spiegel zitten oefenen, net als bij een toneelstuk op school, of bij een afspraakje met April. Gewoonlijk beheerste hij iedere gewenste gelaatsuitdrukking, ieder gebaar, of welk gesprek dan ook. Die dag zou zijn prestatie bepalend zijn voor leven of dood. Hij had een smartelijk gezicht getrokken en diep in zijn psyche gegraven naar emotie. En het had hem vrees aangejaagd. Een gevoel van afschuw welde in hem op als het beeld van Aprils hoofd in de opgerolde deken opdoemde. Zijn hart had in zijn keel geklopt toen hij de deur had geopend en de emoties die hij vanwege April had moeten doorstaan, verwrongen zijn gezicht tot een masker van verdriet.

Marjorie Meadows schopte de verdorde oranje en bloedrode bladeren op het trottoir opzij en trok haar hand uit die van haar man. Ze nam nauwelijks notitie van de schitterende, honderd jaar oude iepen of de schilderachtige Victoriaanse huizen waarvan de luiken bij het vallen van de avond waren dichtgetrokken. Ze haatte de herfst, ondanks alle schoonheid waaraan haar dochter April zoveel plezier had beleefd. Gary, haar man, liep voor haar de trap van haar zusters huis op, de enige plaats waar ze zich nog welkom voelde.

Lara, de vriendin van haar zuster, stond op haar veranda van het

31

huis daarnaast en stak haar hand in een schuldbewuste begroeting omhoog, waarna ze zich omdraaide en naar binnen liep om hen verder te ontwijken.

'In plaats van bezorgd te zijn dat April nog steeds wordt vermist, hebben ze medelijden met me omdat ze is weggelopen, of ze geven me de schuld ervan, waardoor ik me schuldig voel,' zei Marjorie, Gary inhalend.

'Ze *is* niet weggelopen,' antwoordde hij.

'Jij bent de enige die dat gelooft,' mompelde zij terwijl hij aanbelde. 'Ik kan het niet langer verdragen, waarom vinden ze haar niet?'

Gary dacht aan de twee verjaardagen die voorbij waren gegaan zonder haar. Ze begonnen de hoop op te geven. Gary deed zijn stem zo vastberaden mogelijk klinken. 'Daar moeten we dan wat aan gaan doen,' zei hij toen de deur openging.

Later die avond, zat Marjorie thuis op haar bed en staarde naar de telefoon. Nog geen uur geleden had de politie zonder verdere aanleiding opgebeld en gevraagd of er nieuws was. Ze had gesproken met rechercheur McKenzie, die de avond dat April was verdwenen naar het huis was gekomen.

'Mijn dochter is iets vreselijks overkomen,' had ze hem die avond proberen duidelijk te maken. 'Er is iets vreselijks gebeurd.'

Maar hij had haar niet geloofd. 'Het ziet ernaar uit dat ze een glazen kleinood heeft meegenomen en haar zaktelefoon,' had hij gezegd. 'Kidnappers pakken geen koffers in. Het is vrijdag. Ze is gewoon een weekendje op stap gegaan.'

'Zoiets zou April nooit doen,' had ze geprotesteerd. 'Ze zou nooit zomaar weggaan zonder het ons te zeggen, zelfs niet voor een paar uur.'

Rechercheur McKenzie, een goed uitziende, vriendelijke man, probeerde niet beschuldigend te kijken, maar zijn blik sprak boekdelen. Dat zeggen ze allemaal.

'Alleen een tiener zou een zaktelefoon meenemen,' probeerde hij uit te leggen. 'Misschien is ze een vriendin gaan opzoeken en heeft ze het beeldje als een presentje meegenomen. Weet u zeker of u niet vergeten bent dat ze een afspraak had?'

'En of ik dat weet! We hebben iedereen gebeld. We verspillen tijd.'

'Hadden jullie ruzie voordat u naar uw werk ging?'

'*Nee.* Ik heb u al gezegd dat ze geen wegloopster is.'

'Was er tussen u beiden helemaal geen verschil van mening?' vroeg hij. Ze keek Gary aan. 'Over de telefoonrekening, en kleren. Niets serieus, geloof me.' Ze zag in McKenzies ogen even een moment van opmerkzaamheid toen ze het over de telefoonrekening had.

'Ik geloof u. Daarom denk ik dat ze weer terugkomt. De meeste als vermist opgegeven kinderen duiken binnen achtenveertig uur weer op.'

'Niet het mijne. Ze is niet zoals de rest,' had Marjorie verklaard. En toen had ze beseft wat ze zei.

Gary, die naast haar op het bed zat, zag de uitdrukking op haar gezicht en wist wat ze doormaakte. Proberend om zichzelf ervan te overtuigen dat haar dochter nog leefde, had ze sinds die tijd de gebeurtenis wel duizend keer de revue laten passeren in een poging om zichzelf wat hoop te geven.

'Misschien heeft hij gelijk,' had Gary die avond geprobeerd zijn vrouw gerust te stellen, met het beeld van Brian McKenzies afgetobde gezicht nog op zijn netvlies. Maar zijn gedachten logenstraften zijn woorden. Hij had tegen beter weten in gehoopt dat deze man van het gezag, die meer ervaring had dan hij, de waarheid kende. Voor zijn eigen bestwil en die van zijn doodsbange, radeloze vrouw had hij geprobeerd het te geloven. Maar een vader kende zijn eigen dochter beter dan welke rechercheur dan ook. En hij wist wat een onschuldig jong meisje als April kon overkomen. En hoewel er geen enkel spoor van geweld was, en het huis precies zo was als ze het hadden verlaten – was hij niet in staat geweest om die vreselijke gedachte te onderdrukken. Even was het ondenkbare bij hem opgekomen en zijn geest had gewankeld. Zijn dochter was dood. Een of andere krankzinnige had zich aan haar vergrepen en het was al te laat.

Sandy Ungar zat aan haar bureau in de ruime kast die in het politiebureau haar kantoor moest voorstellen. Op het mededelingenbord hingen naast montagefoto's van gezochte personen ook foto's van vermiste personen en moordenaars. Het meest aangrijpend was de foto van een zekere April Meadows, knap, lachend, aantrekkelijk. Om hem zichtbaar te houden, had Ungar hem steeds onder nieuwe mededelingen vandaan moeten halen. Sinds ze tot rechercheur was gepromoveerd, hadden Aprils ouders haar gebeld en bezocht in plaats van Brian McKenzie. Maar de meeste mensen meden haar omdat ze nog weleens scherp en kort-aangebonden kon zijn, eigenschappen waarvan ze wist dat mensen die niet bij zo'n tenger iemand met een vlecht en zo'n jeugdig gezicht zouden verwachten. Maar ondanks haar scherpe tong en haar bruuske houding, hadden Aprils ouders aangevoeld dat ze nooit had geloofd dat hun dochter was weggelopen. En ze had er anderhalf jaar geleden met Brian McKenzie over geruzied toen ze nog agent was en weinig in de melk had te brokkelen.

'Bedoel je dat we er geen werk van maken? Dat we haar niet gaan zoeken?' had ze buiten gezegd nadat ze het huis van de Meadows en de omgeving hadden onderzocht en Aprils ouders hadden ondervraagd.

'We *kunnen* niets doen, tenzij er indicaties zijn die op een misdrijf wijzen. Er zijn geen aanwijzingen van een worsteling, geen sporen van inbraak. We moeten ons houden aan de gebruikelijke procedures. Maak een vermissingsrapport, stuur een fax naar de landelijke politiedistricten en laat opsporingsposters verspreiden.'

'En als ik iets vind?'

'Dan stuur ik de speurhonden eropaf.'

'Echt?'

'Als er bloed of kleren van April bij een rivier zouden zijn gevonden, dan zouden we Duitse herders naar haar hebben laten zoeken. Dat weet je. Je hebt op de politieacademie gezeten. Maar zonder tastbaar bewijs dat haar iets is overkomen kunnen we niet veel beginnen. En dat weet je net zo goed als ik.'

'Brian, de moeilijkheid met jou is dat je te veel hebt gezien. Ik zie het door de ogen van de moeder. Misschien komt dat omdat ik een vrouw ben. Of misschien omdat ik nog niet ben afgestompt.'

'Zoals ik al zei, als je met iets op de proppen komt, trek ik alle registers open. Ik *zou* natuurlijk de gegevens van Aprils gebit bij de opsporingsposter kunnen voegen. Ben *jij* bereid om Aprils moeder in dit stadium om die gegevens van het kind te vragen?'

'Maar het kind is geen losbol,' probeerde ze McKenzie duidelijk te maken. 'Ze is niet het type dat haar ouders zoveel verdriet aandoet.'

'Herinner je je die knaap nog die zijn dochter als vermist kwam opgeven?' vroeg Brian. 'We vonden de tiener bij haar moeder in Californië. De eikel had ons nooit verteld dat zijn ex in Los Angeles woonde. Mensen verzwijgen dingen om hun vuile was niet buiten te hoeven hangen.'

'Dit is anders. De ouders verkeren in een ernstige shocktoestand. Je ziet het aan hun ogen.' Maar ze wist dat ze niet te hard moest aandringen. Zij was de beginneling, en McKenzie was de rechercheur die haar de kneepjes van het vak moest bijbrengen. Toen ze een paar maanden later in augustus werd gebeld door een uitzinnige moeder die melde dat haar veertienjarige dochter niet meer was thuisgekomen van de regionale jaarmarkt, had Brian direct contact opgenomen met de politie in de dichtstbijzijnde stad. 'Ieder jaar gaat er wel een jong meisje op de laatste dag van de jaarmarkt met een kermisklant vandoor,' had hij gezegd. En zowaar bleek dat het vermiste meisje er met de leeuwentemmer vandoor was gegaan. Dat had Sandy over haar vermoeden over April aan het twijfelen gebracht. Maar nu wist ze dat ze het steeds bij het rechte eind had gehad. Er was geen nieuws over April. En hoe langer het nieuws uitbleef, hoe somberder het er ging uitzien. Haar gedachten gingen terug naar de dag dat ze Billy Owens hadden ondervraagd, Aprils vriendje, met zijn leuke gezicht vol sproeten en zijn kastanjebruine haar. Aprils ouders hadden hun hand voor hem in het vuur gestoken en het voor hem opgenomen.

'Hij zou nog geen haar van haar krenken,' had Aprils moeder betoogd. Aprils vader was het met haar eens geweest. 'Hij is op en top een heer,' had hij gezegd.

Maar Sandy had weinig vertrouwen in testosteron, en zeker niet als het onkreukbare jonge mannen betrof.

Volmaakte mensen hadden gewoonlijk wat meer te verbergen. Misschien waren haar gevoelens oorzaak van haar vooringenomenheid. Blijf bij de feiten, agent, had ze zichzelf voorgehouden.

Ze herinnerde zich Billy Owens moeder als een lange, zwaargebouwde vrouw, met zwart haar en holle ogen. Ze maakte een gejaagde en vermoeide indruk, maar ze bezat ook een eenvoudige elegantie. Het huis zag eruit alsof het betere tijden had gekend. De vader was naar zijn werk. Het gesprek vond plaats in de woonkamer, met op de achtergrond zijn moeder die nauwelijks iets zei. McKenzie had de leiding bij de ondervraging, maar Sandy was doortastender geweest. Terwijl Billy zijn verhaal vertelde, had ze hem oplettend geobserveerd. Hij beweerde April niet gezien noch gesproken te hebben, dat hij na school naar het winkelcentrum was gegaan en dat zijn moeder er was toen hij thuiskwam. Later had Mark, een vriend van April, Billy's verhaal bevestigd – hij had Billy een hotdog zien eten in het cafetaria.

'Kon April goed met haar moeder opschieten?' had McKenzie aan Billy gevraagd.

'Ze was stapel op haar moeder,' antwoordde Billy.

'Hadden ze *nooit* ruzie?'

'Nou… natuurlijk wel, maar alleen over gewone dingen.'

'Heb *jij* ooit wel eens ruzie met haar gehad?'

'Nooit! We… gaven om elkaar. Ze zou er nooit vandoor gaan met…'

'Met een andere jongen? Waren er nog andere jongens met wie ze omging?'

'Mark. Mark Goldman. Hij is tweedejaars, speelt gitaar – zit bij haar op muziekles.' Brian noteerde de naam en sloeg zijn blocnote dicht.

'Heeft u er bezwaar tegen als ik even rondkijk?' had Sandy onverwacht gevraagd, aangezien ze nog niet wilde vertrekken. Ze probeerde de afkeuring op McKenzies gezicht te negeren toen ze op weg naar Billy's kamer, haar uiteindelijke doel, probeerde de sfeer tussen moeder en zoon te peilen. Afgezien van een paar rondslingerende schriften en wat cd's, was de kamer keurig opgeruimd. Maar toen Billy zich haastte om de losse voorwerpen op een keurig stapeltje te leggen, viel haar iets op. Onder zijn duim zat een pas opgelopen verwonding.

'Is Billy's kamer altijd zo keurig?' vroeg Sandy aan zijn moeder.

'Bijna altijd,' zei ze glimlachend tegen Sandy.

'Hoe komt het dat je op vrijdagavond geen afspraak met April had?' vroeg ze.

'April oefent altijd op vrijdagmiddag. We zouden die avond naar de film gaan. Maar toen ik thuiskwam, werd ik al door haar moeder gebeld.'

'Wat heb je in het winkelcentrum gekocht?' vroeg Sandy, terloops een cd oprapend.

'Niets. Ik kon niets naar mijn zin vinden.'

Aannemelijk, had ze gedacht. Billy was een perfectionist. Hij was ook erg precies met zijn kleding. Ze kon begrijpen waarom meisjes hem zo aantrekkelijk vonden. 'Heeft Billy een gat in zijn hand, net als April?' had ze plotseling aan zijn moeder gevraagd.

'O, nee. Hij is juist erg zuinig,' antwoordde ze verdedigend. Sandy herinnerde zich de blik in mevrouw Owens ogen toen ze besefte dat ze het juiste antwoord had gegeven.

'Wat is er met je hand gebeurd?' vroeg Sandy, net toen Brian naar de voordeur liep, als teken dat ieder ogenblik dat ze langer bleven een inbreuk op de privacy van dit gezin zou zijn. Maar het liet haar koud of Billy, of zelfs haar partner nerveus werd, zelfs als McKenzie haar later de huid zou vol schelden.

'Ik heb me aan een oude kentekenplaat gesneden. In de achterbak van mijn auto. Ik heb onlangs een lekke band gerepareerd,' antwoordde Billy kalm terwijl hij met haar meeliep naar buiten. Ze wist dat hij naar de revolver keek die als ze liep aan haar geüniformeerde heup bungelde. Het wapen was groter dan gebruikelijk en daarom des te bedreigender door haar kleine postuur.

'Wat bezielt je?' vroeg Brian toen ze weer in zijn patrouilleauto zaten. 'Ga zo door en je kunt een aanklacht wegens intimidatie tegemoet zien. We kunnen absoluut niets tegen Billy Owens aanvoeren. Hij lijkt gewoon een aardige knul.'

'Iedereen onder de eenentwintig die geen rommelige kamer heeft, vertrouw ik niet.'

McKenzie moest lachen. Hij had het uitschot van de mensheid leren kennen, en deze Billy Owens had wel iets weg van zijn eigen zoon.

'We weten niet eens of er wel sprake is van een misdrijf,' had McKenzie tegen haar gezegd. En ze waren het er beiden over eens geweest dat er in Billy's gedrag en lichaamstaal geen spoor van het misleidende gedrag te bekennen was geweest dat ze op de academie hadden leren onderkennen. Een leugendetectortest zou, zelfs als ze McKenzie zover zou kunnen krijgen om Billy er een te laten ondergaan, in de rechtbank niet tegen hem kunnen worden gebruikt. Die kon alleen maar worden aangewend voor zijn verdediging. Trouwens, als hij hen om de tuin had geleid, dan zou hem dat bij de leugendetector waarschijnlijk ook wel lukken.

Toen, slechts drie maanden later, kwam Aprils moeder met een verbijsterende mededeling. Billy Owens had de stad verlaten.

Heb ik hem soms zenuwachtig gemaakt? vroeg Sandy zichzelf af. Maar mevrouw Meadows had alleen maar in de telefoon gesnikt. 'Nu is er niemand meer die me aan April herinnert. Hij is geslaagd, en ergens anders heen gegaan.' Sandy werd tijdens het luisteren steeds somberder, omdat ze wist dat er niets was wat ze hiertegen kon ondernemen.

Marge Meadows zag de toestand waarin de droogbloemen hoog op de keukenplank naast haar kookboeken verkeerden. Tijdens de afgelopen achttien maanden waren ze onder een dikke laag stof komen te zitten. Tot op dat moment had ze het niet kunnen opbrengen om iets aan te raken dat haar aan haar kind herinnerde. Op een zondagmiddag had ze met April op een landweg gereden waar ze waren gestopt bij een stalletje waar ze jam, honing en droogbloemen hadden gekocht, dezelfde die nu in de witte vaas stonden te verstoffen. Het was een van doodgewone middagen geweest die zo'n buitengewone herinnering was geworden – de zonneschijn, de kleuren, de steile heuvels en de indrukwekkende ravijnen in de omgeving van hun kleine stad – ze zag het nog net zo levendig voor zich als toen op die herfstdag.

Ze pakte de vaas van de plank, trok de bos bloemen eruit, en legde ze in de gootsteen om ze af te stoffen en de gebroken takken weg te halen. Ze keek omlaag, tussen de bruine stekelige stelen die het grillige, stijve overblijfsel van de gedroogde bloemen droegen. Plotseling bespeurde ze een paar bekende voorwerpen die ze niet kon thuisbrengen. Tussen de takken bevonden zich kleine stukjes roze plastic, en toen, terwijl ze de stukjes er een voor een tussenuit haalde, vroeg ze zich af hoe ze daar gekomen waren. Toen wist ze het – en opeens begonnen de bloemen meer te lijken op de restanten van een skelet dan op het mooie, kleurrijke boeket dat ze ooit waren geweest. De stukjes in haar hand waren scherven van Aprils verdwenen telefoon! En de telefoon moest met een enorme kracht zijn vermorzeld om de stukjes zo ver weg te doen vliegen. Op dat ogenblik wist ze dat ze haar dochter nooit meer zou terugzien.

Hoofdstuk drie

'Ik was zo bezorgd,' zei Jessica, bijna in tranen. 'Als je nu niet had opgenomen, dan zou ik de politie hebben gewaarschuwd – '

'Het spijt me mam.'

'Hoe kon ik weten dat je niet – dat je niet een of ander ongeluk had gehad?'

'De volgende keer dat ik wegga, vertel ik het je.'

'En het verbaast me dat je voor vandaag al je colleges hebt afgezegd.'

'*Alsjeblieft*. Ik zit niet meer op de high school. Als ik een college oversla dan is dat *mijn* beslissing. Als jij of pa mijn collegegeld niet meer wil betalen, dan is dat jullie zaak – '

'Zoiets heb ik helemaal nooit gezegd.'

'Nou, misschien denk je omdat je voor me betaalt, je het recht hebt om me te controleren – '

'Lieverd, daar gaat het helemaal niet om. Waar het om gaat, is dat ik het beste voor je wens. Dat is bij sommige anderen misschien niet het geval.'

'Kevin? Heb je het soms over Kevin?'

'Je hebt nog nooit eerder een les overgeslagen. Je vond het altijd heerlijk op school.'

'Ik wist het. Je mag Kevin niet. Geef het maar toe. Ik weet dat je het goed bedoelt, maar sinds ik Kevin ken, kan ik geen goed meer doen. Ik bel je niet genoeg, ik vraag je raad niet meer over mijn studie, over kleren, over geld. Mam, ik wil mijn eigen beslissingen nemen. Je moet me de kans geven om volwassen te worden.'

'Oké, lieverd, oké.' Ik hoop maar dat het de juiste beslissingen zijn, voegde ze daar in stilte aan toe.

'Ik moet er vandoor, mam. Ik moet een scriptie maken die volgende week klaar moet zijn,' loog ze. Kevin kon ieder moment voor haar deur staan en ze wist dat er vanavond geen woord van haar verhandeling op papier zou komen. Het leven was knap gecompliceerd geworden. Ze vroeg haar moeder om haar vrij te laten bij het nemen van haar eigen beslissingen, maar ondertussen vroeg ze Kevins advies bij geldzaken, kleding en voedsel. Was dat op eigen benen staan?'

'Heb je met Jessica gesproken? Of met Tom?' wilde Kevin weten. Laurie lachte. Het was tegenwoordig in om de ouders van vrienden bij hun voornaam te noemen.

'Met mijn moeder,' gaf ze toe. 'Hoezo, zie ik er geteisterd uit?'

'Ik merk het altijd wanneer je met haar hebt gesproken. Ze mag me niet zo, hè? Maar dat is logisch. Ik vat het niet persoonlijk op. Ze is gewoon van streek omdat iemand haar plaats inneemt. Dat begrijp ik.'

Laurie staarde hem verwonderd aan.

'Maar je zult wel een beslissing moeten nemen, Laurie, anders zal ze altijd je leven blijven bepalen. We weten dat ze het goed bedoelt, maar wil je haar soms altijd verantwoording blijven afleggen? In dat geval had je net zo goed thuis kunnen blijven wonen.'

'Ik weet het niet, Kevin. 'Ik… ik ben het enige dat ze hebben.'

'Precies! Maar laat dat geen beletsel voor je zijn om voor je eigen vrijheid te kiezen. Ik neem het haar echt niet kwalijk, maar begrijp je dan niet dat je moeder het gewoon niet kan laten? Ze wil gewoon alle touwtjes in handen hebben. Laurie, het wordt tijd om de knoop door te hakken.'

'Laten we het over iets anders hebben, Kevin. Ik weet nu even niet wat ik ermee aan moet. Als we eens naar de Chinees gingen, daarna moet ik me voorbereiden op een tentamen.'

'We gaan naar de Veggie Villa,' zei Kevin. 'Dat is dichterbij en goedkoper.'

Laurie haalde haar regenjas uit de kast. Het was gaan gieten.

Ooit zou hij wel aan dat konijnenvoer wennen, dacht hij, toekijkend hoe Laurie een met taugé en ander twijfelachtig voedsel gevuld pittabroodje nuttigde. Het trendy restaurant met zijn glazen wanden, wit gepleisterde muren, planten, aquarellen en klassieke muziek had een atmosfeer waarin Laurie gedijde. Hé, eigenlijk begon het hem zelf ook wel te bevallen.

40

Toen het gekruide appelsap werd gebracht, zag Laurie de aandachtige uitdrukking op zijn gezicht en nam zijn handen in de hare. Elkaar in de ogen kijkend, streelde ze liefkozend de binnenkant van zijn hand.

'Wat is dit?' vroeg ze, met haar vinger over het gekartelde litteken onder zijn duim strijkend.

'Dat stelt niets voor.'

'Kom, vertel eens,' drong ze aan, proberend te voorkomen dat zijn hand zich over het litteken sloot.

Zijn geest werkte op volle toeren om een aannemelijk verhaal voor haar te verzinnen. 'Het gebeurde jaren geleden,' begon hij, in een poging om tijd te winnen. Plotseling was hij weer terug in de steengroeve, uit zijn wond stroomde nog steeds bloed. Zijn hand begon te kloppen.

Laurie zag de uitdrukking van pijn op zijn gezicht. Hij klemde zijn hand om de hare. 'Je hoeft het me niet te vertellen als het te pijnlijk is,' zei ze.

Toen schoot hem een incident uit zijn jeugd te binnen. 'Het was een ongeluk,' zei hij. 'Toen ik klein was.'

Hij haalde zich de pick-up voor de geest waarin zijn vader had gereden en de dag waarop hij, toen zijn vader een bocht nam, uit de achterbak op straat was gevallen. Zijn vader was gestopt en had hem zonder een woord te zeggen opgetild en hem, zelfs zonder hem even af te kloppen, weer terug in de pick-up gezet.

'Ik ben uit een pick-up gevallen toen ik zes was,' zei hij zacht. 'Maar mijn vader reed langzaam,' voegde hij daaraan toe toen hij de geschrokken uitdrukking op haar gezicht zag. 'Ik haalde me open aan een stuk steen. Het bloedde behoorlijk.' Hij stelde zich de scherpe punt van de rioolbuis voor, hoe die diep binnendrong in zijn vlees, en de pijn.

'Arme schat,' zei Laurie, zijn handpalm tegen haar wang drukkend.

Zijn angst werd verdrongen door opgetogenheid over zijn spitsvondige antwoord. Hij kon een glimlach niet onderdrukken.

Laurie glimlachte naar hem terug.

Jessica keek naar haar man die naast haar op zijn buik in bed lag. Ze was nog steeds een beetje tipsy van de wijn die ze hadden gedronken. Ze liet haar hand langs zijn ruggengraat glijden.

'Tom, lieverd, het enige waaraan je kunt zien dat je een heiden bent, is je gebrek aan lichaamshaar en het feit dat je niet besneden bent. Mijn moeder zou geschokt zijn als ze het wist.'

Tom draaide zich niet om toen hij antwoord gaf. 'Wil je daarmee zeggen dat je het met je moeder nog niet over mijn penis hebt gehad?'

'Nog niet,' antwoordde ze. Ze kuste zijn rug. 'En ik was bijna je kleine *tushi* vergeten. Veel indianen hebben een klein kontje.'

'Hoe staat het met mijn gezicht?'

'Ja, je lijkt precies op die indiaan op een vijfcentstuk. Behalve dan je blonde haar. En je rode baard. Een lange, blonde indiaan is een beetje vreemd.'

'Een rijke indiaan is zelfs nog vreemder. Als Mollie Rennend Hert er ook maar het minste vermoeden van had gehad dat ze bovenop al die olie zat, dat haar zoon rijker zou worden dan ze in haar stoutste dromen had kunnen bevroeden… en dat terwijl ze niet eens elektriciteit had!'

'Al die seks maakt me hongerig,' zei Jessica. 'Laten we opstaan en wat gaan eten.'

'Ik maak wel een kipsandwich voor ons. Ik heb een maand lang geen vlees gegeten. Ik kan bijna niet wachten om je te vertellen over de stam en de medicijnman, en de zaden van kruiden die het team heeft verzameld.'

'Ik vind de sieraden die je hebt meegebracht prachtig,' zei Jessica, de deur van haar badkamer dichttrekkend.

'Volgens mij ben je afgevallen,' zei Jessica toen ze samen in de keuken zaten. Ze trok haar ochtendjas strak om zich heen. Tom droeg een korte broek. Ze keek naar zijn lange benen en zijn platte maag. 'Die vijf pond die jij kwijt bent, zitten nu bij mij. Is dat de manier waarop het werkt?'

'Zo ben je precies goed,' zei hij, haar handen in de zijne nemend.

'Twee maanden is te lang!' zei ze opeens.

'Lieve help. Ik ben nog wel eerder thuisgekomen – voor Thanksgiving. Ik dacht dat je blij zou zijn.'

'Dat ben ik ook! Dat ben ik! Alleen doet dat me beseffen hoe erg ik je mis.' Ze wreef over het dunne litteken tussen haar ogen.

'Het is nu eenmaal mijn werk. Je weet hoeveel het voor me betekent. Ik ben in gevecht met de tijd. Als ik de indianen in de regenwouden kan helpen om hun land terug te krijgen – '

'Alsjeblieft, bespaar me je red-de-planeet-toespraken.'

'We zijn te oud voor dit gevecht.'

'We zijn nooit te oud om te vechten. Interesseert het je iets dat je dochter met een blauwbaard slaapt?'

'Toe nou, Jess.'

'Vergeet maar dat ik het gezegd heb. Ik weet dat je denkt dat ik paranoïde ben.'

'Natuurlijk kan het me wat schelen. Maar moet ik de jungle uit komen rennen omdat ze seks heeft? In godsnaam, ze is achttien.'

'We hebben het niet over een of andere primitieve stam, Tom. Dit gaat over Laurie.'

'Wat vindt Laurie ervan? Zo te horen lijkt hij oké.'

'Ik vind hem ongeschikt voor haar.'

'Wie is dat *wel*, Jessie? Als ik zo dacht, dan zou ik nog geen man op dichter dan een kilometer afstand laten komen. Je kunt geen vriend voor haar ontwerpen.'

Stilte.

'Laat het los, Jessie. Wees niet zo bezitterig. Je verbaast me. Je bent een hippe moeder.'

'Ik *ben* niet bezitterig, ik ben *zorgzaam*.'

'En dat ben ik dus niet.'

'Jij bent niet… hier.'

'Jess, laten we er niet omheen draaien. Maak je je echt zorgen over dat vriendje? Of is het alleen maar om me duidelijk te maken dat ik thuis zou moeten blijven?'

'Tom, zelfs mijn ruimdenkende moeder zegt dat Laurie te goedwillend is, te naïef.'

'Waarom zegt ze dat?'

'Omdat ze bang is dat jongens daar misbruik van zullen maken.'

'Vertrouw jij deze Kevin?'

'Nee.'

'Waarom niet?'

'Ik *weet* het niet. Ik kan niet precies zeggen waarom. Daarom heb ik je hulp nodig.'

Tom stond op en ruimde hoofdschuddend de bordjes af. 'Jess, je zult toch met iets meer bij me aan moeten komen. Want zoals je hem tot nu toe beschrijft – '

'Ik wil dat je hem ontmoet.'

'Dit klinkt belachelijk.' Tom staarde haar aan. 'Wil jij dat Laurie zich ontwikkelt tot een sterke onafhankelijke vrouw?'

'Natuurlijk.'

'Ik wil dat ze net zo wordt als jij.'

'O, Tom…'

'Maar overbezorgd zijn, zelfs met de beste intenties, en voor haar denken, is niet de goede manier.'

'Is dat wat je denkt dat ik doe?'

'Het heeft er anders veel van weg.'

'Tom, ik wil Laurie geen pijn doen, dat weet je.'

'Bedenk nu eens goed wat je aan het doen bent, Jess. Ze moet zelf ontdekken hoe het leven in elkaar zit. Herinner je je dat artikel nog dat we ooit in de *Times* hebben gelezen, van die psychiater die tieners behandelt? Daar stond in dat wanneer ouders zich met de relatie van een dochter gaan bemoeien, het kind een gevoel van machteloosheid krijgt.'

'Maar Tom, dit ligt anders. Geloof me, Kevin Glade verbergt iets. Ik voel het, ik ruik het. Wanneer ik dichtbij hem ben dan *weet* ik het gewoon.'

Tom zweeg even voordat hij weer sprak. Dat ze naar zijn mening Lauries vertrek nog niet helemaal had verwerkt, kon hij niet tegen haar zeggen, en evenmin dat ze te veel van haar energie op deze Kevin richtte. Maar misschien overheerste boven alles het schuldgevoel dat hij haar zo vaak alleen liet.

'Ik geef het op,' zei hij ten slotte. 'Je weet dat ik vertrouwen heb in je oordeel.' Hij schudde zijn hoofd. 'Je kunt tenslotte beter op die knaap vitten dan op mij,' zei hij met een uitgestreken gezicht, waardoor Jessica de neiging kreeg om te gaan gillen.

Ricky spreidde de plastic vellen over de vloer en trok het vloeipapier ertussenuit.

'Schitterend,' merkte Jessica op, in trui en spijkerbroek in kleermakerszit naast haar zittend. Ricky hield een amberkleurig vel tegen het licht. 'De lead-zanger is zwart, en ik kan bij hem niet dezelfde kleur gebruiken als bij een blanke. Als ik hem met geel belicht, dan krijgt hij de kleur van een stuk perkament.'

Ricky had een jongensachtig figuur en kroop behendig over de vloer, vlot de kleurenfilters sorterend die ze gebruikte voor de belichting van Symphony Space, een theater net een blok verwijderd van hun appartementengebouw. Jessica zag de platte buik, de smalle taille, het maatje-34-figuur van haar vriendin, en ze bewonderde haar pezige kracht. Ricky was vijf jaar jonger, hield ze zichzelf voor, en haar lichaam was nooit opgerekt door een groeiende baby.

'Blanken hebben roze in hun huid, daarom kun je geel gebruiken,' legde Ricky uit. Ze hield twee vellen magenta omhoog. 'Voor de schenenbrekers,' zei ze, doelend op de, op scheenbeenhoogte geplaatste en dansers bedreigende schijnwerpers langs de rand van het toneel.

'Ik ben zo blij dat jij naast me woont,' zei Jessica.

'Dankzij mijn vader,' antwoordde Ricky met een weemoedige glimlach.

'Toen jouw vader stierf en jou het appartement naliet, speelde Laurie, die pas acht was, tot grote ergernis van de buren, nog met haar bal in de hal. Jij was de enige die niet klaagde. Weet je nog dat ze met kleurkrijt die muurschildering op het behang in de hal had gemaakt? De gedachte aan de avond dat ze alle sporen van Lauries kunstwerk van de muren hadden geboend, deed hen beiden glimlachen. 'Wat had ik al die jaren zonder je moeten beginnen?' zei Jessica. 'Waarschijnlijk zou ik zijn gescheiden.'

'Zijn de wittebroodsdagen voorbij?'

'O, we hebben vanmorgen vroeg ontbeten en hij is voor een paar uur naar kantoor gegaan. Hij blijft lang genoeg in New York om wat geld in te zamelen en zich van meer rechtskundige ondersteuning te verzekeren en dan is hij in december weer vertrokken. Dan ben ik weer alleen.'

Jessica's blik viel op de mappen op de tekentafel vlak bij het raam. Ricky's appartement keek uit op de stad met ochtendzon vanuit het oosten. 'Belicht je een nieuwe show?'

'Vanmiddag heb een productievergadering voor de *Mikado*. De Gilbert and Sullivan Players zijn herrezen uit het graf,' antwoordde Ricky, op haar horloge kijkend. Ze hield twee magenta filters tegen het licht. 'In deze zit meer roze,' besloot ze, omhoog kijkend. Jessica zag geen enkel verschil.

'Ik ben *bepaald* niet gelukkig met die Kevin,' begon Jessica. Ricky wierp een schuine blik op Jessica, nam een slokje koffie en zette toen haar mok op het vloerkleed. 'Op het eerste gezicht lijkt hij een opgewekte en energieke jongen, maar dat straalt hij niet uit.'

'Wat bedoel je?'

'Afgelopen week hebben Tom en ik hem mee uit eten genomen en hij was zo sympathiek en charmant. Maar op de een of andere manier, *oppervlakkig*. Hij heeft geen enkele keer iets gezegd dat diepgang had of… Hij is pienter maar…'

Toen ze de uitdrukking in Ricky's ogen zag, hief ze haar handen in wanhoop ten hemel.

'Ga nu alsjeblieft niet zeggen dat ik een jaloerse, bezitterige moeder ben die niet los kan laten.'

'Luister, ik ben lichtontwerper. Als ik een belichtingsplan maak, heb ik details nodig. Begin maar met zijn achtergrond.'

'Wel, er wordt gezegd dat hij bemiddeld is. Hij heeft zijn ouders verloren toen hij een kleine jongen was. Is grootgebracht door een gemene tante en toen naar de Putney School in Vermont gegaan. Hij schildert, heeft op Cornell als hoofdvak kunst, maar schijnt nooit college te lopen. Hij zou piano hebben gestudeerd, maar zijn nagels zijn te lang. En hij schrijft gedichten.' Tijdens het praten haalde ze een opgevouwen blaadje papier uit haar zak. 'Hij heeft nooit Latijn gehad – op een *privé-school*? En hij is op *nieuwjaarsdag* geboren.' Ze wierp het blaadje naar Ricky. 'Wat vind je van dit gedicht?'

'Leg me eerste maar eens uit wat er mis is met geboren worden op nieuwjaarsdag.'

'Het is op de een of andere manier zo… zo theatraal.'

Ricky streek lachend het velletje papier op haar schoot glad.

Jessica schonk zichzelf wat koffie in en nam haar mok mee naar de bank waar haar vriendin het gedicht zat te lezen.

'En?'

'Het is een erg gecompliceerd gedicht.'

'Te gecompliceerd voor een achttienjarige? Hij lijkt ouder en hij gedraagt zich ouder. Bij hem vergeleken is Laurie nog maar een kind.'

Ricky keek haar aandachtig aan. 'Waarom zou hij liegen over zijn leeftijd?'

Jessica haalde haar schouders op. 'Het lijkt steeds of hij met zijn gedachten ergens anders zit, alsof hem iets dwarszit. Waar is dat *joie de vivre* dat je geacht wordt te hebben als je zo jong bent?'

'Wat nog meer?'

'Hij heeft niet dat gepolijste van een kind dat van de voorbereidingsschool komt. Hij heeft meer dat slinkse van een zwendelaar. En hoe komt het dat hij nog nooit van de Sierra Club heeft gehoord, of de Audubon Society? Toen Tom ze noemde, staarde hij wezenloos voor zich uit, hoewel hij zijn gezicht weer snel in de plooi had.'

'De jongeren van tegenwoordig zijn behoorlijk onnozel.'

'Hij gebruikt de juiste vork, zegt de juiste dingen, maar ik heb het idee dat hij bij Laurie anders wil overkomen dan hij eigenlijk is.'

'Waar is hij volgens jou op uit?'

'Een rijk meisje aan de haak slaan? Hij weet dat ik joods ben, en iedereen denkt dat joden geld hebben.' Ze lachten. 'Wie zal het zeggen,' zei Jessica hoofdschuddend.

Ricky zag de oprechte bezorgdheid op het gezicht van haar vriendin.

'Kan ik dit gedicht even lenen? Ik zal aan Marianne vragen om het even te lezen. Ze geeft dit trimester een cursus over poëzie. Misschien kan ze ons haar mening geven over Kevins talent.'

'Ricky, je bent een engel,' zei Jessica dankbaar.

'Weet je, ik moet altijd nog aan Arnie denken.'

'Arnie?'

'Ja, Arnie. Op wie ik zo gek was. Die uiteindelijk zo'n viespeuk bleek te zijn?'

'Nu weet ik het weer,' zei Jessica. 'Die directeur met dat paardenstaartje.'

'Nou, die heb jij ook nooit zien zitten.'

Jessica slaakte een zucht van opluchting. Eindelijk had ze een bondgenoot gevonden.

Hoofdstuk vier

'In de stad wordt gezegd dat die arme April Meadows is vermoord,' zei Patrick Sullivan tegen zijn dochter Kathleen, zijn ontbijt beëindigend. Kathleen wist haar schrikreactie niet te verbergen. 'De politie intensiveert het onderzoek. Na al die tijd? Ik vraag me af waarom.' Hij zag hoe zijn dochter reageerde en keek haar aan. 'Jij kende haar toch niet, of wel?'

'Nee, ze zat niet bij me in de klas,' antwoordde ze, zijn bord afruimend om haar emotie te verbergen. 'Ze was jonger,' verklaarde ze gehaast. 'Ik heb haar nooit gekend.'

'Vreselijk,' zei hij, zijn parka pakkend. De opmerking, hoewel niet tot haar gericht, gaf haar een schuldig gevoel. 'Geef Brendan maar een kus van me, wil je,' zei hij toen hij de deur uitliep, 'anders ben ik vandaag weer te laat op de zaak.' Uit de woonkamer hoorde ze het geluid van Daffy Duck komen. Knabbelend op zijn droge cornflakes zat de tweejarige Brendan naar de televisie te kijken.

Toen ze de voordeur hoorde dichtslaan, liet Kathleen zich op de keukenstoel zakken. Ze zocht naar een denkbeeldige sigaret, een gewoonte die na bijna een jaar niet roken weer de kop op stak. In het begin, toen Billy afspraakjes met April was gaan maken, had Kathleen haar benijd, in de veronderstelling dat April beter door Billy zou worden behandeld, dat ze een mooier, gewiekster en populairder meisje zou zijn dat niet het soort moeilijkheden zou krijgen die haar door haar eigen zwakheid en stompzinnigheid waren overkomen. Maar de dag dat ze hoorde dat April werd vermist, wist ze waarom April was weggelopen; het was dezelfde reden waarom ze er zelf vandoor had willen gaan. Ze had toen met April te doen gehad en voor het eerst had ze voor zichzelf medelijden gevoeld in plaats van woede en schaamte. Niemand verdiende iemand zoals Billy Owens.

Maar nu had ze angst om April en ze was verbijsterd dat de politie op zoek was naar een moordenaar. Tenslotte was ze net zo oud geweest als April toen haar leven door Billy werd geruïneerd. Ze was een onnozele dwaas geweest. Ze had een fatsoenlijk meisje willen zijn. Nu vond ze dat haar eigenlijk nauwelijks verweten kon worden dat ze die avond een beetje plezier had willen hebben. Om op haar veertiende volledig voor haar moeder te moeten zorgen, in het besef dat die niet lang meer te leven had, terwijl andere meisjes plezier hadden, was te zwaar geweest. Een avond had ze aan de verleiding toegegeven. Toen ze hoorde dat Billy de stad had verlaten, was ze zo opgelucht geweest. Ze zou niet meer bang hoeven te zijn dat ze hem in de stad, of in de supermarkt, of bij football tegen het lijf zou lopen. Toen ze van school was gegaan, was ze wat hem betrof van de aardbodem verdwenen.

Ze hoorde Brendan rondscharrelen. Het werd tijd dat ze hem uit zijn pyjama hielp, hem in bad deed en hem voor de peuterklas klaarmaakte. Later zou ze hem weer ophalen voor het uitstapje dat ze hem had beloofd. Wat een ironie. Vandaag was de dag dat ze definitief zou afrekenen met de ellende die precies drie jaar geleden was begonnen, de dag dat ze al haar moed bijeen zou rapen om de laatste restanten op te ruimen van de puinhoop die ze van haar leven had gemaakt.

Ze wierp een blik in de woonkamer, waar Brendan met het bord naast zich en met zijn dekentje in zijn armen geklemd op de vloer zat. God, wat hield ze toch veel van hem. Haar vader was ook stapel op hem. Wachtend tot het programma afgelopen was, keek ze in de kamer om zich heen naar de dingen die haar moeder zo lief waren geweest, de kanten gordijnen, het Ierse kristal. Ze streek met haar vinger door het stof op het bureau dat ze altijd voor haar moeder glimmend had gewreven toen ze te ziek werd om nog uit bed te komen.

'Het is maar goed dat je moeder dit niet meer mee heeft hoeven te maken,' had ze altijd verwacht dat haar vader zou zeggen als hij zou inzien dat de gewichtstoename van haar vijftienjarige lichaam niet kon worden toegeschreven aan compensatie na haar moeders begrafenis. Maar drie jaar geleden had hij er geen woord over gezegd, en ook niet in de tijd daarna. Ze wist dat het haar moeders dood zou hebben betekend als ze van Kathleens zwangerschap zou hebben geweten, maar de K-ziekte was sneller geweest. Het woord kanker was in huis nooit uitgesproken, alsof iets niet bestond als je het niet bij zijn naam noemde.

Ze stond voor het bureau waar haar diploma van de high school zou komen te staan. Ze was bijna klaar met de avondschool en ze was van plan om verpleegster te worden, om iets van zichzelf te maken, om Brendan en haar vader trots op haar te laten zijn; en misschien ook wel haar moeder. Ze begon het gevoel te krijgen dat ze bijna al het verlies had goedgemaakt, dat ze nu verder kon en eindelijk zelfs een beetje gelukkig kon worden. Misschien dat ze nu 's nachts weer zou kunnen slapen en niet wakker schrikken uit een nachtmerrie, woedend over de onrechtvaardigheid, of met een knagend gevoel van angst in haar borst. Ze betrapte zichzelf in de spiegel boven het bureau, ze zag haar lange, blonde haar, het spichtige, nu voller wordende lichaam, de blauwe ogen. Haar vastbeslotenheid smolt als sneeuw voor de zon. Misschien kon ze vandaag toch maar beter niet gaan, dacht ze. Nee, besloot ze. Ze had het al te lang uitgesteld. Het was tijd om haar angst tegemoet te treden.

Ze zou naar de steengroeve gaan.

Tegen het middaguur had het speurhondenteam de struiken rond het huis van de Meadows uitgekamd. Zonder succes. Eindelijk hebben we iets ondernomen, dacht Sandy Ungar, maar ze hadden het spoor te koud laten worden. Ze sloeg met haar vuist op haar bureau. Waarom had ze haar instinct niet gevolgd?

Zelfs nu zou McKenzie nog volhouden dat ze geen echte aanwijzing voor een misdaad hadden. Niettemin had ze direct nieuwe opsporingsbiljetten van April laten verspreiden, ditmaal met de gegevens van haar gebit, en op de faxen had gestaan: 'Vermissing mogelijk het gevolg van misdrijf.' Maar ze kon Marge geen zekerheid verschaffen. Deze maatregelen hadden niets te betekenen; ze zouden haar dochter niet vinden. De politie miste de mankracht om een uitgebreide zoekactie op touw te zetten, en rechercheteams in de andere staten hadden hun handen vol aan hun eigen misdaden.

Het telefoontje van Aprils moeder had haar die ochtend overvallen. Het was vroeg geweest, en de timing miserabel. Sandy had op het punt gestaan om naar de plaats van een moord te vertrekken toen de telefoon had gerinkeld en ze onnadenkend 'er is geen nieuws, Marge', had geroepen. De gedachte aan het antwoord van de arme vrouw maakte Sandy's overhemd weer vochtig. Het was alsof felle zonnestralen de plompe, kleine betonnen barakken en haar steriele, raamloze kantoor waren binnengedrongen en zich regelrecht in haar borst hadden geboord.

'Het maakt allemaal niets meer uit,' had Aprils moeder uitgeroepen. 'Mijn dochter is dood.'

'Heeft u dit jonge meisje gezien?' Anderhalf jaar geleden had
Aprils gezicht hem vanaf de beeldbuis tegemoet gestraald. En
angst had hem overspoeld toen een magere brunette, een plaatselijk verslaggeefster ernstig in de camera had gesproken. 'April
Meadows, net vijftien jaar oud, is drie maanden geleden onder verdachte omstandigheden verdwenen.' Onder Aprils foto verscheen
een telefoonnummer. 'Mocht u informatie hebben, belt u dan alstublieft dit nummer,' vermeldde een monotone stem.

Iedere keer wanneer hij nu op Cornell de kliederige smurrie aan-
maakte en met het plastic mondstuk de Clairol haarverf tussen zijn
rode haarwortels spoot, keek hij, zich deze woorden herinnerend,
in de spiegel van zijn studentenkamer. Hij had in een andere spiegel van een eenzaam motel gestaard, nadat hij onderweg voor het
eerst was gestopt om Billy Owens van de aardbodem te laten verdwijnen. Het was nog geen tachtig kilometer verwijderd geweest
van de plek waar April…

*Hij zag een flashback van bloed, Aprils lichaam, hersens… Hij
probeerde het steeds terugkerende beeld van Aprils, als een pom-
poen opengebarsten, hoofd te verdringen…*

Die vreselijke nacht in de motelkamer was hij ervan overtuigd
geweest dat ze haar lichaam zouden vinden en dat *zijn* naam over
het beeldscherm zou flitsen. De angst had hem in zijn greep gekregen en hem badend in het zweet naar een nabijgelegen winkelcentrum gejaagd om iets te vinden waarmee hij zichzelf kon vermom-
men. Hij besefte dat, zelfs als ze haar lichaam nooit zouden vinden,
hij zich geen enkele misstap kon veroorloven zolang die politie-
agent Sandy Ungar nog leefde. Gejaagd lukraak uit de schappen
grissend en in een mandje gooiend, haastte hij zich door een enorme supermarkt: eerst haarverf, dan schuimverstevinger, een kap-
persschaar, een honkbalpet en ten slotte een zonnebril. Het boodschappen doen in de anonieme, verlaten gangen verliep verbazend
probleemloos. Hij nam genoeg tijd bij de grote sortering haarver-
ven om de juiste kleur uit de zoeken. Na het motel te hebben betaald, telde hij nauwkeurig zijn bankbiljetten. Het geld dat hij van
zijn spaarrekening had opgenomen, en het aantal biljetten die zijn
moeder in zijn portefeuille had gestopt nam snel af. Tevergeefs pro-

beerde hij het beeld van het afscheid van zijn moeder te verdringen.

'Ik heb het je al zo lang willen zeggen, ma, maar ik ga er vandoor,' had hij gezegd. 'Er is hier niets meer waarvoor ik zou blijven.'

De angstige uitdrukking op haar gezicht bevestigde dat ze dit slechte nieuws altijd al had verwacht. 'Maar waar ga je dan heen?' had ze gevraagd.

'In Michigan heb ik samen met een vriend van me een baantje gevonden. Momenteel ben ik te rusteloos om weer naar school te gaan.'

Zijn vader, die in de deuropening van de woonkamer had gestaan, had hem nors aangestaard zonder hem het beste te wensen. In de ogen van zijn moeder waren tranen gekomen, maar zoals gewoonlijk had ze niets gezegd. Ze had de strijd verloren. Hij had geweten dat hij nooit meer terug naar huis zou kunnen gaan om zijn moeder te zien. Hij had het gevoel dat zij dat ook had geweten. En toen had hij een ingeving gekregen. Hij had Aprils moeder gebeld om afscheid te nemen, en ze was in tranen uitgebarsten. Slimme zet, Billy.

Bij zijn eerste verfklus in het motel had hij zijn T-shirt bespat, en de wasbak en de tegels hadden onder een bruine waas gezeten. Maar het resultaat had er mogen zijn; het was verbluffend. Hij herinnerde zich de kinderen die hem op de lagere school hadden geplaagd. 'Wortelkop, wortelkop. Schrap schrap wortelkop. Konijnen knabbelen aan wortelkoppen.'

Hij was blij dat hij uit dat achterlijke stadje was vertrokken. Hij herinnerde zich de stormachtige avond dat hij was vertrokken. Hij was met zijn gezicht omlaag en met zijn koffer in zijn hand naar de snelweg gelopen. Hij had erop gerekend dat er een vrachtrijder voor hem zou stoppen, waardoor hij de volgende dag zo'n duizend kilometer verderop zou zijn, voordat er ook maar een agent op het idee zou komen om hem te gaan zoeken. Nu verwonderde hij zich over zijn slimme besluit om voor een toevallige bestemming te kiezen. Hij zou zich daar schuilhouden waar de vrachtrijder hem zou afzetten. En de vrachtrijder die hem meenam, bracht hem van de snelweg naar Battleboro, een plaats waar ze hem niet konden vinden, omdat het puur toeval was dat hij hier terecht was gekomen, net als het gooien van een dobbelsteen. Nu was hij iemand anders, een student in Ithaca, zichzelf aankijkend in de spiegel. Hij herinnerde zich hoe hij na het verven voor het eerst zijn krullen had afgeknipt, waarbij hij had ontdekt dat zijn haar minder krulde als hij het knipte. En toen hij het met schuimversteviger achterover kamde, was hij verbijsterd door het verschil. De veranderde contouren van zijn gezicht gaven hem een heel ander uiterlijk. Nu zijn voorhoofd niet langer bedekt was, leek zijn gezicht langer en zijn gelaatstrekken leken veel volwassener en ingetogener. Maar de drastische verandering van zijn haar, van vlammend rood naar onopvallend kastanjebruin was de meest ingrijpende verandering geweest.

Hij voelde zich emotioneel getransformeerd toen de vurige kleur van zijn haar, als het vlammend rood van herfstbladeren, had plaatsgemaakt voor kastanjebruin.

Hij had een nieuwe identiteit. Er kwam een gevoel van rust over hem, zoals, stelde hij zich voor, sereniteit bij monniken tijdens het mediteren. Mijmerend over de bekoring van zijn nieuwe identiteit, maakte zich even een gelukzalig gevoel van hem meester bij de gedachte zijn verleden achter zich te laten zoals een slang zich ontdoet van zijn perkamentachtige huid in een nieuw jaargetijde.

Een honkbalpet had die zomer sproeten op zijn gezicht verijdeld, daarna had hij zich verscholen onder een strooien hoed met een band, en nu beschermde een modieuze brede vilthoed hem tegen nieuwsgierige blikken. Hij stond op om zichzelf in de spiegel te bekijken. 'Absoluut hengstiger,' oordeelde hij, van zijn pas verworven studentenjargon gebruikmakend, en hij rolde met zijn spieren voor de spiegel. Sinds hij uit Indiana was vertrokken was hij meer dan drie centimeter gegroeid. Hij was forser geworden en wat zwaarder. Een alledaagse verschijning met rood krulhaar zou het op Cornell niet redden, dacht hij. Geleidelijk had hij zijn haar glad en golvend in zijn nek laten groeien. Een beetje klasse. Dit was tenslotte de Ivy League en niet een of andere universiteit uit een lagere divisie, dacht hij, zich vooroverbuigend over de wasbak in de zelden gebruikte wasruimte aan het eind van de gang. Zijn kamergenoot, afkomstig van de hotelschool, verzorgde weer ergens een of ander schoolbanket. De deur was op slot, voor het onwaarschijnlijke geval dat een student hem zou komen storen. Nu ervaren in het aanbrengen van de haarverf, legde hij de laatste hand aan de resterende plukjes haar boven op zijn hoofd die hij had overgeslagen. Hij zou alles schoonmaken en de belastende verpakking in een afvalcontainer in College Town dumpen.

Deze studentjes beseften niet hoe goed ze het hadden. Ze hadden geld, ouders... Hij miste zijn moeder. Hij had haar een jaar lang niet durven bellen, maar onlangs had hij zich niet langer kunnen bedwingen en haar nummer gedraaid, alleen maar om haar stem te horen, op een tijdstip waarvan hij wist dat zijn vader naar zijn werk zou zijn. Hij verbeeldde zich dat ze op de een of andere manier zou voelen dat hij zich aan de andere kant van de stilte bevond.

De universiteit was voor een negentienjarige zonder familie, vrienden of andere middelen van bestaan een uitstekende plek om onder te duiken, bedacht hij. En in Ithaca, op Cornell, met zijn enorme campus en al zijn colleges, ging hij onder in een zee van studenten. Hij had de naam van een oude kameraad van de high school aangenomen en verzocht om verzending van zijn dossiers naar Cornell. Kevin Glade, de skifanaat zou nooit weten dat Billy zich zijn naam had toegeëigend; noch zou hij ooit de gloedvolle aanbevelingsbrieven lezen die Billy had verzonnen. Billy had zelfs de naam Glade meer glans gegeven door zo hard voor zijn toelatingsexamen te blokken dat zijn cijfers hoger uitvielen dan Kevin ooit gehaald zou hebben. Maar ook dat zou de echte Kevin natuurlijk nooit weten. Hij had ontdekt dat hoe chiquer de school was, des te eenvoudiger het werd om die om de tuin te leiden. Hij had Princeton van de hand gewezen. En Cornell was met financiële hulp over de brug gekomen toen de eigenaar van een coöperatieve kunstnijverheidswinkel in Putney, Vermont, een brief had geschreven, waarin hij Kevins goudeerlijke karakter roemde en zijn leedwezen had geuit over Kevins beklagenswaardige status als wees. Het enige probleem was geld. De beurs die hij kreeg voorzag in zijn levensonderhoud en zijn studie, maar hij had wat handgeld nodig voor kleding en zijn sociale leven. En zeker nu hij de ware liefde had ontmoet, het goddelijke schepsel dat April en Betsy had overschaduwd. Hij had Betsy in Putney moeten achterlaten. In kleine steden waren geheimen maar een kort leven beschoren.

Laurie. Hij schreef haar naam met vuile verfvingers op de spiegel. Hij zou alles voor haar doen. Toen hij in Ithaca aankwam, was hij slechts een schim geweest, gescheiden van zijn familie, van zijn woonplaats, van alle liefde. Maar nu was hij helemaal gelukkig. Laurie was zijn ontsnappingsmogelijkheid uit de wereld van de doden.

Meezingend met het uit de oortelefoontjes van haar draagbare cd-speler dreunende 'Watershed', jogde Laurie van haar laatste college naar huis. Het zingen van haar favoriete liedje van de Indigo Girls deed haar aan Kevin denken. 'Hij is leuk, hij is slim, hij is charmant,' zong ze op het ritme van het liedje, daarmee de herinnering aan de angstige ogenblikken in het zomerhuis terugdringend naar de verste uithoeken van haar geest.

Het liedje deed haar denken aan de winderige middag aan het meer toen ze Kevin voor het eerst had ontmoet. Het was in augustus geweest, haar eerste week op de universiteit, op de zondag dat ze met de debatingclub aan de waterkant had gepicknickt. Ze had Kevin voor de voeten gelopen terwijl hij Ultimate Frisbee speelde, wat hem een punt had gekost. Hij had het niet erg gevonden, hij was zo beleefd en charmant geweest. Ze herinnerde zich hoe ze elkaar hadden aangekeken toen hij zijn blik naar haar had opgeslagen – en haar hart een sprongetje had gemaakt. De gedachte aan hem benam haar de adem. Hoe langer ze hem kende des te sterker ze het gevoel kreeg dat er sterke emoties in hem leefden, dat het leven gecompliceerder was dan dat het zo oppervlakkig bezien leek te zijn. Het was niet door wat hij zei. Het was de manier waarop hij zweeg, een onderstroom van emoties en gevoelens die ze nog nooit eerder bij een jongen had ervaren. Hij straalde iets uit dat haar aantrok, fascineerde, in zijn greep hield.

Maar hij had ook iets kwetsbaars over zich wat hem des te aantrekkelijker maakte. Het was alsof hij een innerlijke pijn met zich meedroeg die ze soms in zijn dromerige blik bespeurde. Ze herinnerde zich de vreemde blik in zijn ogen toen ze hem op de dag dat ze elkaar hadden ontmoet tegen zijn zin in een zeilboot had proberen te krijgen, hoeveel moeite het hem had gekost om toe te geven dat hij niet kon zeilen – ja, zelfs niet kon zwemmen – en hoe zijn angst haar had verrast. Maar ze had hem geen kans gegeven om er onderuit te komen. En vanaf het moment dat hij haar had gezien, wist ze dat hij haar niet meer wilde laten schieten. Dat hij net zo op haar gevallen was als zij op hem.

'Kom op, bangerik,' had ze hem uitgedaagd, 'vertrouw je me soms niet?'

'Hoe goed ben je?' had hij gevraagd.

'Wees maar niet bang, je zult niet verdrinken. Hou je maar aan de boot vast als hij omslaat. Of zwem naar de kant.'

'Ik heb net een nieuw horloge – '

'Doe dat maar gewoon in je schoen,' zei ze, lachend om zijn uit-vlucht. 'Je vrienden zullen er wel op letten.'

Toen, vertederd door zijn onbeholpenheid en zijn bereidheid terwille van haar te lijden, had ze zijn hand gepakt en hem met zich meegetrokken. Maar eenmaal op het meer, was ze opeens overstag gegaan en had ze de zeilboot teruggebracht, omdat ze zijn duidelijk zichtbare ellende niet langer had willen laten voortduren.

Nu, twee maanden later, voelden zij en Kevin zich één. Ze hielden van dezelfde dingen, hadden dezelfde interesses, en Kevin hield zelfs zijn gemak over haar moeder.

In gedachten verzonken, zag ze Doug en Little Mini, die over het rechthoekige plein op haar toe kwamen lopen, pas toen het te laat was. Uitgerekend zij waren de mensen die ze had willen ontlopen. Vanavond was de oefenronde voor de nieuwkomers in debating-club. Ze was van plan om het over te slaan en de avond samen met Kevin door te brengen.

Zij renden naar haar toe en sloegen enthousiast hun armen om haar heen. Ze moest lachen om hun theatrale gebaren, zo anders dan Kevin. Lieve, tedere, ingetogen Kevin. Nou ja, meestal dan toch…

Kevin trok zijn bureaula open en haalde de laatste brief naar zijn idool, Lorna Barrett, te voorschijn. Toen hij in de kleine spiegel aan de wand een glimp opving van zijn veranderde imago glimlachte hij. Hij zou de brief verbranden. Hij zocht in de bureaula van zijn kamergenoot naar een aansteker. Hij hield de brief omhoog, knip-te de aansteker aan en hield de vlam bij een punt van het papier.

Hij dacht aan de eerste brief die hij aan zijn favoriete actrice had geschreven en aan de brieven die daarna waren gevolgd. Hij herin-nerde zich de eerste keer dat hij haar in de pikdonkere bioscoop-zaal had gezien, hoe zijn adem had gestokt op het moment dat ze op het scherm verscheen. In *Young Love* was ze zo jong, zo on-schuldig geweest, maar toch ook zo mondain – en net zo oud als hij. En hij had haar geschreven. In brief na brief had hij zijn hart uitge-stort en geschreven hoezeer hij haar aanbad.

Als hij haar op het scherm zag, stelde hij zich voor dat ze alleen voor hem speelde, dat als ze de zaal inkeek naar hem zocht, dat ze heimelijk een vertrouwelijk gesprek met hem voerde. Dit ben jij, Kevin, leek ze te zeggen als ze een acteur kuste. Of, ik doe maar net alsof, Kevin, wanneer ze met iemand anders een liefdesscène speelde. Ik hou alleen van jou, leek ze dan te zeggen zonder haar lippen te bewegen. Natuurlijk, hij wist dat het allemaal fantasie was, zelfs wanneer hij zich in de diepe duisternis van zijn plaatselijke bioscoop bevond. Hij wist het, maar dat veranderde zijn gevoelens nog niet. Hij stelde zich haar pruilende lippen voor, haar natuurlijk blonde haar, haar prachtige lange benen, de veelbetekenende blik in haar blauwe ogen. Hij was haar altijd blijven schrijven, zelfs nadat hij van huis was weggegaan, zelfs toen hij wist dat hij de brieven niet meer zou kunnen versturen. In plaats daarvan zou moeten gaan opbellen. Maar nu had hij Lorna Barrett, de afwijzende ijskoningin niet meer nodig. Hij was zelfs niet meer naar haar laatste film gegaan. Hij las de woorden die hij had geschreven toen de vlam naar zijn vingers kroop.

Liefste Lorna,
Ik heb mijn eigen schoonheid gevonden. Haar naam lijkt op die van jou. Ze lijkt zelfs op je. Ze heeft jouw lange, blonde haar, jouw slaapkamerogen, jouw slanke, soepele lichaam, je lieve, ironische glimlach. Haar ogen praten met me zoals die van jou. Ze houdt van me zoals ik me altijd heb voorgesteld dat jij van me zou houden. De liefde die ik voor je voelde was een hopeloze liefde. Nu beteken je niets meer voor me. Laurel is alles voor me. Zij vult de leegte in mijn hart.

Het laatste wat hij zag van zijn door de vlam verteerde verleden was zijn echte naam. Billy Owens.

Hij liet de verkoolde resten in de asbak vallen en roerde de as fijn toen hij op de gang geluiden hoorde. Snel pakte hij zijn bril, zette hem haastig op, en ontspande zich weer toen hij de voetstappen en het lachen hoorde wegsterven, waarna hij het stalen montuur zorgvuldig op zijn neus zette.

Hij herinnerde zich hoe nerveus hij een paar maanden geleden was geweest toen hij had besloten om zijn zonnebril, die volgens hem niet… niet trendy genoeg was, te verruilen voor het meer intellectueel verantwoorde stalen brilletje dat hij nu droeg. In juli had hij in lower Manhattan bij de City Hall met een kletsnatte rug van de transpiratie in de smoorhete zon in de drukke straten heen en weer gelopen. Hij had net zijn illegale handeltje achter de rug – snel wat geld verdienen door in de achterbuurten wat drugs te kopen om die met winst in Vermont te verkopen – en nu was hij op zoek naar de geschikte opticien. Het moest een grote, drukke zaak zijn, van het lopende-bandtype, waar klanten nummers waren, geen namen of gezichten. Een fluitje van een cent in New York. Tussen de verwaarloosde discountwinkels vond hij er bijna direct een. Door de ruit zag hij de medewerkers naast elkaar achter de toonbank staan en hoe de klanten op met plastic beklede banken hun beurt afwachtten. Hij slenterde naar binnen en mengde zich tussen het publiek. Hij had geleerd dat zelfverzekerd gedrag vertrouwen wekte. Een schuldbewuste blik, een angstige stem, of een aarzeling, wekte achterdocht. Toch was hij er niet zeker van hoeveel aandacht zijn verzoek om een nieuw montuur met ongeslepen glazen zou trekken. Hij had zich niet bezorgd hoeven te maken.

'Heb je een vakantiebaantje op Wall Street?' had de opticien gevraagd.

Hij had zijn driedelig kostuum en zijn luxe schoenen gedragen.

'Klopt.'

'Ik krijg veel jonge advocaten uit deze buurt. Die knapen willen er allemaal wat ouder, wat professioneler uitzien. Ze willen allemaal ongeslepen glazen.'

'Dus dat komt wel vaker voor.'

'Je zou eens moeten weten,' antwoordde hij, Kevin inschattend. 'Het is een komen en gaan. De zwaardere monturen worden gekozen door topmanagers, accountants en zakenlieden. De makelaarskantoren kiezen meer voor de ronde modellen.'

Voorlopig hield hij het extra montuur van de 'twee halen, één betalen'-aanbieding nog in zijn bureaula achter.

Manhattan was een en al verassing, dacht hij, en Laurie was er een van. Ze was nog mooier dan April. April was net begonnen te ontluiken, Laurie stond in volle bloei. En wat nog belangrijker was, ze had niet het gevoel dat het verkeerd was om van hem te houden. In de stad, dacht hij, is alles mogelijk, en er is niemand die het weet. Hij was nog steeds geshockeerd door het taalgebruik dat studentes uit gegoede families uit New York eropna hielden. En door de manier waarop ze zich gedroegen. Ze schaamden zich er niet voor om woorden in hun mond te nemen, waarvoor kinderen in zijn geboortestad in Indiana, wanneer ze zulke taal zouden bezigen, van hun moeders hun mond met zeepsop zouden moeten spoelen. Laurie sprak openlijk over seks. En wat het meest schokkende van alles was, dat Lauries ouders *wisten* dat ze met elkaar naar bed gingen.

Maar Laurie was geen slet. Ze was een juweel. Een schitterende ster. Ze was lang, met helderblauwe ogen, lang blond haar tot op haar rug, en een sprankelende lach. In zeker opzicht was ze onschuldiger dan de kleinsteedse meisjes die altijd op hun hoede waren, bang om wat de buren, de stad, of hun ouders zouden denken. Laurie, op haar hoede voor de buitenwereld, vertrouwde volledig op de mensen in haar omgeving, ervan uitgaand dat iedereen net zo goed was als zij. Ze was zelfbewust en ongecompliceerd. Hij hield van de manier waarop ze liep – lange, kordate, zelfverzekerde stappen. Nog nooit had iemand hem zo'n trots gevoel gegeven. Ze was een stralende zon. En nu had hij haar nodig om hem te doen stralen. Hij poetste zijn cowboylaarzen met de achterkant van zijn corduroy broek, trok de rand van zijn hoed glad en ging op weg naar het plein om Laurie op haar terugweg van het college naar huis op te vangen. Hij wist dat ze het leuk zou vinden als hij onverwacht kwam opdagen. Dat wist hij zeker. Het zou tonen hoeveel hij van haar hield. Plotseling bang dat hij haar zou mislopen, haastte hij zich de trap af.

Kevin had niet op de lagere temperatuur gerekend en zijn korte leren jack bood hem maar weinig beschutting tegen de kou. Maar de beklimming van Libe Slope was inspannend genoeg om warm te worden. Spiedend naar Laurie, liet hij zijn blik langs McGraw gaan, het gebouw waar geschiedenis werd gedoceerd, toen keek hij op zijn horloge. Hij was te laat om naar de tweede verdieping te rennen om haar bij de collegezaal te treffen. Toen zag hij haar. Ze stond precies voor het standbeeld van Andrew Dixon White, en Doug, die vetzak, die engerd van Mars, stond met zijn arm om Lauries schouder heen geslagen. Hoewel hij door de haastige beklimming van de heuvel buiten adem was geraakt, rende hij de trap op naar de stenen banken op het terras die uitzicht boden op het standbeeld. Het terras was verlaten en hij had onbelemmerd zicht op het schouwspel. Hij ging zitten, voelde de klamme transpiratie onder zijn jack en de striemende, koude wind. Hij deed zijn bril af en tuurde ingespannen. Hij had haar betrapt. De vlucht voor de politie had zijn zintuigen en zijn waakzaamheid gescherpt.

Het was schemerdonker. Hij spande zich in om Mini, Dougs dwergachtige scharreltje dat er achteloos bij stond, te kunnen onderscheiden. Kennelijk kon het *haar* weinig schelen dat Doug Laurie vasthield.

Lachend gaf Laurie Doug een por. Nu pakte hij haar rugzakje met boeken. Laurie lachte nog steeds tijdens het stoeipartijtje dat zij won. Ze maakte zich los en nu lachte iedereen. Ten slotte wierp Laurie Doug een handkus toe en vertrok naar haar kamer, en Mini en Doug liepen de andere kant op, precies in Kevins richting. Kevin rende de trap af en zette zijn bril weer op toen hij voor hen opdook.

'Ik hoorde dat je gisteravond Laurie hebt gebeld,' zei Kevin met een scherpe ondertoon van ingehouden woede.

'*Hallo*, Kevin,' reageerde Doug. 'Wat *leuk* je weer eens te zien.'

Kevin staarde hem woedend aan.

'Ja, dat klopt,' antwoordde Doug. 'En wat zou dat?'

'Dat zal ik je vertellen. Laurie wil geen contact meer met je. Maar ze durft het niet te zeggen. Dus val haar niet meer lastig.'

Doug knipperde geschrokken met zijn ogen toen Kevin hem bij de revers van zijn jas greep.

'Hé, donder op,' stamelde Doug. Er klonk angst in zijn stem. Hij was niet opgewassen tegen Kevins vreemde woede-uitbarsting.

Plotseling liet Kevin hem los en beende kwaad weg.

'Godsamme,' fluisterde Mini.

'Ik had hem een dreun moeten geven,' zei Doug.

'Hij is het niet waard om je handen aan vuil te maken. Wat ziet ze trouwens in die graaf Dracula?'

'Dus dat verklaart waarom ze ons ontloopt,' zei Doug. 'Waarom ze vanavond niet meedoet met de oefenronde. Tien tegen een dat ze uit het team stapt.'

'Van mij mag ze,' zei Mini, huiverend Kevin met haar ogen volgend.

Doug opende de deur van de Olin Library. In een drukkende stilte, onderbroken door het geluid van heen en weer schuivende boeken, liepen ze naar hun tafels.

Kathleen had gehoopt dat het zou regenen, maar er hingen alleen maar wolken, de steengroeve verduisterend waarin de richels zich als zwarte schaduwen aftekenden. Als het geregend had, zou ze met Brendan terug naar huis zijn gevlucht, dacht ze, terwijl ze, Brendans hand vasthoudend langzaam naar voren schuifelde. Hij beschouwde het als een avontuur. En waarom zou hij ook niet?

Om maar niet te hoeven gaan, had ze die dag bijna alles verkeerd gedaan. Maar bij iedere belemmering, na iedere vertraging, had ze zich ondanks het late tijdstip gedwongen om door te zetten. Iets in haar had haar gezegd naar de steengroeve te gaan, iets dat net zo dringend was als haar behoefte om van de nachtmerries te worden verlost, om zich uit zijn greep te bevrijden. Hij was als een kankergezwel in haar geheugen. Ze stond aan de rand van de steengroeve in de schaduwen te staren en opeens wist ze dat ze juist had gehandeld. Terugdenkend aan het voorval ging ze op een afwateringsbuis zitten, een volwassene, terugblikkend op haar jeugd.

Het was allemaal begonnen op het schoolbal. Die avond had haar moeder tegen haar gezegd dat de blauwe schakering van haar zijden jurk de kleur van haar ogen goed deed uitkomen. Toen had haar moeder haar geplaagd, haar een getailleerde stopnaald genoemd en om haar lengte gelachen. Maar ondanks het geplaag van haar moeder wist ze dat de jongens naar haar keken als ze dachten dat ze het niet merkte. Ze werd zelden mee uit gevraagd of rondgezwierd op de dansvloer, omdat ze altijd zo triest keek en zich na schooltijd altijd direct naar huis haastte. Ze was verlegen en onhandig en ze wilde dat ze wist hoe ze met jongens moest praten, net zoals andere meisjes dat deden. En toen was Billy, de populaire, knappe Billy Owens haar, Kathy de muurbloem, komen halen en hij had de hele avond met haar gedanst, en ze was getransformeerd in een roos. Het was haar avond uit en ze was voor het oog van iedereen uitverkoren door Billy.

Toen hij haar na het dansfeest mee uit rijden had genomen en sterke drank bij de punch in haar plastic bekertje had gegoten, had ze nee moeten zeggen. Maar ze wilde geen trutje zijn. Haar hoofd tolde en ze voelde zich gelukkig. Toen ze bij zijn speciale, geheime plekje kwamen, voelde ze zich gevleid, niet bang. Ze liet zich meeslepen door haar fantasie. Dit kan niet echt zijn, had ze in een waas gedacht toen hij haar kuste. O, wat deed hij toch heerlijke dingen met haar. Nog meer fantasie die bewaarheid werd.

O ja, ze wist dat het verkeerd was, nog even, dan zou ze stoppen. Het was zondig om het echt te doen. Haar moeder zou haar vermoorden! Maar voordat ze zich kon verzetten, was het te laat. Hij had haar tegen de grond gedrukt en ze had het verafschuwd, *verafschuwd*. Ze had niet eens kunnen schreeuwen. Ze was te beschaamd geweest. De pijn was vreselijk en ze wist dat ze was verleid, maar het ergste was dat ze haar stervende moeder had verraden.

Ze had het geheimgehouden. Tegenwoordig kwamen vrouwen op de televisie voor zichzelf op, maar niet in haar stad. En ze had niet de moed om de eerste te zijn. Zoiets kon je doen als je advocaat was, of lerares, of een gerespecteerde getrouwde vrouw met een gezin...

Haar hals gloeide. Ondanks de koude wind voelde ze het zweet op haar voorhoofd parelen. Deze keer kwam het niet door woede of vernedering. Het was pure angst bij de gedachte dat Billy Owens kreeg wat hij wilde, hoe dan ook.

Brendan... waar zat hij? Paniek welde in haar op. Toen zag ze hem zitten spelen bij de opening van de grote buis. Brendan had het oranjerode haar van zijn vader, groene ogen en het gezicht met sproeten waar ze zo stapel op was geweest. Nu was al haar liefde voor Brendan, hij was alles voor haar. En, verbazingwekkend genoeg, had de bekoring van dat aanhankelijke snoetje het verdriet over de manier waarop hij was verwekt doen vervagen. Nooit zul je weten dat je vader Billy Owens is, had ze gezworen. Brendan keek op naar de plaats waar zijn stond en ze liep snel naar hem toe. De steengroeve was verlaten en de richels waren angstaanjagender dan ze zich herinnerde.

Brendan strekte zijn handjes naar haar uit. Hij had met iets gespeeld dat op een bal leek. 'Mammie, mammie, Halloween,' kraaide hij. Met zijn handjes nog steeds uitgestoken om haar zijn nieuwe speelgoed te laten zien, waggelde hij met onvaste stapjes naar haar toe. Toen ze wat aandachtiger keek, zag ze wat haar kind in zijn mollige handjes hield.

Een schedel, een menselijke schedel, waaraan nog kleine stukjes weefsel kleefden.

Katheens kreet galmde door de steengroeve.

Hoofdstuk vijf

Jessica en Rozsi zaten naast elkaar aan het hakblok in Jessica's fonkelnieuwe keuken gekookte koolbladeren op maat te snijden om er daarna een vulling in te rollen van vlees en rijst.

'Mag ik?' vroeg Rozsi, de zoutstrooier omhooghoudend.

'*Nee,* geen *sprake* van. Denk aan je hart – en je bloeddruk.'

Rozsi voegde wat zout toe. 'Een snufje. Ik zal niet blijven eten, Rijke Dame, maar het is een genoegen om in je keuken te koken.'

'Weet je zeker dat je niet blijft eten?' vroeg Jessica, haar opmerking negerend.

Rozsi schudde haar hoofd.

'Er komen alleen vrouwen. Tom heeft een vergadering, dus heb ik al mijn vriendinnen uitgenodigd. Ze willen je allemaal dolgraag ontmoeten.'

'Mij, een oude dame? Die chique-shmantzy vriendinnen van je?'

'Marianne Sweeny is lerares, uit een gezin van zeven kinderen, en haar vader was loodgieter. Je kent Ricky, zij werkt in het theater. En Margo is een uitgehongerde kunstenares die haar excentrieke man Stanley onderhoudt. Het zijn allemaal ploeteraars.'

Weer schudde Rozsi haar hoofd. Je weet niet wat ploeteren is, betekende het deze keer.

'Ricky heeft Kevins gedicht aan Marianne gegeven,' zei Jessica met gedempte stem. 'Vanavond geeft ze ons haar oordeel.'

'*Mert shutogs?*' vroeg Rozsi in het Hongaars.

'Ik fluister omdat ik niet wil dat Tom het weet. Hij zou razend zijn – '

Rozsi wierp wanhopig haar handen omhoog, een gebaar van zoek-het zelf-maar-uit.

'Waar zijn jullie tweeën zo over aan het fluisteren?' vroeg Tom, plotseling in de deuropening verschijnend. Hij droeg een kostuum. Zijn overjas hing over zijn arm.

Rozsi leek zich betrapt te voelen, maar voordat Jessica hem kon waarschuwen was hij haar voor.

'Samen plannetjes aan het smeden?'

'Erg grappig,' zei Jessica.

'Vergeet niet een paar druppels drakenbloed toe te voegen,' zei hij lachend.

Jessica wuifde hem weg terwijl hij vertrok. 'Ga maar naar je zakendiner,' zei ze tegen zijn rug. 'Je loopt Rozsi's gevulde koolrolletjes mis.'

'Er is genoeg voor morgen,' mompelde Rozsi. Jessica vroeg zich af waarom haar moeder zich tegenover haar eigen man ook niet zo vergevingsgezind had getoond.

'Ik zou graag eens met Laurie willen praten,' zei Rozsi, in een poging om Jessica's irritatie weg te nemen. 'Ik zal mijn Laurika zeggen deze Kevin te dumpen.'

'Misschien luistert ze naar jou,' zei Jessica schouderophalend. 'Maar als ik mijn mond opendoe is het een judaskus. Je weet hoe het ging met Tony toen ik zeventien was.'

'Ik probeerde je alleen maar verdriet te besparen, maar het was zinloos.'

'Dat proberen alle moeders. En dochters luisteren niet.'

'Had ik ongelijk?' vroeg Rozsi.

'Nee, maar daar dacht ik toen anders over.'

Rozsi stapelde de koolrolletjes netjes op elkaar in een grote ketel en goot er toen tomatensap met zuurkool overheen.

'Je hebt het me toen wel goed ingepeperd,' zei Rozsi zacht, nog steeds in de ketel starend. Jessica deed de deksel erop en draaide de vlam hoog.

'Dus moet ik me dan maar niet met haar zaken bemoeien, Anyuka? Haar laten omgaan met iemand die ik niet vertrouw?'

Rozsi wreef gedecideerd haar handen aan een theedoek droog voordat ze haar dochter aankeek. 'Wees een moeder,' antwoordde ze.

'Je had de moed om Marianne en Margo op dezelfde avond uit te nodigen?' vroeg Ricky toen ze het terras op liepen om van het uitzicht te genieten. Ze zag dat de tafel in de eetkamer was gedekt en dat het eten klaarstond in de oven. 'Weet je hoe Marianne Margo noemt? Carmen Miranda. Ze kan die grote oorringen en al die make-up niet uitstaan. "Het enige dat Margo nog mist is een schaal met fruit op haar hoofd," zei Marianne laatst tegen me.'

Jessica lachte. ' Marianne wordt door Margo Hester Prynne genoemd.'

'Hester wie?'

'Je weet wel, *The Scarlett Letter.* Onderdrukte seksualiteit. Margo kan die superieure katholieke moeder-overstehouding en haar kanten kraagjes niet uitstaan.'

'Nou ja, ze loopt tegen de vijftig,' merkte Ricky op.

Met de armen voor hun lichaam gekruist, snoven ze de tintelende herfstlucht op. 'Kijk nog vlug even naar mijn nieuwe planten voordat we hier bevriezen,' zei Jessica. Ze stonden op de houten vlonders die om en om over het betonnen terras waren gelegd. De zon ging onder. Grijze wolken verdonkerden de hemel toen ze over de balustrade keek. Zelfs na vijftien jaar werd Jessica nog draaierig als ze naar beneden keek. De regen had de straten nat gemaakt en het terras, nog steeds vochtig, rook houtachtig en muf. De pas in ronde potten geplante struiken en planten waren bedekt met een waas van vocht. 'Ik wilde 's winters ook planten om me heen hebben en ik heb ergens gelezen dat jeneverbes, hangende wilde appeltjes en azalea's New Yorkse winters overleven. Een dag nadat Laurie was vertrokken, was het hierbuiten zo'n kale boel dat ik ze hier heb geplant.'

'Je bent een vrouw van de daad, Jess. Het ziet er prachtig uit. Ik wou dat ik een terras had. Maar dan zou ik met je moeten wedijveren.'

'In Hartewoods wordt alles door de herten opgegeten, dus heb ik meer aan een tuin in de stad. Sommige mensen jagen op de herten. Maar ik kan niet begrijpen hoe iemand ze dood kan maken. Ik zou nog eerder in de verleiding komen om achter een van die grote, lelijke koeien aan te gaan die je overal ziet.'

'Ik wist niet eens dat je een geweer had,' zei Ricky.

'O, Tom heeft me geleerd hoe ik met zijn geweer moest omgaan. Schijfschieten was eigenlijk best leuk, maar ik kan me niet voorstellen dat ik op iets anders schiet. Zelfs niet op Ed Polley.'

'Ed Polley?'

'De psychopaat die me een dreun heeft verkocht,' zei Jessica. Ed Polley was een geesteszieke man die haar zes jaar geleden had aangevallen. Ze had hem net binnengelaten op de psychiatrische afdeling van de inrichting, toen hij haar zonder waarschuwing zo hard tussen haar ogen had geslagen dat ze een halve meter van de grond was gekomen en toen tegen een muur was gesmakt. Jessica's beide ogen hadden dichtgezeten en haar hoofdpijnaanvallen hadden een jaar aangehouden. Ze had een week vrijaf genomen, voor het eerst in vijf jaar. Het was haar laatste jaar bij de inrichting.

Een windvlaag joeg hen de eetkamer in. Buiten hoorde ze haar plastic gieter tegen een van de plantenbakken rammelen. 'Is jouw slaapkamer al gaan janken?' vroeg Jessica.

'De slaapkamers op de hoek klinken als films van Boris Karloff,' merkte Ricky op. De wind joeg de wolken voor zich uit en veegde langzaam de lucht schoon. 'Weet je nog die keer dat Rozsi's kat over deze balustrade liep toen Rozsi in het ziekenhuis lag?'

'Hoe zou ik dat kunnen vergeten!' zei Jessica. 'Als ik eraan terugdenk draait nog steeds mijn hart in mijn lijf om.' Net toen de wind de terrasdeur dichtsloeg, werd er aangebeld.

De spiegel aan de muur van de eetkamer reflecteerde de schitterende zonsondergang over de Hudson.

'God zij geloofd voor zo'n palet van kleuren,' declameerde Marianne, dromerig met haar ellebogen op de vensterbank steunend door de palissade starend. 'Voor luchten getekend als een bonte koe.' De striemende wind joeg het water van de rivier op tot witte strepen van schuim.

'Die felle kleuren worden veroorzaakt door luchtvervuiling,' merkte Margo op.

'Gerard Manly Hopkins,' verkondigde Marianne, Margo negerend.

Margo rolde met haar ogen.

'Je zult straks wel verder met hem kennismaken, als we het over Kevins gedicht hebben,' beloofde Marianne.

Daar zat Margo nu niet bepaald op te wachten, dacht Jessica. Maar Margo had een artistieke intuïtie die misschien zou kunnen helpen bij de beoordeling van het gedicht. Na het diner, dacht ze, proberend haar ongeduld te bedwingen. Ze verdween in haar keuken om de gevulde koolrolletjes te halen.

'Moet je die schitterend verlichte boot zien,' verzuchtte Marianne. 'Ik vraag me af waar die heen gaat.' Na het verdwijnen van de zon achter de horizon, had de hemel een diepblauwe kleur gekregen. 'Het is net een scène uit Venetië,' sprak Marianne lyrisch. Ricky en Margo zaten aan tafel hun chablis te keuren.

'Het spijt me om je dromen wreed te moeten verstoren,' zei Margo, 'maar het is een sleepboot die een vuilnisschuit duwt.'

Oei, oei, dacht Ricky, daar gaan we weer.

'Je hebt echt de ziel van een dichter,' snierde Marianne. Jouw schilderijen stinken waarschijnlijk, dacht ze.

Weet jij veel, dacht Margo, je geeft er alleen maar les in. Je schrijft niet zelf.

'Dingdong!' zong Jessica bezwerend, terwijl ze de ovenschaal vlak naast het roggebrood en de kip-paprikasalade midden op tafel zette.

Kevin drukte op de vierkante knop van de intercom, verschafte zichzelf met de sleutel die Laurie hem had gegeven toegang tot de hal, liep toen een paar passen door de gang, en maakte toen de deur van haar kamer open. Waarschijnlijk was ze even naar Entrepot, een winkel met gepeperde prijzen, om wat snacks te halen of zo. Niet die lekkere dingen die hij zo graag at, de zoute chips waar hij zo gek op was, waar zoveel conserveringsmiddel in zat dat ze maanden in zijn bureaula goed bleven als hij vergeten was ze op te eten. Tegenwoordig was het macrobiotische chips, groene spaghetti en worteltaart. Hij was gedwongen geweest om zijn levensstijl aan te passen om zijn nieuwe liefde voor zich te winnen. Hij droeg andere kleren, had zijn spraakgebruik aangepast en zijn smaak op het gebied van kunst en muziek veranderd. Hij had opgelet, geluisterd en geleerd en nu zocht hij naar een manier om bij haar vader in de gunst te komen. Hij had het idee dat Tom hem zou kunnen accepteren. Tom had de deur voor hem op een kier gezet.

Kevins laatste idee was om een woordenboek van het studentenjargon samen te stellen. Om zich aan de andere studenten aan te passen, had hij toch al het hele semester aantekeningen gemaakt. Misschien kwam het omdat hij wat ouder was dan de anderen van zijn leerjaar dat hij zich niet zonder moeite het gebruik van trendy woorden zoals gaaf in plaats van fantastisch had eigen gemaakt. Lauries vader zou wel iets in zo'n woordenboek zien. Tijdens het diner, dat vreselijke diner, toen hij was ondervraagd door Lauries bloeddorstige moeder, had hij alleen een beetje succes geboekt toen hij tot vermaak van Lauries vader had uitgelegd dat met een 'hot guy' die echt 'cool' is, een aantrekkelijke, stoere bink wordt bedoeld.

Tom was beslist benaderbaar, dacht hij, terwijl hij, nu de kans zich voordeed, zijn blik aandachtig, ieder detail in zich opnemend, door Lauries kamer liet gaan. Maar uit angst dat ze ieder moment kon binnenkomen, had hij niet de moed om haar spullen te doorzoeken. Ja, Tom, die zijn belangstelling voor woorden en het uitbreiden van zijn woordenschat op prijs had gesteld, zou hij spoedig in zijn zak hebben zitten. Maar Jessica, haar moeder, was een heel ander probleem. Zelfs haar uiterlijk stond hem niet aan – haar donkere haar, de bruine amandelvormige ogen, de geprononceerde jukbeenderen en haar scherpe neus. Bij Tom voelde hij zich op zijn gemak, maar Jessica was net een onberekenbare havik die met een waakzame blik boven hem rondcirkelde. Hij had nog nooit eerder met een jood te maken gehad, tenminste niet van dichtbij. Hij vroeg zich af hoe een indiaan en een jodin zo'n schitterend schepsel als Laurie hadden kunnen voortbrengen. Zich Jessica's gezicht voor de geest halend, herinnerde hij zich opeens de extra make-up op haar voorhoofd, precies tussen haar ogen. Maar toen deed een geluid zijn hart sneller kloppen. Hij schopte zijn laarzen uit, liet zich op bed vallen, en greep een boek. Lauries sleutel werd rondgedraaid in het slot.

Het leukste gedeelte van het diner was het natafelen met koffie, dacht Jessica, en zeker nu niemand rookte.

'Hoe ben je eigenlijk lichtontwerper geworden?' vroeg Margo aan Ricky. 'Het is een nogal bijzonder beroep.'

'Ik heb op Fredonia kleinkunst gestudeerd. Ik kan zingen en acteren en ik bespeel diverse instrumenten. Maar eigenlijk ben ik nogal technisch van aanleg. Toen ik achter het toneel werkte en het lichtpaneel ontdekte, besefte ik dat ik creativiteit en techniek kon combineren. Soms denk ik dat ik te praktisch ben – mijn rationele kant heeft het niet zo op astrologie of al die macrobioten en Jezus-Red-figuren in het theater.'

'Zoals Stanley!' zei Margo, wat iedereen in lachen deed uitbarsten. De vrouwen wisten dat Margo's levensgezel zich in de new age-fase bevond.

'We moeten gewoon de techniek, letterlijk de bouten en de moeren, achter het scheppen van een illusie kennen.'

'Zoals een goochelaar,' merkte Margo op.

'Precies. Dat is de reden dat The Amazing Randi – je weet wel, de beroemde magiër? spoken en klopgeesten en telepaten voor gek zet. Hij geeft toe dat zijn illusies een truc zijn. Hij haalt schijn en realiteit niet door elkaar. Ik denk dat de meeste mensen de feiten negeren omdat ze in het bovennatuurlijke *willen* geloven. Zelfs Arthur Conan Doyle. Hij geloofde in *elfjes.*'

'Je neemt ons in de maling,' zei Marianne.

'Het is gedocumenteerd. Zelfs briljante mensen kunnen worden misleid, waanvoorstellingen hebben.'

'Zoals een hoop intelligente mensen door Simone De Bouvoir werden misleid,' zei Margo. 'Duizenden vrouwen hebben zich na het lezen van *The Second Sex* laten steriliseren, om haar voorbeeld te volgen en geen kinderen te krijgen. En nu heb ik gelezen dat ze een gepassioneerde relatie met een romanschrijver heeft opgegeven om zich weer zo snel mogelijk bij Sartre te voegen om zich verder aan zijn werk te wijden.'

'Wie blijft er nog over om te bewonderen?' vroeg Marianne.

'*Mijn* kandidaat als gevallen idool van dit jaar is Bruno Bettelheim,' zei Jessica, onbewust met haar vingers het litteken op haar voorhoofd betastend. 'Daar hebben we het tijdens mijn maatschappelijk-werkconferentie de hele week over gehad. Bettelheim gaf moeders de schuld van autisme bij hun kinderen, hoewel allang bekend was dat die een neurologische oorzaak had. Hij heeft generaties vrouwen met een schuldcomplex opgezadeld.'

'Over vrouwen gesproken,' zei Margo, de laatste restjes abrikozentaart van haar bordje schrapend en haar vork aflikkend. 'Ik zit met een probleem dat jullie kunnen helpen oplossen.'

Naarmate het gebabbel voortduurde, nam Jessica's ongeduld toe. Ze kon bijna niet wachten tot het gedicht ter sprake kwam. Het zag ernaar uit dat het als laatste op de agenda stond.

'Zal ik mijn haar verven en laten permanenten zodat ik er net zo beeldschoon ga uitzien als Jessica, of zal ik *au naturel* gaan?'

'Ik *verf* mijn haar niet,' protesteerde Jessica. 'Hier, moet je al dat grijs zien,' zei ze, haar gebogen hoofd aan de groep tonend. 'En die krullen zijn echt. Daar is geen permanent bij.'

'Zal wel,' zei Margo.

'Ik zal je foto's laten zien. Toen ik op de lagere school zat, was ik het enige kind met pijpenkrullen.' Hunkerend naar even een ogenblik alleen, om even haar gedachten op een rijtje te zetten, stapelde ze de kopjes, schoteltjes en gebakschoteltjes op elkaar en bracht ze naar de keuken. Denkend aan Margo's opmerking, liet ze haar hand tevreden door haar haar glijden. Binnen niet al te lange tijd zou de vraag zich aandienen of ze haar eigen haar zou moeten gaan verven. Zou ze de moed kunnen opbrengen om het grijs te dragen? Vrouwen waren altijd ontevreden met hun uiterlijk, hoe aantrekkelijk ze ook waren. Op dat ogenblik besefte Jessica hoe rustgevend afwassen kon zijn. Terwijl ze bezig was, verzonk ze in gepeins. Het kalmerende water en de slechts beperkte aandacht die haar bezigheid vereiste, brachten op de een of andere manier haar geest tot rust.

Toen kwam als in een visioen uit het afwasbakje een mannenhand omhoog, waarvan de knokkels en pols begroeid waren met roodbruin haar. Het was de bovenkant van een hand, gebogen over een keyboard, opduikend uit de in haar geheugen opslagen herinneringen. Kevin verfde zijn haar! Met haar handen nog druipend van het zeepsop rende ze de woonkamer in.

'Kevin verft zijn haar.'

'Mijn zoon Wolf verft zijn haar paars,' zei Margo, lachend om Jessica's mededeling.

Marianne moest inwendig lachen toen ze zich herinnerde hoe Margo's excentrieke echtgenoot, die toen in de Mozart-fase verkeerde, hun pasgeboren Wolfgang had genoemd. 'Mijn dochter Anne heeft een vriendin die de kleur van haar ogen heeft veranderd,' viel Marianne bij. 'Ze draagt blauwe contactlenzen.'

'Dat stelt vandaag de dag niets meer voor,' merkte Margo op. 'Het is net zoiets als een neuscorrectie.'

'Of een ooglidcorrectie, of het gladstrijken van je buik,' zei Ricky.

'Tegenwoordig is alles anders,' verzuchtte Marianne weemoedig. 'Heb je die vreselijke orthopedische schoenen gezien die de meisjes tegenwoordig dragen?'

'Bedoel je die zwarte Dr. Martens?' vroeg Margo. Die zijn het toppunt van vrouwenemancipatie, omdat ze net zo lelijk en comfortabel zijn als mannenschoenen. Ze lijken precies op de schoenen die de gevangenisbewaarders uit de jaren veertig droegen.'

'Hoe staat het met het gedicht?' vroeg Jessica tot het uiterste getergd. 'Heeft Kevin nu plagiaat gepleegd of niet?'

'Plagiaat is het soort dwaling dat meer zegt over het karakter van de dief dan over de ernst van het vergrijp,' antwoordde Marianne.

'Wauw, wat een uitspraak,' zei Margo.

'Ik vind het een interessant vraagstuk,' merkte Ricky op.

'Dus je bent het ermee eens dat als hij het gedicht heeft overgeschreven hij iemand zonder moraal of scrupules is,' zei Jessica.

'Ho even,' zei Margo. 'Hang hem nog niet op. Hij is pas achttien. Gun hem in ieder geval een eerlijk proces. Laten we naar de bewijslast luisteren.'

Marianne haalde het gedicht te voorschijn. 'Het ligt allemaal niet zo simpel. Ik zie hier duidelijk de invloed van Gerard Manley Hopkins. Hopkins was een dichter-priester die de schoonheid van de natuur roemde – net zoals bij dit gedicht het geval is. Hij is uitvoerig bestudeerd omdat hij een van de vernieuwers was op het gebied van poëtisch ritme en taalgebruik. In Kevins gedicht worden zijn alliteratie en de typische beklemtoning geïmiteerd en hij maakt gebruikt van verspringend ritme, Hopkins uitvinding. Dit gedicht vertoont zoveel overeenkomsten, dat het duidelijk een imitatie is. Luister hier eens naar.' Ze haalde een boekje uit haar handtas. 'Het is "Pied Beauty", van Hopkins. Ze las het voor. 'Nu Kevins gedicht.' Ze droeg het hardop voor.

'Het klinkt niet als het gedicht van een man,' zei Margo.

Marianne wierp haar een vuile blik toe. 'Volgens mij kan dit door een briljante student, mannelijk of vrouwelijk, zijn geschreven.'

'Het is zo gepolijst,' protesteerde Jessica.

'De poëzie die ik van studenten krijg, is vaak stukken beter dan wat ik in *The New Yorker* lees,' antwoordde Marianne.

'Maar – '

'Geef het op,' zei Margo. 'Kevin is onschuldig.'

Aangezien het etentje op zijn eind liep, had de gedachte om Laurie te bellen voordat het te laat werd door Jessica's hoofd gespeeld. Maar ze had van het gesprek dat de vrouwen, ontspannen zittend op de leren banken en fauteuils in haar woonkamer, met elkaar hadden gevoerd genoten. De verlichting was gedimd en aangenaam, en er hing een vertrouwelijke sfeer, waardoor iedereen zijn reserves liet varen, waar ze allemaal van genoten. Zo nu en dan wierpen ze een blik op hun horloges, terwijl ze, het onvermijdelijke uitstellend, de laatste slokjes koffie uit hun kopjes dronken. Het was een doordeweekse dag, dus werd het tijd om te gaan.

'Vrouwen houden van ondoorgrondelijke, sombere, mysterieuze mannen,' zei Margo. 'Getekende mannen, mannen met een verleden, zoals Bogey in *Casablanca*.'

'Vrouwen houden ervan als hun fantasie wordt geprikkeld,' zei Ricky instemmend. 'Het lijkt hun romantisch om zich te hechten aan een gebroken man, een die zo nodig moet worden gered.'

'Het redden van zieltjes is een ziekte waar vrouwen aan lijden,' zei Marianne. 'Het lenigen van de pijn, het inspreken van nieuwe moed en zondaars op het goede pad brengen. Sinds de schepping hebben we dat aan de borsten van onze moeders ingedronken.'

'Daarom zijn zoveel vrouwen verpleegster of onderwijzeres,' merkte Margo op.

'Of maatschappelijk werkster,' zei Jessica, denkend aan haar litteken en dankbaar dat ze nu haar steentje bijdroeg in een veilig, beschaafd kantoor in het centrum.

'Ziet Kevin er schokkend decadent uit?' vroeg Margo.

'Goed gekleed, keurig kapsel, modieus. Onecht,' antwoordde Jessica. 'Waar zijn de oude gymschoenen en de rafelige T-shirts gebleven?'

'De meeste moeders zouden blij zijn dat hij er niet als een dakloze uitzag,' merkte Marianne op.

'Maar wat probeert hij te bewijzen?' vroeg Jessica.

'Ik denk dat je de pest aan hem zou hebben als hij er sjofel uitzag,' zei Margo. 'Deze knaap kan bij jou geen goed doen. Goed, misschien is hij een beetje apart en probeert hij iets te bewijzen. Heb jij dat soms nooit gedaan?'

'Toen ik studeerde, droeg ik alleen maar zwart,' zei Jessica met een half glimlachje.

'En dat is niet apart?' vroeg Marianne.

'Wat vindt Tom ervan?' vroeg Ricky.

'Hij mag hem wel,' gaf Jessica toe. 'Ik vermoed dat zijn angst om overbezorgd te zijn zo groot is, dat hij zichzelf wijsmaakt dat al haar minnaars geweldig zijn. Misschien heeft hij last van oedipale gevoelens. Zoiets komt weleens voor, bedoel ik.'

Marianne en Ricky slaakten gelijktijdig een diepe zucht. 'Die flauwekul geloof je zeker toch niet zelf?' vroeg Ricky, terwijl ze opstond om te vertrekken.

Jessica lachte toen ze naar de deur liepen. Het was bijna middernacht, maar nog niet te laat om Laurie te bellen. De nachtelijke lucht was doortrokken met de geur van kornoelje. Maar ze zou met geen woord reppen over Kevins geverfde haar. Ze zou geen conflict veroorzaken voor de grote debating-wedstrijd.

'Ga niet naar Boston,' smeekte Kevin.

'Ik ben zo'n beetje hun zwaargewicht,' zei Laurie. 'Zonder mij zullen ze het knap zwaar hebben.' Ze wilde niet opscheppen, maar het was wel zo. Het team zou geen schijn van kans hebben als ze hen in de steek liet.

'En ik dan?' Hij zag er triest en gekwetst uit, dacht Laurie, als een in de steek gelaten kind. 'Volgende week zit ik in Brattleboro bij mijn tante...'

'Je bent uitgenodigd in de herfstvakantie,' bracht Laurie hem in herinnering.

'Laat maar zitten,' zei hij, denkend aan het diner met haar ouders in New York, toen hij Laurie: 'Wat ben je toch een snob. Ik wil niet dat Kevin wordt ondervraagd,' in het oor van haar moeder had horen fluisteren.

Laurie sloeg haar ogen neer. Ze herinnerde zich hoe haar moeder, zich onbewust van het feit dat hij na een paar weken uit de debatingclub was gestapt, hem het hemd van zijn lijf had gevraagd over de kunst van het debatteren en hoe ze hem had gedwongen om de conclusies van het debat op te dreunen als bewijs dat hij het wist. 'Verklaart dat beperking van de vrijheid tot artistieke uitingsdrang een schending is van de rechten zoals vastgelegd in de grondwet.' Haar vader had gelachen, maar haar moeder had hem alleen maar aangekeken.

'Ze zullen je niet meer op de pijnbank leggen, dat beloof ik je,' zei ze, hoewel ze wist dat het een zinloze poging was om hem over te halen.

'Ga dit weekend toch niet weg.' Zijn ogen werden vochtig. Hij dacht aan zijn eigen ouders, aan zijn ouderlijk huis, en de eenzaamheid die hij voelde werd echt. Het waren niet zijn saaie, middelmatige ouders die als standbeelden in hun stoffige, propvolle woonkamer naar de kijkkast zaten te staren, die hij miste. Maar er ontbrak hem iets, dat hem altijd al had ontbroken. Het was alsof er in zijn geest een zwart gat zat, dat hunkerde naar genoegdoening. Maar hij kon er niet de vinger op leggen. Het enige dat hij *wist*, dat het Laurie was die hij nu nodig had. Toen hij haar gezicht zag, haar satijnzachte huid aanraakte, was het als een verfrissende bergbeek op een snikhete dag, als een verkwikkende teug water door zijn droge keel. Beter kon hij de hunkering niet omschrijven. En de intensiteit ervan trof Laurie recht in haar hart, als de onweerstaanbare smeekbede van een gewonde vogel.

Ze pakte zijn hand en ze probeerde zich hem voor te stellen als een vijfjarige jongen, op de avond dat hem was verteld dat zijn beide ouders waren omgekomen. Ze dacht hoe zijn tante hem in rijkdom maar zonder liefde had grootgebracht. Nee, besloot ze. Ze zou niet gaan. Hij had haar te veel nodig.

De telefoon rinkelde.

Voelend dat het haar moeder was, had Laurie de hoorn al te pakken toen de telefoon pas een keer had gebeld.

'Ik wilde je nog even spreken voordat je naar Boston gaat. Ik weet dat je morgenochtend vroeg vertrekt. Ik wilde je alleen maar even succes wensen, lieverd.'

'Bedankt, mam.'

'Verdomme,' dacht Laurie. Maar hoe kon ze het haar moeder uitleggen terwijl Kevin in haar nek hijgde? Haar moeder zou het trouwens nooit begrijpen. Debating op de high school was haar lust en haar leven. Ze was nationaal kampioene geweest. Nou ja, het debating-concours in Boston was niet de enige wedstrijd, bedacht ze nuchter. Het had nu geen enkele zin om haar moeder van streek te maken. Trouwens, misschien dacht ze er morgen wel anders over en ging ze toch naar Boston. Het horen van haar moeders stem ondermijnde haar voornemen. De gespannen spieren in haar schouders vertelden haar dat ze gewoon stond te liegen, maar ze kon niet ophouden. En ze was net weer het kind met rolschaatsen dat te snel de heuvel af sjeesde. Ze voelde zich vrij en heel erg bang.

Hoofdstuk zes

Walgend van zichzelf legde Laurie de hoorn neer. Doordat Kevin de cd van Frank Zappa, die hij voor haar had gekocht, keihard had aangezet, had ze haar moeders stem nauwelijks boven het geluid uit kunnen horen. Ze had niet de moed kunnen opbrengen om te zeggen hoe vreselijk ze de cd vond, maar terwijl ze met haar moeder sprak, was ze ineengekrompen en had geïrriteerd naar hem gebaard om hem zachter te zetten.

'Wanneer je met je moeder praat ben je iemand anders,' zei hij.

'Dat klopt ja, een leugenaar.'

'Ze is net de FBI. Waarschijnlijk tapt ze je telefoon af. Je kunt geen stap verzetten zonder dat ze het weet.'

'Net als bij jou, Kevin,' zei ze, uitsprekend wat ze niet had durven zeggen. 'Je komt altijd onverwacht opdagen. Ik weet nog steeds niet hoe je wist dat ik Doug had ontmoet en waarom je zo'n hekel aan hem hebt.'

'Die vetzak? Wat moet hij van je? Waarom houdt hij zich niet bij Mini, dat indiaanse sletje van hem?'

'Ze is niet indiaans en ze is geen sletje. Als debater hoort ze bij de nationale top en Doug is mijn *vriend*.'

Hij begon met zijn vingers op tafel te trommelen.

'Waarom kleineer je al mijn vrienden? Doug is briljant. Ik mis hem. En ik begin het debatteren te missen.'

'Jij denkt zeker dat ik achterlijk ben, hè? Je had het die avond tijdens dat diner met je ouders heus niet voor me hoeven op te nemen. Ik ben net zo slim als die stomme vrienden van je.'

'Ik probeerde je alleen maar te redden van de pijnbank – je de ondervraging van mijn moeder te besparen – '

'Ik kan mijn eigen zegje wel doen.'

Laurie voelde dat ze haar zelfbeheersing begon te verliezen. '*Weet* je dan wat de Sierraclub is?'

'Je maakte dat ik als een imbeciel overkwam.'

'Je had geen flauw benul.'

Hij trommelde nog harder op tafel. Snobs! Verrekte snobs, die haar van me af willen nemen, mij willen vernederen. En nu deed zij het zelf.

'Weet je wat de Audubon Society is?' Ze wist dat het onredelijk was, maar dat getrommel met zijn vingers maakte haar gek. Ze had tegen haar moeder gelogen en haar woede werd steeds groter. 'Nou…?'

Hij begon het deuntje te neuriën dat hij altijd neuriede om zichzelf te kalmeren. Hij draaide haar zijn rug toe, en niet meer in staat om op te houden, wetend dat het haar woedend maakte, neuriede hij luider.

'Hou op met dat idiote geneurie!'

Hij draaide zich met een ruk naar haar om terwijl hij probeerde om zijn woede onder controle te houden, maar door de paniek op haar gezicht keek ze hem net zo aan als April had gedaan, en hij had de neiging om haar gezicht tot moes te slaan, om de ogen die hem veroordeelden te vernietigen. Hij drukte zijn vuisten tegen zijn ogen.

'Kreng dat je bent, kreng.' Zijn stem leek van ver te komen. Was het zijn stem geweest die had geklonken? Maar haar stem hoorde hij duidelijk genoeg.

'Verdwijn uit mijn kamer, Kevin.'

Zijn handen vielen als loden gewichten langs zijn lichaam. Hij stond als aan de grond genageld. Verlamd.

Toen ze zijn gezicht zag, liet haar stem haar in de steek.

De kunstmarkt rond het Museum of Natural History was een jaarlijkse gebeurtenis die Jessica altijd met haar dochter had bezocht sinds ze kon lopen. New Yorkers grasduinden tussen stalletjes met zijden sjaaltjes, bonsai-boompjes, keramiek, juwelen, en iedere andere uiting van artistieke huisvlijt. Jessica snoof iets wat voor tintelende, schone lucht moest doorgaan diep in zich op terwijl ze zich afvroeg hoeveel van de door het verkeer uitgestoten uitlaatgassen op dat ogenblik haar longen binnendrongen. Ze zag een jong stel hand in hand lopen, en even was ze weer terug in haar eigen jeugd. Bijna was ze weer terug in die onbekommerde jaren, voelde ze weer het veerkrachtige vlees, was er weer die blos van onschuld. Even bekeek ze de wereld door de ogen van een vijfentwintigjarige en was ze weer jong. Direct werd deze ervaring ruw verstoord door een herinnering. Mariannes dochter had in Columbia *Spectator* gelezen over een verdwenen eerstejaars die was vermist. In gedachten zag Jessica een radeloze moeder die probeerde te bevatten dat er in Jessica's geliefde stad ieder jaar meer dan tweeduizend mensen werden vermoord. Op dat moment viel haar oog op een paar oorringen die ze Laurie ter gelegenheid van Chanoeka cadeau wilde doen. Afgeleid van haar zwartgallige gedachten, prees Jessica zich gelukkig dat haar kind tenminste op een campus in een kleine stad als Ithaca woonde. Ze weigerde Kevin iedere toegang tot haar gedachtewereld.

De oorringen waren van goud en bijzonder eigentijds van vormgeving. Ze bogen zich achter en rond het oor om vervolgens de oorlel aan de voorzijde te verfraaien. Ze herinnerde zich de bungelende oorringen en de leren sandalen die ze tijdens haar studententijd zelf op feestjes in Greenwich Village droeg, feesten die haar moeder altijd doodsbang had uitgezeten tot ze tegen de ochtend thuiskwam. Jonge mensen denken dat ze onkwetsbaar zijn, dacht ze, zich herinnerend hoe ze vanuit de Bronx de ondergrondse nam – de ondergrondse! – om midden in de nacht naar huis te gaan. Allerlei herinneringen kwamen bij haar op toen haar gedachten teruggingen naar het moment dat ze met de kleine Laurie aan haar hand samen naar de ontzagwekkende beenderen in de Dinosaurus-zaal van het museum hadden gestaard, aan het picknicken in Central Park daarna, en aan hun weekends buiten in Hartewoods. In hun stadse leven was contact met de natuur iets dat moest worden nagestreefd en gepland. Ze begon Toms behoefte om naar een meer natuurlijke omgeving te ontsnappen te begrijpen, de behoefte om de geur van woestijnachtige planten op te kunnen snuiven, om, na Oklahoma achter zich te hebben gelaten, de grandeur van de bergen van Colorado te aanschouwen, waarmee de New Yorkse wolkenkrabbers, die imposante, maar levenloze betonnen kolossen die het daglicht in de straten beperkten, zich niet konden meten.

Het was een eenzame zoektocht over de kunstmarkt, zonder Laurie of Tom bij zich om haar aanwinsten te kunnen bewonderen. Binnenkort zou Tom zijn vertrokken. 's Zondags miste ze Tom altijd het meest, wanneer ze laat ontbeten en luierend bij gerookte

zalm, bagels en amandel-espresso de *Times* lazen. Ze zou Tom eraan moeten herinneren om voor Laurie uit Brazilië een kerstca-
deautje mee te nemen. Een goed excuus, dacht ze, om hem op te
bellen en zijn stem te horen en... was dat Mini niet? Ze woonde
hier vlakbij, tegenover het planetarium. Ze was een onvermoeiba-
re, kleine doordouwster, geboren op een eiland voor de kust van
India, die er niet tegenop zag om even voor een weekend van
Ithaca naar New York over te komen wippen. Jessica tikte de kwie-
ke jonge vrouw op haar schouder toen ze over de Afrikaanse bood-
schappentassen gebogen stond.

'Ik heb je niet meer gezien sinds Sodikov jullie er tijdens natuur-
wetenschappen van langs gaf,' riep Jessica uit nadat ze elkaar hadden omhelsd.

'Ik had nooit gedacht dat ik hem nog eens zou missen,' antwoordde Mini. Ze moesten samen lachen om de fanatieke deba-
ting-coach die de als gelatinepuddinkjes van angst sidderende eerstejaars had getransformeerd tot eersteklas debaters, van wie er
veel door Cornell waren gerekruteerd.

Mini vergeleek haar moeder met Lauries moeder, zo elegant gekleed in haar modieuze, scheerwollen pakje, donkere kousen en
lakleren schoenen. Ze zag de kleine, fonkelende diamanten in Jessica's oren. Laurie was ook mooi, maar door haar forsere bouw en
lengte imponeerde ze op een andere manier. Mini had Laurie altijd
graag gemogen. Ze was doortastend en recht door zee, maar ze was
wat zachter van aard dan haar temperamentvolle moeder. Zou ze
Lauries moeder vertellen over dat enge vriendje? Toch maar niet.
Misschien zou ze in woede ontsteken, de brenger van het nieuws
doden.

'Waarom ben je niet in Boston?' vroeg Jessica, Mini's overpein-
zingen onderbrekend.

'Boston?' vroeg Mini verrast. 'We hadden geen eerstejaarsteam,
dus hebben we afgezegd,' antwoordde Mini, een nieuwsgierige blik
op Jessica werpend. Er klopt iets niet, dacht ze.

'Bedoel je dat Laurie helemaal niet is gegaan?' vroeg Jessica ongelovig. Ze wist dat Laurie de uitblinkster van het eerstejaarsteam
was.

Mini schudde haar hoofd. 'Nee, niemand van het team...'

'O,' stamelde Jessica. 'Dan – ben ik in de war, denk ik.' Ze probeerde Mini's blik op te vangen.

'Doe Doug de groeten, wil je?' zei ze, snel weglopend voordat
Mini antwoord kon geven.

De gedachte aan Kevins boosaardige woedeaanval bezorgde Laurie nog steeds een angstig gevoel in haar maag. Hoe kon ze zo *stom* zijn geweest. Haar moeder kon geen gelijk hebben. Dat *kon* gewoon niet! Maar worstelend met haar kussen zag ze steeds weer de beangstigende uitdrukking op Kevins gezicht, de bizarre omslag van zijn gemoedstoestand. Ze herinnerde zich hoe hij steeds weer zijn vuisten krampachtig had gebald. En ten slotte de gekwelde blik op zijn gezicht toen ze hem gezegd had te vertrekken. Had ze hem geprovoceerd? Ja, zonder twijfel. Maar toch, die reactie van hem... Had Kevin een soort zenuwinzinking gehad? Was *zij* daar op de een of andere manier mede verantwoordelijk voor geweest? Door te veel van hem te eisen? Of moest ze de relatie verbreken? Haar wereld stond op zijn kop. Er werd aangebeld. Ze trok het kussen over haar hoofd. Misschien kon ze maar beter de dekens omhoog trekken en voor altijd in bed blijven. Maar ze kwam met tegenzin uit bed en trok het rolgordijn omhoog. Buiten stond een besteller met een enorme bos bloemen. Ze deed het licht aan, opende het elektrische slot van de hal en opende de deur van haar kamer. De geur van fresia's, lelies en vergeet-me-nietjes verspreidde zich door haar kamer. De bloemen waren prachtig. Aan het boeket was een gedicht bevestigd en een briefje met Kevins handschrift. 'Laat alsjeblieft het gerucht niet waar zijn dat het uit is tussen ons. Ik hou van je.'

Het gedicht was getypt.

Herfstlied
Weer verspreidt zich het bloedrode gerucht door bos en stad
  En de groene gloed van de zomer
Verbrand – valt weer verteerd omlaag
  En mijn hart ligt in as
Op de bodem van het woud

Ondanks haar wanhoop van daarnet, voelde ze een sprankje hoop. Tenslotte was het door haar grote mond ook haar schuld geweest. Misschien kwam het toch nog goed tussen hen...

'Leugens, leugens, leugens,' zei Jessica hardop toen de deur van haar appartement met een klap achter zich dichtsloeg, naar de telefoon liep, Lauries nummer intoetste en razend op haar dochter naar het overgaan van de telefoon luisterde. Acht, negen, tien. Ze liet de telefoon maar overgaan, en smakte ten slotte de hoorn op de haak, waarna ze in haar adresboekje geagiteerd het nieuwe telefoonnummer van Toms kantoor zocht. Maar de hoorn bleef halverwege haar oor in de lucht hangen. Dit had geen zin. Een preek over hoe Laurie uit de greep van haar moeder probeerde te komen, dat ze om zich van haar moeder te bevrijden, ten slotte geen andere uitweg had gezien dan te liegen, was wel het laatste waar ze op zat te wachten. Op de een of andere manier zou hij het gedrag van Laurie wel goedpraten, waardoor zij met het gevoel zou blijven zitten dat het allemaal haar schuld was. Desondanks vertrouwde Tom haar, en terecht. Ze kwam zelden in het geweer zonder daar een goede reden voor te hebben. Maar als het Laurie betrof…

Argumenten, die had ze nu nodig; daarna zou ze Tom bellen. Kevin had een slechte invloed op haar dochter – voor zover ze wist, had Laurie nog nooit eerder gelogen. Ze pleegde nog een telefoontje, maar het was niet naar Tom. Dit had ze al veel eerder moeten doen. Eens kijken hoe het staat met die tante in Vermont. 'Tina Glade,' zei ze tegen de telefoniste. 'Ik heb geen adres.'

'Deze naam staat hier niet geregistreerd,' volgde het antwoord.

'Probeer onder Bettina,' zei Jessica.

'De naam Glade komt in Putney niet voor.'

Geen Glade in Putney. Ze kreeg een ander idee. Ze belde nogmaals de informatie van Putney. 'Het nummer van de Putney School, alstublieft.' Het verhaal dat ze de school maandagmorgen vroeg zou opdissen begon in haar hoofd snel vaste vorm aan te nemen. Ze voelde zich al een stuk beter. Ze voelde zich altijd beter als ze iets ondernam. Nu kon ze Tom en Laurie bellen. Maar ze zou niets vertellen. Niet voordat ze zeker wist dat Kevin Glade een bedrieger was.

Jessica nam een hap zoete aardappel met gegratineerde marshmellows voordat ze de schaal weer met aluminiumfolie afdekte. 'Het smaakt net zoals mijn moeder het altijd maakt. Geen wonder dat mensen na Thanksgiving een hartaanval krijgen.' Ze keek toe hoe Tom het laatste vuile bord afspoelde en in de vaatwasser zette.

'Ik kan begrijpen dat Rozsi vroeg naar bed is gegaan,' zei Tom, zeep in het apparaat strooiend. 'Maar Laurie?'

'Haar ogen waren helemaal dik. Mijn moeder vindt dat ze vel over been is.'

'Rozsi beschouwt iedereen onder de honderd kilo als het slachtoffer van een concentratiekamp.'

'Ik was blij dat Kevin er niet was,' zei Jessica plotseling. 'Misschien hebben ze ruzie gehad.'

'Luister, Calamity Jane. Je dochter heeft kou gevat en Kevin is naar zijn tante in Putney.' Hij zette de vaatwasser aan.

Jessica ging de ovenschotel te lijf met een schuursponsje.

'Het zit je gewoon dwars dat ze in Boston geen beker heeft gewonnen.'

Jessica verbeet zich.

'Misschien is Laurie een beetje triest omdat ze wil dat haar moeder haar vriendje een beetje aardig – '

'Stil eens even,' zei Jessica. 'Zet de vaatwasser uit.'

Ze liep zachtjes door de gang en luisterde aan Lauries deur. Hoorde ze Laurie huilen? Ze haastte zich terug naar Tom.

'Volgens mij huilt ze...'

'Als je te snel conclusies trekt, kom je er nooit achter wat er aan de hand is. Je zult je relatie met haar verstoren en ze zal je nooit meer in vertrouwen nemen. Ze heeft tenminste gebeld en gezegd dat ze een poosje thuis wilde zijn.'

'Jij vindt dat het aan mij ligt.'

'Ze heeft de hele avond nauwelijks een woord gezegd. Jess, neem een beetje gas terug en laat mij proberen uit te vinden wat er met Laurie aan de hand is.'

Jessica knikte en volhardde in haar stilzwijgen. Ze had gelijk gehad om Lauries leugen niet ter sprake te brengen. Het zou Laurie verder van haar hebben verwijderd – en haar regelrecht in Kevins armen hebben gedreven. Nu zou ze zwijgen. Morgen vertrok Tom naar Brazilië, waarna ze haar handen vrij zou hebben om de waarheid over Kevin Glade te ontdekken.

In zijn goeie jaren was Chuck Hildebrand een skiër en een levenslustige vent geweest, maar nu hadden jicht en grauwe staar hem geveld. Tegenwoordig deed Lilly, zijn vrouw, de telefoontjes en reed tussen hun appartement in New York en Vermont op en neer. In haar jonge jaren was ze nogal een grijze muis geweest, maar haar nieuwe verantwoordelijkheden hadden haar doen opbloeien.

'Laten we het chalet verkopen,' had ze gezegd. 'Ik heb er schoon genoeg van om huurders iedere keer te moeten vragen of ze willen betalen.' Dit was het juiste moment om erover te beginnen. Hun huurster, Tina Sedgewick, die haar maandelijkse huur altijd betaalde als ze de hoop al hadden opgegeven, had nu twee maanden achterstand. Maar Chuck had zich er altijd tegen verzet omdat hij nog steeds de nostalgische hoop koesterde dat hij ooit weer zou kunnen skiën, omdat hun kinderen op de kleine skipiste van Putney, vlak bij hun vakantiehuis in Brattlesboro, hadden leren skiën. Ze wist hoe prachtig hij de overdekte brug vond die ze moesten oversteken om bij de skihut te komen, en dat hij zich nog steeds hun zoons herinnerde, met hun wollen mutsen met pompoenen erop, en hoe de kinderen langs het chalet op hun sleetjes van de heuvel roetsjten. Het was moeilijk om die herinneringen op te geven, maar ze wilde het geld hebben, zodat ze 's winters naar het zuiden konden gaan. Riverdale, een van de buitenwijken van Manhattan, was een oord waar je absoluut een auto nodig had, waardoor ze 's winters nooit eens ergens te voet heen gingen. Ze wilde er dolgraag eens tussenuit en ze voelde zich schuldig dat ze tenniste en zonder hem de stad in ging. Als het Century, het gebouw waar ze woonden, geen overdekt zwembad had gehad, dan had hij helemaal nooit meer wat lichaamsbeweging gekregen.

'Ik heb het huurcontract bekeken,' zei Lilly. 'Tina heeft haar moeder als contactadres opgegeven. Ik ga haar eens bellen.'

'Prima idee,' knikte Chuck instemmend.

'En dan zetten we het huis te koop,' verkondigde ze.

'Als *dit* tenminste niets oplevert,' antwoordde hij.

'Chuck, wordt wakker. Tina neemt de telefoon niet op en ze reageert evenmin op je brieven.'

'Bel de moeder op,' zei hij, met zijn hoofd naar de telefoon gebarend.

Al na de eerste beltoon werd de telefoon opgenomen. 'Spreek ik met mevrouw Sedgewick?'

'Hoezo?' volgde het wantrouwige antwoord.

'Tina Sedgewicks moeder?'

'O,' antwoordde ze. 'Zit ze weer eens in de problemen?' Voor Lilly kon antwoorden werden haar vermoedens bevestigd. 'Mocht dat het geval zijn, dan wil ik er verder niets over horen. Ik heb haar een paar jaar geleden uit de nesten geholpen en ik ben niet van plan nog meer rekeningen van haar te betalen.'

'Ze heeft twee maanden huurschuld,' zei Lilly snel. 'Als ze niet betaalt, dan moeten we haar op straat zetten. Ik dacht dat u dat wel zou willen – '

'Ik wil niets meer met haar te maken hebben.'

'Wilt u mijn naam en mijn telefoonnummer weten voor het geval u zich mocht bedenken?'

'Bij mij hoeft ze niet meer aan te komen,' antwoordde de vrouw op besliste toon.

Chuck kon uit Lilly's antwoorden de verloop van het gesprek opmaken. Ze vatte het nog even voor hem samen: 'Ze is een sletje en haar moeder wil niets met haar te maken hebben.'

Nu zouden ze naar Vermont moeten gaan, haar op straat zetten, de puinhoop opruimen die Tina ongetwijfeld had achtergelaten, en het huis te koop zetten. Het was niet wat Chuck in zijn gouden jaren voor ogen had gestaan.

'Nou,' zei hij, 'laten we dat varkentje dan maar even wassen. Dan kunnen we voordat de winter invalt Tina maar beter meteen een bezoekje gaan brengen. Je kent de wetten van Vermont, als het daar eenmaal wintert, kun je niemand meer buiten de deur zetten, zelfs al hebben geen stuiver betaald.'

'We nemen een kamer in de Putney Inn, dan maken we er een uitje van,' zei Lilly, terwijl ze hun weekendtassen uit de kast haalde en een beetje enthousiast probeerde te klinken.

Jessica had de Triple A gebeld; de rit naar Putney zou zo'n vijf uur duren, dus zegde ze al haar afspraken voor de komende twee dagen af en boekte een kamer in de Putney Inn, waarna ze zichzelf veroorloofde om even onderuit te zakken en te ontspannen. Toen ze die ochtend heel vroeg op kantoor was gekomen, had Jessica al haar papierwerk terzijde geschoven en de Putney School gebeld. Wachtend op mevrouw Osgood, de secretaresse van het archief, had ze uit haar raam naar de prachtige gebouwen van het Rockefeller Centre gekeken. Vanuit haar kantoor kon ze de schaatsbaan zien, en vandaag was de gigantische kerstboom net uit New Hampshire aangekomen. Ze herinnerde zich het mopje dat de secretaresse haar twee jaar geleden had verteld, vlak nadat ze bij de stichting was begonnen. 'Dit jaar heeft Rockefeller voor Kerstmis blokken voor zijn kinderen gekocht,' had ze gegrapt. 'Fiftieth Street, Fifty-first Street…'

'Ik doe een onderzoek naar teenagers,' zei ze, toen ze met mevrouw Osgood werd doorverbonden. 'Een jongeman, genaamd Kevin Glade, werd sterk aanbevolen, en ik zou graag met hem in contact komen. Hij heeft afgelopen jaar eindexamen gedaan. Ik ben directeur maatschappelijk werk bij de Foundation for International Child Development in New York en dat kunt u controleren bij mijn – '

'Geen probleem. Geeft u mij uw telefoonnummer maar, dan zal ik u zo dadelijk terugbellen,' zei mevrouw Osgood.

Jessica schudde haar hoofd. In ieder geval wisten mensen buiten New York nog hoe het hoorde. Wachtend tot de telefoon zou gaan, keek ze haar post door.

Toen de telefoon overging, nam ze snel op om haar secretaresse voor te zijn.

'Ik heb onze gegevens van de afgelopen drie jaar nagekeken, rapporteerde mevrouw Osgood. 'Het spijt me, mevrouw Lewisohn. Kevin Glade is hier onbekend.'

Hoofdstuk zeven

'Wie is Bill Owens?' vroeg Tina.

Zijn keel werd dichtgeknepen van angst. Opeens leek de jonge vrouw, die hij als zijn maatje had beschouwd, die hem onderdak had verleend toen hij daar behoefte aan had, die hij, hoewel ze in de twintig was, tante Tina had genoemd, op een jonge Jessica Lewisohn in hippiekleren. En hij had zich nog wel zo verheugd op een weekend met Tina, zonder vragen, zonder ruzie. Tina was vaak high van de marihuana, maar ze was ook argeloos en aanhankelijk, iemand voor wie je niet op je hoede hoefde te zijn. Ze was naïef. Hij had zelfs zijn sleutel niet hoeven te gebruiken om binnen te komen omdat de deur, zoals gewoonlijk, niet op slot was.

'Tina, schatje, je moet die deur op slot doen,' had hij haar vermanend gezegd toen hij door alleen maar de knop om te draaien bij haar binnenstapte. Ze zat op de vloer voor de televisie een joint te roken en ze had hem door het geluid van het televisieprogramma waar ze naar keek niet eens gehoord. 'Je laat je sieraden en het geld voor je huur zomaar rondslingeren, en iedere wildvreemde kan zomaar bij je binnen komen lopen – '

'Ik hou mijn geld juist verborgen voor de mensen die ik ken,' zei ze lachend. 'Je bent echt zo'n achterdochtig stadsmens geworden, bang wanneer de deur niet op slot is. Dit is Brattleboro, schatje, niet de grote, boze stad.'

Ze had gelijk. In Vermont geloofden de mensen je op je woord. De jonge mannen zagen er allemaal uit als olympische atleten en de vrouwen waren eenvoudig en eerbaar. Vergeleken bij New Yorkse junks, was zelfs een potrookster als Tina onschuldig en gezond.

Tina werkte als serveerster en vertegenwoordiger. Ze verkocht huishoudelijke artikelen zoals spiegels en pijpen aan de plaatselijke bevolking, waarbij ze zich soms met haar handel in de omringende stadjes waagde. Als een *echte* verkoopster, zei ze dan gekscherend. High Time, heette de firma waarvoor ze werkte. Tina was innemend en altijd goed gehumeurd, maar vaak was ze zo high dat ze niet wist welke dag van de week het was. Gelukkig voor haar was de huur in Vermont niet hoog en ze woonde nu al bijna twee jaar in dit leuke chalet. Ze had echt haar best gedaan om bij te blijven met de huur, omdat het huis, gebouwd op de fundamenten van een kerk, naast een weliswaar nu overwoekerde tuin en een vijver, echt 'positieve vibraties' bezat. Tina geloofde in getallen – haar favoriete getal was drie – en ze deed ook aan astrologie en waarzeggen. Kevin zag dat mystieke gedoe ook wel zitten. Het was een prima plek om er even tussenuit te zijn.

In haar kast rommelend, doorzocht Tina schoenendozen tot ze had gevonden wat ze zocht. Hij was haar naar haar slaapkamer gevolgd. Zijn hart was niet opgehouden met bonzen sinds hij Tina zijn echte naam had horen uitspreken. Na drie dagen te zijn gebleven, stond hij op het punt om naar Ithaca te vertrekken, waarbij hij haar als dank voor de gastvrijheid wat drugs had gegeven. Uit zorg voor haar gezondheid had hij haar een grotere dosis geweigerd.

'Neem jij niet…?' had ze verbaasd gevraagd toen hij niet meedeed.

'Voor mij is het strikt zakelijk,' had hij haar gezegd. 'Ik koop in de stad en verkoop het hier. Daarmee kom ik het semester door.'

'Zo welvarend zie je er anders niet uit,' had ze opgemerkt.

'Ik doe het alleen om mijn onkosten te kunnen betalen. Ik kan het me niet veroorloven om er een puinhoop van te maken en eruit te worden geschopt. Ik ben van plan om economie te gaan studeren, om daarna echt geld te gaan verdienen. Laten we maar zeggen dat dit mijn bijdrage is voor het goede doel.' Hij grinnikte om zijn grapje; Tina lachte met hem mee, hoewel ze niet helemaal begreep waar hij nu eigenlijk om lachte.

Ten slotte haalde ze de foto van een oude man te voorschijn. De hoeken waren afgesleten en hij was gekreukt. Het was een foto van zijn vader. Degene die in zijn portefeuille had gezeten. Hij kon niet begrijpen dat hij hem erin had laten zitten. Hij draaide hem om. 'Billy Owens' stond er met potlood in het handschrift van zijn vader op de achterzijde geschreven.

'Ik vond hem nadat je was vertrokken,' zei ze. 'In een boek.'

'Hij is niet van mij,' zei hij. De man leek op hem. Had hij moeten zeggen dat het familie was? 'Misschien van iemand die hier heeft gelogeerd,' probeerde hij, wetend dat ze legio zwervende vrienden had die hier de nacht doorgebracht zouden kunnen hebben. De foto obsedeerde hem. Hij hoopte dat ze het niet zou merken. Maar hij had geen keus. Hij probeerde haar aan te kijken, maar ze liep alleen maar schouderophalend de kamer uit. Hij besloot haar doperantsoen wat te verruimen. Misschien kon ze hierna maar beter high zijn.

'Goh, bedankt Kev,' zei Tina dankbaar toen hij haar nog een extra trip gaf. Ze voelde dat hij in een vrijgevige bui was. 'Wat zou je zeggen van nog wat meer?'

Kevin aarzelde, keek haar aan, en gaf haar toen wat ze wilde. 'Het is jouw begrafenis,' zei hij.

Toen ze het parkeerterrein van de Putney Inn opdraaiden, begon zich het ongedwongen en ontspannen gevoel van het buitenleven al van hen meester te maken. In de twintig jaar dat ze hier kwamen eten hadden ze nog nooit gereserveerd, en ze wisten dat ze een goede tafel zouden krijgen. Hoewel weinig creatief, zou het eten goed en de serveerster vriendelijk, kraakhelder en goedgemutst zijn. Op de ezel bij de ingang, in de gang tussen het restaurant en de bar, stond op een affiche aangekondigd dat het amusement van deze week zou worden verzorgd door de Green Mountain Boys.

'Lees het menu maar voor,' zei Chuck, nadat hij zijn eiken stoel aan de grote ronde tafel had aangeschoven. 'Ik heb mijn leesbril vergeten.' De serveerster ontstak de pit van de olielamp.

'Je kunt het menu wel dromen,' zei Lilly. 'Veel cholesterol en overgare groenten.'

Naast hen zag Chuck een vrouw alleen aan tafel zitten die niet afkomstig was uit deze omgeving. Hij wist dat ze hem moest horen. 'Het is allemaal kersvers. Zonder hormonen of vergif,' verduidelijkte hij. De vrouw glimlachte om die opmerking. Hij glimlachte terug.

'Wat zou u aanraden?' vroeg Jessica, haar menu inkijkend.

'Tien tegen een dat u een New Yorkse bent.'

'Bingo,' zei ze. 'Manhattan.'

'Riverdale,' antwoordde hij. Iedereen lachte.

'Ik zag het aan de manier waarop u was gekleed,' zei Lilly. Sportief maar chique, dacht ze. De vrouw droeg niet de trui met rendiere, de korte paarlen halsketting, en de gemakkelijke schoenen waaraan de welgestelde dames uit New England zo vaak de voorkeur leken te geven. Hoewel ze had ondervonden dat lopen op modderige wegen voor suède en lakleer nu niet bepaald bevorderlijk was.

'Als u niet van konijn, hert of kwartel houdt, hun gegrilde eend is altijd goed,' zei Chuck, nietwaar, Lilly?'

Lilly sloeg haar menu dicht. 'Ik neem altijd eend,' zei ze.

'En de kinderen bestelden altijd hamburgers,' voegde Chuck daaraan toe.

Jessica nam een slokje van haar wijn. 'Overwintert u hier?' vroeg ze.

'Nee, we hebben een huis in Brattlesboro, een paar kilometer hier vandaan. We proberen het geld van een hippie die het van ons huurt los te krijgen.' Lilly gaf hem een por. 'We hebben er gewoon een uitje van gemaakt,' vervolgde hij.

De serveerster arriveerde bij Jessica's tafel. 'Bedankt voor de tip,' zei Jessica, die afzag van de vis, en eend bestelde.

'Chuck richtte zich weer tot Lilly. 'Weet je nog dat we hier met de kinderen kwamen en het kindermenu bestelden?' zei hij, herinneringen ophalend.

'En nu nemen ze ons mee uit eten en bestellen ze het seniorenmenu.'

'Probeer je me op te vrolijken?' merkte Chuck op. De serveerster kwam naar hun tafel. 'Ik neem een biertje en het konijn. Ik moet een stevige ondergrond hebben voor de confrontatie met Tina, de junkie,' voegde hij daaraan toe.

'Ik neem de eend,' zei Lilly tegen de serveerster.

Jessica keek naar de dikke autobiografie van Simone de Beauvoir naast de telefoon op haar nachtkastje. Ze complimenteerde zichzelf met de rit naar Vermont. Het kon haar niets schelen dat Tom zou denken dat ze geschift was. Ze had het altijd bij het goede eind gehad als ze deed wat haar intuïtie haar ingaf. Ze pakte de telefoon op om te informeren hoe het met Laurie ging. Wat zou ze tegen haar dochter zeggen? Ze was blij dat ze haar, toen ze zo kwaad was, het afgelopen weekend niet had kunnen bereiken. Ze wist dat ze zich niet zou hebben kunnen beheersen, wat Laurie en haar alleen maar verder uit elkaar zou hebben gedreven. Nu zou ze gewoon afwachten, het handig spelen.

'Is je verkoudheid voorbij?' vroeg ze Laurie op onschuldige toon. 'Je stem klinkt een beetje eigenaardig.'

'Ja hoor, mam.' Lauries stem was hees van het huilen.

'Weet je zeker dat je niets dwarszit?' vroeg ze. 'Het bevalt me niets zoals je klinkt.' Ik haat het om steeds in herhaling te vallen, dacht ze, maar ze voelde zich gedwongen om door te gaan. 'Lieverd, ik wil niet als een gebarsten grammofoonplaat klinken, maar na achttien jaar moederschap kan ik niet zomaar afstand nemen.'

'Dat begrijp ik, mam. Je hebt het recht om te vragen.'

Er is iets mis, dacht Jessica.

'Maar nu je weet dat alles goed met me is, hoef je daar niet verder mee door te gaan,' voegde Laurie daar snel aan toe, van haar voornemen afziend om haar moeder in haar verdriet te betrekken.

'Juist,' dacht Jessica. De dooddoener. 'Is Kevin nog steeds bij zijn tante?'

'Net weer terug, denk ik.'

Hoorde ze een zucht in haar stem?

'Het was best prettig om weer eens een poosje alleen te zijn. Ik bedoel, iedereen heeft toch wel eens behoefte aan wat tijd voor zichzelf?'

Dus het *was* Kevin! Waarom heb je over Boston gelogen? lag er op het puntje van haar tong.

'Waar ben je?' vroeg Laurie.

'Ik eh – ik maak een korte zakenreis,' antwoordde ze. 'Als alles goed gaat ben ik morgen weer thuis. Ik heb een afspraak met een paar mensen in...' Ze zei bijna Vermont. 'Boston. Je trip bracht me op een idee.' Ze kon het gewoon niet laten.

'Nou, ik hoop dat het gesprek goed verloopt. Ik moet ervandoor, mam. Ik spreek je binnenkort wel weer.'

'Hou je haaks, meid,' zei Jessica, zich slim voelend. Ze pakte haar jas en haar tas. Hoogste tijd om eens in Putney rond te neuzen.

Ze reed het plaatsje binnen, dat slechts vijf huizenblokken lang bleek te zijn en niets anders dan een dikmakend dessert in een koffieshop te bieden leek te hebben. Ze parkeerde haar auto voor het warenhuis, waarvan de etalages haar duidelijk maakten dat ze in een andere wereld was beland. Jagersmutsen en bijpassende flanellen hemden lagen uitgestald naast dikke werkhandschoenen, Coleman oliekachels en rode lantaarns. Hier was jagen een sport. In New York was het handel. Uit de krantenhanger aan de muur pakte ze een *New York Times*, waar ze vervolgens de *Brattleboro*

Reformer en de *Penny Saver* aan toe voegde. Binnen, zwierf ze verwonderd langs stopflessen met snoep, stellingen vol ingeblikt voedsel, schaatsen, en rekken vol hoge stapels kleding. Uit de koelvitrine pakte ze een fles frambozen-appelsap, liet haar keus vallen op een paar plakken plaatselijk bereide worteltaart, waarna ze afrekende bij de toonbank. Ze slenterde naar buiten en deponeerde, de verfrissende avondlucht opsnuivend, haar spullen op de passagiersstoel van haar Volvo. Verbazingwekkend genoeg, was het in Hartewoods kouder, en hoewel tintelender, rook de lucht in Vermont minder geurig.

Ze keek omhoog naar de sterren en liep door de verlaten straat naar de coöperatieve kruidenierswinkel. Een vlaag van onrust overviel haar. Waar was ze eigenlijk precies naar op zoek? Ze tuurde door de ruit naar binnen. In de winkel was het donker, maar ze kon de plantaardige producten onderscheiden, bussen met graan en stopflessen met losse thee. De vloer was bedekt met zaagsel en in de schappen stond wijn. Ze kon het interieur van de winkel gewoon ruiken door alleen maar naar binnen te kijken. Ze stak de onverharde weg over en liep langs het witte rustieke kerkje, de kunstnijverheidswinkel en de ijzerhandel, allemaal uitgestorven. Tenzij ze iets wilde drinken in de plaatselijk kroeg, een verbouwde schuur in de hoofdstraat, was ze genoodzaakt om weer naar haar kamer te gaan, om daar naar een tweederangs film te kijken, of haar boek uit te lezen waarin Simone beschrijft hoe ze Sartre vertroetelt.

In de bibliotheek brandde licht. Toen ze naar binnen ging een trof ze een moderne ruimte met een aangename sfeer aan. De leestafels waren leeg. Tussen de stellingen liepen nog twee mensen rond te snuffelen. De informele, ongedwongen sfeer was zo anders dan de jachtige drukte in de St. Agnes bibliotheek of de grote bibliotheek op Fifth Avenue, waar studenten tussen geestelijk gestoorden en daklozen in dikke boekwerken zaten te studeren. Ze slenterde wat rond en keek belangstellend op de informatieborden. De kinderafdeling was beneden, maar die was natuurlijk gesloten. De afdeling poëzie bevatte verschillende bundels van bekende schrijvers, en boven het informatiebord hingen de bekroonde gedichten van plaatselijk talent. Ze liep wat dichter naar het boekenrek toe. Yeats, Eliot, Cummings, Rupert Brook, Aiken, Dickinson, Tennyson – en Hopkins, Gerard Manley Hopkins! Ze staarde naar de muur en toen naar de bekroonde gedichten van de poëziewedstrijd van de Putney Public High School.

Verbijsterd las ze 'Vert Mont,' het gedicht dat de eerste prijs had gewonnen. Het gedicht stemde woordelijk overeen met wat ze eerder had gelezen. Maar de dichter heette *niet* Kevin Glade, maar Betsy Wilcox! Enige tumult veroorzakend haastte ze zich bijna rennend door de deur naar buiten. Gekke New Yorkse. Toen ze puffend en zwetend bij het warenhuis was gekomen, bladerde ze gehaast in het telefoonboek onder de telefoon aan de muur. Er woonde in Putney maar een Wilcox. Terwijl ze het nummer intoetste, vroeg ze zich koortsachtig af wat ze tegen de ouders van dit kind moest zeggen. Ze moest met ze praten, om meer over Kevin te weten te komen, en om ze te vertellen dat hij het gedicht van hun dochter had gestolen.

Jessica bleef op de River Falls Road rijden tot ze bij de schuur de oprit zag die ze, zoals haar was gezegd inreed, waarna ze de bocht volgend in een nauwe kloof omlaag reed. Zelfs voordat ze hem kon zien, klonk het bulderende geraas van de waterval in haar oren. Plotseling werd het vroege zonlicht verduisterd door een granieten rotswand en passeerde ze een majestueuze waterval en een smalle, snelstromende rivier. Lieve help, dacht ze, woonde de doorsnee inwoner van Vermont zo riant, en beschouwde hij zoiets als vanzelfsprekend? Maar natuurlijk stonden ook hier caravans langs de wegen en werden hectaren landschap ontsierd door autowrakken en ze had hier bijna net zo'n schrijnende armoede gezien als in New York.

Een klein, eenvoudig huis keek uit op het schitterende natuurverschijnsel. Toen Jessica de motor afzette, kwam een kleine vrouw met donker krullend haar en grijze ogen naar buiten. Binnen was het huis klein en knus. Het had een laag plafond, en ze vroeg zich af of Nicole Wilcox' man ook zo klein zou zijn. Het huis had iets weg van een speels poppenhuis, met meubelen die naar Jessica's mening impulsief moesten zijn gekocht. Tijdens hun telefoongesprek had ze vernomen dat Nicole verpleegster was in een psychiatrische inrichting en dat haar man doceerde aan de filmacademie. Aangezien Nicoles dienst om vier uur begon, had ze Jessica gevraagd of ze 's ochtends wilde komen.

Het viel Jessica op dat Nicole met een vaag Frans accent sprak. In Vermont woonden heel veel Franse Canadezen. De zachte stem die ze voor het eerst door de telefoon had gehoord, paste bij de ontspannen sfeer van het huis. Soms was Jessica jaloers op zo'n ongedwongen manier van leven, maar ze wist dat ze daarvoor zelf te rusteloos was. Ze moest het feit accepteren dat ze het gewoon niet kon verdragen als er een stoel verkeerd stond of een kleur niet combineerde. Maar zo'n gedrevenheid eiste zijn tol. Zelfs nu, terwijl deze vrouw er opgewekt in had toegestemd om over Kevin te praten – hij had verkering met haar dochter gehad – en er schijnbaar op gebrand was om zonder een spoor van reserve alles te vertellen wat ze wist, zat Jessica gespannen, ieder ogenblik moeilijkheden verwachtend, naar Nicole te luisteren.

'De arme jongen was een wees,' begon Nicole. 'We waren natuurlijk met hem begaan. Hij heeft veel bij ons gelogeerd. Hij werkte in de coöperatieve kunstnijverheidswinkel.'

In Vermont is alles een coöperatie, dacht Jessica.

'Hij werkte zich binnen een paar maanden op tot manager,' vervolgde Nicole. 'Een jongeman met veel verantwoordelijkheidsgevoel. Erg zelfstandig. Een achttienjarige jongen, helemaal alleen. Ik nodigde hem zoveel mogelijk uit om te komen eten. Hij had een tante in Brattleboro waar hij nooit iets over zei, maar verder had hij geen familie. Zijn ouders zijn toen hij jong was bij een auto-ongeluk om het leven gekomen – '

'Zei u achttien? Hij moet bijna twintig zijn,' zei Jessica.

'Misschien schaamde hij zich ervoor dat hij een paar jaar achter was. Dat komt bij tieners wel vaker voor.'

'Dat zou kunnen,' zei Jessica.

'Kevin gedroeg zich voorbeeldig tegenover Betsy,' ging Nicole verder. 'Vorig jaar was ze eerstejaars en ik bepaalde hoe laat ze na een afspraakje thuis moest zijn. Doordeweeks bracht hij haar nooit later thuis dan tien uur en in het weekend werd het nooit later dan middernacht. Paul, mijn man, zei dat hij nog nooit zo'n leuke jongen had ontmoet. We waren erg trots op hem toen hij afgelopen lente op Cornell werd toegelaten. Het is een pientere jongen, de studiebeurs kwam hem toe.'

'En wat dat gedicht betreft,' zei Jessica. 'Stuit het u niet tegen de borst dat hij plagiaat heeft gepleegd en het aan mijn dochter heeft gegeven?'

'Kevin heeft dag en nacht voor zijn toelatingsexamen gestudeerd en hij heeft geen familie om op terug te vallen. Hij is een getalenteerd kunstenaar, maar misschien ontbrak hem de tijd om iets voor haar te schilderen en heeft hij de makkelijkste weg gekozen. Zo erg is dat nu ook weer niet. En dat hij dat gedicht aan een ander meisje, uw dochter, heeft gegeven, Betsy heeft hem in het begin erg gemist, maar nu is ze redacteur van de schoolkrant en heeft ze het erg druk. Ik denk dat u van haar ook alleen maar positieve geluiden over Kevin zou horen.'

Jessica keek sceptisch.

'Ik zou me maar geen zorgen maken, mevrouw Lewisohn. Kevin is een prima vent. Als hij Betsy's gedicht heeft gebruikt, dan ben ik er vrijwel zeker van dat ze dat niet erg zou vinden. Misschien zou ze een beetje jaloers zijn, maar ik weet dat ze als vrienden uit elkaar zijn gegaan.'

'Hij heeft ons verteld dat hij zijn diploma heeft gehaald op de Putney School en niet op de plaatselijke high school.'

Nicole staarde Jessica aan. Ze had de dure auto op de oprit zien staan. 'Misschien is hij veranderd... misschien heeft hij het tegenwoordig een beetje hoog in zijn bol. Maar voor zover ik weet is hij in Putney altijd eerlijk geweest.'

Jessica keek op de klok aan de muur en stond op van tafel. 'Hopelijk heeft u gelijk.'

Nicole glimlachte, maar in haar ogen zag Jessica wat ze dacht. O, die New Yorkers toch. Wat mogen ze toch graag overdrijven.

Toen Lilly de heuvel naar het chalet op reed, liet Chuck, op zoek naar tekenen van verval of vernielzucht, zijn blik over het terrein gaan. Zijn eerste reactie was er een van opluchting. Zo te zien was er ieder geval niets verontrustends aan de hand. Het houten tuinhek hing uit zijn scharnieren, maar dat was gewoon slijtage. De treurwilg was de afgelopen twee jaar anderhalve meter gegroeid, en hij herinnerde zich dat die toen hij het huis kocht niet groter was geweest dan hijzelf. Tweeëntwintig jaar geleden, op Memorial Day, waren ze halsoverkop verliefd geworden op het kleine chalet met zijn rijkversierde plafond en ramen die een schitterend uitzicht boden op pijnbomen, esdoorns en negentiende-eeuwse boerderijen. Hij herinnerde zich de tijd dat zijn buurman Chucks suikerahorns aftapte en er in de schuur naast het huis ahornstroop van bereidde, waarna hij Lilly en hem een liter kwam brengen. Wat een kick was het geweest om de flensjes van de kinderen met stroop van je eigen bomen te besmeren.

Lilly draaide de oprit op, en hij was blij dat hij geen rook uit de schoorsteen zag komen. Het meisje stookte olie in plaats van de houtkachel te gebruiken die de lucht vervuilde en rampzalig was voor het huis.

Het licht in de keuken was aan, wat betekende dat ze thuis was en dat ze met elkaar geconfronteerd zouden worden. Hij keek omhoog naar het slaapkamerraam en zag dat ze het blauw met witte gordijn met het klavermotief had dichtgetrokken. Ze was er tenminste niet vandoor gegaan.

Ze belden aan en stonden voor de deur te wachten tot er werd opengedaan. De vorige huurder had de deur ingetrapt nadat hij zijn sleutel was verloren. De sporen waren nog steeds zichtbaar en het deurkozijn paste niet meer helemaal.

'We hadden het nooit aan haar moeten verhuren,' zei Lilly. 'Zo betrouwbaar zag ze er niet uit. En met de veiligheid nam ze het ook niet al te nauw.'

Lilly had gelijk. Ze was zakelijker dan hij. 'Achteraf heb je makkelijk praten,' zei hij. 'Zoveel keus hadden we toen niet, of wel soms?' Hij draaide de knop om.

De deur was niet op slot, en hij duwde hem open voor Lilly bezwaar kon maken. Hij deed een stap naar binnen, haalde een keer diep adem, en bereidde zich voor op het ergste.

Hij wierp snel een blik om zich heen. Alles leek normaal. Eigenlijk voelde hij zich net een indringer die tijdens afwezigheid van zijn huurder rondneusde.

Hij was opgelucht dat alles in orde was met het huis.

'Er staan borden in de gootsteen,' stelde Lilly vast.

'Iemand thuis?' riep Chuck.

'Is boodschappen doen,' zei Lilly.

'Of nooit thuisgekomen.'

Lilly liep de trap op naar de grote slaapkamer. Chuck wachtte even beneden en keek door het raam naar de door onkruid overwoekerde tuin, die zich een verdieping lager bevond. De trap en muren waren in Vermont-stijl bekleed met platte stenen. Chuck was altijd een liefhebber geweest van de oude Amerikaanse stenen wallen die de grens tussen de landerijen markeerden. Hij herinnerde zich hoe hij zittend bij het haardvuur tevreden over zijn stukje land en de met sneeuw beladen takken van de pijnbomen had uitgekeken. Hij liep achter Lilly aan de trap op, waarbij de last van de jaren zwaar op hem drukte. Eenmaal boven aan de trap gekomen, keek hij naar beneden, zoals hij altijd op kerstochtend had gedaan, toen de kinderen nog klein waren. De verlichte boom in de woonkamer zag er altijd uit als een ansichtkaart, met sneeuwlandschappen in welke richting je ook keek. Ze hadden in dit huis heerlijke ogenblikken gekend, misschien wel omdat ze alleen tijdens de vakantie kwamen, als ze hun zware werk in de stad achter zich hadden gelaten.

Lilly stond vlak voor hem. 'Kom op,' zei ze. 'Ik wil dit niet in mijn eentje doen.' Ze liep voor hem uit door de openstaande deur de slaapkamer binnen.

'Jezus, ze ligt midden op de dag nog in bed,' fluisterde Lilly, maar haar hart ging sneller slaan toen ze dichterbij kwam. Ze voelde dat er iets mis was door de onbeweeglijkheid van het lichaam toen ze luidruchtig binnenkwamen. Ze waagde zich dichter naar het bed. En toen kokhalsde ze. Rond Tina's nek zat geklonterd bloed. De huid was grauw. En de opengesperde ogen staarden in het niets.

Hoofdstuk acht

Mildred Sedgewick staarde omlaag in de met satijn beklede kist naar haar dochter, die er in haar fleurige, gebloemde jurk veel jonger uitzag dan zevenentwintig. Maar de persoon in de doodkist deed in vrijwel niets meer denken aan haar dochter en vormde slechts een vage herinnering aan een ander menselijk wezen.

Mildreds gedachten werden onderbroken door Jack, haar man, die naast haar stond. 'Ik wist dat het slecht met haar zou aflopen.' Mildred had zich aan Jacks opmerking kunnen storen, maar ze besefte dat hij waarschijnlijk zijn verdriet achter woorden verborg. Mildred had geprobeerd om haar hart tegen haar dochter te pantseren, om haar de schuld te geven van alle ellende die ze had veroorzaakt, en uiteindelijk ook haar dood. Mildred had ook geprobeerd om op een dergelijke tragedie voorbereid te zijn, maar natuurlijk allemaal tevergeefs. Ze keek naar Tina's hoofd, dat opzij was gedraaid om de verschrikkelijke wond aan haar nek te verbergen, maar zag haar dochter voor zich als schoolmeisje. Tina's vinger droeg nog steeds een eenvoudige trouwring.

'Tina was overal voor te vinden,' zei Mildred. 'Ik geloof niet dat ze echt wilde trouwen, maar de witte trouwjurk en het trouwfeest zag ze wel zitten. Peter heeft haar gewoon omgepraat.'

'Jammer dat hij haar niet heeft om kunnen praten om een normale vrouw te zijn.'

Mildred begon te huilen. 'Ik wou dat het hem was gelukt. Ik wou dat het *ons* was gelukt.'

Jack legde zijn hand op haar schouder. 'Er was niets dat we konden doen. Ze was niet te veranderen.'

Mildred keek voor het laatst naar haar dochter. Plotseling besefte ze dat er aan een vinger van Tina's rechterhand iets ontbrak. Het was de ring met de opaal die zij en Jack Tina voor haar achttiende verjaardag hadden gegeven.

Kathleen bestudeerde nauwgezet alle informatie over de verpleegstersopleidingen in de catalogus van het McClintock Junior College. Ze wilde in het voorjaar naar McClintock. Brendan sliep, haar vader was uit en het was stil in huis. Ze voelde zich baas over haar eigen leven. Al haar inspanningen begonnen vruchten af te werpen en dat gaf haar intens gevoel van voldoening. Op een dag, als ze verpleegster zou zijn, en helemaal op eigen benen stond, zou ze misschien zelfs wel een jonge man vinden om mee te trouwen, iemand die van Brendan zou houden. Maar een vaag gevoel van schuld bedierf haar goede bui. Ze vroeg zich bezorgd af of ze wat die schedel betrof wel juist had gehandeld.

Het was kil in huis geweest toen ze die avond met Brendan van de steengroeve was thuisgekomen. Ze had zich voorgenomen om zich weer te wijden aan haar dagelijkse besognes en niet langer bij hun griezelige ontdekking stil te staan, in ieder geval niet tot ze wat nuchterder zou kunnen nadenken. Gelukkig had ze voor haar vertrek een stoofschotel geprepareerd die ze onmiddellijk na thuiskomst op het fornuis had gezet om gaar te worden, zodat het eten tegen de tijd dat haar vader thuiskwam, klaar zou zijn. Ze wilde dat alles er vertrouwd zou uitzien, dat niets haar vader het idee zou kunnen geven dat er iets aan de hand was.

Na Brendan een paar stukjes wortel te hebben gegeven, gaf ze hem iets lekkers. Hij was zo geduldig geweest en had zich zo voorbeeldig gedragen toen ze wanhopig tot rust probeerde te komen. Terwijl hij knabbelde op de koekjes die ze de vorige avond had gebakken, maakte ze zijn warme badje klaar. Ook had ze de thermostaat wat hoger gezet, hoewel ze wist dat dit op bezwaren van haar vader zou stuiten. Maar op deze sombere dag, na wat ze allemaal had moeten doormaken, had ze behoefte aan wat extra warmte.

Na Brendan te hebben gebaad, zijn gladde, ingezeepte velletje te hebben afgespoeld, hem afgedroogd en geknuffeld te hebben, was het rillen bij Kathleen opgehouden. Bij de steengroeve had ze Brendan verteld dat hij de schedel van een mens had gevonden. Ze had het hem verteld omdat ze had gegild; hij had aangevoeld dat ze bang was en ze had het beter gevonden om hem te vertellen waarom. Trouwens, ze was vastbesloten om nooit tegen hem te liegen. Terwille van Brendan had ze zichzelf gedwongen om weer kalm te worden, waardoor het voorval binnen de kortste tijd uit zijn jonge geest was verdwenen.

Terwijl ze de salade klaarmaakte, wierp ze zo af en toe vanuit de keuken een blik op hem. Onbezorgd spelend in zijn pyjamaatje, duwde hij aandachtig zijn kiepauto over het tapijt van de woonkamer. Ondertussen deed ze haar best om de indruk te wekken dat het een gewone avond was. De dressing voor de salade klaarmakend, proefde ze met een trillende vinger van haar mengsel van olijfolie en wijnazijn, voordat ze een theelepel Franse mosterd toevoegde. Ze had zich voorgenomen om zich de fijne kneepjes van de kookkunst eigen te maken. Nog een drupje azijn...

Ze voelde zich bijna weer de oude toen ze de sla afspoelde en een kalmerend slokje nam van de Earl Gray thee met een wolkje melk die ze voor zichzelf had gezet. Zo knus en behaaglijk in haar keuken, haar vingers warmend aan de mok, begon ze te geloven dat er geen enkele reden was waarom ze ooit iemand iets over haar akelige vondst zou moeten vertellen.

Waarom zou ze de politie bellen en zich een hoop vragen op de hals halen? Misschien was de schedel die Brendan had gevonden toch wel van een dier en helemaal niet van een mens. Misschien was het haar overspannen fantasie geweest die Billy met de schedel in de steengroeve in verband had gebracht. Met zijn vriendin April was waarschijnlijk helemaal niets aan de hand.

'Maar waar *was* April? Ze was nu al meer dan een jaar vermist. Weifelend keek Kathleen naar de telefoon. Zou ik misschien toch maar niet beter de politie bellen en hen laten beslissen? Maar ze rook de heerlijke geuren van de boeuf bourguignon in de pan die haar tegemoet dreven, en toen ze de stoofschotel hoorde pruttelen verroerde ze zich niet. Als ze de politie haar verhaal zou vertellen, zou ze zichzelf en Brendan blootstellen aan de minachting van de buurt. Iedereen, haar vader incluis, zou weten dat ze was verkracht. En als haar ergste angst bewaarheid werd, zou Brendan misschien op een dag te horen krijgen dat zijn vader een moordenaar was.

De brug over de rivier die de Bronx met Manhattan verbond, ging langzaam omhoog en bracht het verkeer tot stilstand, waardoor Jessica, die op weg was naar Rozsi, tot stoppen werd gedwongen. Het verbaasde haar dat het eenzame, grote zeilschip dat onder de brug door gleed zomaar honderden auto's tot stilstand kon brengen, waardoor zoveel mensen gedwongen waren om vijf volle minuten te wachten totdat de brug zich weer had gesloten. Het was weer een van die merkwaardige, zo niet grillige aspecten van de stad.

Jessica verafschuwde het om door de bouwvallige buurt van haar moeder te rijden, maar ze genoot altijd van een bezoek aan haar moeders appartement. Het stond propvol met prullaria en zilverwerk en honderdjarige herinneringen die ze uit Europa naar de Verenigde Staten had meegenomen. Laurie zei altijd dat het appartement haar aan een antiekwinkel deed denken. Voor Jessica waren het herinneringen aan haar jeugd, in het bijzonder de in hout uitgesneden afbeeldingen van Hongaarse boeren, de geborduurde bloemen in ovalen lijstjes, de wandtapijten en de bidkleedjes die de muren verfraaiden, en haar moeders favoriete stoel, die Morris, Jessica's vader, met kostbaar zijden brokaat had bekleed. De kamers, boordevol geschiedenis, waren als grafkamers in het inwendige van een piramide. De straten buiten Rozsi's appartement deden denken aan de krioelende bazaars die Jessica in derdewereldlanden had gezien. In de hoofdstraten van de Bronx, met hun etnische winkeltjes, hing een exotische sfeer, waar het bruiste van de vitaliteit, maar in iedere zijstraat loerde het gevaar en de dood, wachtend op de duisternis.

Zoals iedere rechtgeaarde bewoner, beoordeelde Rozsi haar situatie zowel waakzaam als filosofisch. Maar in tegenstelling tot Rozsi, konden veel van haar buren nergens anders heen. Zij hadden geen andere keus dan de dreigingen te accepteren. Ze hielden elkaar goed in het oog als ze zich op straat waagden, en hun nachten in hun gebarricadeerde appartementen doorbrachten. Voor het raam van haar slaapkamer dat toegang verschafte tot de brandtrap had Rozsi een afsluitbare stalen deur. En de zware grendel met de stalen schuif die ze op haar voordeur had laten zetten zat met bouten in de vloer bevestigd.

Nog steeds wachtend tot de brug weer dicht zou gaan, draaide Jessica haar raampje omlaag. Het was een prachtige herfstdag. Ze was van plan om Rozsi's laatste creaties van haar boetseerkunst te gaan bezichtigen, om haar daarna snel mee te nemen naar MOMA, het museum van moderne kunst, om daar de expositie van Matisse te bezoeken. Terwijl ze de radio aanzette, die meer storing dan nieuws produceerde, bladerde ze verveeld door een exemplaar van de *Brattleboro Reformer* die ze voor haar vertrek uit Vermont had gekocht. Ze zag de brug niet dichtgaan, en evenmin hoorde ze het getoeter achter haar; haar ogen staarden geschokt naar de vetgedrukte letters op de binnenzijde van de voorpagina. 'Huisbaas treft huurster vermoord aan,' met daaronder foto's van Tina Sedgewick en Chuck Hildebrand. Maar ze kon niet verder lezen. Geschreeuw van woedende chauffeurs en aanhoudend geclaxonneer brachten haar ten slotte weer terug naar de werkelijkheid. Tijdens de resterende rit over de brug en naar haar moeder, wist ze nauwelijks haar aandacht bij de weg houden.

Heb ik het wel goed aangepakt? vroeg Kevin zichzelf af. Hij speelde met de opalen ring die Tina hem, toen ze al high was, als dank voor de drugs en het geld had gegeven. Hij had de ring slechts met tegenzin aangenomen. Tenslotte was zij het geweest die hem binnen had gelaten toen hij nergens heen had gekund, eenzaam was geweest en, letterlijk, in de kou had gestaan. Hij had in Brattleboro in het Flying Crown Hotel gebivakkeerd, een slonzig, wat verderop bij haar in de straat gelegen pand, toen het bouwvallige gebouw was afgebrand. Tina kocht toen al drugs van hem en aangezien zij om drugs en geld verlegen zat en hij onderdak nodig had, had ze gezegd dat hij bij haar kon intrekken. Op aandringen van zijn kant was het een strikt platonische overeenkomst geweest. Indien nodig, kon hij zijn gevoelens en zijn behoeftes gescheiden houden, en bij Tina was dat niet zo moeilijk. Ze was niet zijn type. Ze was te oud en haar beschonken, nonchalante, gedrogeerde leventje kwam hem goed van pas, maar het was niet zijn manier van leven. Haar golvende bruine haar, haar slonzige kleren en haar kleine, tengere lichaam trokken hem niet aan. Trouwens, de stoet knapen die haar slaapkamer in en uit marcheerden had hem ervan overtuigd dat ze misschien ook wel eens een bedreiging voor de gezondheid zou kunnen zijn.

Toen had hij Betsy Wilcox ontmoet en haar verteld dat hij bij een tante woonde. Hoe zouden Betsy of haar familie zijn overeenkomst met Tina kunnen begrijpen? Hij had het vreselijk gevonden om Betsy op te geven, maar hun relatie begon riskante vormen aan te nemen en Cornell had uitkomst gebracht. Hij probeerde het uit zijn hoofd te zetten.

Zijn gedachten gingen terug naar de ring. Hij lag op bed in zijn kamer en hield de opalen ring tegen het licht. Ja, hij had juist gehandeld. Hij had haar gevoelens niet willen kwetsen. Geklop op de deur onderbrak zijn gedachten. Het was Laurel. Hij was bang geweest dat ze zich niet aan haar belofte zou houden en niet zou komen. Maar toen hij haar had opgebeld hadden de bloemen en zijn charme hun werk gedaan.

Plotseling dacht hij aan de ring. Maar voordat hij hem veilig kon opbergen kwam Laurie binnen en zag wat hij probeerde te verbergen.

'Is het soms voor een ander meisje?' vroeg ze, speels aan zijn hand trekkend.

'Helemaal niet!'

'Voor wie dan?'

Plotseling hield hij haar de ring voor. 'Het is een cadeau voor jou,' zei hij zacht. 'Om het weer goed te maken... omdat ik zo kwaad was. Ik wilde hem tijdens het eten aan je geven.'

Laurie zag dat de ring te klein was, maar ze schoof hem om haar pink. Het was een gelegenheidspresentje, iets waarvan ze zonder verdere verplichtingen zou kunnen genieten. Het viel haar op dat de kleine opaal was gemonteerd in een delicate, antieke gouden zetting.

'Hij was van mijn tante,' zei Kevin.

Jessica opende het deurslot van Rozsi's flatgebouw en wachtte nerveus in de verlaten hal op de lift. In de tijd die de lift nodig had om de zesde etage, waar haar moeder woonde, te bereiken, stierf Jessica duizend doden. Deze keer stopte de lift op de derde verdieping. Tot haar opluchting stapte Jamie Hernandez naar binnen, Rozsi's jonge steun en toeverlaat.

'Wanneer je moeder boodschappen gaat doen, hou ik haar vanuit mijn raam altijd goed in de gaten,' had hij haar een keer verzekerd. 'En soms geef ik Matchka te eten,' had hij daar lachend aan toegevoegd. 'Weet je dat *Matchka* in het Hongaars kat betekent?' Jessica had geknikt en met hem meegelachen. 'Ik hou van Rozsi, bij gebrek aan mijn eigen moeder. Ik heb haar gezegd dat ze als ze me nodig heeft, maar hoeft te kikken.' Jessica was geroerd geweest door zijn aanbod en was gaan begrijpen waarom haar moeder niet uit de oude buurt weg wilde.

Maar toen Jessica voor haar moeders deur stond, waren haar gedachten helemaal bij de gruwelijke moord waarover ze haastig had gelezen toen ze buiten dubbel geparkeerd stond. En voor deze ene keer maakte het haar niet uit of haar Volvo werd gestolen of haar accu achterover werd gedrukt; haar grootste probleem was of ze haar zou vertellen over die moord in Brattlesboro. Rozsi tuurde door het kijkgaatje in de deur en liet haar binnen.

'Is er iets aan de hand?' vroeg ze, toen ze de bezorgdheid op Jessica's gezicht zag. Jessica liet haar het krantenartikel zien. 'Kevin was pas nog in Vermont – om haar op te zoeken! En hij heeft gelogen over de school waarop hij heeft gezeten. Dat heb ik uitgezocht.' Ze nam naast Rozsi plaats op de plastic hoes die de tweezits bank in de woonkamer beschermde. 'Ik ben naar Vermont gereden omdat ik gewoon voelde dat er iets met hem aan de hand was. En nu is deze vrouw dood. Rond Kevin spelen zich slechte dingen af.'

'Is dit zijn tante?' vroeg Rozsi, wijzend naar de foto van de jonge Tina.

'Het bevalt me niets, Anyuka. Het is allemaal te toevallig. Een zekere Tina die in Brattleboro woont.'

'Bel Laurika op,' zei Rozsi, terwijl ze de telefoon van de tafel naast haar pakte en tussen hen in zette.

'Dat gaat niet, mam. Ik heb haar al te vaak gebeld. Ze kan me niet uitstaan.'

Rozsi pakte de hoorn op en hield hem bij haar oor. 'Draai Lauries nummer,' zei ze gebiedend. 'Ik ben mijn leesbril kwijt.' Jessica toetste het nummer in, waarna Rozsi, nadat ze de telefoon tien keer had laten overgaan, het opgaf. Zolang Laurie niet opnam, konden ze niets doen. Toen, zich haar auto herinnerend, sprong Jessica overeind en keek uit het raam. Tot haar opluchting stond hij daar, met een parkeerbon wapperend onder de ruitenwisser.

Nadat Jessica haar bril gevonden had, drukte Rozsi de herhalings-toets in tot Laurie opnam. Jessica luisterde mee.

'Hallo, lieverd, alles goed met je?' vroeg Rozsi.

'Hoi,' antwoordde Laurie opgewekt. 'Met mij gaat alles prima. Hoezo?'

'Hoe gaat het met Kevin, je vriend?'

'Met hem gaat ook alles goed. Ik heb net een cadeautje van hem gekregen.'

'Hoe gaat het met zijn tante?'

'Kevins cadeautje komt van zijn tante.'

'Is zijn tante gezond?'

'Waarom zou ze dat niet zijn? Waarom informeert u naar haar gezondheid?'

'Is hij niet net terug uit Vermont?'

'Ja, en hij heeft een cadeautje voor me meegenomen. Het is prachtig, *Nagymama*.'

Rozsi genoot ervan om het Hongaarse woord voor grootmoeder uit de mond van haar enige kleinkind te horen.

'En wat heeft hij dan wel voor je mee teruggenomen, lieverrd?'

'Een ring, *Nagymama*. Een opalen ring.'

'Zie ik ze vliegen?' vroeg Jessica. 'Kevins tante is gezond en wel, en Laurie krijgt een cadeautje van haar? Ben ik soms gek?'

'Zo gek als een deur,' zei Rozsi.

Jessica zag het telefoonboek op tafel liggen en vond snel in de Riverdale-sectie het nummer van Charles Hildebrand. Ondanks geluiden op straat en het dichtslaan van een autoportier probeerde ze het nummer. Ze kon horen dat Hildebrand blij was dat ze belde. Hij bekende dat hij, sinds de *Riverdale Press* zijn brief aan de redacteur had gepubliceerd, nog nooit zoveel belangstelling had genoten.

'Ze was jong,' antwoordde hij toen Jessica de ene na de andere vraag op hem afvuurde. 'Het arme kind was achter in de twintig. We vonden haar,' zei hij met een stem vol melodrama. 'Het was afschuwelijk. De politie denkt dat het een overval was. Haar portemonnee was gestolen. En zonet vroeg haar moeder me nog om naar een sieraad uit te kijken als ik terugging om de boel op te ruimen.'

'Wat voor sieraad?' vroeg Jessica.

'Een ring,' antwoordde hij. 'Een antieke ring met een opaal.'

Er kroop een ijzige huivering langs Jessica's ruggengraat. Ze kapte het gesprek af, belde de telefoondienst van Brattleboro en kreeg het nummer van de plaatselijke politie. Maar ze zag ook in dat ze het allemaal eerst aan haar moeder zou moeten uitleggen voordat ze de politie belde. Als haar moeder te veel van streek zou raken zou haar bloeddruk omhoog schieten.

'Draai er maar niet omheen,' zei Rozsi, die de emotie op Jessica's gezicht zag. 'Ik kan het hebben.'

'Tina's opalen ring wordt vermist,' zei Jessica. 'Volgens mij heeft Kevin Tina Sedgewick vermoord.'

Sheriff Snow nam vanachter zijn bureau de telefoon op.

'Ik heb informatie over de moord op Tina Sedgewick,' begon Jessica.

Sheriff Snow draaide zich om naar de hulpsherrif van de surveillancedienst die achter hem zat en rolde met zijn ogen. 'O ja?' zei hij, zich weer omdraaiend en in de hoorn sprekend.

'Een jong man, Kevin Glade, was op het tijdstip dat Tina werd vermoord bij haar op bezoek.'

'En u denkt dat hij haar heeft vermoord?'

'Dat – dat weet ik niet zeker. Maar ik vond dat u dit moest weten.'

'Waarom denkt u dat hij haar heeft vermoord?'

'Een ring. Een opalen ring. Tina's moeder vertelde haar huisbaas dat de ring van haar dochter zoek was. En Kevin Glade heeft de ring.'

'Mevrouw, de moord is opgelost. We hebben de viespeuk gisteravond slapend in een greppel aangetroffen en hij heeft bekend. We hebben de portemonnee, het geld en het mes dat hij heeft gebruikt.'

'Maar de ring, hoe zit het dan met de ring?'

'Is het soms de enige opalen ring op de wereld? Zelfs al is het Tina's ring, haar moeder vertelde ons dat ze haar in maanden niet heeft gezien. Dus kon ze niet zeker weten of ze de ring had verkocht, verloren, of weggeven voordat ze werd vermoord. Wie is trouwens die Kevin Glade?'

'Hij is mijn dochters vriend.'

'Heeft u soms iets tegen hem?'

'Bedankt voor uw hulp,' zei Jessica en ze hing op.

'Alle wegen leiden naar Kevin,' zei Jessica tegen Rozsi. 'En iedere keer als ik er een volg, loop ik tegen een stenen muur.'

Sheriff Snow draaide zich weer om naar de agent van de verkeersdienst.

'Nog een malloot?' vroeg de hulpsheriff.

'Nee, deze bekende de moord niet. Deze gaf de vriend van haar dochter aan.'

'Meestal is het een ex-echtgenoot.'

'Ik ben blij dat we deze zaak tenminste hebben opgelost,' zei de sheriff, tevreden met zijn vuist een dreun op zijn bureau gevend.

Jessica ijsbeerde haar moeders huiskamer op en neer.

'Bel Tom,' stelde Rozsi voor.

'Ja hoor. Om hem te vertellen dat ik Kevin van moord beschuldig en door de politie ben afgepoeierd?'

Rozsi probeerde te doen alsof er niets aan de hand was, maar Jessica kon zien dat ze haar aandrang om zich ermee te bemoeien, probeerde te onderdrukken.

'Ik weet wat beters,' ging Jessica verder. 'Ik zal Kevin confronteren met alles wat ik in Vermont over hem te weten ben gekomen. En ik zal de waarheid over die niet bestaande, mysterieuze tante van hem uit hem wringen.'

Jessica pakte haar tasje en haalde haar autosleutels te voorschijn. Het werd tijd dat er iets werd ondernomen, zodat haar moeder hier niet verder mee zou worden belast. Dit soort problemen waren niet bevorderlijk voor Rozsi.

'Ik bel je zodra ik Laurel heb gesproken,' zei Jessica. Als zij en Kevin niet naar de stad kunnen komen, dan rijd ik het weekend naar Cornell.'

De adrenaline gierde door Jessica's lichaam. De lift kon wat haar betreft niet snel genoeg beneden zijn. Eenmaal buiten, kon ze haar ogen niet geloven. Haar Volvo was verdwenen, met bekeuring en al.

Toen Jessica in de buurt van Ithaca kwam, moest ze glimlachen toen haar oog viel op een bumpersticker met de woorden 'Ik stuur mijn geld en mijn dochter naar Cornell'. De campus van Cornell was een van de mooiste van het land, dacht ze toen ze Lake Cayuga zag liggen. En ze besefte dat dit voor Laurel allemaal vanzelfsprekend was. Jessica was echter een product van haar verleden. Voor haar was het juist enerverend om voet te zetten in een van Cornells zestien bibliotheken, die varieerden van strak en modern tot de gebouwen waarvan ze het meeste hield, die met de architectuur en atmosfeer van een kerk. Er *was* iets voor te zeggen om arm te zijn geweest, dacht Jessica.

Jessica wist dat ze nu bevoorrecht was. De gehuurde BMW waar ze met plezier in reed, verving haar gestolen Volvo. Ze was blij dat zij en Tom het zich konden veroorloven om hun dochter naar Cornell te sturen. Ze wou alleen maar dat Kevin niet in beeld was gekomen.

Ze reed het parkeerterrein van het Hilton Hotel op. Ze had net genoeg tijd om voor haar afspraak met Kevin en Laurie een douche te nemen, zich om te kleden, en haar strategie te bepalen. En dan verdomme, zou ze in Lauries bijzijn alle leugens van Kevin ontzenuwen.

Het restaurant dat Jessica had uitgezocht, was een van die gelegenheden waar ouders met hun kinderen die op Cornell studeerden
bij speciale gelegenheden zoals een diploma-uitreiking of een reü-
nie heen gingen. Het was gesitueerd in een oude spoorwegremise,
waar een met het restaurant in verbinding staande Victoriaanse
treinwagon als lounge en bar fungeerde. Terwille van de privacy
had Jessica afgezien van een studentenkroeg; ze wilde geen gebral,
niet gestoord worden wanneer ze Kevin met de feiten confron-
teerde. Ze wilde zich concentreren op zijn reacties. Ze arriveerde
vroeg. Ze zocht een wat afgezonderde tafel uit en zag ervan af om
haar gebruikelijke cocktail te bestellen.

Ze begroette Laurie met een hartelijke omhelzing en een kus,
waarna ze zichzelf dwong om Kevin een hand te geven. Laurie zag
er welvarend uit en Jessica moest erkennen dat ze samen een knap
stel vormden. Beseffend waarvoor ze was gekomen, bracht die
constatering haar even uit balans. Laurel zag er zo gelukkig uit. Ze
vertelde dat ze net een goed cijfer voor een biologie-tentamen had
gehaald, waar Kevin zichtbaar trots op scheen te zijn.

'Dat tentamen was gewoon een eitje voor haar,' pochte hij toen
ze allemaal waren gaan zitten. 'Hoewel het toch behoorlijk pittig
was,' zei hij, Laurie liefdevol aankijkend.

Hij is een bedrieger, bracht Jessica zichzelf in herinnering. Blijf
bij je voornemen.

'Kevin,' zei ze, hem recht aankijkend. 'Ik heb slecht nieuws voor
je. Ik vind het vreselijk om het je te moeten vertellen.'

Kevin keek verward. Maar toen kwam er een waakzame blik in
zijn ogen.

'Tina Sedgewick is dood.'

Kevin keek verbijsterd.

'Ik kom net bij haar vandaan,' zei hij.

'Ze is vermoord,' zei Jessica.

Kevin werd bleek.

Zoiets kun je niet spelen, dacht Jessica. Ze zag zijn lippen licht
trillen.

'Tina? Ze was een vriendin van me,' zei hij, meer tegen zichzelf
dan tegen Jessica.

'Mijn God!' zei Laurel.

'Iemand heeft haar keel doorgesneden,' zei Jessica.

Laurel staarde hem vol afschuw aan.

'Waarom noemde je haar je *tante*?' vroeg Jessica.

'Ze was ouder,' stamelde hij. 'Ik had geen familie... Ik wilde dat jullie dachten dat ik iemand had die om me gaf, waar ik heen kon gaan, zoals de meeste mensen, speciaal op Thanksgiving.'

Jessica beet op haar lip.

Kevin bedekte zijn gezicht met zijn handen. 'Nu heb ik niemand meer. Ze was echt goed voor me. Ik heb haar gewaarschuwd dat dit zou gebeuren.'

In weerwil van zichzelf meende Jessica oprecht verdriet te zien.

'Het spijt me,' zei ze, welgemeend. 'Ze hebben de moordenaar te pakken gekregen,' zei ze, en ze zag hoe Kevin zich ontspande.

'Goddank,' zei hij.

'Ze zeiden dat hij een junk was. Dat hij haar voor het geld had vermoord.'

'Ik heb haar nog *zo* gezegd dat ze de deur op slot moest doen. Goeie God, ik heb haar het geld voor de huur gegeven omdat haar huisbaas op het punt stond om haar eruit te gooien... en ze stond erop dat ik de opalen ring van haar zou aannemen.' Hij keek Laurel aan. 'Ik had hem nooit aan je moeten geven. Ik was van plan om hem aan haar terug te geven. Ik was bang dat ik je zou verliezen. Het was stom van me.'

Laurel schoof de ring van haar vinger. 'Nu begrijp ik het,' zei ze. 'Ik vroeg me al af waarom je die dag zo vreemd deed.' Ze legde de opalen ring op het tafelkleed.

'Het spijt me,' zei Jessica. Meer dan hij besefte. Ze *was* onbillijk tegen hem geweest, hield ze zichzelf voor.

Kevin keek hen door zijn tranen heen aan.

Nu had hij Jessica. Hij had Tina verloren, maar hij had die kenau van een moeder in zijn zak zitten. Hij dacht terug aan de dag dat Tina hem had opgenomen. 'Nu ben jij mijn familie,' had ze gezegd.

Hij stak zijn hand uit naar Jessica.

'Nu bent u mijn familie,' zei hij.

Hoofdstuk negen

Toen Lloyd Martin, hoofd van de afdeling moordzaken in het district, naar Sandy Ungar belde om haar te vertellen dat er in Indiana een seriemoordenaar aan het werk was, vroeg ze zich onwillekeurig af of deze nieuwe zaak op de een of andere manier iets te maken had met de verdwijning van April Meadows. In de afgelopen anderhalf jaar had de moordenaar drie vrouwen omgebracht. En vannacht was het meest recente slachtoffer gevonden, een drieëntwintigjarige serveerster, gewurgd met een touw, met in haar vagina de loop van een revolver gestoken. Ze was in een obscene houding geplaatst, zodat de politieagenten het 'stilleven' zouden zien zodra ze de woning van de vrouw binnenkwamen.

Maar April Meadows was gewoon verdwenen, en het was juist de werkwijze van de moordenaar om met zijn slachtoffers te pronken, niet om ze te laten verdwijnen. Hij had een vrouw in haar appartement onthoofd en haar hoofd op de boekenkast gezet, met het gezicht naar de ingang van de woonkamer gericht. Daar kwam nog bij dat April een slachtoffer was met een laag risicoprofiel, als ze al slachtoffer was. De andere vrouwen waren types met een verhoogd risico. De eerste was go-go danseres in een topless bar geweest; de tweede een hoertje. De serveerster zou misschien een zogeheten 'gelegenheidsslachtoffer' geweest kunnen zijn, een vreemde op de verkeerde plaats op het verkeerde tijdstip.

Het viel Sandy op dat iedere moord tenminste op een afstand van honderdvijftig kilometer ver weg was gepleegd en dat alle drie de slachtoffers in de twintig waren geweest. Natuurlijk, April was pas veertien geweest. Even stelde Sandy zichzelf voor als een schoolmeisje van veertien. Mijn God, dacht ze, ik begon net te leven.

Drinkend van haar koffie bij het ontbijt, viel Kathleens blik op het artikel in de krant over de moord op een serveerster in dezelfde stad als waar Katleens grootmoeder was gestorven. Kathleen schoof haar stoel achteruit, ging staan, en las nogmaals de laatste regel van het artikel. 'De politie gaat na of er een verband is met twee andere moorden in dit gebied.'

Haar hand strekte zich uit naar de telefoon. Ze kon haar ontdekking niet langer tegenover haar geweten verantwoorden. Nog geen seconde. Ze toetste het nummer van de politie in, onderbrak de agent die zijn naam wilde noemen, om daarna de woorden in een soort ontlading te spuien.

'Ik heb een schedel gevonden, de schedel van een mens – in de steengroeve bij Euclid.' Direct daarna verbrak ze de verbinding, voor de agent de gelegenheid had om de gevreesde vraag te stellen. 'Wat is uw naam, dame?'

Sandy Ungar was snel wakker en vlug haar bed uit toen de telefoon ging. Vroege telefoontjes brachten zelden goed nieuws. Het was de zoon van de baas, agent Dan McKenzie. Brian was in de dichtstbijzijnde stad om een bankzwendel te onderzoeken, dus had Dan Sandy als tweede verantwoordelijke gebeld om haar te vertellen dat een vrouw telefonisch had laten weten dat ze in een nabijgelegen steengroeve een schedel had gevonden. Als het geen ziekelijk telefoontje was, dacht Sandy, dan was het misschien het werk van de seriemoordenaar. Of *misschien* was het wel de schedel van April…

Na de lijkschouwer en de regionale misdaadbestrijdingsteams te hebben medegedeeld dat ze misschien technische assistentie nodig zou hebben, reed ze naar het bureau, waar ze met veel bravoure haar kantoor in beende waar Dan en de nieuwbakken agent Johnny Greenmeyer op haar zaten te wachten.

'Misschien is dit je niet bekend,' zei ze, het groentje aankijkend, 'maar een paar jaar geleden is hier de zaak van een moord op het kind van een belangrijke plaatselijke hotemetoot verprutst, en niet zo'n klein beetje ook. Lloyd Martin heeft zijn team te verstaan gegeven dat als er iemand onzorgvuldig is of er ook maar het geringste vermoeden bestaat dat iemand de plaats van het misdrijf heeft verstoord, dat hij er persoonlijk op zal toezien dat van iedere man een monster van zijn sperma, zijn schaamhaar en vingerafdrukken worden genomen.'

'En bij de vrouwen?' vroeg Greenmayer, die er wel voor oppaste te glimlachen terwijl hij dat zei.

Sandy moest lachen. 'Het behoeft dus geen betoog dat bij Lloyd de plaats van het misdrijf altijd ongerept is.'

Het onderzoeksteam zwermde uit over de steengroeve. Het was een macaber gezicht zoals ze sluipend en kruipend, speurend naar bewijs, fotograferend, behoedzaam takken en stenen opzij duwend, iedere centimeter aan een nauwgezet onderzoek onderwierpen, waarbij zelfs weggegooide limonadeblikjes in plastic zakken werden verzameld. Als ze spraken was het op gedempte toon, het soort respectvol gemompel dat wordt gehoord op begrafenissen. Ze waren op zoek naar de restanten van het skelet.

De bruingekleurde beenderen die ze ten slotte hadden verzameld waren door dieren de struiken in gesleept. Het zou de taak van de lijkschouwer, dokter Silver zijn om aan de hand van de vorm en de lengte van de beenderen, het ras, het geslacht, en de leeftijd van het geraamte te bepalen. Als er voldoende tanden waren, zou de forensisch odontoloog door vergelijking met röntgenfoto's van het gebit van vermiste personen misschien in staat zijn om de identiteit vast te stellen.

Laat het niet April zijn, dacht Sandy. Toen haalde Dan behoedzaam wat beenderen uit de afvoerbuis te voorschijn, waarbij hij zijn mouw aan de rand scheurde. Het waren in vergane textiel verstrikte botjes van een voet. Op een teennagel waren nog restanten nagellak te zien.

Een halfuur later kwam de lijkschouwer Sandy vertellen dat de overblijfselen definitief die van een vrouw waren. Hij zou zijn conclusie natuurlijk nog wel in het laboratorium moeten bevestigen.

Ondanks haar hoop op het tegendeel, begon Sandy in te zien dat dit de overblijfselen van April waren, en ze voelde zich terneergeslagen. Kennelijk was er, ondanks alle moderne technologie, geen vinger- of voetafdruk, of ander bewijs dat naar de moordenaar zou kunnen leiden, meer te vinden.

'De dieren en het klimaat hebben in het voordeel van de moordenaar gewerkt,' zei dokter Silver tegen haar toen ze naar hun auto's liepen. 'Het was slim van hem om het lichaam niet te begraven of in een plastic zak te stoppen.'

'Blij dat Dan reed en te ontmoedigd om te praten, stapte Sandy in aan de passagierskant van de politieauto. Ze keek toe hoe Dan het vuil van de mouw van zijn uniformjasje klopte en met zijn vingers aan de scheur in de stof peuterde.

Plotseling klopte Silver op het raam en haalde de schedel uit de zak met bewijsmateriaal. 'Het leek me beter om jullie even te laten weten dat ik de schedel zelf meeneem naar het laboratorium. Ik vertrouw niemand, dingen raken zoek, en ik ben er zeker van dat dit belangrijk is.'

'Wat is er zo belangrijk?' vroeg Sandy.

'Ik heb vastgesteld hoe ze is vermoord. Met een stomp voor werp. Zoek naar een hamer.'

'Wie was het die belde?' vroeg Sandy aan Dan toen ze de weg opdraaiden. 'Ze was niet zomaar bij de steengroeve – het is er eenzaam en griezelig. Wat *moest* ze daar?'

'Ik heb nauwelijks met haar gesproken,' zei Dan. 'Ze hing op voordat ik haar naam kon vragen.'

'Kennelijk had ze iets te verbergen. Wat zei ze precies?'

'Ze sprak nogal snel, alsof ze ieder moment van mening kon veranderen. Ze zei me dat ze in de steengroeve een schedel had gevonden, waarna ze razendsnel weer ophing.'

'Dat is nogal vreemd. Gewoonlijk struikelt een jager in het bos over een lichaam en heeft niemand iets te verbergen.'

'Het was nogal vroeg vanmorgen,' zei Dan, een afslag in oostelijke richting nemend.

'Ja, daar heb je ook weer gelijk in. Waren er nog achtergrondgeluiden te horen?'

'Niets.'

'Hoe klonk ze, oud, jong? Hoe klonk haar stem? Had ze een buitenlands accent? Opvallend taalgebruik? Was ze van hier?'

'Ze klonk als een meisje van de plaatselijke high school. Er was niets ongewoons aan haar, behalve dan dat ze zo'n haast had om op te hangen.'

'Wat moet een jong meisje bij een verlaten steengroeve? Jij woont er in de buurt. Is die in trek bij kinderen van de high school?'

'Nee,' antwoordde hij enigszins gegeneerd. 'Er zijn veel leukere plaatsen om een potje te vrijen.'

'Hoe kunnen we haar vinden?' vroeg Sandy toen hij het parkeerterrein achter het bureau opreed.

Dan was gevleid dat ze hem om advies had gevraagd. Maar hij kreeg de kans niet om met een suggestie te komen. Zodra hij zijn motor had uitgezet, sprong Sandy uit de auto en haastte zich naar binnen.

Op een bord aan de muur stond te lezen: 'Staakt uw gesprek. Laat uw gelach verstommen. Dit is een plek waar het de dood behaagt de levenden terwille te zijn.'

Dokter Silver keek op. 'Dat heeft een collega in New York me gestuurd toen ik deze baan kreeg,' zei hij, toen hij haar de woorden zag lezen. 'Nogal kernachtig, maar goed getroffen.'

Sandy knikte, en Silver ging door met zijn werk, het onderzoeken van het geraamte dat ze in de steengroeve hadden gevonden. Terwijl hij werkte, leek hij haar aanwezigheid te hebben vergeten.

Ten slotte sprak hij weer. 'Het spijt me dat ik je moet teleurstellen,' zei hij. 'Maar het is precies waar we bang voor waren – we hebben geen bandensporen of vingerafdrukken, maar uitsluitend kale botten om verder mee te werken. Het lichaam is daar achttien maanden geleden achtergelaten. De regen heeft al het andere weggespoeld.'

'Maar de teennagel, de nagellak...'

'Ik heb de afgelopen vijftien jaar talloze nagels gezien,' zei hij. Hij pakte het dijbeen op. 'Komt overeen met dat van een teenager, zoals ik heb voorspeld. Zie je die ragfijne structuur van haarscheurtjes? Die is veroorzaakt door bevriezing tijdens de winter. En die knaagsporen zijn het werk van knaagdieren, die daar meestal niet mee beginnen voordat beenderen minstens een jaar oud zijn.'

'Is er al wat bekend over de röntgenfoto's?'

'Dokter Hess is net terug uit Chili. Hij pakte de telefoon en draaide het nummer. 'Ze heeft geholpen bij de identificatie van slachtoffers die in een massagraf zijn gevonden – ten behoeve van de families. We zullen het schriftelijk rapport niet afwachten,' zei Silver, terwijl hij luisterde naar de beltoon en wachtte tot er iemand zou opnemen.

'Hallo, Estelle? Met Sol. Ik weet dat je net terug bent, maar... Ze komen overeen! Het spijt me om dat te horen. Ik weet het, ik weet het. Vijftien jaar oud. Je bent een echte gabber, Essie. Je hebt een drankje van me te goed.'

Sandy hoefde niet te vragen wat de bevindingen van de odontologe waren. April was niet weggelopen; het was net zoals haar ouders hadden gezegd. April was vermoord. Waarschijnlijk in haar eigen huis. De moordenaar had een hamer gebruikt om de telefoon aan gruzelementen te slaan en toen had hij haar hoofd ingeslagen.

Mijn God, dacht ze, de ouders... Ze had ze gebeld om ze te vertellen dat ze een geraamte hadden gevonden. Nu zou ze daar naar-toe moeten om ze te vertellen dat het hun dochter was.

'Vertel eens wat meer over die hamer,' zei Sandy.

Silver pakte de schedel op. 'Zie je die holte in het bot? Rond, als de ronde onderkant van een hamer. Het sternum, het borstbeen, dat ook was verbrijzeld, vertoonde een soortgelijke holte. Maar het bovenste gedeelte van het sternum werd getroffen door de klauw. Zie je die platte, rechthoekige afdrukken?'

Sandy knikte. 'Hoeveel bloed? Op de avond dat ze verdween was het huis schoon.'

'Als hij de halsslagader heeft geraakt, erg veel. Het moet min-stens een halfuur hebben gekost om het op te ruimen – tenminste als hij zijn hoofd erbij heeft gehouden en niet in paniek is geraakt.'

'En hij moet hebben geweten dat hij er genoeg tijd voor had,' dacht Sandy hardop.

'Wanneer kwamen de ouders thuis?'

'Ongeveer vijf uur nadat April van school thuis was gekomen.'

Beiden zwegen ze, zoekend naar mogelijke antwoorden.

'Lloyd Martin denkt dat het de seriemoordenaar is.'

'Ik heb het laatste slachtoffer onder handen gehad, de serveer-ster. Natuurlijk weten we niet wat dit meisje is overkomen voordat ze werd vermoord, of daarna. Het verschil is dat de andere vrou-wen zijn gewurgd, vanaf de rugzijde. Dit kind is niet vermoord door een vreemde die haar heeft beslopen. Dit is geen voorbedachten rade. Dit heeft meer weg van een tot razernij uit de hand gelopen ruzie.'

'En de seriemoordenaar verborg het lichaam niet,' voegde ze daaraan toe.

'Misschien was ze zijn eerste,' merkte hij op, hoewel het duide-lijk was dat ook hij niet in Lloyds theorie geloofde.

Sandy huiverde. 'Waarom is het zo belangrijk dat we de hamer vinden?' vroeg ze. 'Na al die tijd zal er nu geen bloed meer op zit-ten.'

'Er ontbrak een stukje van de klauw, een duidelijk zichtbare in-keping. Die is in de afdruk in het bot duidelijk zichtbaar.' Silver haalde verontschuldigend zijn schouders op. 'Meer hebben we niet.'

Onpasselijk en gefrustreerd schudde Sandy het hoofd.

'Moet je horen,' zei hij toen Sandy naar de deur liep, waarna ze bleef staan en tegen de deurpost leunde. Ze verwachtte dat er een mop zou volgen. Silver vertelde altijd moppen – galgenhumor – om de moed erin te houden, speciaal als de slachtoffers waarop hij autopsie verrichtte jong waren.

Sandy wachtte.

'Er komt een vent bij de dokter. Zegt de dokter tegen hem: "Ik heb goed nieuws en ik heb slecht nieuws. Het goede nieuws is dat je nog maar vierentwintig uur hebt te leven." Vraagt de patiënt: "Wat is het slechte nieuws?" Waarop de dokter zegt: "Dat ik je dat al gisteren had moeten vertellen."'

In afwachting van haar terugkeer had Marjorie Meadows iedere dag haar dochters kamer schoongehouden – totdat ze de versplinterde stukjes van Aprils telefoon in de keuken had gevonden. Daarna was de angstige hoop die ze altijd nog had gekoesterd steeds minder geworden. Iedere keer als de telefoon ging, pantserde ze zichzelf. Uit loyaliteit met April koesterde ze nog heimelijke hoop, maar haar hele lichaam was gespannen als een veer en haar emoties waren als een vuist gebald tegen de afschuwelijke waarheid waarvan ze wist dat ze die op een dag zou vernemen.

Toen had Sandy gebeld over de overblijfselen van een geraamte die in de steengroeve waren gevonden, en vandaag was ze gekomen om haar te vertellen dat de lijkschouwer met zekerheid had vastgesteld dat het Aprils lichaam was. Marjorie was in een stoel neergezegen en had gesnikt. Nu, staande naast haar man in hun woonkamer, keek ze Sandy aan en stelde ze de vraag die haar man nooit had durven stellen.

'Hoe is mijn dochter vermoord?'

Sandy kreeg de woorden nauwelijks uit haar keel. 'Heeft u… heeft u een hamer in huis? Hij gebruikte een hamer.'

Lloyd Martin, hoofd van de regionale afdeling moordzaken, zat op Sandy's bureau en probeerde een nonchalante indruk te maken. Hij wist dat hij achter zijn rug 'Mooie Lloyd' werd genoemd. Hoewel hij geliefd was, stond hij ook bekend als iemand van de oude stempel, deels omdat hij altijd een das en een kostuum droeg, maar ook omdat zijn haar ouderwets achterover was gekamd, zijn zwarte schoenen met veters altijd als een spiegel glommen en omdat hij zich graag strikt aan de regels hield.

'Controleer iedereen in deze omgeving die een voorwaardelijk heeft wegens verkrachting of geweldpleging,' stelde hij voor. Ze wisten allebei dat bij een vrijwillige bekentenis een aanklacht wegens verkrachting kon worden teruggebracht tot geweldpleging.

'Ik heb een verdachte,' zei Sandy.

'Nee maar!'

'Maar het is niet jouw seriemoordenaar. Het is een plaatselijk talent. Het vriendje van het slachtoffer. Na het behalen van zijn diploma heeft hij de stad verlaten.'

'En waarom zou *hij* volgens jou de seriemoordenaar niet zijn?'

'Door de werkwijze, het tijdstip – toen de prostituee, het eerste slachtoffer, werd vermoord, zat hij op de high school. Driehonderd kilometer verderop. Hoe zou zo'n joch ongemerkt zoveel kilometers kunnen afleggen? Deze wist dat we hem in de gaten hielden omdat April net was verdwenen. Daar komt nog bij dat hij een goed student was en vrijwel nooit verzuimde.' Sandy zweeg even om op adem te komen. 'Dat ben ik nagegaan. Hij kwam niet bij me over als het type dat lichamen verminkt om er vervolgens de blits mee te maken.'

'Heb je hem ontmoet?'

'Zeker. Toen Aprils ouders voor het eerst melding maakten van haar vermissing.'

'Luister, Ungar,' zei Lloyd, 'Bundy zag er ook niet uit als een boosaardige moordenaar. Seriemoordenaars zijn vaak innemend en intelligent. Ze zijn zelfbewust, methodisch en meesters in misleiding.'

'Bundy vermoordde minstens drieëntwintig vrouwen,' zei Sandy, 'maar hij heeft zijn vriendin nooit een haar gekrenkt. Naar ik heb begrepen vermoorden seriemoordenaars zelden hun vriendin.'

'Heeft dat vriendje een naam?'

'Billy Owens.'

'Waarom denk je dat hij haar heeft vermoord?'

Sandy prutste wat met de paperclips op haar bureau. Ze keek op en zag Brian McKenzie in de deuropening staan, wachtend op haar antwoord.

'Ik weet niet waarom...' moest ze toegeven.

Net toen haar gesprek met Lloyd op zijn eind liep, diende zich voor Sandy de volgende zaak aan – een drijvend lichaam in een nabijgelegen meer. Ze moest de mannen alleen laten, die een bankzwendel moesten bespreken waar Brian mee bezig was; een echtpaar dat vijfhonderd dollar op een rekening stortte, om het vervolgens gelijktijdig bij afzonderlijke geldautomaten weer op te nemen, waardoor hun geld werd verdubbeld. Sandy wachtte verdere details niet af.

Koers zettend naar het meer, niet echt verlangend naar het vooruitzicht van een opgezwollen lichaam, hoopte ze dat het geen kind zou zijn. Ze kon op geen enkele manier bewijzen dat Billy iets met de moord op April, of met welke moord dan ook te maken had. Het was waar dat een hoop jongelui nadat ze waren geslaagd de stad verlieten. Zelfs Aprils ouders hadden vertrouwen in Billy. Bij het meer parkeerde ze haar auto naast een politiebusje en liep tussen de bomen door naar de plek waar men zich had verzameld. Misschien hadden deze mensen wat Billy betreft wel gelijk, peinsde ze. Misschien was hij wel onschuldig.

Hij zag er gebruind en gezond uit, net als de jonge mannen uit de reclame voor de wintersporthotels in Colorado waar hij had gewerkt: Telluride, Aspen, en nu Vail. Hij was in Vail uitstekend op zijn plaats. De meeste skileraren in Vail waren energiek, atletisch, en op zoek naar een mogelijkheid om wat minder aangename ervaringen in hun leven te vergeten. Uit het raam van zijn appartement keek hij uit over de skihellingen. Het was die ochtend warm genoeg om in de smalle, op het oosten gelegen houten erker zijn koffie en croissant te nuttigen. Hij pakte zijn mok en zijn krant, stak de croissant tussen zijn tanden en duwde met zijn rechtervoet de hordeur open. Hij ging aan de kleine, ronde tafel zitten, waarna hij, voorzichtig uit zijn dampende mok drinkend, de krant uit zijn geboortestad in Indiana opensloeg.

Sinds de dood van zijn ouders was hij niet meer thuis geweest. Zonder familieleden daar, had hij lang geen enkele behoefte gevoeld om terug te gaan. Er waren slechts twee dingen die hem aan zijn oude leven herinnerden. De krant, die hij altijd was blijven lezen, en het huis dat hij nooit had verkocht. Op een dag zou hij teruggaan en dat regelen. Hij was bijna zover. De laatste tijd begon zijn ongeregelde leventje hem een beetje tegen te staan. Hij had de flat gekocht omdat hij veel geld had geërfd; zijn beide ouders waren arts geweest en van hem was verwacht dat hij in hun voetsporen zou treden. Maar de skipistes waren snel en gaven hem een gevoel van vrijheid en het sociale leven en het leven in de natuur hadden hem geholpen om over zijn verlies heen te komen. Nu begon het doelloze leven dat hem in het begin zo aantrekkelijk had geleken geleidelijk zijn glans te verliezen.

116

Toen hij met zijn mouw een druppel koffie van de binnenpagina wegveegde, viel zijn oog op een artikel, een artikel dat hij geschokt en vol afschuw las. In de steengroeve bij de high school waren de overblijfselen van een jong meisje gevonden.

Nee, hij kon niet teruggaan, dacht hij met toenemende onrust. Wanneer hij aan zijn geboortestad dacht, kon hij alleen maar aan het vliegtuigongeluk denken. Hij trok zijn autosleutels uit de zak van zijn spijkerbroek, haastte zich langs de wenteltrap naar beneden en sprong in zijn Porsche. Hij had behoefte aan de wind in zijn gezicht, de snelheid, de snijdende kou van de pistes als hij omlaag suisde.

Hij reed achteruit de oprit af, drukte het gaspedaal diep in, en scheurde weg. Toen hij optrok naar honderd, deed opstuivend stof de zes letters op zijn yuppie-kentekenplaat vervagen. De letters van zijn naam: K. Glade.

Hoofdstuk tien

'Bak de uien tot ze glazig zijn,' zei Rozsi toen ze een handvol gesneden uien in de hete olie gooide en ze met een lange houten lepel door elkaar roerde.

'Ik zie dat je het vel van de stukken kip hebt afgehaald,' merkte Jessica op. 'Kip met paprika, moderne versie. 'Ik ben onder de indruk.'

Rozsi deed de kip in de pan en voegde daar een rijkelijke hoeveelheid paprika en Spaanse peper aantoe.

Nippend aan haar Tokay-wijn, zat Jessica tegenover Rozsi op een kruk aan haar kookeiland. Jessica zag dat Rozsi's glas bijna leeg was. Dokter Helpern, die bijna net zo oud was als Rozsi, had haar twee kleine glazen per dag toegestaan. 'Ik kan niet alles opgeven,' had ze tegen hem gezegd. En hij had toegegeven.

'Dus die angst voor Kevin was vals alarm,' zei Rozsi, de gebruinde stukken kip omkerend.

'Het blijkt dat hij niemand heeft, Anyuka. Helemaal geen familie.'

'Ik begrijp hoe het zit met die tante, en die ring. Maar hoe zit het met die chique school – hoe was de naam ook weer?'

'De Putney School,' maar dat is slechts een deel van het verhaal. Zijn enige fout lijkt te zijn dat hij zich heeft willen voordoen als iemand uit de betere kringen. En dat zijn wij dus, neem ik aan.'

'Schaamde hij zich niet nadat je hem in het nauw had gebracht?'

'Toen ik eenmaal begreep *waarom* hij had gelogen, heb ik de zaak verder laten rusten. Ik voelde er weinig voor om hem, en Laurie in het bijzonder, te vertellen dat ik zijn gangen was nagegaan.'

Rozsi dronk haar glas leeg. 'Dus dat was het dan? Nu is alles weer koek en ei?'

Jessica schonk Rozsi's glas weer vol. 'Ik moest liegen en zeggen dat ik een klein artikel over Tina in een New Yorkse krant had gelezen. Ik wilde de zaken niet gecompliceerder maken dan ze al waren.'

'Je zult het wel het beste weten,' zei Rozsi.

'Drink je wijn, moeder,' zei Jessica.

'Probeer je me dronken te voeren?' grapte Rozsi. Maar ze wist dat wanneer Jessica het woord moeder gebruikte, ze geïrriteerd was.

'Laurie is de goedheid zelve,' zei Jessica. 'Ze neemt gewonde vogels en zwerfkatten mee naar huis, zoals jouw *matchka*. Dat is volgens mij nu ook het geval – ze heeft zich ontfermd over een gekwetst mens.'

'Ik kan me nog herinneren dat ze als klein meisje in de dierentuin op een bij trapte. En hoe ze huilde toen je haar vertelde dat het een levend wezen was dat ze niet mocht doodmaken.' Rozsi draaide met haar lepel de kip om en begon een kleine, glimmende groene peper in stukjes te snijden. 'Ze is *te* goed,' zei ze.

Jessica slaakte een geërgerde zucht.

'En jij ook,' zei Rozsi. 'Ik begrijp niet hoe je het hebt kunnen volhouden bij die gekke mensen voor wie je moest zorgen.'

'Dat is geweest,' zei Jessica.

Rozsi sneed vier Italiaanse tomaten in partjes. Ze overwoog of ze Jessica met een opmerking over Kevin nog wat meer zou prikkelen.

Jessica verbrak de stilte. 'Oké, laat maar horen.'

'Daarna voeg je water en de rauwe rijst toe, en dan de groene peper en de tomaten.'

'Ja-ah.'

'En dan doe je de deksel erop.'

'Ja-ah.'

Rozsi hakte de knoop door. 'Heb jij, toen je een klein meisje was, hoe arm we het ook hadden en hoe belangrijk en invloedrijk je vrienden ook waren, ooit gelogen? Geprobeerd om je bij de mensen anders voor te doen dan je bent?'

Jessica nam een flinke slok van haar wijn.

'Vergeet niet om af en toe de deksel op te tillen en wat water toe te voegen,' adviseerde Rozsi.

De kelder van het huis van de Meadows was niet bepaald uitnodigend, dacht Sandy toen ze de onderkant van de steile keldertrap bereikte. De raamloze solide muren maakten de diepe ruimte onder het huis ongewoon donker en vochtig. Gary Meadows vond de gereedschapskist en maakte hem voor haar open.

Er lag geen hamer in.

'Ik ben niet zo'n klusser,' zei hij. 'Ik gebruik dit gereedschap zelden, maar ik heb meteen in de gereedschapskist gekeken omdat ik hem daar meestal in opborg. Toen ik zag dat hij was verdwenen, heb ik overal gezocht, alleen maar om zeker te zijn. Ik heb zelfs mijn buren gebeld – die komen nog wel eens wat lenen. Ik heb allebei de auto's doorzocht. En nu weet ik dat hij in de kist lag, waar hij had moeten liggen.'

De metalen kist stond uit het zicht in een hoek. De dader had naar de hamer moeten zoeken, dacht ze. Of geweten moeten hebben waar hij hem kon vinden… Gary Meadows klapte de kist dicht en trapte hem terug in de hoek. Sandy was blij dat ze achter hem de trap naar het licht kon bestijgen.

Marjorie Meadows wachtte op hen in Aprils slaapkamer. Ze wees met haar vinger naar de gebogen spijker die nog steeds in de muur zat.

'April of iemand moet de hamer gebruikt hebben om hem uit de muur te willen trekken,' zei ze, proberend haar stem in bedwang te houden. Ze wisten allemaal dat Billy's gedicht aan die spijker had gehangen.

'En u weet zeker dat de hamer daarvoor nog in de gereedschapskist lag?' vroeg Sandy.

'Dat weet ik zeker,' antwoordde Gary. 'Ongeveer een maand voor Aprils verdwijning, hadden we de kamers beneden geschilderd, en Marjorie herinnerde me er vanmorgen nog aan dat ze me weken achter mijn broek had gezeten om de schilderijen weer op te hangen. Ik heb hem sindsdien niet meer aangeraakt.'

'Kunt u zich herinneren of de hamer was gekrast of beschadigd?'

'Er zat een knik in de klauw. Het was de oude hamer van mijn vader, en hij had al jaren zware dienst gedaan voordat hij bij mij terechtkwam.'

Geen van beiden had opgemerkt dat Marjorie huilde, totdat ze haar handen voor haar gezicht sloeg en zich op Aprils bed liet zakken. Gary ging naast haar zitten. Het was stil in huis. Hoog boven zich hoorden ze een vliegtuig overkomen.

Sandy wilde dat er mildere woorden waren voor wreed nieuws.

'De hamer is niet in de steengroeve aangetroffen,' zei Sandy. 'Hij is nog steeds weg, en naar wat u me net heeft verteld, denk ik dat we uw hamer moeten gaan zoeken.'

'April is in de keuken vermoord,' zei Marjorie, haar tranen drogend. Ze stond op, en ze volgden haar de trap af naar beneden. 'Wie heeft haar vermoord? Een onbekende? De seriemoordenaar? Iemand die haar naar huis is gevolgd?' Ze stonden in de keuken, rondkijkend alsof ze hem voor de eerste keer zagen.

'Iemand die ze kende,' zei Sandy zacht. 'Iemand die zeker kon weten dat hij voldoende tijd had om...' Ze kon de woorden, 'het bloed op te dweilen,' niet over haar lippen krijgen.

'Billy! U probeert me te vertellen dat het Billy Owens is geweest.'

Ze troffen elkaar bij de dichtstbijzijnde eetgelegenheid bij het bureau om de lopende zaken te bespreken. Sandy zat naast Lloyd in een afgeschermde eethoek tegenover Brian McKenzie en zijn zoon Dan. Aangezien Sandy die ochtend haar ontbijt had misgelopen, had ze, nog steeds in ontbijtstemming, haar roerei naar binnen gewerkt, om daarna aan de gebakken aardappelen te beginnen. McKenzie vertelde over weer een andere bankzwendel. Deze keer ging het om een Nigeriaan die zich als overheidsdienaar had uitgegeven en een bank in Indianapolis zover had weten te krijgen om zijn regering een miljoenenlening te verschaffen tegen een rentepercentage van dertig procent. Wereldwijd hadden banken en bedrijven Interpol aantoonbare verliezen gemeld van tenminste tweehonderd miljoen dollar.

'Je zou er versteld van staan hoe naïef die zogenaamd door de wol geverfde bankiers zijn,' zei McKenzie.

'Hebzucht wint het altijd van het verstand,' zei Lloyd.

Sandy zag hoe Dan in zijn nieuwe uniformjasje het gesprek aandachtig volgde, maar onwillekeurig gingen haar gedachten terug naar haar bezoek aan de familie Meadows. Ze hadden zich laten ontvallen dat veel van hun vrienden en buren hen na de begrafenis niet meer hadden opgebeld. Sandy had dat eerder meegemaakt. Mensen gedroegen zich bij een tragedie bijna onbewust als bij een besmettelijke ziekte. In het begin, in de veronderstelling dat April was weggelopen, hadden ze dat waarschijnlijk aan Marjorie geweten. Maar later, toen ze hadden vernomen dat April was vermoord, hadden ze de ouders verweten dat ze niet oplettend genoeg waren geweest. Sandy wist zeker dat er ook mensen waren die in stilte vonden dat het Aprils eigen schuld was. Sandy wist dat het aanwijzen van een schuldige, de anderen het gevoel gaf dat hen, als ze goed op hun tellen pasten en zich fatsoenlijk gedroegen, zoiets niet kon overkomen.

Ze nam een slokje koffie en volgde het gesprek slechts ten dele, tot Lloyd aan het woord kwam.

'Die Billy Owens lijkt zo ongeveer een heilige te zijn,' zei hij. 'We hebben zijn familie ondervraagd, en een paar meisjes waar hij mee omging voordat hij April leerde kennen.'

'Van die meisjes hoef je over hem natuurlijk geen kwaad woord of perverse details te verwachten. Billy wordt nergens van beschuldigd. Denk je dat ze zichzelf zullen blootgeven?'

'Waarom niet?'

'Omdat in deze stad een meisje dat met Jan en Alleman naar bed gaat een slet is. Als een jongen hetzelfde doet, noemen ze hem een versierder.'

'Zou kunnen,' zei Lloyd.

'In de steek gelaten meisjes zullen zoiets uit schaamte niet vertellen,' zei Sandy.

'En als een meisje zich beklaagt, is het een kreng,' merkte Dan op.

'Hé, mijn zoon is een regelrechte feminist,' zei McKenzie.

'Hoe zit het nu met die hamer?' wilde Lloyd van Sandy weten.

'April is vermoord met haar eigen hamer, waarschijnlijk in de keuken.'

'De moordenaar was iemand die ze kende en genoeg tijd had – tenminste een halfuur – om een hoop bloed op te ruimen. Het was iemand die wist wanneer de buren thuiskwamen en wanneer hij haar ouders kon verwachten. Hier zouden we wel een gouden tip kunnen gebruiken.'

'Waarom praat je niet met iemand van de krant?' stelde Dan voor. 'Regel het zo met ze dat ze bij het volgende verhaal over April je naam en je telefoonnummer vermelden. Dan zou je morgen al reacties kunnen verwachten. Gebruik Cassandra in plaats van Sandy en vraag onder strikte geheimhouding inlichtingen over de moordenaar. Een vrouw die iets heeft te verbergen, neemt misschien eerder een vrouw in vertrouwen.'

Sandy bekeek Dan met nieuwe ogen. 'Dat is een verdomd goed voorstel, Dan,' zei ze. 'En dat nieuwe uniformjasje staat je goed.'

'De stad draait hiervoor op. Ik heb het andere tijdens het uitoefenen van mijn plicht gescheurd.'

'Hoe kwam dat?' vroeg Sandy, zich plotseling Dans gescheurde mouw herinnerend.

'Het gebeurde op de plaats van het misdrijf. Ik heb het aan de afvoerpijp opengehaald. Aan een stuk metaal toen ik Aprils overblijfselen naar buiten wilde trekken.'

Sandy verslikte zich bijna in haar koffie. *Ik weet wie April heeft vermoord*, dacht ze. Maar ze zei niets, want ze had nog steeds geen bewijs. Maar ze wist dat die pas opgelopen jaap onder Billy's linkerduim op de dag na de moord op April, en dat scherpe metalen uitsteeksel aan de afvoerpijp dat Dans jack had opengehaald geen toeval waren.

Kathleen tilde een onrustige Brendan uit het boodschappenwagentje om hem niet nog meer blikken uit de schappen te laten maaien terwijl ze met hem door het gangpad reed. Boodschappen doen vóór het eten was altijd riskant. Ze wist, dat als ze niet snel de ingrediënten zou vinden voor de spaghettischotel die ze wilde maken, een onvervalste driftbui weer een ovenschotel met tonijn uit blik tot gevolg zou hebben. Met een oog op Brendan, die stoom afblazend tussen de koelvitrines met vlees door rende, gooide ze een pak kippengehakt naast een blik gepelde tomaten in het karretje. Kathleen hield haar adem in toen hij tussen de klanten door slalomde.

Ze wilde hem net achterna gaan, toen er een rijzige, haar bekend voorkomende vrouw de hoek om kwam en tegen hem op liep.

'O, het spijt me,' zei de vrouw, zich over Brendan heen buigend. Het was duidelijk Brendans schuld geweest. Hij was pardoes tegen de vrouw opgerend. 'Neemt u me niet kwalijk,' begon Kathleen. 'Ik had hem niet zo – '

'Maakt u zich alstublieft geen zorgen,' zei de vrouw. Ze keek glimlachend naar Brendan. 'Het is zo'n heerlijk ventje. Ik weet nog goed hoe het was. Die van mij is nu al volwassen…'

'Tot ziens dan maar,' zei Kathleen gespannen toen ze hun weg vervolgden. Ze zette Brendan weer in het wagentje en liep in de richting van de kassa, toen ze de vrouw een nabijgelegen gangpad in zag lopen. Plotseling ging er een schok van herkenning door haar heen. Ik ken die vrouw, Brendan, dacht ze. Dat is je oma.

De volgende avond bleef Sandy tot laat in haar kantoor. Als Lady X, zoals zij en Dan hun anonieme opbelster hadden genoemd, zou besluiten op haar verzoek te reageren, dan zou ze er klaar voor zijn. Haar naam en haar telefoonnummer stonden die ochtend in de krant vermeld, en de televisiespot kon nu ieder moment worden uitgezonden. Ze had al telefoontjes gehad, maar die hadden niet datgene opgeleverd waarop ze hoopte. Sandy was geschokt door het aantal aangerande tieners die hadden opgebeld om hun broers of ooms de moord op April in de schoenen te schuiven. Dat er zoveel jonge vrouwen waren die hun verdriet in stilte droegen. Niet minder deprimerend was de onbekende zwerver die ze laatst uit het meer hadden gevist. Hij was zelfs niet eens als vermist opgegeven.

Al de hele dag, elke keer als de telefoon rinkelde, had Sandy gespannen haar adem ingehouden. Weer een gemolesteerde tiener? Een ziekelijke bekentenis van de moord op April? Toen de telefoon tien minuten had gezwegen, had ze Dan bij zijn verloofde afgezet. Ze dacht erover om zelf ook naar huis te gaan, maar ze pakte de krant weer op, herlas het artikel over de jacht op Aprils moordenaar, waarna ze het ten slotte uit de krant scheurde. Haar verzoek stond in vette letters onder het verhaal gedrukt. Ze deed het krantenknipsel in haar bureaula en deponeerde de rest van de krant in de papierbak.

Het was een rustige avond. Op het bureau was weinig bedrijvigheid. Nee, ze zou het nu nog niet opgeven. Hopend dat er die avond weinig zou gebeuren – hoe minder nieuws er was, des te groter was de kans dat Aprils verhaal meer aandacht zou krijgen, wierp ze een blik op de klok. Afwachtend, met haar handen onder haar hoofd, steunde ze met haar ellebogen op het lege bureau, wachtend. De stilte leek steeds nadrukkelijker te worden. Ze overpeinsde hoe Dan haar onbewust de informatie had verstrekt die haar in haar geloof dat ze Aprils moordenaar kende, had gesterkt. En nu ze eenmaal over die informatie beschikte, hoopte ze dat Lady X haar onmiskenbaar kleine stukje bewijs dat het Billy Owens was geweest die Aprils lichaam in de afvoerbuis had geduwd, zou kunnen bevestigen.

Tijdens het opvouwen van de was, de sokken voor het laatst bewarend, keek Kathleen naar het avondnieuws. Voor een keer lukte het haar bijpassende paren te vormen zonder er zelfs maar een over te houden. Ze vond het vouwen van kleding geen vervelend werkje en ze hield van de frisse geur van handdoeken en lakens. Blij dat ze een huishoudelijk karweitje kon afmaken en tegelijkertijd wat van het nieuws opsteken, legde ze de kleren en het beddengoed netjes in een stapeltje op de hoek van de bank. Ze was ook blij dat haar griep over was en dat ze weer verder kon met haar gewone bezigheden. En nog ruim een kilo slanker op de koop toe! Zodra ze zich wat sterker voelde, zou ze weer met haar oefeningen beginnen. Haar maaltijd van vanavond was een kop soep en een paar hompen stokbrood geweest.

Brendan begon een beetje een sociaal leven te krijgen. Kathleen had hem op een ander peuterklasje gedaan, en tot haar blijdschap was hij al uitgenodigd om te komen spelen. Omdat hij vanavond bij zijn nieuwe vriendje thuis at, had Kathleen wat meer tijd voor zichzelf. Ze hoopte wat meer bevriend te raken met Allison Oliver, de moeder van zijn vriendje. Ze keek op haar horloge. Zodra de reclame na het nieuws begon, zou ze haar jas aantrekken om Brendan tegen kwart over zeven op te halen.

Met haar voeten op de stapels wasgoed strekte ze zich uit op de bank. Ze was blij dat haar vader was gaan bowlen. Hij kon wel een verzetje gebruiken; hij was de laatste drie dagen voor haar ingevallen. Ze wachtte op de afloop van het nieuws toen plotseling het gezicht van April Meadows op de beeldbuis verscheen. De foto was genomen tijdens de diploma-uitreiking op de high school. En Kathleen kon gewoon niet geloven wat de nieuwsleester allemaal zei.

'Dit is April Meadows, die niet lang genoeg mocht leven om haar studie op de Centennial Middle School te voltooien. Nadat haar ouders haar anderhalf jaar geleden als vermist hadden opgegeven, werden haar overblijfselen twee dagen geleden in een steengroeve bij de Euclid Road gevonden. Er zijn geen aanwijzingen of verdachten, en de politie vraagt of iedereen die betreffende deze onopgeloste moord informatie kan verschaffen contact wil opnemen. Belt u alstublieft het op het scherm vermelde nummer. Het is het toestel van Cassandra Ungar. Uw identiteit en informatie zullen strikt vertrouwelijk worden behandeld.'

Verder nieuws drong niet meer tot haar door. De reclamespots volgden, er flitste een bankstel over het beeld, maar nog steeds verroerde ze zich niet. De politie vroeg *haar* om te bellen, dacht ze. Ze voelde het gewoon. Toch hadden ze niets gezegd over haar anonie-

125

me melding van de schedel. Godallemachtig! Het was Aprils schedel. Toen ze bedacht dat Brendan hem in zijn handen had gehad, moest ze bijna overgeven.

Het zweet parelde in haar hals en op haar voorhoofd en ze begon zich weer ziek te voelen. Ze pakte de telefoon op om te bellen toen ze besefte dat ze het nummer niet had. Haar gezicht gloeide. Ze moest Brendan ophalen. Als ze te laat kwam zou Allison het haar kwalijk nemen. Het zweet stroomde langs haar rug toen ze inlichtingen belde voor het nummer van de politie.

Toen het lokale nieuws was afgelopen, had Sandy Ungar de moed bijna opgegeven. Lady X had nog steeds niet gebeld. Maar om kwart over zes ontving een agent een verzoek om te worden doorverbonden met het nummer van inspecteur Cassandra Ungar, het nummer dat op het nieuws was geweest, en degene die belde wilde alleen maar met Sandy spreken. Ze werd onmiddellijk doorverbonden.

'Ik ben degene die over de schedel heeft gebeld. Aprils schedel…'

'Kende u April?' vroeg Sandy, proberend haar kalmte te bewaren.

'Ik kan nu niet praten – '

'Ik hoef alleen maar uw naam te weten,' zei Sandy snel, bang dat Lady X weer zou ophangen. '*Dit is uitsluitend tussen u en mij.* Dit krijgt niemand te horen. We kunnen altijd later nog praten. Verder hoef ik nu niets te weten. Als u me iets belangrijks heeft te vertellen, dan moet ik uw naam weten.'

'Die kan ik u niet geven. Dat kan ik niet. Waar heeft u mijn naam voor nodig?'

'Er bellen zoveel geschifte figuren, dat ik een anoniem gesprek niet serieus kan nemen. Als u nu niet kunt praten, dan zou ik ook naar u toe kunnen komen.'

'*Nee.*'

Sandy hoorde de paniek in de stem van de vrouw. 'In burger. Alleen wij tweeën. Alsof ik een vriendin ga opzoeken.'

'Ik geloof niet dat – '

'Ik *beloof* het u, niemand anders krijgt uw naam te horen. *Dit is strikt vertrouwelijk.*'

'Hoe weet ik dat zeker?'

'U heeft mijn woord.' Sandy waagde een gokje waarvan ze

hoopte dat het de opbelster niet zou afschrikken. 'Luister, het betreft hier een jong meisje dat beestachtig is vermoord. Zoiets schept volgens mij een verplichting.'

Er volgde een langdurige stilte. Toen: 'Kathleen Sullivan. Grove Street 16. Na acht uur. U moet om negen uur weer weg zijn.' De verbinding werd verbroken.

Sandy was opgetogen. Eindelijk had ze hem, Lady X had een naam.

Ze haastte zich naar huis, nam een douche, en trok een eenvoudig maar vrouwelijk mantelpakje aan. Toen, rusteloos heen en weer lopend haar aanpak plannend, zelfs niet in staat om iets te eten om de tijd te doden, wachtte ze tot het tijd was om te gaan.

Toen ze bij het huis van de Sullivans kwam, wachtte Sandy nadat ze was uitgestapt even op de oprit voordat ze de trap van de veranda voor het huis op liep. Het was een oud huis in een goed verlichte, met bomen begroeide straat. De trottoirs waren bezaaid met gele bladeren. Toen ging ze de trap op en betrad de veranda.

Voordat ze aanbelde, wierp ze een blik om zich heen en keek op haar horloge. Er was haar gezegd om na achten te komen, en ze wilde niet het risico lopen om Kathleen Sullivan door een vergissing af te schrikken. Naast een met speelgoed gevulde kartonnen doos zag ze een plastic driewielertje schuin tegen de muur staan. Nu begreep Sandy waarom haar was gevraagd om later te komen. Ze klopte maar een keer zacht op de deur, om het slapende kind binnen niet wakker te maken.

Kathleen deed de deur open, en het verraste Sandy niet om te zien hoe jong Kathleen was, en hoe knap. Wat haar *wel* verbaasde, was hoe sterk ze met haar lengte, haar blonde haar en haar blauwe ogen aan April deed denken. Sandy wist dat dit de avond van haar leven zou worden.

Terwijl Kathleen haar binnenliet, op de bank ging zitten en haar gebaarde om naast haar te komen zitten, nam Sandy door de kamer lopend diverse details in zich op. Op een oude piano stonden ingelijste foto's van een ongeveer driejarig jongetje. Een man, kennelijk de opa van het jongetje, keek vanaf veel foto's glimlachend de kamer in. Op een andere foto in een zilveren lijstje stond een paar afgebeeld. Het was dezelfde man als op de andere foto's, alleen jonger. Sandy nam aan dat dit een foto was van Kathleens ouders. Er stond geen enkele foto van Kathleen, of van een partner.

Sandy kwam al gauw tot de ontdekking dat Kathleen niet erg spraakzaam was. Sandy zou zelf een manier moeten vinden om tot Kathleens verborgen geheim door te dringen. Kalm aan, dan breekt het lijntje niet, hield ze zichzelf voor.

'Ik neem aan dat je mijn naam van de televisie hebt,' begon Sandy. 'Of was het uit de krant?'

'Ik heb in dagen geen krant gezien,' antwoordde Kathleen. 'Ik ben ziek geweest. Dit is mijn eerste koortsvrije dag.'

'Dus vanavond hoorde je op het nieuws voor het eerst over April?'

Ze knikte. 'Het was een hele schok. Ik kende haar niet, maar ik moet haar op school wel eens gezien hebben.'

Sandy wilde notities maken, maar ze was bang dat het Kathleen zou afschrikken.

Sandy verzamelde moed. 'Heb jij de schedel gevonden?'

'Brendan vond hem, mijn zoontje.'

'Allemachtig,' zei Sandy. 'Dat moet vreselijk voor je zijn geweest.' Toen, proberend om gewoon en niet beschuldigend te klinken: 'Wat deed je daar bij die steengroeve?'

'Ik moest daar met mezelf in het reine komen. Niemand, zelfs mijn vader niet – ' Kathleen wierp een blik op de klok op het bureau. 'Hij komt om negen uur thuis. Ik heb het hem nooit verteld. Het was iets dat ik aan niemand kon vertellen. Daarom heb ik de eerste keer dat ik belde opgehangen.'

'Maar nu je weet dat April is vermoord, wil je me iets vertellen omdat...'

'Omdat ik voel dat ik het moet doen. Omdat het – als u weet wat mij is overkomen, u misschien naar de moordenaar zou kunnen leiden.'

'Je kunt het me vertellen,' zei Sandy. 'Ik weet wat het is om een geheim te bewaren. En ik zal er nooit met iemand een woord over spreken.'

'Is me dat even pech hebben, schatje,' zei Kevin hardop, de stilte in zijn kamer verbrekend. Hij had de woorden net in zijn *Lexicon van pikante woorden voor versierders op hun retour* geschreven. Maar de woorden deden hem denken aan Tina, en hij legde zijn pen op het bureau. Christus, wat had hij een geluk gehad dat ze de kerel die haar om zeep had geholpen, hadden ingerekend. Hij had het met Tina wat het geld betreft bij het goede eind gehad. Met genoeg drugs zou ze zich de foto van zijn vader of de naam op de achterkant nooit hebben herinnerd. Maar op haar dood had hij niet gerekend. Hij miste die goeie ouwe Tina.

Hij trok zijn bureaula open en haalde de foto van zijn vader te voorschijn. Waarom bewaarde hij de foto van zijn vader, terwijl hij zo naar de stem van zijn moeder verlangde? Hij had de laatste anderhalf jaar nauwelijks aan zijn moeder gedacht. In feite had de wetenschap dat zijn afwezigheid haar verdriet deed, en het feit dat ze zich waarschijnlijk zorgen om hem maakte, omdat ze in al die tijd, behalve dan die keer dat hij had opgebeld en weer opgehangen, niets meer van hem had vernomen, hem enige genoegdoening geschonken. Hij had haar zelfs geen ansichtkaart gestuurd. Hij wist dat zijn vader hem niet miste, en toen hij naar de foto van zijn vader staarde voelde hij niets. Maar nu, na al die maanden, bekroop hem de behoefte om de stem van zijn moeder te horen, al waren het maar een paar woorden.

Het was al laat in de middag. Een tijdstip waarop zijn moeder misschien net thuis was van haar werk, en zijn vader de deur uit zou zijn. Hij pakte de telefoon op en draaide zijn oude nummer. De telefoon ging over en hij legde snel neer voordat ze kon opnemen. Het zou een vergissing zijn. Een domme fout, die hij zich niet kon veroorloven.

Hoofdstuk elf

'Ik was toen net zestien,' begon Kathleen. 'Zo onschuldig. Zo naïef. Ik was zo beschermd opgevoed, mijn ouders hadden het nooit over seks.'

'Dat is de snelste manier om je dochter zwanger te krijgen,' merkte Sandy op. Toen ze verrassing in Kathleens ogen zag, wist ze dat haar woorden doel hadden getroffen.

Maar Kathleen zei niets. 'Als seks als iets smerigs wordt verzwegen,' bleef Sandy aanhouden, 'dan proberen kinderen er zelf achter te komen – met alle gevolgen van dien.'

'Daarom word ik verpleegster,' antwoordde Kathleen. 'Geen geheimen meer.'

'Behalve dit dan,' merkte Sandy op.

Kathleen sloeg haar ogen neer.

'Ik weet wat je doormaakt,' zei Sandy. 'Ik was twintig toen ik trouwde. Met een vent die mijn ouders niet zagen zitten. We kenden elkaar van school. Tegen de tijd dat ik van school kwam, verkocht hij drugs, maar daar kwam ik pas achter toen ik zwanger was en hij achter slot en grendel zat. Dus had ik een abortus waar niemand iets van wist en ben ik gescheiden. Ik heb het aan niemand op mijn werk verteld omdat – '

'Omdat je je ervoor schaamt?'

'Om mijn reputatie te beschermen, denk ik,' zei Sandy. 'Ik wil gewoon niet dat iedereen weet wat een uilskuiken ik was en wat een puinhoop ik van mijn leven had gemaakt.'

'Ik ben bij de steengroeve verkracht!' riep Kathleen gesmoord uit.

'Mijn God,' zei Sandy. 'Was het iemand… die je kende?'

'Een jongen uit mijn klas. Een *aardige* jongen, dat dacht ik ten-

130

minste. Hij was erg in trek. En knap. Ik was zo naïef... Ik ging met hem mee naar een verlaten steengroeve. Ik had nooit gedacht dat mij zoiets zou kunnen overkomen.'

'Wat is zijn naam?' vroeg Sandy, haar adem inhoudend.

'Zweer dat je het nooit zult vertellen,' zei Kathleen. 'Zweer het.'

'Waarom neem je dat stuk schorem in bescherming?'

'Hij is Brendans *vader*.'

'Ik zweer het,' zei ze. 'Zeg het me.'

'Het was Billy Owens. Aprils vriendje.'

Toen Kevin haar kuste, rook Laurie de zoete aardbeiengeur van de kaarsen, tot het ontnuchterende geluid van de telefoon hen stoorde.

'Weer die telefoon!' Kevin sprong op en begon de kaarsen uit te blazen die hij overal in de kamer had neergezet, waarbij hij in zijn woede de vaas met tulpen omstootte die hij voor haar had meegebracht. Hij sloeg met zijn vuist tegen zijn voorhoofd.

'Kevin, *alsjeblieft*, rustig nou.' De telefoon negerend, deed ze het licht aan, zette de vaas overeind en depte het water met een handdoek op. Zo langzamerhand begon ze tegen haar dagelijkse afspraakjes om negen uur op te zien. Geen afspraakjes. Ze begonnen meer het karakter te krijgen van een soort ritueel, waardoor ze zich verplicht voelde om thuis te zijn zodat ze als gepland de liefde konden bedrijven. Eerst was het een nieuwtje geweest, daarna een soort grap. Nu begon het een beproeving te worden. Vanavond liep ze een lezing van Stephen Jay Gould mis. Vorige week was het een jazzconcert geweest. Ze keek toe hoe Kevin zijn kleren bij elkaar raapte en zich begon aan te kleden. Als hij wegging, zou ze misschien nog wat van de lezing kunnen meemaken. Uitverkocht, herinnerde ze zich opeens. Desondanks voelde ze zich schuldig dat ze hem weg wilde hebben. Waarom had hij dat effect op haar? En waarom *ging* hij eigenlijk weg? Die woedeaanvallen van hem waren zo zinloos. Hij kon zich gewoon over niets opwinden. Jezus, in zijn aanwezigheid kreeg ze steeds meer het gevoel op eieren te lopen.

'Wat een kluns ben ik toch,' zei hij. 'Het spijt me. Dat was stom van me...'

Laurel herschikte de bloemen in de vaas. 'Het geeft niet,' zei ze, waarna ze weer met haar knieën onder zich getrokken op het midden van het bed ging zitten.

'Waarom kunnen je vrienden ons niet met *rust* laten?' Hij had de neiging om de telefoon door de kamer te smijten, maar plotseling hoorde hij in gedachten het geluid van Aprils versplinterende telefoon toen hij hem met de hamer verbrijzelde.

'Mijn vrienden bellen niet meer,' antwoordde ze.

Hij was nu aangekleed. Terwijl hij zijn riem dichtgespte, neuriede hij *Komoko Indiana*, het liedje dat hij altijd neuriede als hij gespannen was. 'Laten we naar Hartewoods gaan,' zei hij, zich naar haar vooroverbuigend. 'Dit is de ideale gelegenheid. Je ouders denken dat je op een debating-trip bent, om overwinningen te behalen ter meerdere glorie van de school, terwijl wij in hun huis de bloemetjes buiten zetten.'

Hij probeerde haar te kussen, maar ze duwde hem weg en trok het laken omhoog. 'Dat kan niet, Kevin. Besef je wel hoevèr ik achter ben? Ik had al twee scripties moeten inleveren en mijn tentamen voor Frans kan ik ook wel verge – Nee hè, niet weer! Ik hoor je alleen maar klagen. Zorg dan dat het gebeurt.' Hij staarde haar aan. 'Wat is er eigenlijk met je aan de hand? Je hebt de laatste tijd geen gevoel voor humor. Je bent tegenwoordig zo serieus.'

Hij stond bij de deur met de knop in zijn hand. 'Je kunt dus maar beter zorgen dat het af komt.' Hij stormde naar buiten en sloeg de deur achter zich dicht.

Misschien was het haar schuld, dacht ze, of in ieder geval voor een deel. Maar ze kon niet studeren, niet nadenken. Met Kevin om zich heen kreeg ze geen lucht. Waarom zou ze zich dan eigenlijk schuldig voelen?

Ze stapte uit het onopgemaakte bed en keek in de spiegel. Haar haar zag er onverzorgd uit en haar gezicht was vlekkerig. Ze dacht aan de gemiste lezing. Het behandelde onderwerp vormde het afsluitende gedeelte van de cursus biologie die ze volgde, waar ze een scriptie over moest schrijven. Ze had hem graag bijgewoond.

Ze miste die onbezorgde momenten, het gegiechel met Doug en Mini, maar er was geen schijn van kans dat ze het team nu nog zou kunnen bijbenen. Haar moeder zou zo teleurgesteld zijn als ze ermee stopte. En als ze er ook maar het geringste vermoeden van had dat haar briljante dochter bang was dat ze voor een tentamen zou *zakken*... Al dat liegen maakte dat ze zich gedeprimeerd voelde. Ze trok de telefoon op het bed, ging zitten en pakte haar adresboekje. Ze zou haar vader bellen, in Brazilië. Misschien zou ze *hem* de waarheid kunnen vertellen.

Het antwoordapparaat aan de andere kant van de lijn gaf een pieptoon. Gary had negentig seconden om te vertellen hoe April was vermoord. Als hij door het aandikken van de gruwelijke details van de moord op April de programmamakers van het televisieprogramma *Gezocht wegens moord* zou weten te overtuigen, dan zouden er op een bepaalde dag miljoenen mensen in heel Amerika op zoek zijn naar Billy Owens.

De klank van haar stem en haar zelfbewuste woordkeus hadden bij Gary de indruk gewekt dat Lisa, de productieassistentie van de show, en waarschijnlijk zijn laatste hoop om Billy Owens aan het kruis te nagelen, een vrouw van in de dertig was, die nog een gewoon blocnote gebruikte om aantekeningen te maken. En afgaande op haar gedecideerde manier van spreken, was het een zakelijk type in een mantelpakje. Een zongebruinde, blonde Californische. Hij had in Los Angeles een 0800-nummer gebeld om contact met haar op te nemen.

Snel, en zo beknopt mogelijk, somde Gary op de band de verschrikkingen van Aprils moord op. Hij wist dat zijn vrouw Marjorie geschokt zou zijn als ze zijn gedramatiseerde versie zou horen, *zijn* beschrijving van de ontdekking van de overblijfselen van hun dochter. Hij keek schichtig naar de deur van zijn studeerkamer. Ieder ogenblik kon Marjorie binnenstappen en zijn verhaal horen. Terwijl de band de toegestane negentig seconden voldraaide, daarmee Lisa's oordeel dichterbij brengend, deed plankenkoorts zijn pols sneller slaan.

Na afloop veegde Gary het zweet van zijn voorhoofd. Marjorie was deze beproeving bespaard gebleven. Ze was gewoon nooit in staat was geweest om te accepteren dat Billy schuldig was, zelfs niet toen hij op zo'n gunstig tijdstip was verdwenen. Het zou wreed zijn om dit nu tegen haar te zeggen. Hij zou het alleen afwachten. Hij wilde alleen dat hij een manier wist om het pijnlijke, meedogenloze tikken van de klok te versnellen.

Kevin was niet in het minst verrast om haar stem te horen, dacht Jessica. Hij gedroeg zich alsof het de gewoonste zaak van de wereld was om door de moeder van zijn vriendin te worden gebeld. Ze wist dat ze over haar toeren was, maar ze zou geen oog meer dicht doen voordat ze met haar dochter had gesproken.

'Laurie neemt niet op,' legde hij uit. 'Ze haalt de hele avond door om een scriptie af te krijgen.'

Jessica kalmeerde enigszins. Laurie zat aan haar huiswerk. Prima. 'Ik wou dat ze het antwoordapparaat gebruikte dat ik haar heb gegeven,' zei Jessica. Maar ze had het gevoel dat Laurie zich vrijer voelde wanneer ze niet de vele telefoontjes van haar moeder hoefde te beantwoorden.

'Anders ik wel,' zei Kevin.

'Ik denk dat ik vanavond een nerveuze moeder ben omdat – '

'Ik begrijp het, mevrouw Lewisohn. Maar maakt u zich alstublieft niet bezorgd. Ik zal wel voor Laurie zorgen.'

Jessica betreurde het dat ze hem had gebeld. Ze had het gevoel dat ze hem precies in de kaart had gespeeld. Ze *mocht* Kevin gewoon niet en dat zou ook nooit veranderen. Wat hem ook in zijn leven was overkomen, hij was te glad, te gekunsteld…

'Laurel zal niet erg blij zijn dat ik heb gebeld…' zei ze.

'Maakt u zich geen zorgen. U dacht dat ze hier zou zijn. Volkomen begrijpelijk.'

Vurig hopend dat Laurie deze knaap zou dumpen, en wel zo gauw mogelijk, mompelde Jessica een bedankje en hing op.

Toen Laurie tenslotte werd doorverbonden, was de telefoonverbinding met Brazilië zo slecht dat ze de stem van haar vader nauwelijks kon verstaan, waardoor ze zich op de een of andere manier nog sterker bewust werd van de grote afstand tussen hen beiden.

'Ik weet het niet, pap. Ik voel me de laatste tijd een beetje… gestrest. Er komt gewoon niets uit mijn handen.'

'Misschien zou je uit het debatingteam moeten stappen. Ieder weekend weg is misschien wel een beetje te veel van het goede.'

Laurie barstte uit in een te lang verdrongen huilbui.

'Is alles goed met je, lieverd?'

Laurie haalde diep adem. 'Ja hoor, maar ik zou nu best een stevige knuffel kunnen gebruiken.'

'Is alles goed tussen jou en Kevin?'

'Ja hoor…' antwoordde ze impulsief. Ze was nog niet zover om nee te zeggen. Ze had alles bij zichzelf, en hun relatie, nog niet op een rijtje staan.

'Goed dan. Maar als er iets mis is, geeft niet wat, waarover je met me wil praten, dan wil ik dat je het me vertelt. Ik weet dat ik moeilijk bereikbaar ben. Ik zal proberen om je weer snel te bellen.'

'Bedankt, pap, ik voel me al een stuk beter.'

En dat was ook zo. Het was gewoon fijn om haar vaders stem te horen. En nu hoefde ze in ieder geval niet meer te liegen over het debatteren. Morgen stap ik uit het team en neem mezelf eens goed onderhanden, besloot ze.

'Stapt Laurel uit het debatingteam? Dat komt door Kevin! *Hij* beïnvloedt haar.' Jessica's stem werd vervormd door storing. 'Waarom Tom? Ze is een debatingkampioen.'

'Ik heb haar aangeraden om ermee te stoppen.'

'Jij?'

'Cornell is aanmerkelijk veeleisender dan een high school, Jess. Ze is pas eerstejaars. Ze heeft tijd nodig om zich aan te passen.'

'Waarom heeft ze me dat niet verteld?'

'Toe nou, Jess. Laat me tenminste helpen. Je weet dat jullie relatie momenteel nogal onder druk staat.'

'Dat is niet eerlijk, Tom. Omdat ik mijn enige dochter probeer te beschermen tegen een jongen die liegt – over de Putney School, het gedicht, de tante die vermoord bleek te zijn – '

'Naar mijn mening heeft hij dat allemaal goed uitgelegd.'

'Dat interesseert me niet. Hij deugt niet, Tom.' Plotseling werd de verbinding beter.

'Jess, we hebben het over iemand die op Cornell University zit, niet in Alcatraz.'

'Maar hij neemt haar helemaal in beslag en sinds ze hem heeft ontmoet, is ze veranderd.'

'Onze dochter moet haar eigen leven kunnen leiden, daar heeft ze recht op.'

'Natuurlijk heeft ze dat. Ik zou het voor Laurie heerlijk vinden als ze een vriend had, maar dan een echte, van vlees en bloed.'

Tom zuchtte.

'Mijn moeder mag hem ook niet.'

'Ah, heeft de Hongaarse CIA zich op de zaak gestort?'

'Niet grappig,' zei Jessica, desondanks glimlachend. Maar wat Tom ook zei, het veranderde niets aan haar overtuiging dat Kevin een soort vergif was, dat problemen veroorzaakte tussen haar en Laurie, en nu zelfs tussen haar en Tom.

Om drie uur 's nachts was Sandy nog steeds wakker. Ze sloot haar ogen, maar moest steeds aan Kathleen denken. Waarom ben ik eigenlijk over mijn eigen leven begonnen? Voor het eerst sinds jaren moest ze aan haar ex denken. Ze had er geen idee van waar hij was en ze wilde het niet weten ook. Ze verschilde volkomen van de persoon die met Jeff was getrouwd. Nu was ze niemands gewillige slachtoffer meer. Ze dopte haar eigen boontjes, had haar ouders niet nodig, en ze wist zich te handhaven in een van de zwaarste beroepen die bestonden.

Eigenlijk wist ze best waarom ze Kathleen in vertrouwen had genomen; ze had op vriendschappelijke voet met haar willen komen, om haar vertrouwen te winnen. Maar door zich zo bloot te geven, had ze zich kwetsbaar opgesteld. Misschien is dat wel de echte reden dat ik niet kan slapen, dacht ze.

Billy Owens. Billy Owens. De naam dreunde door haar brein. Ze draaide zich op haar buik en trok het kussen over haar hoofd om haar gedachten tot zwijgen te brengen.

'Billy heeft April gedood,' had ze tegen Kathleen gezegd, proberend om haar een beschuldiging jegens Billy te ontlokken. Niet bepaald een ondervraging volgens het boekje, maar ze raakte door haar opties heen. 'Ik kan alleen iets tegen hem ondernemen als je een aanklacht tegen hem indient.'

'Hij heeft me verkracht, maar dat maakt hem nog geen moordenaar.'

'Verkrachting is agressie. Dat heeft niets met seks te maken.'

'Maar de seriemoordenaar… Misschien heeft die het wel gedaan,' zei Kathleen, hopend dat het waar was, maar diep in haar hart wetend dat Billy schuldig was.

'April is niet door de seriemoordenaar vermoord, Kathleen. Billy was veel te ver weg om die andere vrouwen te kunnen vermoorden. En nu heb ik bewijzen waarmee ik kan aantonen dat April met haar eigen hamer is afgeslacht. Maar daarbij heb ik je hulp nodig.'

Kathleen zweeg.

'Toen hij Aprils lichaam verborg – haar in de afvoerbuis duwde – heeft hij zijn hand aan een stuk metaal aan de opening opengehaald. Ik heb de wond gezien – '

'Die heb je *gezien*?'

'Na de moord ben ik naar zijn huis gegaan. Ik kan het je niet kwalijk nemen dat je hem vertrouwde, hem geloofde. Dat deed iedereen.'

Maar vanaf dat ogenblik had Kathleen geen woord meer willen horen en ze had haar bijna letterlijk de deur uit geduwd.

Dus kon ze weer opnieuw beginnen. Ze had niets tegen Billy.

Zelfs van de snee die ze in zijn hand had gezien, zou de officier van justitie niet warm of koud worden. Ze ging op haar rug liggen en keek weer op de lichtgevende, vierkante, blauwe wijzerplaat van haar wekker. Kwart over drie. Over drie uur moest ze opstaan. Ik begin mijn scherpte te verliezen, dacht ze. Ze had die dag bij de steengroeve de winkelhaak in de linkermouw van Dans uniform-jasje gezien, maar ze had hem toen niet in verband gebracht met de snee onder Billy's duim. Als Dan haar er niet aan had herinnerd, als hij gisteravond tijdens het eten zijn nieuwe jasje niet had gedragen... Of was het eergisteravond? Ze werd slaperig, en de laatste samenhangende gedachte voor ze in slaap viel was: waarom had Kathleen de politie gewaarschuwd als ze werkelijk geloofde dat Billy onschuldig was aan de moord op April?

Hoofdstuk twaalf

Lisa Frankino, drieëntwintig jaar, klein van stuk, had lichtbruin golvend haar en een uitzonderlijk blanke huid. Ze had al bijna een jaar niet in de zon gelegen; afgelopen januari had ze een verdachte wrat van haar gezicht laten verwijderen. Afgestudeerd aan de UCLA, met journalistiek als hoofdvak, had ze na het zien van een interview door Jane Pauley besloten haar heil bij de televisie te zoeken, waar ze nu carrière probeerde te maken. Ze een koraalrode broekrok aan van ruwe zijde, met een bijpassend jasje en lichte, veelkleurige sandalen. Als enige sieraden droeg ze een paar dunne gouden oorringen. Ze kleedde zich om te imponeren, maar wel met smaak.

Wat een ding betrof had Gary Meadows het bij het rechte eind gehad; ze had notities gemaakt. Ze stonden in haar duidelijke, gelijkmatige handschrift geschreven op een wit vel gelinieerd papier. De aantekeningen had ze snel en punt voor punt van commentaar voorzien. 1. Slechterik gezocht voor *ondervraging*, niet moord. 2. B.G. is niet *gevlucht*. 3. Moeder van slachtoffer verschijnt waarschijnlijk niet op televisie. Onder punt vier stond een rode streep. Juridisch mogelijk problematisch. Indirect bewijs.

De zaak had mogelijkheden, dacht Lisa. Maar ze had al voor zoveel klopjachten met een overduidelijke bewijslast haar fiat gegeven, dat ze een behoorlijke achterstand had opgelopen. Ze voorzag de geluidscassette van een gecodeerd label en liet deze samen met haar notities in een mapje glijden. Toen trok ze een metalen archiefkast open en borg het mapje op onder de letter M. De la droeg een etiket met de letter L.P. – lage prioriteit.

Toen Dan een telefoontje kreeg van Vince Pazzolini, een privédetective in LA die om informatie over Billy Owens vroeg, verbond hij hem onmiddellijk door met Sandy.

'Met inspecteur Ungar. Wat wilt u over Billy Owens weten?'

'Nee maar, heeft hij zo'n lang strafblad?' vroeg Vince.

'Waarom denkt u dat?' vroeg Sandy.

'Omdat ik zomaar met spoed met een rechercheur wordt doorverbonden...'

'Geen strafblad, zelfs geen verkeersovertreding.' Totdat ze meer wist, zou ze deze knaap niets wijzer maken. En misschien zelfs dan nog niet.

'De zaak zit zo,' zei Vincent. 'Mijn klant is een filmster. Ze ontvangt van deze fan al een aantal jaren geobsedeerde brieven. Billy Owens. De poststempels op de brieven waren afkomstig uit uw stad, dus ik besloot eens wat meer over hem te weten te komen.'

'Wat is het meest recente poststempel?' vroeg Sandy.

'Dat is van achttien maanden geleden. Het *probleem* is dat hij, toen hij er genoeg van kreeg om te schrijven, is gaan opbellen. Tot twee weken geleden het bellen plotseling ophield. Het is waarschijnlijk niets om bezorgd over te raken, maar ik loop alle mafkezen even na. Mijn cliënt is nogal zenuwachtig. De soapactrice die in LA is neergeschoten, bezorgt alle filmactrices nachtmerries.'

'Hij wordt ervan verdacht betrokken te zijn bij enkele seriemoorden.'

'Christus. En ik dacht nog wel dat dit een routinetelefoontje zou worden.'

'Persoonlijk geloof ik niet dat hij een seriemoordenaar is,' zei Sandy op effen toon. 'Maar er zijn hier een paar die denken van wel.'

'Wie is uw cliënt?'

'Lorna Barrett.'

Sandy floot.

'Even vertrouwelijk,' zei Vince, 'heeft mijn cliënt reden om zich zorgen te maken?'

'Seriemoordenaars schrijven gewoonlijk geen brieven en bellen hun slachtoffers niet op. Maar volgens mij heeft Billy Owens zijn vriendin vermoord. En ik weet dat hij een meisje heeft verkracht.'

'Goeie genade!'

'Dit is vertrouwelijk, strikt vertrouwelijk.'

'Dit had ik niet verwacht.'

'Officieel gesproken, wordt hij slechts voor ondervraging gezocht.'

'Ik begrijp het.'

'Ik vertel u dit zowel in uw als mijn belang. Ik zou die knaap erg graag te pakken krijgen en daarbij kan ik alle hulp die ik kan krijgen gebruiken.'

'Hoe oud is hij?'

'Negentien en een half.'

'Goed, stuur me uw gegevens,' zei Vince. 'En een foto.' Hij gaf Sandy zijn adres.

'Blijf in contact,' zei ze, waarna ze ophing.

Maar ze wist dat Lorna Barrett van Billy geen brieven meer zou ontvangen. Dat was uitgesloten. Daar was hij veel te uitgekookt voor geworden.

Op het allerlaatste ogenblik begaf Patricia Van Etten Owens zich haastig naar haar slaapkamer om te zien of de brief zich nog steeds daar bevond waar ze hem had verborgen. Ze wist dat dat het geval zou zijn, maar toch controleerde ze het nog maar even... Die rechercheur Ungar kwam om met haar te praten. Ze trok de bovenste la van haar ladekast open en voelde aan de onderkant. Hij zat daar nog steeds met plakband bevestigd. Ze hoefde hem niet te lezen, ze kende hem uit haar hoofd; om een of andere ondoorgrondelijke reden had ze hem gelezen en herlezen. Misschien was ergens in die brief de verklaring, of tenminste een aanwijzing voor de oplossing van het mysterie van hun leven te vinden, het antwoord op de vraag of haar eigen zoon nu wel of niet April had vermoord. Daarom had ze de brief nooit vernietigd. Ze probeerde nog steeds zijn verborgen boodschap te ontcijferen, alsof het de steen van Rosetta was waarover ze op school had geleerd.

Ze schoof de la dicht en haastte zich naar de woonkamer om zichzelf weer onder controle te krijgen. Ze haalde een keer diep adem en probeerde zichzelf ervan te overtuigen dat ze zich nergens zorgen over hoefde te maken. Maar voor het geval dat, had ze het bezoek welbewust op zo'n tijdstip gepland, dat haar man Bill niet van zijn werk thuis zou komen terwijl de agent nog in huis was.

Bill wist natuurlijk helemaal niets van het bestaan van de brief. Ze had hem pas kortgeleden gevonden, toen een man die de wasmachine kwam repareren, de machine van de muur had geschoven. De brief was samen met een verdwaalde sok en een T-shirt achter de wasmachine terechtgekomen. Hij was helemaal tot een prop verkreukeld. Als Billy nog gewoon thuis was geweest, dan zou ze hem hebben weggegooid. Maar nu was alles dat aan hem herinnerde dierbaar voor haar. Ze had hem keer op keer gladgestreken, zo vaak dat de meeste kreukels waren verdwenen.

Ze zag tegen haar ontmoeting met Sandy op. Vertel alleen maar de waarheid, hield ze zichzelf voor. Ze had tegen de politie nergens over gelogen. Ze *was* op de avond dat April was vermoord vlak na Billy thuisgekomen. Ze had in de wasruimte de warmte gevoeld die de droger nog had afgegeven en aangenomen dat hij zijn natte jack had gedroogd; het had hard geregend en toen ze thuiskwam, waren zijn natte voetsporen in de gang nog te zien geweest.

En het achterhouden van de brief was niet echt een leugen, aangezien de brief Billy toebehoorde. Plotseling stond ze op om de brief te pakken en hem te verbranden, maar de deurbel weerhield haar ervan.

Sandy was volledig in uniform. Hoewel ze werd uitgenodigd om te gaan zitten, bleef ze voor Billy's moeder staan en sloeg haar zwartleren notitieboekje open. Ze probeerde te intimideren, en daar slaagde ze ook in.

Eerst had Billy's moeder er verdrietig uitgezien. Nu maakte ze gewoon een verslagen indruk. Sandy had het gevoel dat ze iets verborg. Maar als ze haar aan een officieel verhoor had onderworpen, zoals ze eigenlijk had gewild, zou de vrouw er misschien een advocaat hebben bijgehaald. Sandy wilde dat ze de telefoon kon aftappen. Maar ondanks alles voelde ze ook medelijden voor de moeder. Wat haar de druk nog verder deed opvoeren.

'Heeft u nog iets van Billy gehoord?'

'Nee, dat heb ik niet.' Ze sloeg haar ogen neer.

Loog ze? Schaamde ze zich?

'In al die tijd? Is dat niet vreemd?'

'Hij is jong. Kinderen brengen hun moeder niet zo graag verslag uit.'

'Kan hij goed met zijn vader opschieten?'

'Ja hoor,' antwoordde ze vlug. 'Maar hij trekt meer naar mij.'

'Heeft hij als kind ooit gewelddadig gedrag vertoond?'

'Waarom vraagt u me dit?'

'Mevrouw Owens, we zoeken uw zoon voor ondervraging en hij is verdwenen. Zoals we nu weten, is April vermoord en we hebben van Billy een paar antwoorden nodig. April was pas veertien...'

Was ze te ver gegaan?

'Billy was een lieve jongen. Hij heeft nooit iets verkeerds gedaan. Hij was *stapel* op April...'

'Heeft hij contact met uw man opgenomen?'

'Bill verkoopt tegenwoordig verzekeringen, hij is erg veel onderweg.' Terwijl ze dat zei, keek ze naar de muur waar hun trouwfoto hing.

Plotseling moest Sandy aan de foto van Kathleens zoontje denken, en het drong tot haar door dat dit echtpaar een kleinkind had waar ze niets vanaf wisten.

'Mevrouw Owens, kunt u zich die snee in Billy's hand nog herinneren? De afvoerbuis waar Aprils lichaam in was verborgen, had een scherp uitsteeksel...'

'Beschuldigt u soms mijn Billy?'

'Ik wil alleen maar weten waar hij is,' zei Sandy, haar notitieboekje dichtklappend.

'Ik ook, neemt u dat maar van me aan,' zei mevrouw Owens, met een papieren zakdoekje haar ogen droogvegend en haar neus snuitend.

Opeens werd Patricia Owens overmand door een vreselijk schuldgevoel. Maar dat was niet omdat ze iets voor de politie verzweeg. Wat ze verzweeg, verborg ze voor zichzelf, en voor Billy.

De brief trilde in haar hand alsof een windvlaag er vat op had gekregen. Maar het waren haar vingers die hun controle hadden verloren; ze kon het papier amper vasthouden.

Ze gaf zichzelf de schuld van dit alles – dat ze met Bill was getrouwd. Hoe had ze dat kunnen doen? Deze vraag had ze zichzelf al jaren gesteld en het antwoord was steeds hetzelfde geweest. Ze was gezwicht voor een gladde prater, een ritselaar. Hoewel haar ouders van mening waren geweest dat ze beneden haar stand was getrouwd, hadden ze nooit een woord gezegd. Zelfs toen ze van school ging, en ondanks het feit dat ze tot hun dood de rekeningen van de familie Owens betaalden, hadden ze altijd gezwegen.

Het had niet lang geduurd voor Patricia was gaan inzien dat ze een enorme vergissing had begaan, maar toen dacht ze nog dat ze hem zou kunnen veranderen. Dat liefde alles, wat dan ook, kon veranderen. Het was de missionaire drang in haar – iets dat ze van haar familie had geërfd. Maar wat had het haar opgeleverd? Een rampzalig leven, en een zoon die alles deed voor een complimentje. Hij was altijd het voorbeeldigste kind, met het meest onberispelijke gedrag. Maar het was teveel van het goede, te onnatuurlijk. In het begin wist hij haar nog met zijn vertoon van deugdzaamheid om de tuin te leiden. Toen het al te laat was, had ze geprobeerd om tot hem door te dringen, maar niets had geholpen. Ze wist nooit wat er werkelijk in hem omging. Billy werd alleen maar ontwapenender, overtuigender, charmanter – en net als zijn vader, sluwer. En ten slotte, toen Billy een keer te vaak alle registers van zijn charme voor haar had opengetrokken, was haar genegenheid voor hem gedoofd en had ze moeten erkennen dat ze had gefaald.

Dus waarom nam ze hem nog in bescherming? Was het niet de taak van een moeder om haar kind te beschermen? En daarbij had ze sterk het gevoel dat ze tegenover haar zoon keer op keer tekort was geschoten, dat ze niet in staat was geweest om tot hem door te dringen, om hem te begrijpen, om hem te beïnvloeden. Eerlijk gezegd had ze hem opgegeven. Voordat ze de brief verbrandde, las ze hem voor de laatste keer. Het precieze, volmaakte handschrift deed haar huiveren. Hij was gedateerd op de dag dat April was verdwenen.

April – mijn leven, mijn beste kameraad,
  Ik had nooit gedacht dat je me zou verraden. Ik dacht dat je om me gaf.
Maar nu heb ik het gevoel dat je iemand anders bent geworden. Is het mogelijk dat jij – van wie ik dacht dat je de mijne was – voor altijd de mijne – me zou verlaten?

Patricia las niet verder. Voor het eerst besefte ze dat de brief aan *haar* zou kunnen zijn gericht. Hij verachtte *haar* omdat hij vond dat ze hem in steek had gelaten…

Ik mag dan misschien trots en zelfverzekerd overkomen, maar ik heb je nodig. Jij bent mijn uitgekomen droom. Maak mijn droom niet stuk, April. Alsjeblieft, doe het niet.

De brief werd vervolgd met een hart dat Billy had getekend. Daarin had hij 'Billy' geschreven. Een pijl doorboorde het hart, en uit de wond vloeiden druppels bloed.

Toen ze de brief verbrandde, waren haar tranen niet voor Billy, zoals rechercheur Ungar had vermoed. Haar sterkste gevoelens van spijt betroffen April. De gevoelens voor haar zoon waren gemengd, bevlekt en bezoedeld door een duistere herinnering van meer dan tien jaar geleden. Ze was het zich altijd blijven afvragen.

Had ze Billy van zijn vader kunnen redden? Hij voelde zich door hem in de steek gelaten. Maar had zij hem ook verraden? Ja. Het was haar schuld dat Billy berekenend was geworden, zielloos. Hij was toen pas vijf jaar oud geweest…

Vanuit haar keuken kon Jessica de deur van de lift open en dicht horen gaan en ze herkende het geluid van Ricky's voetstappen in de hal. Van de vier huurders op de verdieping, had Ricky het snelste, bijna gedecideerde loopje. Jessica had haar lange, flanellen nachthemd en haar kamerjas al aangetrokken, maar ze deed toch de deur open.

Ricky, nog steeds kaki parka dragend, stak haar sleutel in het slot. Ze draaide zich om toen Jessica de deur opendeed.

'Hoi, Jess, kom even binnen. Ik wil je iets laten zien.' De wind gierde door de luchtkokers en Jessica trok haar kamerjas dichter om zich heen. 'Ik kom zo,' zei ze, zich naar de keuken haastend. Ze pakte haar sleutels en de pan met broccolisoep die ze op het gas had gezet, waarna ze naar buiten liep en de deur achter zich afsloot.

Ricky had de deur voor haar opengelaten, dus Jessica stommelde naar binnen, keek de huiskamer rond, en kwam tot de conclusie dat Ricky zich in de slaapkamer moest bevinden.

De woning was rommelig, en quasi-artistiek ingericht. De muren werden opgesierd met enorme, met acrylaat geschilderde schilderijen, waarvan er een, een boven de bank hangend naakt, direct bij het binnenkomen een vrijwel verpletterende indruk achterliet.

'Wat, broccolisoep?' riep ze naar Ricky, die een pyjama aantrok.

'Heerlijk!' riep Ricky. 'Je bent een engel.'

Jessica wist dat Ricky's eetgewoonten aan haar late werktijden waren aangepast en dat Chinese afhaalmaaltijden en pizza's de hoofdbestanddelen van haar voedsel vormden.

Zittend aan de ronde eikenhouten tafel in de eethoek, lepelden ze zwijgend hun soep naar binnen totdat ze bijna klaar waren.

'Dus je hebt een brief van de man van je dromen gekregen en nu ben je waanzinnig verliefd,' begon Jessica.

Ricky nuttigde haar laatste beetje soep. 'Dit was gewoon zalig,' verzuchtte ze. 'Je weet dat ik niet meer in liefde geloof. Het is een illusie.'

'Ach, Ricky, je zit te lang bij het theater.'

'Mensen verliezen hun greep op de realiteit als ze "verliefd worden." Dat weet ik uit ervaring, Jess.'

'Wie weet ben je op de goede weg, meid. Freud noemde het een milde vorm van psychose.'

Ricky stond op, haalde haar aktetas, pakte er een bundeltje brieven uit en gooide het op tafel. 'Lees en ween,' zei ze.

Jessica nam het pakketje op en dacht aan de advertentie die ze voor Ricky had verzonnen, die hem vervolgens naar 'persoonlijke mededelingen' van de *New York Review of Books* had gestuurd. 'Jonge, creatieve vrouw zoekt naar iemand om haar leven wat meer inhoud te geven.'

'Zijn ze echt allemaal zo meelijwekkend? Ik kan me gewoon niet voorstellen dat op mijn geniale tekst geen enkele potentiële kandidaat heeft gereageerd.' Jessica stopte de brieven weg in de diepste zak van haar kamerjas.

'Jess, ik wil gewoon iemand ontmoeten die niet getrouwd is, of niet op het randje van schizofrenie balanceert.'

'Of allebei. Mijn tante Ilona raadde me ooit eens aan om met een vrouw te trouwen.'

'Vrouwen zijn gevoeliger.'

'Behalve wanneer ze puber zijn en hun vaders om hun vingertjes kunnen winden...'

'Er zit je iets dwars, Jess. Voor de draad ermee. Hebben we er een borrel bij nodig, of volstaat koffie?'

'Koffie graag.'

Ricky verdween in de keuken.

'Tom zegt dat mijn verstandhouding met Laurel niet goed is.'

'Alleen maar omdat jullie kibbelen?' riep Ricky uit. Ze deed koffie in het filter, vulde het koffiezetapparaat met water en zette het aan. Ze voelde dat Jessica maar net haar tranen kon inhouden. Ze kwam terug in de woonkamer. 'Houden jullie van elkaar?'

'Ja!'

'Respecteert Laurie je?'

'Ja...'

'Neemt ze je in vertrouwen?'

'Niet meer.'

'Jess, alle meisjes van die leeftijd liggen met hun moeders overhoop. Dat zei je zelf altijd tegen Margo, telkens wanneer haar dochters vlinders in hun buik kregen. Herinner je je Mariannes dochter nog, met die hell's angel? Hoe sterker de binding, des te harder moet de dochter vechten om zich vrij te maken, of niet soms?'

'Ik word met mijn eigen woorden om mijn oren geslagen.'

'Volgens mij ben ik objectief. Ik ken jou en Laurie al jaren, en als ik het geluk zou hebben gehad om een dochter te hebben, zou ik me erg gelukkig prijzen als ik het net zo goed had gedaan als jij.'

Toen Jessica Ricky omhelsde, stonden er tranen in haar ogen.

Het knipperen van het antwoordapparaat in Jessica's studeerkamer gaf aan dat er slechts een gesprek was binnengekomen. Ze deed het licht aan en drukte op 'Weergave'.

'Je spreekt met Nora Berry. Ken je me nog? Hoe lang is het ook weer geleden? Zes jaar? Ik heb je iets belangrijks te vertellen. Ik heb tot middernacht dienst op het instituut. Bel me.'

Jessica trok instinctief een krul over het litteken op haar voorhoofd om het te bedekken; Nora was daar geweest op de nacht dat ze was aangevallen. Ze pakte de telefoon op, waarna ze zich realiseerde dat Nora geen nummer had vermeld, en terwijl ze daar stond, gingen haar gedachten een ogenblik terug naar die nacht.

Ed Polley had zwaar onder de drugs gezeten. Officieel was hij zwaar verslaafd en geestelijk gestoord – zoals zoveel dakloze mensen die op straat waren gegooid. Ed was een paranoïde schizofreen, en gewelddadig. Iemand waar ze maar moeilijk sympathie voor had kunnen opbrengen, omdat hij door moord op de observatieafdeling was beland: hij had een vrijwilliger van de Barmhartige Samaritanen neergeschoten en met een steen zijn hoofd ingebeukt – zijn manier om dank je wel te zeggen tegen de jongen die was gestopt om hem te helpen toen hij autopech had.

Nu schoot het nummer haar weer te binnen. Nora nam op. 'Ik hoorde over je baan als directeur van de stichting. Ik was zo blij voor je.'

'En ik heb gehoord dat je nu hoofd van de afdeling bent. Gefeliciteerd.'

'Dank je, Jess. Ik ben zo blij dat het me – eindelijk is gelukt. Luister, ik heb maar even, dus ik zal er niet omheen draaien. Ik vond dat je het moest weten. Ed Polley is vrij. *Genezen,*' voegde ze er sarcastisch aan toe.

'*Wat? Wanneer?*'

'Vanochtend vroeg. Ontslagen uit het Ward's Island Hospital. Waarschijnlijk is hij je totaal vergeten, maar als ik niet had gebeld, had ik geen oog kunnen dichtdoen.'

Verder hoefde er niets gezegd te worden. Ze hadden samen het een en ander meegemaakt, gevaarlijke mannen door de draaideur van de psychiatrische gezondheidszorg zien komen en gaan.

'Bedankt dat je me even hebt gewaarschuwd, Nora,' zei Jessica, proberend haar stem onder controle te houden.

Ze hing op en ijlde naar de voordeur om hem dubbel te vergrendelen. Ze sloot de deur van het terras af en alle ramen die daarop uitkeken, hoewel het voor iemand vrijwel onmogelijk was om naar de vierentwintigste verdieping te klimmen. En ondanks het feit dat ze wist dat Ed Polley haar adres niet had en dat ze sinds haar tijd bij het instituut een geheim telefoonnummer had, belde ze de portier om hem eraan te herinneren dat *niemand*, tenzij met haar uitdrukkelijke toestemming, onder geen enkele voorwaarde mocht worden toegelaten.

Het was te laat om Tom te bellen. Te laat om wie dan ook te bellen. Ze dacht erover om een klein handvuurwapen aan te schaffen, of het geweer uit Hartewoods hier naartoe te halen. Wat haalde ze eigenlijk allemaal in haar hoofd? Ze ijsbeerde haar appartement heen en weer totdat ze haar kalmte weer had hervonden. Het was jaren geleden dat Ed Polley haar ooit eens had gezien. In al die jaren had hij er vast wel een paar vijanden bij gekregen en rookte hij zich op ditzelfde ogenblik met crack een hersenverweking. Zij was wel het laatste met wie zijn ziekelijke geest zich bezig zou houden, hield ze zichzelf voor. Na twee oude films en twee glazen sherry was ze het zelf een beetje gaan geloven.

Ten slotte liet ze zich op haar bed vallen en viel in een onrustige slaap die te vaak door dromen werd verstoord. In de laatste rook ze de geur van broccolisoep. Ze had net Lauries kom gevuld toen plotseling een brandweerauto loeide...

Jessica opende haar ogen. Het was de telefoon. Ze strekte haar hand uit naar haar nachtkastje en ze greep de hoorn.

'Hallo,' fluisterde ze. Maar de opbeller hing direct weer op. Doodmoe en verward keek ze op de klok. Zes uur. Toen ze de hoorn weer neerlegde, drong zich een vreselijke, onontkoombare gedachte aan haar op. Ed Polley!

Hoofdstuk dertien

Patricia Van Etten Owens haar was steil en kort geknipt. Ze had een zachte stem en op momenten dat ze zichzelf even vergat een welluidende lach. Haar gezonde, uit het Middenwesten afkomstige uitstraling was nog niet helemaal door de donkere kringen onder haar ogen en het beginnende netwerk van rimpeltjes rond haar mond overschaduwd. Maar ze wist dat de jaren met Bill haar hadden veranderd.

Zittend op de versleten bank, wachtend op God weet wat, overpeinsde ze haar leven nu ze de zekerheid had dat Bill dood was. Het was niet voor het eerst dat ze de ironie inzag van het feit om te moeten leven in een huis dat was ingericht met goedkope meubelen uit een catalogus, die bijna een exacte kopie waren van het originele vroeg-Amerikaanse antiek waartussen ze was opgegroeid. Waar wachtte ze eigenlijk op.

Ze opende de kleine metalen doos die op haar schoot lag en staarde naar de massa grijze as en stukjes bot. De restanten van haar man. Ze huiverde. Hij was niet echt dood. Zijn zoon leefde in hem voort.

'Ik handel in de dood,' had Bill verkondigd, op de dag dat hij bij de staalfabriek zijn ontslag had genomen en levensverzekeringen was gaan verkopen. Maar voordat hij van zijn carrière had kunnen genieten, en zij van zijn regelmatige afwezigheid, had een ziekte hem geveld. En toen hij hulpeloos op zijn bed lag, verlamd, en niet in staat om te spreken, wist ze, dat als *zij* ziek was geweest, hij nooit voor haar zou hebben gezorgd. Op een dag had hij de blik in haar ogen gezien en zijn angst getoond. Hij wist dat ze nog het een en ander met hem te vereffenen had.

Alex, de Russische portier die Laurie al jaren kende, bewoog zich een beetje ongemakkelijk in zijn zware uniform. Hij belde Jessica om Laurel en Kevin aan te kondigen. 'Nieuwe voorschriften,' verklaarde hij, een blik op Kevin werpend.

'U kent uw moeder.'

Kevin probeerde uiterlijk onbewogen te blijven, maar inwendig was hij ziedend. Hij had de boodschap begrepen. Voor Jessica was hij nog steeds een vreemde.

Boven, in de keuken, had Jessica een smeuïg smeersel klaargemaakt van kaas, zure room, pita en fruit, met daarbij een assortiment van noten en chocolaatjes. 'Jullie hadden echt niet hoeven te komen,' liet ze hen weten. 'Ik weet nu zeker dat het niet Ed Polley was die me heeft gebeld. Sinds die morgen ben ik geen enkele keer meer gebeld. Het moet gewoon iemand geweest zijn die het verkeerde nummer had gedraaid en toen heeft opgehangen.' Ze zag met voldoening hoe ze van de lekkernijen proefden. 'Maar natuurlijk ben ik blij dat jullie zijn gekomen, en vind ik het heerlijk om jullie te zien...'

'Al goed, mam,' zei Laurie. 'Na het eten gaan we dansen.' Kevin keek haar verbaasd aan. Laurel had hem in een opwelling meegenomen. Hij had zo ongelukkig gekeken toen ze hem had verteld waar ze heen ging.

'Maar je moet wel voorzichtig zijn, mam.'

'Je preekt in de kerk,' Laurie. Het is hier net een vesting. Zo, waar gaan jullie dansen?'

'In een club waar iets te beleven valt.' Ze keek Kevin aan, die lachte als een boer met kiespijn.

Zich inbeeldend dat Jessica stiekem uit het raam loerde, liep Kevin vlak langs de stenen muur van Riverside Drive. In het appartement had hij gevoeld hoe ze hem steeds observeerde. Toen hij zei dat hij even een wandeling ging maken, met als excuus dat hij moeder en dochter samen even wat tijd gunde, was Jessica zichtbaar ingenomen geweest. En dat Laurie een opgeluchte indruk had gemaakt, was wel het ergste geweest. Nou ja, wat maakte het uit, hij had nog een reden gehad om er even tussenuit te gaan. De stenen muur deed hem denken aan een kinderliedje waaraan hij altijd zo'n hekel had gehad. 'Humpty Dumpty sat on the wall, Humpty Dumpty had a great fall,' spookte door zijn hoofd terwijl hij naar een publieke telefoon zocht. Het was een zonnige middag. Er slenterden gezinnen voorbij, en in het park langs de rivier zag hij mensen joggen, kinderen onder de waakzame ogen van hun ouders fietsen, en verliefde stelletjes hand in hand lopen.

Opeens verliet hij de Riverside Drive en liep de Ninetieth Street in. 'All the kings horses and all the kings man,' dacht hij toen hij zijn eerste kwartje in de sleuf van de telefoon gooide. Het geluid van de vallende munten wakkerden zijn angst aan. Stel dat zijn vader thuis was? Hij keek op zijn horloge. Te vroeg. Met zijn vader in de buurt was hij altijd op zijn hoede geweest, doodsbenauwd dat hij iets verkeerd zou doen. Een misstap en hij zou vallen als Humpty Dumpty. And all the kings horses and all the kings man wouldn't be able to put him together again.

'Hallo.'

Het was de stem van zijn moeder, en hij had een dringende klank. Ze wist dat hij het was. Hij gaf geen antwoord.

'Billy, ben *jij* het?'

Weer geen antwoord.

'Je vader is dood, Billy. Ik wou dat je nu naar huis kon komen.'

Stilte.

'Maar ik weet dat je niet *kunt* komen.'

Hij hoorde de tranen in haar stem en het moment was voorbij. Hij hing op.

Onaangedaan door het nieuws over zijn vader, leunde hij tegen de telefoon. Wat viel er te treuren?

Maar de gedachte om te worden gepakt, of aan zijn eigen dood, bezorgde hem kippenvel. Zijn moeder *wist* het.

Een vlaag van woede. Nu zou hij nooit meer de kans krijgen om zijn vader te vertellen hoe erg hij hem haatte.

Na Billy's telefoontje, zat Patricia roerloos in haar leunstoel. Ze staarde voor zich uit en herinnerde zich weer de scène die hun leven zo had veranderd. Zou Billy haar ooit vergeven? Had ze dat verdiend?

Ze hoorde Billy's geschater, het lachen van een ondeugend vijfjarig jongetje. En ze hoorde hem heen en weer rennen, speels en behendig, om aan de greep van zijn vader te ontsnappen. Maar toen was het geluid van de zware voetstappen die Billy achtervolgden plotseling gestopt.

Ze was naar de deuropening gerend. Te laat. Bill had zijn zoon bij zijn arm gegrepen, hem naar de wapenkast gesleurd, waar hij een revolver had gegrepen en het wapen tegen Billy's hoofd gedrukt.

Op dat ogenblik had ze geweten, dat als ze ook maar een geluid voortbracht, of een beweging maakte, hij haar zou straffen voor het in bescherming nemen van Billy, wat hun beiden het leven zou kosten. Bill was gek genoeg om de trekker over te halen.

'De volgende keer knal ik je kop eraf,' had hij gezegd toen hij het wapen langs zijn zij had laten vallen, waarna hij Billy had losgelaten.

Haar gegil en haar tranen hadden zich in haar binnenste opgekropt – tot Bill het huis had verlaten. Toen had ze Billy dicht tegen zich aan getrokken en hem in haar armen gewiegd. Maar er waren geen tranen geweest om weg te kussen. Hij had als een houten pop in haar armen gelegen, apathisch, met tot groene knikkers verstarde ogen.

Ze huilde voor het kind dat uit haar was geboren, niet voor de man die het was geworden.

'Dus mijn Laurika maakt zich zorgen om me.' Jessica omhelsde Laurel en gaf haar een dikke zoen op haar wang. 'Deze is van Rozsi.'

'Heb je haar nog verteld dat die gek weer vrij rondloopt?'

'Absoluut niet. En ik heb je vader gezegd dat hij niet naar huis hoeft te komen, met mij is alles goed.'

'Goed, in dat geval gaan we vanavond maar weer naar huis.'

'Prima, maar dan geen alcohol vanavond.'

'*Ma-am…*'

'Heb je het nieuwe gedicht nog meegenomen?'

'Ja, maar niet om je goedkeuring te krijgen. Ik laat het je alleen maar lezen om je zijn betere kant te laten zien. Ik weet dat je hem als een barbaar beschouwt.'

Jessica zei niets toen Laurie een opgevouwen papier uit haar tasje haalde en het haar met een bruuske beweging toestak.

'Herfstlied,' zei Jessica. 'Mooie titel.' Ze las vlug verder. 'Heel bekwaam.'

Laurie zei niets.

'"Weer ligt mijn hart op de bodem van het woud." Hij klinkt gedeprimeerd.'

'Ik *wist* dat het een vergissing was om het mee te nemen,' zei Laurie, proberend het gedicht af te pakken. Hoe kon ze uitleggen dat het als een excuus bedoeld was geweest voor zijn buitensporige woede?

'Mag ik het houden?' vroeg Jessica, niet loslatend. 'Ik zou het graag wat aandachtiger willen lezen. Het een eerlijke kans geven. Het was geen vergissing,' zei ze, proberend oprecht over te komen, terwijl ze zich ondertussen afvroeg waar hij dit nu weer had gestolen. Ze zou het aan Marianne laten zien, de poëzie-agent.

Kevin vond Laurie in haar slaapkamer, waar ze zich omkleedde voor de avond, maar niet voordat hij eerst door de openstaande deur Jessica's kamer goed in zich had opgenomen. Het was de meest informele kamer van het huis, met een messing bed en comfortabele meubelen van uiteenlopende stijl. Grote ramen met een onbelemmerd uitzicht op de rivier en de lucht gaven het gevoel van neer te kijken op de aarde. Op een boekenkast aan de muur tegenover het bed stond een grote televisie. Op een van de nachttkastjes, naast een stapel boeken, een klokwekker en een schemerlamp, stond een antieke telefoon. Kevin sloeg de informatie in zich op en keek toe hoe Laurie zich in een nauwsluitend, kort, laag uitgesneden zwart jurkje wrong, bepaald niet haar gebruikelijke stijl van kleden. Ze zag er adembenemend uit.

'Je moet wat bloot laten zien om een club binnen te komen,' zei Laurie, en ze gooide haar leren jasje naar hem toe. 'Trek dit aan,' zei ze. 'We moeten er hip uitzien, anders komen we niet verder dan de Wetlands.'

Hij bekeek zichzelf met het jasje in de spiegel. 'Wat is er verkeerd aan de Wetlands?'

'Te blank.' Ze trok een kort bontjasje aan dat ze lang geleden in een uitdragerij op de kop had getikt. 'Dus waar wil je naar toe?' Kevin leek een beetje het spoor bijster, en opeens besefte Laurie dat hij het uitgaansleven helemaal niet kende. 'In Pluto's tref je alleen maar piercing en bootees-publiek. Zelf voel ik vanavond meer voor wat glitter. Wat dacht je van het Palladium?' Ze betwijfelde of hij de taravestietenshow in de Versailles wel zo zou kunnen waarderen. Ze liep voor hem uit naar haar moeders slaapkamer en rommelde wat in een doos met sieraden tot ze een paar oorhangers met rijnstenen had gevonden. 'Blits hè? Ze zijn van Rozsi.'

Kevin griste een stuk papier van de kaptafel. 'Wat doet dat hier?' vroeg hij, haar het papier in haar gezicht duwend. Het was zijn gedicht.

Laurie liet de oorhanger die ze wilde indoen bijna vallen. 'Jezus, Kevin, je maakte me bang!'

'Ik – ik… Waarom heb je het aan haar gegeven?'

'Omdat ik trots op je was.'

'Ik heb het voor *jou* geschreven.'

Ze keek in de spiegel. De rijnstenen fonkelden toen ze ze indeed. 'Ik wilde dat ze onder de indruk kwam, van jou.'

'Het is nogal persoonlijk. Stel dat ze het lelijk vind?' Of erachter kwam dat hij het niet had geschreven.

Ze draaide zich om en keek hem aan. 'Het is prachtig Kevin, echt waar.'

Zijn woede onder controle houdend, legde hij het gedicht weer terug op zijn plaats. Jessica was net een octopus die haar tentakels naar Laurie uitstrekte en haar bij hem vandaan trok. Toen hij Laurie weer naar haar kamer volgde, rijpte er in zijn brein langzaam een plan, als een diep verscholen parasiet die nu langzaam te voorschijn kwam.

Het was pikdonker in haar slaapkamer. Het was twee uur 's nachts. Jessica's arm lag uitgestrekt op Toms lege kussen. Plotseling schokte haar hoofd door een rinkelend geluid. Ze opende met moeite haar ogen en reikte tastend naar de telefoon.

'Hallo? Tom, ben jij het?'

Haar nekharen gingen recht overeind staan. In de doodse stilte haalde iemand adem. Ed Polley.

Toen Kevin terugkwam van de telefoon bij het herentoilet, zag hij de danseressen in kooien hoog boven de dansvloer hun acts uitvoeren. Het was een heksenketel in het Palladium. De menigte dromde samen. En daartussen bevonden zich mensen op zoek naar drugs, naar moeilijkheden. Maar van hem zouden ze niets krijgen. Niet van Billy Owens. Hij was een brave kleine jongen.

Jessica had Marianne en Ricky op haar fitnessclub uitgenodigd om samen met haar wat te trainen, te zwemmen, een sauna te nemen en haar hopelijk ook een beetje op te vrolijken. Ze probeerde wanhopig de employé van het telefoonbedrijf te geloven dat de telefoontjes misschien, heel misschien, nog steeds het werk konden zijn van een halvegare die zomaar op goed geluk haar nummer had gekozen. Tenslotte was New York een groot gekkenhuis. De telefoontjes, het waren er twee geweest, zou ook het werk geweest kunnen zijn van een boosaardige tiener. Dat van zes uur 's middags was misschien een verkeerd gedraaid nummer geweest. Als ze nu haar telefoonnummer zou veranderen, zou Tom, die nog steeds op reis was, haar niet meer kunnen bereiken. En ze zou tientallen kennissen en zakenrelaties moeten informeren. Opnieuw, omdat ze het wilde geloven, was ze bijna bereid om aan te nemen dat het niet Ed Polley was geweest.

Marianne onderbrak haar gepeins. 'Zo, waar is Kevins laatste meesterwerk?'

Jessica sloeg met haar hand tegen haar voorhoofd. 'Helemaal vergeten!' Helemaal vergetend een handdoek om te doen, stond ze op en rende naar de kleedkamer. Met het gevoel dat ze in haar blootje voor gek stond, draaide ze het nummer op haar combinatieslot en vond het gedicht in haar sporttas, waarna ze zich weer terug haastte naar de warmte van de sauna.

Toen Marianne het gedicht hardop voorlas, werd het iedereen pijnlijk duidelijk dat het gedicht veel te volwassen en subtiel was om door Kevin geschreven te kunnen zijn. 'Bloedrood gerucht, groene gloed van de zomer,' herhaalde Marianne. 'Als die woorden van hem zijn, dan heeft Laurie een ware dichter aan de haak geslagen.'

'Kun je erachter komen wie het heeft geschreven?' vroeg Jessica toen ze naar de douche liepen.

'Ik zal het proberen. Bel me over een week maar eens op.'

'Zo te horen Victoriaans,' zei Ricky.

'Het begon al donker te worden toen ze afscheid van elkaar namen. Marianne nam een taxi, en Ricky en Jessica gingen samen te voet naar huis. Impulsief gaf Jessica Ricky een arm. 'Zal ik je eens wat zeggen? Vannacht was ik voor het eerst sinds ik een klein meisje was weer bang, voor het eerst was ik bang om alleen in mijn appartement te slapen. Ik ben voortdurend gespannen – '

'Jess, als het Polley is die belt, en dat is zoals je is verteld zeer onwaarschijnlijk, speel je hem alleen maar in de kaart door van streek te raken. Als je niet helder kunt denken, dan kun je jezelf niet goed beschermen.'

'Ik weet het, ik weet het. Ik moet mezelf niet zo aanstellen.'

'Zo ken ik je weer, Jess. Dit is New York, engel. The Big Apple. Hier moet je taai zijn.'

'Volgens mij heb ik in die appel net op een worm gebeten,' antwoordde Jessica terwijl ze Ninety-sixth Street overstaken.

'Ga niet,' smeekte Kevin. '*Blijf*.' Proberend te glimlachen en te doen alsof er niets aan de hand was, bleef ze even in de deuropening staan.

'Tot ziens,' zei ze, achteruit lopend en de deur achter zich dichttrekkend, waarna ze zich, nauwelijks aandacht schenkend aan de klokkentoren en de gotische gebouwen, over de campus repte. Normaal gesproken genoot ze van de schitterende architectuur van het vierkante plein met de gebouwen, maar nu was ze zo in gedachten verzonken dat ze later niet eens meer kon zeggen hoe ze op het feestje was gekomen. Het lawaai kwam haar op de trap tegemoet. De hele studentenflat stond te trillen op zijn grondvesten.

Toen ze tijdens de brunch Mini en Doug had gezegd dat ze uit de debatingclub zou stappen, had het haar verbaasd dat ze haar beslissing zonder slag of stoot hadden geaccepteerd, maar ze hadden er wel op gestaan dat ze op hun feest zou komen.

'Iedereen komt, je moet er vanavond gewoon bij zijn. Iedereen heeft je al tijden niet meer gezien,' had Doug gezegd.

'Tijdens het psychologie-college zat een knappe bink de hele tijd naar je te kijken. Is het je opgevallen? Hij komt ook vanavond,' had Mini gezegd.

Ze was vroeg gekomen, maar het was al stampvol. Toen ze een tapbiertje haalde, kreeg ze aan de andere kant van de kamer Mini en Doug in het oog, en ze besefte dat het ellebogenwerk zou worden om ze te bereiken. Ze zwaaiden naar haar, en toen wees Mini breed glimlachend naar een jongeman die met zijn rug naar haar toestond. Laurel herkende hem. Hij had in de collegezaal een paar keer naast haar gezeten, en ze was zich terdege bewust geweest van zijn aanwezigheid. Alan. Net toen hij zich omdraaide, schoot zijn naam haar te binnen.

'Ik hoopte dat je hier zou zijn,' zei hij.

Laurie voelde zichzelf blozen. Had ze zo haar contact met de werkelijkheid verloren dat ze al van de kook raakte als ze door een leuke vent werd aangesproken?

'Hallo Alan.' Ze stak haar hand uit en hij hield hem vast. Zijn hand was warm. De korte aanraking van zijn hand, wekte bij haar emoties op die ze niet wilde voelen. Zijn lach, en de ongedwongen manier waarop hij een gesprek met haar begon, gaven haar een ontspannen en onbezorgd gevoel. Hoewel het maar minuten leken, had ze uren alleen maar aandacht voor hem.

Starend naar de sterren, die als een beschermend diamanten gewelf boven de vallei schitterden, slenterden ze de frisse avondlucht in. De gezellige atmosfeer, en zijn gezelschap hadden haar eerdere schuldgevoel dat ze Kevin alleen had gelaten naar de achtergrond doen verdwijnen en druk in gesprek verwikkeld, gingen ze samen op een bank zitten. Maar het was al ver na middernacht, en hoe later het werd hoe sterker het oude schuldgevoel weer terugkwam.

'Het is al laat,' zei ze gespannen. Alan stond op.

'Nee,' protesteerde ze. 'Ik loop wel alleen naar huis.' Ze zag zijn verbazing. 'Desondanks heb ik het een heerlijke avond gevonden,' zei hij alleen maar, haar in haar ogen kijkend. Ze had hem wel kunnen zoenen. Zomaar.

Toen ze naar huis liep, voelde ze zich *heerlijk*. De lucht leek ijler, helderder.

Bij haar kamer gekomen, half en half Kevin verwachtend die op haar had gewacht, zwaaide ze de deur open. Hij was weg. In haar kast zocht ze naar het dagboek dat haar moeder haar op de dag dat ze naar Cornell ging had gegeven. Ze dateerde de eerste pagina en schreef: 'Nu ik Alan heb ontmoet, ben ik zo in de war…'

Pas toen Alan al klaar was met ontbijten, kreeg hij Doug en Mimi in de gaten. Door het dertig meter hoge plafond van de spelonkachtige eetzaal van de Student Union, klonk het geluid gedempt. Geen luidruchtig gekwebbel of gekletter van dienbladen. Een prima plek om de dag te beginnen, dacht hij. Hij pakte zijn koffie, liep naar Mini en Doug, en ging bij hun aan tafel zitten.

'Leuk feest,' zei hij.

'Ik zag je weggaan met Laurel,' zei Mini.

'Kan het je goedkeuring wegdragen?'

'Een kei van een debater,' zei Doug.

'Wat is er met haar aan de hand?' vroeg Alan. 'Ze is pienter en aardig. Tijdens college stelt ze geweldige vragen. Ik hou van een vrouw met hersens. Is ze soms neurotisch of zo? Volgens mij mag ze me wel, maar als ik ook maar iets te intiem wordt, dan gaat ze zich vreemd gedragen. Weten jullie soms waarom?'

'Ze is nogal erg op zichzelf,' zei Doug. Mini knikte instemmend. Nadat Alan zijn koffie had opgedronken en vertrokken was voor een vroeg college, gaf Mini Doug een por tussen zijn ribben. 'Waarom heb je het hem niet verteld?'

'Dat Kevin ons heeft bedreigd?' Hij smeerde rijkelijk boter op zijn croissant, om hem vervolgens met frambozenjam te besmeren.

'Het is niet aan mij om Kevins vuile karweitjes op te knappen.'

Die ochtend vond Laurie een onder haar deur doorgeschoven kaart, gemaakt van stevig groen tekenpapier, waarin aan de binnenzijde een vierkant velletje rijstpapier was gelijmd. Hierop was in tere kleuren een verbazingwekkend natuurgetrouwe afbeelding te zien van een Oost-Indische kers in een sobere vaas. Onder aan de tekening waren naast elkaar twee rode hartjes getekend. In het ene stond de letter L geschreven, in het andere de K.

Die avond arriveerde Kevin precies om negen uur, om zich voor zijn gedrag van de vorige avond te komen verontschuldigen.

'Laurie, ik weet dat het vreselijk opgefokt klinkt, maar ik… nou ja, ik was bang dat je niet meer zou terugkomen… net zoals mijn ouders,' zei hij, haar zacht op de lippen kussend.

Zijn pijn en zijn kwetsbaarheid ontroerden haar. Ze kon het gewoon niet helpen. 'Wees maar niet bang,' zei ze, hem over zijn haar strelend. 'Ik ga niet bij je weg.' Ze kuste hem terug. 'Die kaart is prachtig, Kevin.'

Die nacht beminde Kevin haar tederder dan nooit tevoren. En toen hij met zijn hoofd op haar kussen in slaap was gevallen, verbaasde het haar hoe broos en hulpeloos hij eruitzag.

'Ik dacht dat je dood was,' zei hij, en hij hief de hamer hoog boven zich en zwaaide hem omlaag, telkens opnieuw. Haar hoofd spleet wijd open en hij staarde in de wond. Het bloed droop van de muur. Hij zou het moeten weghalen. Hij boog zich voorover om te zien of ze nog ademde. Hoorde hij de deur? Hij ging krakend open. Zijn hele lichaam sidderde…

Laurel schudde hem zachtjes bij zijn schouders. Zijn ogen openden zich. Hij was drijfnat van het zweet en wist even niet waar hij was. Het was steeds hetzelfde. In iedere droom verscheen er een vrouw in de deuropening, maar zijn angst wekte hem voordat hij kon zien wie ze was. Vandaag had Laurel dat verhinderd.

'Alleen maar een nachtmerrie,' fluisterde ze. 'Lieve help, je ziet zo wit als een doek!'

'Er is altijd een vrouw… ze staat in de deuropening. Maar ik zie nooit haar gezicht.'

Hoofdstuk veertien

Pas toen iedereen allang had plaatsgenomen, begaf Kathleen zich naar de vergaderzaal van het gemeenschapscentrum, aangezien ze het risico niet wilde lopen om Sandy Ungar tegen het lijf te lopen en weer onder druk te worden gezet om Billy te kunnen vervolgen.

Ze vond een stoel op de achterste rij en probeerde zich te concentreren.

Sandy was net bezig met de afronding van haar eerste onderwerp: 'Hoe voorkomt men slachtoffer van een misdrijf te worden'. Kathleen had haar nog nooit in uniform gezien. Ze zag er zo stoer uit, zo officieel. En ze sprak met het gezag dat bij haar uiterlijk paste.

'Het kan *u ook* overkomen. Dus voorkom dat u er kwetsbaar uitziet. Wees een moeilijk doelwit…'

Kathleen bedacht wat een makkelijk doelwit zij was geweest.

'En roep "Brand" als u in de problemen zit,' vervolgde Sandy, 'geen "Help," of "Verkrachting."'

Het volgende onderwerp, 'Hoe beschermt u uw kinderen tegen ontvoering of aanranding,' was de reden van haar komst, maar onwillekeurig moest ze steeds denken aan wat Sandy haar gevraagd had te doen. Na zelf slachtoffer te zijn geweest, voelde ze er niets voor om dat nog een keer te zijn, deze keer van de rechtspraak. Ze zouden Billy trouwens toch nooit vinden, waardoor haar offer tevergeefs zou zijn.

Toen mensen uit het publiek na afloop van Sandy's toespraak om haar heen dromden, wist Kathleen ongemerkt te verdwijnen, waarna ze in haar auto stapte en snel van het parkeerterrein wegreed. Omdat ze van plan was om naar de 24-uurs supermarkt in Dartmouth Street te rijden, was ze net rechtsaf geslagen toen ze een straatnaambordje zag met de naam Edgewood Road.

Toen ze afgelopen week Allison Olivers telefoonnummer had opgezocht, was haar oog op 'Owens' gevallen en ze had er geen weerstand aan kunnen bieden. 'William Owens, 200 Edgewood Road.' Impulsief was ze linksaf gegaan en Edgewood Road in gereden.

In het donker turend om de huisnummers te kunnen lezen, passeerde ze langzaam ieder huis totdat ze bij nummer 200 was gekomen. Het huis zag er kleiner en verwaarloosder uit dan ze de sjieke charmeur Billy Owens ooit had toegedacht. In de woonkamer ging licht aan en ze bracht de auto bijna tot stilstand. Voor het raam verscheen de gestalte van een vrouw. Billy's moeder. Kathleen gaf gas.

'U zult nooit weten dat u een kleinzoon heeft,' zei Kathleen tegen het silhouet van de vrouw in het lamplicht.

Kevin was een voorbeeldig kamerbewoner, hij hield alles keurig schoon, had nooit wilde feesten, en betaalde altijd op tijd zijn rekeningen. Vorige week, toen hij de telefoonrekening betaalde, had hij op het vragenformulier het vakje aangekruist bij de volgende verklaring: 'Ik wil vanaf heden een blokkering nummerweergave van al mijn uitgaande telefoongesprekken.' Nu kon hij vanuit zijn comfortabele kamer ieder moment van de dag of de nacht bellen, en niemand, zelfs niet wanneer die in het bezit was van zo'n apparaatje dat automatisch de nummers van binnenkomende gesprekken registreerde – zou ook maar enig idee hebben. Hij had zo zijn redenen om zijn nummer geheim te houden, en terwijl hij het formulier met zwierige letters ondertekende, vroeg hij zich af of Ed Polley ook zo slim was geweest om *zijn* telefoonnummer te laten blokkeren.

Gary Meadows was blij dat zijn vrouw iedere dag al ruim voordat de post werd bezorgd naar haar werk was vertrokken. Hoewel ze nooit zijn post zou openmaken, behoedde haar werkschema hem ervoor dat hij zou moeten liegen over de brief waarop hij wachtte. Eindelijk kwam hij dan. Staande bij de brievenbus scheurde hij de envelop open en las de brief.

Geachte heer Meadows,
Wij zijn u erkentelijk dat u zich in deze periode van rouw tot Ge-
zocht wegens Moord *heeft willen wenden. We zouden u graag van dienst willen zijn door het tragische verhaal over uw dochter in de*

publiciteit te brengen, maar onze juridische afdeling laat ons we-
ten dat ons programma veel meer effect zou hebben als er tegen
Billy Owens overtuigender bewijsmateriaal kan worden aange-
voerd. Mochten er zich tijdens het onderzoek nieuwe ontwikke-
lingen voordoen, dan zouden wij dit graag zo spoedig mogelijk
van u vernemen.

Hoogachtend,
Lisa Frankino.

Terug in het huis, scheurde hij de brief zorgvuldig in kleine snip-
pers en spoelde ze door het toilet. In zijn ogen kwamen tranen van
teleurstelling.

Vallend op haar bed, mikte Laurie op haar bureau, gooide, en miste, waardoor haar tentamenuitslag, met de roodomcirkelde onvoldoende voor Frans, op de grond viel. Ze was nog nooit gezakt voor
een tentamen, en ze baalde. Ze was gezakt omdat ze haar tijd bij
Kevin had doorgebracht in plaats van te studeren. Vroeger was het
haar altijd gelukt om plezier te hebben en toch goede cijfers te halen. Maar toen was Kevin er nog niet geweest.

En dan liep ze nog achter met haar werkstuk over biologie, en
zelfs als het haar lukte om het morgen in te leveren, dan zou ze op
zijn hoogst een voldoende halen. Ze was trouwens te afgepeigerd
om nog een hele nacht door te werken.

De telefoon belde. Gewèldig, dacht ze dramatisch, daar zullen
we de inquisitie hebben.

Het *was* Jessica. Het gesprek begon gemoedelijk, maar al gauw
bezorgde de spanning om de onvoldoende geheim te houden en
het ontwijken van moeders vragen haar een barstende hoofdpijn.

'Ik maak me gewoon een beetje bezorgd om je, Laurie. Je ging
altijd zo graag naar concerten en lezingen. En ik heb je nog nooit
een woord horen zeggen over een toneelstuk of concert dat je op
de campus hebt gezien. Zelfs niet over feestjes.'

Uit ergernis verzweeg Laurie haar ontmoeting met Alan. Ze
wachtte de volgende opmerking van haar moeder niet af. 'Luister,
mam, ik weet dat je er anders over denkt, maar Kevin is toevallig
heel… anders. Hij is erg getalenteerd, mam, en hij is bijzonder. Onder het chique overhemd, de slappe vilthoed en de Shetland-wollen trui die iedereen hier draagt, gaat nog heel wat anders schuil.'
Terwijl ze zich zo hoorde praten, vroeg ze zich af wie ze nu eigen-

lijk probeerde te overtuigen, zichzelf of haar moeder. Waarom nam ze het toch zo voor Kevin op? Probeerde ze hem zo te rechtvaardigen?

Haar moeder gaf geen antwoord.

'Ik heb het altijd gemakkelijk gehad,' ging Laurie verder. 'En ik laat iemand die het moeilijk heeft gehad niet bij de allereerste problemen die zich voordoen barsten.'

'Wat voor problemen?' vroeg haar moeder, proberend niet zo gealarmeerd te klinken als ze zich voelde.

'Ma-am, *alsjeblieft*, ik wil er gewoon niet verder over praten,' zei ze, en hing op.

Wat nu? Zoals gewoonlijk zou Kevin hier om negen uur voor de deur staan, met zijn kaarsen, zijn bandje met romantische muziek en met zijn fles wijn en bloemen – de gebruikelijke procedure. Ze stond op van het bed, pakte haar biologieboeken bij elkaar en ging achter de computer zitten. Starend naar het scherm opende ze een nieuw document, waarbij de gigantische klus om in een nacht een scriptie te schrijven langzaam tot haar doordrong. Ze had niet eens een onderwerp. Zoekend naar een origineel nieuw idee, bladerde ze door de inhoudsopgave van haar lesmateriaal, maar ze kon zich niet concentreren. Haar kamer was een zwijnenstal en Kevin zou geprikkeld zijn. Ze moest nodig haar haar wassen, andere kleren aantrekken en… Keer op keer las ze de eerste regel van het hoofdstuk over Darwins reis met de *Beagle*. Ten slotte sloeg ze het boek dicht, zette de computer uit, raapte haar tentamenuitslag op en mikte het in het ronde archief.

In een ruimte die nauwelijks voor een hotelkamer kon doorgaan, staarde Tom, beseffend dat hij tijdens deze trip veel gewicht had verloren, in het smoezelige glas van de handspiegel. Jessie zou schrikken als ze zijn vermagerde gezicht zou kunnen zien. Hij zou haar niets vertellen over de moord op de jonge Zweedse milieuactivist die in de jungle toevallig een stroper tegen het lijf was gelopen. Ze had al genoeg aan haar hoofd.

Zich plechtig voornemend om weer wat aan te komen voor hij tegen de feestdagen weer thuis zou komen, pakte hij de telefoon om Jessica te bellen. Maar weer hoorde hij Lauries stem in zijn hoofd. Hij had haar net gesproken, nadat hij Jessica diverse keren vruchteloos had proberen te bereiken. *Pappa, kun je niet zorgen dat ze ermee ophoudt?* Hij had er een hekel aan om zich in dit soort conflicten tussen moeder en dochter te mengen. Hij probeerde zich te ontspannen, om zijn gesprek met Jessica op opgewekte toon te kunnen beginnen. Maar de herinnering aan Lauries emotionele toestand liet hem niet los.

'Ik *red* het niet, pa,' had ze uitgeroepen. 'Ik weet niet wat ik moet doen. Ik heb mijn Franse tentamen verknald, ik ben achter met twee scripties van biologie, en ik moet er nog een inleveren voor Engels... God, zeg alsjeblieft niets tegen ma.'

Jessica's stem onderbrak zijn gedachten.

'Hallo schat.'

'O, Tom, jij bent het, eindelijk,' zei Jessica met een stem die ver weg klonk.

'Hoeveel moet ik haar vertellen?' vroeg hij zich af.

Zoekend naar de bumpersticker 'De Indianen ontdekten Columbus,' liep Kevin behoedzaam op Laurels gele Volkswagen Kever af. De sticker was niet alleen bedoeld als aandachttrekker, maar hielp hem ook om haar auto te kunnen onderscheiden. Er bleken op Cornell namelijk twee gele Volkswagen Kevers rond te rijden – een die toebehoorde aan een of andere autofreak, en die van Laurie. Op een keer had Kevin, zeker dat ze daar naar een feestje was, zich tot twee uur 's nachts tussen de struiken van de dichtbegroeide parkeerplaats van de Campus Hill Appartments verborgen, om uiteindelijk, nadat de eigenaar van de kever ten slotte naar buiten was gekomen, tot de ontdekking te komen dat Laurel als een roos in haar kamer lag te slapen. Toen had ze de sticker op haar bumper geplakt die haar vader haar had gestuurd, maar ze had er geen idee van dat ze werd bespioneerd.

De auto was niet afgesloten, en met een achteloze beweging, hopend dat iedereen die hem zag zou denken dat het zijn auto was, trok hij het portier open. Hij vond een notitieboekje en betastte het liefkozend. Hij doorzocht haar boodschappentas. Tussen de slordige inhoud met losse blaadjes met aantekeningen van colleges bevond zich een half opgegeten muffin. Laurel had zich de laatste tijd nogal vreemd gedragen. Hij moest er achter zien te komen waarom. Hij wilde alles over haar weten, op alles wat ze deed zijn voorbereid. Hij begon haar te verliezen, en als zij weg zou gaan, dan zou hij niemand meer hebben. Hij trok het dashboardkastje open – en plotseling hoorde hij de stem die altijd vaag in zijn dromen doorklonk, de vraag die hij had gehoord toen hij de vrouw in de deuropening had zien staan. *'Ze houdt toch van me, of niet soms?'*

Wiens stem was het?

Laurel had bij de deur staan treuzelen en was zelfs de collegezaal pas ingegaan toen ze er zeker van was dat alle stoelen in Alans omgeving waren bezet.

Na afloop van het college haastte ze zich naar buiten, maar een hand pakte haar bij haar arm.

'Ontloop je me soms?' vroeg Alan. 'Zo gevaarlijk ben ik anders niet, weet je.'

'Daar ben ik nog niet zo zeker van,' antwoordde Laurel glimlachend.

'Dat zal ik maar als een compliment opvatten. Wat zou je ervan zeggen als ik je eens verwende met een cappuccino?'

Toen ze aarzelde stak hij bezwerend zijn handen omhoog. 'Zonder verplichtingen.'

In zijn openhartige glimlach zag Laurel een uitnodiging zonder bijbedoelingen, en ze liep met hem mee naar een populaire gelegenheid in College Town. Toen ze in het drukke café aan een klein tafeltje bij het raam plaats hadden genomen, kon ze eindelijk weer eens van de herfstdag, het geroezemoes van de studenten, het gekletter van de borden en de achtergrondmuziek van de 10.000 Maniacs te genieten. *Ze ontspande zich.* En toen Alan zich naar haar toe buigend alle bijzonderheden beschreef van de lezing van Gould die ze had misgelopen, begon ze zich weer een beetje de oude te voelen.

Hij deed haar zelfs een idee voor een onderwerp voor haar scriptie aan de hand. 'Weet je, met al die discussie over de scheppingstheorie, zou je Darwins geloofsovertuiging kunnen onderzoeken. Het is bekend dat hij nogal gelovig was, maar hij kwam wel tot de overtuiging dat God niet de hand in de ontwikkeling van de natuur heeft gehad.'

Lauries ogen begonnen te schitteren. 'Wat een prima idee.' Ze leunde met haar ellebogen op de tafel. 'Ik zou er nog een paar andere wetenschappers bij kunnen slepen en onderzoeken in hoeverre hun geloofsovertuiging hun wetenschappelijk onderzoek heeft beïnvloed.'

'Gould vertelde een anekdote die je misschien zou kunnen gebruiken,' zei Alan. 'Toen er aan die Britse bioloog Haldane door een theoloog de vraag werd gesteld of hij in zijn studie over de natuur ook de aanwezigheid van een God had kunnen ontdekken, antwoordde Haldane; "God heeft een buitensporige voorliefde voor kevers."'

Alans vrolijke lach werd in de kiem gesmoord toen hij Laurels gezicht zag verbleken. 'Je wordt geacht dit leuk te vinden, Laurel. Wat scheelt eraan?'

Het had niets met Haldane te maken. Voor het raam had ze Kevins gezicht gezien.

'Het is niets, iemand die ik ken… voor het raam.'

'Laten we gaan,' zei hij, toen hij zag dat ze te veel uit haar doen was om haar koffie op te drinken. 'Ik loop met je mee naar het plein.' De uitdrukking op haar gezicht maakte hem duidelijk dat ze hem dankbaar was dat hij verder niets vroeg.

Zwijgend liepen ze tot het plein naast elkaar. 'Ik heb Darwins brieven,' zei hij. 'Ik kom vanavond wel even langs om je het boek te brengen.'

'*Nee.*'

'Nee? Waarom niet?'

Laurie stelde zich Kevin voor, zittend op het bed, wachtend tot ze thuiskwam, om haar Alan voor de voeten te werpen. En dan zou hij er om negen uur weer zijn…

'Vanavond niet. Ik… moet weg.'

'Oké,' zei hij, proberend zijn ergernis achter een nonchalante toon te verbergen.

Ze zag het in zijn ogen, en ze hoorde het aan zijn stem, maar haar angst was op dat moment te groot om zich druk te maken over zijn gevoelens. En daarbij had ze het gevoel dat ze hen beiden een hoop problemen bespaarde die veel erger waren dan een geschonden afspraakje.

'*Hallo?*' Jessica smakte de hoorn op de haak.

'Je staat te beven als een rietje. Wat is er aan de hand?' vroeg Rozsi.

'Een of andere malloot die belt en dan weer ophangt.'

'New York, New York, it's a wonderful town. Nog geen reden om over je toeren te raken. Zoiets gebeurt hier nu eenmaal.'

'Het telefoonbedrijf zegt dat deze halvegaren gebruikmaken van openbare telefoons, of hun uitgaande nummer laten blokkeren. Dus is het aanschaffen van een van die nieuwe registratiekastjes die het nummer laten zien van degene die opbelt, volkomen zinloos.'

'Het kan in ieder geval geen kwaad.'

'Moet je dit eens zien,' zei Jessica, van onderwerp veranderend. 'Laurie stuurde me Kevins nieuwste kunstwerk.'

'Waarom een kunstwerk?'

'Joost mag het weten,' antwoordde Jessica na enkele ogenblikken te hebben nagedacht. 'Ik heb haar zelfs gecomplimenteerd met zijn gedicht,' bekende ze.

Rozsi lachte om Jessica's leugentje om bestwil.

'Ze stuurt nooit meer een paper met een hoog cijfer. En ze rept nooit met een woord over haar colleges.'

Rozsi bekeek Kevins tekening van de Oost-Indische kers met een kritisch blik.

'Ze zijn zo verdomd perfect,' merkte Jessica op.

'Hij zou accountant moeten zijn. Hij is een echte Pietje precies.'

'Een echte *mierenneuker*.'

'Jij je zin,' zei Rozsi schouderophalend. Ze tikte met haar vinger op de getekende bloemen. 'Er zit geen leven in deze prachtige bloemen.'

'Ze zijn doods,' zei Jessica.

Rozsi zette haar bril af en keek Jessica aan. 'Misschien heeft Laurika hem daarom wel gestuurd. Misschien voelt ze dat er met Kevin iets mis is. Misschien vraagt ze ons om hulp.'

Hoofdstuk vijftien

'Ik beloof het je Tom, ik zal mijn nummer laten veranderen,' zei Jessica. 'Haal het niet in je hoofd om nu naar huis te komen. We rekenen op een lange kerstvakantie.' Jessica klemde haar hand steviger om de telefoon en realiseerde zich dat ze steeds luider ging spreken, alsof ze de afstand tussen hen wilde compenseren. 'Hoewel ik hoop dat je niet doet zoals die knaap van Harvard die naar de Amazone vertrok om curare te bestuderen en veertien jaar lang is weggebleven.'

'Die had niets om voor terug te komen.'

'O Tom, lieverd, wat weet je de dingen toch juist te zeggen.'

'Ik hoop dat ik de juiste dingen tegen Laurel heb gezegd. Ik heb haar net gesproken.'

'En, hoe is het met haar?'

'Met Laurel? Wel goed, veronderstel ik.'

'Nou, volgens mij heeft ze problemen, Tom. Ik maak me zorgen over haar studie en – '

'Het eerste jaar is het zwaarste, Jess. Weet je nog? Ik ben er tijdens mijn eerste jaar bijna uitgestapt.'

'Ik durf er alles onder te verwedden dat ze overhoop ligt met Kevin. Hij steekt achter de problemen. Ik weet best dat het haar eerste jaar is, en dat ze aanpassingsproblemen heeft, maar Laurie is niet op haar achterhoofd gevallen, ze is een goede student. Ik zeg je Tom, er is iets goed mis, ik voel het gewoon... Kevin de Geweldige heeft haar zo'n gekweld gedicht gestuurd. "En mijn hart ligt in as op de bodem van het woud." Dat heeft hij waarschijnlijk ook gepikt. Ideaal om iemand als zij zich schuldig te doen voelen als ze hem de bons geeft.'

'Ik snap wat je bedoelt, Jess, maar laat het even op zijn beloop.

Zelfs al is hij gedeeltelijk de oorzaak het probleem, dan nog kunnen we er zeker van zijn dat we nog verder van huis zijn als we haar van ons vervreemden.'

'Je hebt gelijk,' zei Jessica na een lange stilte. Maar hij had haar niet kunnen overtuigen. 'Heeft Rozsi jou soms iets in de weg gelegd toen je jong was? Je hebt zelf de juiste beslissingen genomen. Tenslotte ben je met *mij* getrouwd, waar of niet? We moeten Laurie volwassen laten worden, Jess.'

Ze ging niet verder op zijn opmerking in. Er viel niets tegenin te brengen.

Toen Laurel wakker werd, was er geen bloed op het laken te zien. Weer een cirkel op de kalender! O, mijn God, stel dat ik zwanger ben? Ze had zo'n wee gevoel in haar maag, dat ze voor de derde achtereenvolgende dag het ontbijt oversloeg. Was het ochtendziekte? Zo gauw al. Ze moest een van die zwangerschapstests in huis halen.

Een angstige gedachte bekroop haar. Ze liep haastig naar haar bureaula, vond het ronde plastic doosje, knipte het open, haalde het pessarium eruit en hield het tegen het licht. Gaaf, geen enkele onregelmatigheid. Ze was nooit onachtzaam, nooit.

Maar wat moest ze doen als ze *toch* zwanger was? Niets was volkomen veilig. Ze wilde niet voor de rest van haar leven aan Kevin vastzitten. Ze wilde geen baby, maar ze wilde *ook* geen abortus… hoewel er weinig anders op zou zitten.

Ze voelde zich miserabel en slaakte een diepe zucht, maar ondanks haar ellende kon ze niet huilen. Ze zag haar dagboek liggen en noteerde de datum. Vierde dag na het uitblijven menstruatie. Wat moet ik doen? Wat moet ik *doen?* Als ik het aan Kevin vertel, dan wil hij het kind misschien houden. Heb ik het recht om alleen te beslissen?

Ze legde haar pen neer en ondersteunde haar hoofd met haar handen. Dit is te erg, zei ze tegen zichzelf, vertwijfeld heen en weer wiegend. Te erg…

'Ik kan niet blijven,' zei Rozsi. 'Ik heb geen voer voor Matchka klaargezet.'

'Die kat! Je behandelt haar als een baby,' zei Jessica. Maar ze wist dat Rozsi de kat slechts als excuus gebruikte. Rozsi was gewoon bijzonder op haar onafhankelijkheid gesteld.

Jessica liet Kevins tekening van de Oost-Indische kers tussen twee vingers voor zich bungelen.

'Hij is zo koud als een vis,' zei Rozsi, haar eerdere mening herhalend.

'Ik stuur dit samen met een cheque naar Laurel,' zei Jessica.

Rozsi moest glimlachen om de duidelijke hint.

'Ze kan wel een opkikkertje gebruiken,' vervolgde Jessica. 'Ik wilde dat ik haar kon zeggen wat ik van deze tekening vind.' Ze schoof de kaart samen met de cheque in een expres-envelop. Ze zou hem als ze Rozsi naar huis bracht in de brievenbus laten vallen.

'*Ik* zal haar schrijven,' zei Rozsi. 'Naar mij luistert ze tenminste.'

Jessica negeerde de steek onder water en overhandigde haar een velletje papier en een pen.

'Engeltje van me,' schreef Rozsi. 'Ik hoop dat je gezond en gelukkig bent en dat je een fijne tijd hebt. En dat je misschien ook nog wat leert. We ontvingen je korte brief en die kaart die je vriend voor je maakte. Maakt die artistieke vriend Kevin mijn *draga* Laurika een beetje gelukkig? Want, mijn lieve kind, jij verdient alleen maar het beste. Schrijf eens naar je *nygamama* en stort je hart bij me uit. Veel liefs en duizend kussen, Rozsi.'

Jessica las de brief en bewonderde Rozsi's sierlijke Europese handschrift. Zonder verder acht te slaan op eventuele taalfouten deed ze de brief in de envelop. 'Perfect,' zei ze tegen Rozsi terwijl ze haar in haar jas hielp.

Er druppelde een traan uit Laurels oog op Rozsi's brief. De liefde die uit Rozsi's brief sprak, had haar ontroerd, en de melodramatisch uiteenspattende traan op het papier had haar een bevrijdende lach ontlokt. Ze veroorloofde zichzelf om te geloven dat ze uiteindelijk helemaal niet zwanger was en dat haar ongesteldheid gewoon een week later zou komen. De zwangerschapstest *was* negatief geweest. Maar toen ze, twijfelend aan het resultaat van haar eigen test, naar de kliniek was gegaan om zekerheid te krijgen, had de verpleegster haar ervan overtuigd om op de tiende dag voor een bloedtest terug te komen. Daarom nam ze zich voor dat ze, in het geval dat de test positief zou uitvallen, Rozsi in vertrouwen zou nemen en haar geheimhouding te laten zweren. Zij was wijs. Zij zou haar helpen…

Laurie pakte haar dagboek van het bureau. 'De zevende dag en nog steeds niet ongesteld. De waarheid is dat ik bang ben. Mamma heeft de pest aan Kevin. Dus aan haar kan ik het niet vertellen. Ik wil het aan mijn *nagymama* vertellen – maar zij is tachtig. Is het eerlijk om een oude dame met mijn problemen lastig te vallen?' Het duurde lang voordat ze de laatste regels schreef. 'Ik wil u alles over Kevin vertellen, mijn lieve grootmoedertje. Over hoe ongelukkig ik ben. Maar ik geloof dat ik van hem hou en ik weet niet meer wat ik moet doen... Ik weet dat ik u kan vertrouwen, dus wacht ik nog een paar dagen, en mocht ik zwanger zijn van uw achterkleinkind, dan zal ik u om raad vragen. Over alles!'

Zoals gewoonlijk keek Kevin om zich heen voordat hij het portier van de auto opende. Hij had besloten om tussen de colleges wat meer aan de weet te komen. Aan het begin van de middag had ze hem gezegd dat ze vanavond niet kon komen omdat ze in de bibliotheek moest werken – haar excuus om tegenwoordig steeds later na negenen op hun afspraakjes te komen. En ze was de hele week al prikkelbaar geweest, en ongeïnteresseerd in seks.

Hij vond haar agenda en bladerde hem door. Toen hij bij de huidige maand was gekomen tuurde hij door het raam naar buiten.

Op de parkeerplaats achter de studentenflat stonden geen andere auto's geparkeerd. Er was geen levende ziel te bekennen. Op zoek naar iets ongewoons liet hij zijn blik langs de aantekeningen glijden – boeken inleveren, scriptie voor psychologie, tentamen, tentamen. Toen vond hij het; een in het rood geschreven aantekening – 'gyn. 9.00 uur!!'

Plotseling maakte het muffe interieur van de auto hem onpasselijk. Ze was zwanger! Was ze daarom zo afwijzend tegen hem geweest? Hij legde het boekje terug op zijn plaats en begaf zich onopvallend naar de voorkant van het gebouw om de ingang van de flat en haar raam in het oog te houden. Achter de lamellen van haar zonwering zag hij iets bewegen, dus stak hij het speelveld over en bleef staan bij een boom, waar hij zeker wist dat hij volledig onzichtbaar was achter de takken van een enorme struik. Ze zou in ieder geval niet zijn kant op komen. Ze zou linksaf gaan en met haar kever naar een college aan de andere kant van de campus rijden. Hij haalde een tekenblok uit zijn boekentas en begon haar uit zijn hoofd te schetsen. Maar het beeld van haar in zwangere toestand, van haar uitpuilende buik, bleef zijn inspiratie verdringen. Hij moest bijna kokhalzen bij de gedachte dat hij haar neukte terwijl binnen in haar een foetus groeide. Hij hield zichzelf voor dat het bezoek aan de dokter gewoon routine kon zijn. Nou, daar zou hij gauw genoeg achter komen. Daarna zou hij wel verder zien.

De zon was door haar zonwering heen te zien toen Laurie op haar horloge keek. Ze zag dat het al elf uur was geweest. Ze legde Rozsi's brief in haar dagboek, sloeg het dicht, en schoof het snel, samen met Kevins kaart, onder haar lingerie in haar bureaula. Als ze opschoot, zou ze misschien nog net Alan in zijn favoriete gelegenheid kunnen aantreffen, de broodjeszaak in College Town.

Kevin trok de lamellen van de zonwering dicht. Hij was met zijn eigen sleutel binnengekomen, maar hij had geen legitieme reden om er te zijn. Nou ja, hij kon altijd nog zeggen dat hij zijn portefeuille had laten liggen, of zijn sleutels. Hij luisterde of hij buiten voetstappen of stemmen hoorde. Soms kwam Laurie terug voor iets dat ze was vergeten. De bovenste la van haar bureau stond een stukje open. Hij trok hem helemaal open en zag opeens onder Lauries beha's een bekend voorwerp uitsteken. Zijn kaart aan Laurie. Hij had zich al afgevraagd waarom hij niet langer tussen de lijst van de spiegel zat geschoven. Toen zag hij haar dagboek. Hij had goud gevonden! Tussen de twee laatste bladzijden lag een opgevouwen brief, maar hij geen geduld om te kijken van wie hij was. Eerst moest hij Laurels geheime gedachten lezen.

Toen hij begon te lezen namen angst en woede bezit van hem. *Alan?* Wie was Alan? En wat betekende die afspraak met de gynaecoloog in het boek? *Was* ze zwanger? Was het zelfs zijn kind? Maar wie was Alan verdomme? Toen hij 'Mamma heeft de pest aan Kevin' las, maakte zijn onrust plaats voor een ijzige kalmte. Hij dacht dat hij dat kreng had uitgeschakeld. Hij dwong zichzelf om verder te lezen, en was enigszins opgelucht om te lezen dat een test negatief was uitgevallen, en zelfs nog meer toen hij las dat ze dacht dat ze nog steeds van hem hield. Maar het begon mis te lopen. Hij moest een manier vinden om te zorgen dat alles weer goed kwam. Hij zou met haar trouwen en dan zou hij haar later wel... Maar toen las hij de brief.

Toen hij klaar was, vouwde hij Rozsi's brief weer op en legde hem keurig terug in het boek. Laurel was van plan die ouwe tang om raad te vragen. Ze bleek voor Laurel meer te betekenen dan hij had gedacht. Hij had werk te doen. Hij zou zich van die oude Hongaarse moeten ontdoen.

Op weg naar zijn volgende college stak Kevin het plein over. Vaak was het onmogelijk om Doug en Mini, de Siamese tweeling, die vlakbij een college hadden, te ontlopen. Hoewel ze zich welbewust van elkaars aanwezigheid waren, deden ze gewoonlijk alsof ze elkaar niet opmerkten. Soms liepen Mini en Doug om een confrontatie te vermijden zelfs plotseling een andere kant op, of mengden ze zich tussen andere studenten. Maar vandaag zag Kevin hen het eerst en hij liep recht op hen af.

Ze waren in een druk gesprek verwikkeld en ze hadden hem pas in de gaten toen hij vlak voor hen stond.

'Hallo, lui,' zei hij.

Doug wisselde slechts een korte blik van verstandhouding met Mini, pakte haar toen bij haar arm, waarna, haar met zich meetrekkend, hij om Kevin heen wilde lopen. 'Sorry,' zei Doug, 'we hebben geen tijd voor een praatje.'

'O, ik wil alleen maar iets over Laurel zeggen dat jullie volgens mij wel zal interesseren.'

Ze aarzelden.

'We gaan trouwen. Echt waar, we hebben de knoop doorgehakt,' zei hij, waarna hij met grote stappen wegbenend hen sprakeloos achterliet.

'Ik ben *absoluut* verbijsterd,' wist Mini ten slotte uit te brengen.

'Hoe denk je dat Laurie zich voelt?'

'De knoop *doorgehakt?*'

'Het lijkt er meer op dat de strop strakker wordt aangehaald,' merkte Doug op.

Met voor het eerst sinds dagen een knagend gevoel van honger in haar maag, haastte Laurel zich naar Ollie's bagel-shop. Ze zag Alan, die alleen aan een grote tafel zittend, van een bagel met gerookte zalm en roomkaas zat te genieten. Het gezellige zonnige restaurant had veel ramen en overal stonden planten. Het was precies de opgewekte omgeving die bij Alan paste.

Ze liet haar blik een ogenblik op hem rusten. Hij had zijn benen over elkaar geslagen en las vluchtig de opengeslagen krant die voor hem lag door. Wat zag hij er ontspannen uit, zo zittend in zijn trui, zijn spijkerbroek en zijn oude gymschoenen. Waarom zocht ze eigenlijk haar toevlucht bij Alan? En waarom had ze hem niet verteld dat ze een vriend had?

Ze ging tegenover hem zitten toen Alan met een brede glimlach op zijn gezicht opkeek, en het trof haar dat ze in die bruine ogen van hem niets kon ontdekken dat wees op een bepaalde bedoeling, of een behoefte aan erkenning, of wat dan ook. Alan vond het gewoon fijn om haar te zien. Dat was alles. Wat een bevrijding!

Ze zou even openhartig en spontaan als Alan zijn. Ze zou hem over Kevin vertellen.

McKenzie, die zichzelf op Sandy's bureau had geposteerd, nam haar telefoon op en stak hem haar toe. 'Lloyd Martin nog een keer,' zei hij. Hij had een zelfgenoegzame grijns op zijn gezicht toen hij van het bureau sprong en haar alleen in het kantoor achterliet.

Sandy wachtte even voordat ze antwoordde. Het was dus waar. Lloyd zocht toenadering. Ze had gemerkt dat hij in haar geïnteresseerd was en dat hij telkens een smoes verzon om haar te kunnen bellen. Maar ze had zich nooit tot hem aangetrokken gevoeld. Hij zag er niet beroerd uit, maar hij was zo – zo ouderwets. In gedachten probeerde ze zich hem anders voor te stellen. Om te beginnen zou hij dat lange, glad achterovergekamde haar van hem moeten laten knippen... of het misschien juist laten groeien. Ze moest bijna hardop lachen bij de gedachte van een paardenstaartje over de donkere kraag van zijn keurige, smaakvolle kostuum. Hij had een aantrekkelijk lichaam. In een T-shirt en een spijkerbroek. Die schoenen met die ronde neuzen *moesten* verdwijnen. Misschien als hij zijn baard liet staan. Maar een blonde baard? Ze bracht de telefoon naar haar oor. 'Hallo Lloyd, wat is er?'

'Sandy? Hoi. Ik heb nieuws. Belangrijk nieuws. Je kunt die zaak van April Meadows wel afsluiten. De seriemoordenaar heeft haar vermoord. We hebben hem een paar dagen geleden te pakken gekregen – we hebben zijn verhoor net afgerond – hij heeft alles bekend, met bijzonderheden en al. We hebben een handtekening en een videoband, en hij is bereid om een leugendetectortest te ondergaan.'

Sandy was verbijsterd. Ze keek omhoog naar de foto van April die nog steeds op het mededelingenbord zat geprikt.

'Weet je het zeker? Wie is die vent?'

'Een of andere griezel die is gezien toen hij de serveerster oppikte op de avond dat ze is vermoord.'

Sandy stak haar hand uit naar de foto en beroerde hem met haar vingers. 'Ik kan het gewoon niet geloven.'

'Ik wist dat je dat zou zeggen. Als je niet overtuigd bent, waarom kom je dan vanavond niet hierheen? Dan kunnen we het er tijdens een biertje over hebben.'

'Dat zit er niet in, Lloyd. Ik heb hier stapels werk – '

'Je hebt nu een zaak minder,' zei Lloyd.

Nog steeds starend naar Aprils foto hing Sandy op. Ze kon de foto nog niet weghalen. Nog niet.

Sandy voelde dat Lloyd haar het afgelopen uur vanaf de andere kant van de tafel met meer dan professionele belangstelling had zitten te bekijken, wat haar een onzeker gevoel had gegeven. Ze was op het laatste ogenblik van gedachte veranderd en op zijn uitnodiging ingegaan. Ze wist niet precies waarom, maar nadat ze had opgehangen en naar de foto van April had gekeken, had ze gewoon niet meer alleen willen zijn. Ze dronk haar bier op en schuifelde terwijl Lloyd de rekening betaalde ongemakkelijk op de leren bank in de afgeschermde zitruimte heen en weer.

Ze zou een laatste poging wagen om hem ervan te overtuigen dat de seriemoordenaar hem maar wat had voorgelogen.

'De psychopaat die April vermoordde was een Pietje precies,' zei Sandy. 'Denk je nu werkelijk dat zo'n doorgedraaide seriemoordenaar die een spoor van lichaamsdelen achter zich laat slingeren Aprils bloed zou wegboenen?'

'Ik *denk*, Sandy, dat je door deze Billy Owens bent geobsedeerd. Waarom accepteer je het niet gewoon? De zaak is gesloten.'

Sandy haalde haar autosleutels uit haar tasje. 'Ik weet niet waarom die imbeciel heeft bekend. Maar je gaf zelf toe dat hij zich zelfs niet meer kon herinneren hoe hij aan de hamer was gekomen. En dat verhaal dat April hem heeft binnengelaten om de telefoon te repareren is gewoon geouwehoer.' Ze stond op. 'Bedankt voor het bier.'

'Waarom zo'n haast?'

'Ik sluit de zaak *niet* af, Lloyd.'

Hoofdstuk zestien

Alan en Laurie bleven staan bij de brug bij Casadilla om in de kloof te kijken. 'Bedoel je dat je niet eens met een andere jongen *gezien* mag worden?' vroeg Alan.

'Ik wil hem geen pijn doen, Alan. Kevin is al genoeg gekwetst.'

'Maar…'

'Is dit de brug waar wanhopige studenten zich in de diepte storten als ze gestraald zijn?' vroeg ze.

'Dat is een sprookje,' antwoordde Alan, Laurie plotseling met enige bezorgdheid aankijkend.

'Wees maar niet bang,' zei ze lachend. 'Omdat ik met een paar scripties achter loop stort ik me nog niet van een brug.'

'Ken je het verhaal van dat verliefde stel dat elkaar kuste op de Fall Creek hangbrug – die daarna omkantelde?'

'Kevin en ik?'

'Nou, afgaande op wat je mij over Kevin hebt verteld.'

Laurie hield haar blik op de waterval gericht en verstevigde haar greep op de stenen muur.

Alan staarde haar aan. 'Heb ik het me verbeeld, of keek je tijdens onze wandeling steeds achterom?'

Ze draaide zich verrast om. 'Alan, het kan heel goed zijn dat dit meer mijn probleem is dan het zijne. Ik heb nogal de neiging om te overdrijven weet je, om te dramatiseren.'

'Maar ik mag nog wel langskomen met het boek over Darwin?'

'Kom maar om een uur of negen,' zei ze lachend.

Laurie stopte voor de Rockefeller Hall en keek toe hoe Alan naar het Baker laboratorium slenterde. Ze had zich nogal kritisch over Kevin uitgelaten, maar daar had ze ook goede redenen voor – Kevins seksafspraakjes om negen uur, en dat vreemde neuriën van hem als hij van streek was, zijn jaloezie, en zelfs het feit dat hij niet kon zwemmen – een volwassen man die niet kon zwemmen? Watervrees. Waarom? En plotseling was Kevin er, achter haar.

'Wat doe *jij* hier?'

'Ik wilde je gewoon even zien.'

'Ik heb college. En ik heb je *gezegd* dat ik daarna moest werken, dat ik tentamens heb en scripties moet maken. Kevin, waarom luister je niet naar me?'

'Dat doe ik ook, echt waar. Ik dacht alleen maar... Je lijkt zo... anders. Ik wil niet dat je ongelukkig bent.'

'Ik heb maar vijf minuten – '

'Laurel, trouw met me.'

Studenten liepen gehaast langs hen heen, op weg naar hun colleges.

'Wat?' fluisterde Laurel.

'Ik meen het. Misschien besef je nog steeds niet hoeveel ik van je hou – '

'Kevin, wat bezielt je?'

'Vanavond? Zullen we er vanavond over praten?'

'Nee, vanavond *kan* ik niet.' Verbluft haar hoofd schuddend begon Laurel de trap op te lopen. 'Morgen – ik zie je morgen wel weer.'

Hij greep haar bij haar arm en probeerde haar terug te trekken. 'Ben ik soms niet goed genoeg voor je?' fluisterde hij met ingehouden woede.

Laurel keek gegeneerd om zich heen, hopend dat niemand zag hoe ze zich uit zijn greep losrukte. Toen rende ze zonder verder een woord te zeggen of achterom te kijken de trap op naar het gebouw.

'Zag je die uitdrukking op Alans gezicht toen we hem vertelden dat Laurel Frankensteins bruid was geworden?'

Met zijn vinger op de lichtschakelaar wachtte Doug bij de deur van het debatinglokaal op Mini. 'Waarom heb je hem niets verteld over Kevins dreigement?' vroeg Mini terwijl ze haar rugzakje pakte en Doug het licht uitdeed.

'Eerst wilde ik het Laurie niet vertellen omdat ze hem altijd in bescherming neemt. Hij heeft zo'n sterke invloed op haar.' Doug keek op zijn horloge. Het was al halfacht geweest. Ze hadden tot etenstijd doorgewerkt. 'En iedereen weet dat we zonder haar de landelijke competitie wel kunnen vergeten, waardoor men wel het idee zou kunnen krijgen dat we Lauries romance saboteren om haar terug te krijgen.'

Mini knikte.

'En iets heeft me er altijd van weerhouden om Alan over Kevin in te lichten.'

'Ik begrijp wat je bedoelt,' zei Mini, naast Doug de korte trap af trippelend. 'Om eerlijk te zijn, ga ik Kevin liever uit de weg. Ik heb al genoeg aan mijn hoofd. Ik heb de hele nacht gestudeerd en maar drie uur geslapen.'

Ze liepen de frisse avondlucht in.

'Gelijk heb je,' zei hij. 'En nu ze waarschijnlijk met die engerd gaat trouwen, is Alan uit de gevarenzone.'

'De Bermudadriehoek,' zei Mini. 'En iedereen weet hoe het is afgelopen met mensen die daar terechtkwamen.'

Laurie stampte woedend met haar voet. 'Het is gewoon niet te *geloven*! Ik vraag me af aan hoeveel mensen hij dat idiote verhaal heeft verteld.'

'Hoezo? Is het soms niet waar?'

'Natuurlijk niet. We gaan gewoon met elkaar om. Ik bedoel, we kennen elkaar pas een paar maanden.'

'Ik moet zeggen dat ik het niet erg vind om dat horen,' zei Alan. Hij ging op het bed zitten. 'Maar als ik jou was, dan zou ik nog maar eens goed over de relatie met die knaap nadenken. Volgens mij heeft hij ze niet allemaal meer op een rijtje.'

Laurie probeerde het weg te lachen. 'Ik was al bang dat je niet meer langs zou komen. Nu sta ik paf omdat je sowieso bent komen opdagen.'

Alan schopte zijn loafers uit en leunde achterover op een elleboog. 'Ik denk dat ik me niet zo makkelijk laat ontmoedigen.'

Laurel lachte. Ze leunde voorover en schoof een cd in de speler.

'O, voordat ik het vergeet…' Hij reikte naar het boek dat hij voor haar had meegebracht en legde het op haar bureau.

'Je bent een engel,' zei Laurel, en terwijl ze luisterden naar een oud jazznummer van het Dave Brubeck Quartet, omlijst door de slepende tonen van Paul Desmonds saxofoon, bladerde ze het boek door.

Toen Sandy het kantoor van de openbare aanklager binnenliep,

176

was ze blij dat ze persoonlijk was gekomen. Een menselijk wezen maakte tenslotte meer indruk dan een stem aan de telefoon. Wendell Wilkerson, de officier van justitie, had haar ondanks drukke telefoontjes en dringende verzoeken van zijn secretaresse weten in te passen.

Sandy had hem een fax gestuurd, waarin ze de zaak Meadows in grote lijnen had beschreven, met een bijgaand memo waarin ze haar theorie over Billy Owens nauwgezet toelichtte. En nu ze hier zat te praten, probeerde ze zich snel een beeld van hem te vormen. Hij was een broodmagere, weinig aantrekkelijke oudere man met een stalen brilletje op. Maar hij was haar enige kans.

'Probeer de moord op Meadows niet in Jukes schoenen te schuiven,' begon ze gehaast, om haar hele verhaal te kunnen doen. 'De moeder van het slachtoffer vertelde me zo pas nog dat April lid was van de Latchkey Kids, een organisatie die hulp geeft aan kinderen van werkende ouders. Ze was erop getraind om *nooit* een vreemde binnen te laten, en zelfs hoe ze het alarmnummer moest draaien. Het lijkt totaal niet op de verhalen waarop de seriemoordenaar zich toegang verschaft, waar nog bijkomt dat zijn werkwijze en zijn profielschets bepaald niet in zijn richting wijzen als haar moordenaar. Wat deed hij zo ver van huis? En waarom zou hij bij April een hamer gebruiken – hij heeft al zijn slachtoffers van achteren gewurgd.' Ze haalde even adem. 'De moordenaar van April Meadows heeft veel moeite gedaan om het lijk te verbergen en het bloed op te ruimen – '

De telefoon ging, en terwijl Wilkerson sprak, zocht ze op het klembord op haar schoot naar meer argumenten. Toen hij ophing, vervolgde ze: 'De moordenaar heeft zich alle moeite getroost door het wapen, het gedicht en de verbrijzelde telefoon te verbergen, en Aprils eigendommen – het glazen beeldje en haar portefeuille – mee te nemen. Zoiets doet de seriemoordenaar gewoon niet. Dat is een beest, een maniak, een seksueel wangedrocht. Hij is eraan verslaafd, een soort Jack the Ripper. Aprils moordenaar is behoedzaam, berekenender.'

Ze hield op met praten toen Wilkerson van zijn bureau opstond en nadrukkelijk op zijn horloge keek. 'Vergadering,' deelde hij haar mede.

Toen Sandy opstond, viel het klembord kletterend op de vloer.

'Bedankt,' zei hij, zijn hand uitstekend. 'In ieder geval iets om over na te denken.'

Na haar college Frans begaf Laurie zich naar Kevins kamer, waar ze, ondanks het feit dat Stevie, Kevins aardige kamergenoot vrijwel nooit aanwezig was, zelden kwam. Zoals gewoonlijk stond Stevie op het punt om te vertrekken. En toen hij haar gezicht zag, haastte hij zich om nog sneller weg te komen.

Laurel was niet voorbereid op wat ze te zien kreeg. De hele muur boven Kevins bureau was bedekt met tekeningen van haar gezicht, met potlood, Oost-Indische inkt, en met houtskool. Alle posters waren verwijderd en de kamer leek wel een soort heiligdom. Maar ze zou er geen woord over zeggen. Ze was hier voor andere zaken gekomen.

Kevin had donkere kringen onder zijn ogen, maar deze keer voelde Laurel geen medelijden voor hem. Hij had zich waarschijnlijk de hele nacht het hoofd gebroken over de vraag waarom ze hun afspraak had afgezegd. Nou, ditmaal was ze niet van plan om zichzelf met een schuldgevoel op te zadelen. Ze was gekomen om hem eens duidelijk de waarheid te zeggen. Op dat 'Monument ter meerdere glorie van Laurel' zou ze later wel eens terugkomen.

'*Waarom* heb je dat gedaan?' vroeg ze, zodra Stevie de deur achter zich had dichtgetrokken. De hele campus denkt dat we *verloofd* zijn.

'Wie heeft het je verteld?'

'Dat doet niet ter zake.'

'Laurel, trouw met me. Ik hou van je, en je – '

'Doe niet zo bespottelijk! Ze probeerde de tekeningen te negeren. Brand je er soms ook kaarsen onder? wilde ze hem bijna vragen.

'Het is die familie van je, hè? *Zij* willen het niet.'

'Dat is niet waar…' Ik wil het niet, wilde ze zeggen, maar omdat ze van streek was, en bang dat ze zijn woede zou opwekken, wilde ze het niet te ver doordrijven.

'We zijn te jong,' zei ze tenslotte, weinig overtuigend.

Ze was woedend dat ze zichzelf inhield, maar ze wist hoe Kevin was. 'Kevin, wat *bezielde* je?'

'Ik vermoed dat mijn gevoelens voor jou een beetje met me op de loop zijn gegaan. Ik heb je niet willen kwetsen, Laurie. Ik hou gewoon zoveel van je, dat ik iedereen wil laten weten hoeveel. Voor het geval dat je me nodig mocht hebben, bedoel ik – ' Hij zweeg abrupt. Zodra hij de woorden had gesproken besefte hij dat hij een fout had begaan.

Laurie was direct achterdochtig. Wist hij dat ze over tijd was? Hoe? Maar natuurlijk, dat kon maar op een manier – *hij had haar dagboek gelezen!*

'Kevin… waar komt die plotselinge interesse om met me te trouwen zo ineens vandaan?'

'Ik… zag je bij de dokter naar binnengaan. De gynaecoloog op de campus. Die weet iedereen te zitten. Ik vermoedde dat je zwanger was. En, is het zo?'

'En jij was *toevallig* daar?'

'Ik kende je rooster van die dag, en ik wilde je verrassen, ik had een presentje voor je. Ik wilde – '

'Je bent me *gevolgd!*'

'Nee… zo was het helemaal niet.'

'*Wel waar.* Wie geeft je het recht?' Woedend beende ze de kamer op en neer.

'Je zag er zo ongelukkig uit, en – en – ' opeens kreeg hij een gouden inval – 'je moeder had opgebeld.'

'Wat? Heeft ze *jou* gebeld? Dat geloof ik niet.'

'Ze was ongerust toen ze je niet kon bereiken.'

Laurel liet zich op bed ploffen en drukte haar vuisten tegen haar slapen. 'Hier kan ik niet tegenop. Hier kan ik domweg niet tegenop.'

De volgende morgen masseerde Kevin de kramp in zijn nek weg, de nasleep van een maar al te vertrouwde nachtmerrie.

Hij zat op zijn knieën het bloed op te dweilen, doodsbang dat er geen tijd meer was, dat ze hem te pakken zouden krijgen. Zoals verwacht was de deur opengegaan, waardoor in de deuropening een schimmige gestalte zichtbaar was geworden. 'Ze houdt toch van me, of niet soms?' had de stem gevraagd.

Zijn ontmoeting met Laurel was op een ramp uitgedraaid. Ze had hem de mond gesnoerd en ze had hem zelfs niet willen vertellen waarom ze naar de dokter was gegaan. 'Het is mijn lichaam,' had ze tegen hem gezegd. 'En het is mijn leven. We gaan *niet* trouwen, en je moet ophouden met dat verhaal op te hangen.' En nu bonkte zijn hoofd in het pijnlijke besef dat hij een kapitale blunder had begaan. Hij had Laurel razend gemaakt en waarschijnlijk Jessica tegen zich in het harnas gejaagd. Hij begon Laurel te verliezen. Hij had nog maar een kans. Het werd tijd dat hij die Rozsi eens met een bezoek vereerde.

Sandy moest toegeven dat ze zich door Lloyds belangstelling gevleid voelde, maar het leidde haar wel af van haar werk. Ze concentreerde zich weer op haar computer. Zaak nummer 73136 betrof een gewapende overvaller die op klaarlichte dag een winkelbediende had neergeschoten, toen in paniek was geraakt, het geld had achtergelaten, waarna hij regelrecht met eigen zijn auto naar huis was gevlucht – waarbij door drie getuigen zijn kentekenplaat werd herkend – waar hij in zijn kamer op de politie had zitten wachten. Was iedere zaak maar zo simpel. 'Hij is mijn type niet,' zei ze tegen zichzelf, terwijl ze de laatste hand aan haar samenvattende rapport legde. 'Maar wie is mijn type dan wel? Een junk, een vent die op het scherp van de snede durft te leven? Een avonturier, die net zoals mijn ex zijn vuisten niet in bedwang kan houden.' Gezien het beschikbare aanbod, zag Lloyd er best wel goed uit. Misschien zelfs wel behoorlijk goed. Ze wierp een laatste blik op het scherm en drukte op Print. Haar gedachten droomden weg bij het gezoem van de printer. Wat zat ze zichzelf eigenlijk allemaal aan te praten?

De telefoon ging. Het was McKenzie. 'Blijf maar bij je rapport. We hebben net ons herseloze fenomeen nagetrokken. Hij wordt in Michigan gezocht wegens het aftuigen van zijn vrouw.'

'Beledigingen glijden van Wendell Wilkerson af als water van de rug van een eend,' had zijn moeder ooit gezegd. Met een naam als Wendell, die op de basisschool al gauw in 'Wendy' zou kunnen ontaarden, had hij een dikke huid moeten ontwikkelen. Soms dacht hij wel eens dat hij voor het beroep van aanklager had gekozen om oude rekeningen te vereffenen, maar hij wist ook dat hij zijn beroep objectief en zonder rancune uitoefende. Hij begon zelden aan een zaak als hij er niet zeker van was dat hij hem zou winnen, of zou kunnen winnen.

Hij had net het memo van rechercheur Sandy Ungar opnieuw gelezen. Aantrekkelijke dame – vrouw, corrigeerde hij zichzelf. Hij dacht aan zijn vrouw Carrie, die twee jaar geleden was gestorven. Ze had net besloten om weer te gaan studeren om een nieuwe carrière te beginnen… Sandy leek een beetje op Carrie. En ze had dezelfde gedreven toewijding.

Vergeet het. Hij was te oud voor Sandy. En ze voelde zich waarschijnlijk niet tot hem aangetrokkken. Hij herinnerde zich hoe nerveus ze was geweest, niet wetend dat zijn zwijgzaamheid en zijn stugge houding jegens haar gewoon zijn manier van doen was. Na Carries dood was hij zelfs nog stiller geworden. En hij kwam waarschijnlijk angstaanjagend over. Carrie had zijn zachtere kant gekend.

Wilkerson wierp een blik op zijn horloge. Precies negen uur. Joe Burns, de pro-Deo-advocaat, die nu niet bepaald de naam had punctueel te zijn, liep net langs zijn secretaresse. Precies op tijd. De mensen wisten dat er met Wilkerson niet te spotten viel. Hij had er een hekel aan om te moeten wachten.

Burns verspilde geen tijd. Hij zette zijn aktetas op het bureau en haalde het dossier van Gordon Jukes te voorschijn. 'Wendell, mijn cliënt heeft drie snolletjes om zeep geholpen. Maar April Meadows heeft hij niet vermoord.'

'Wie zal dat geloven, Joseph?'

'Het is een kwestie van gerechtigheid. Als *jij* het maar gelooft, dat is het belangrijkste.'

'Ik heb vier bewezen moorden tegen hem, Jo.'

'Hij zal de andere aanklachten bekennen,' zei Burns. 'Zonder zich te beroepen op ontoerekeningsvatbaarheid. Je kunt hem voor goed opbergen. Als hij zich beroept op ontoerekeningsvatbaarheid, dan gaat hij vrijuit.'

Wilkerson keek bedenkelijk.

'Hij heeft het meisje *niet* vermoord. De hufter bekende omdat hij een televisiecontract wilde krijgen.'

Wilkerson schudde zijn hoofd.

'Het is de waarheid. Ik neem je niet in de maling. Deze keer niet, tenminste.'

Wilkerson dacht aan Sandy's memo onder Joe's papierwerk.

'Ik zal erover nadenken,' antwoordde hij.

Hoe deze zaak ook mocht lopen, hij kon hem niet verliezen.

Laurel trok achter een gordijn in de onderzoekkamer haar kleren uit en liet ze op een stoel vallen. Ze liet het lichtgroene hemd dat de verpleegster voor haar had achtergelaten over haar hoofd glijden en nam plaats op de onderzoektafel. Spoedig zou ze, zich kwetsbaar en lachwekkend voelend, met haar benen gespreid in de beugels liggen. Maar het ergste van alles was dat ze de dokter onder ogen moest komen tegen wie ze tijdens haar eerste bezoek in september, bij haar keuze voor het juiste voorbehoedmiddel zo hoog van de toren had geblazen.

'Een pessarium biedt negenennegentig procent zekerheid,' had dokter Colson gezegd. 'En in tegenstelling tot de pil zijn er geen bijverschijnselen. Als je een beetje verantwoordelijkheidsgevoel bezit, en je tot een partner beperkt, en niet vergeetachtig of slordig wordt, niet teveel drinkt, en – '

'Ik vergeet het niet,' had Laurel verontwaardigd gezegd. 'Ik geloof in het recht van de vrouw om te kunnen kiezen, maar ik vat het scheppen van een nieuw leven niet licht op.'

Wat een dikdoenerige trut was ze geweest. Nadat dokter Colson haar een pessarium had aangemeten, had ze van haar beslissing geen seconde spijt gehad. Ze had het zelfs met haar moeder besproken, en die had ermee ingestemd.

De verpleegster kwam binnen, nam haar bloeddruk op en liet haar op de weegschaal staan. Nadat ze de gegevens had genoteerd, nam ze een bloedmonster. Wat zou haar moeder zeggen? vroeg Laurel zich af toen de verpleegster met het buisje verdween. Op de een of andere manier was dit niet iets om met haar vader te bespreken.

Dokter Colson, een lange vrouw, met donkere ogen en sluik zwart haar, kwam binnen en bestudeerde Laurels gegevens. Laurel zag dat ze onder haar doktersjas een lang shirt en een panty aanhad en gymschoenen met witte sokken droeg.

'Ben je goed gezond?' vroeg de dokter.

Laurel knikte.

'Ik zie dat je vijf pond bent afgevallen. Opzettelijk?'

'Niet echt.'

'Laten we maar eens kijken.' Ze stond aan het hoofd van de tafel toen Laurel haar voeten in de beugels legde. 'Precies tien dagen, hè? Dan zul je het wel snel willen weten.'

Laurel voelde hoe de dokter haar inwendig onderzocht en lichte druk uitoefende, waarna het al snel achter de rug was.

'Dat ziet er goed uit,' zei dokter Colson. 'Alles is zoals het moet zijn.'

'Is dat alles?'

'Ik heb het speculum voorverwarmd, waardoor je er bijna niets van voelt.' De dokter trok haar handschoenen uit.

'Ik begrijp er niets van,' zei Laurie, overeind komend. 'Ik ben zo voorzichtig geweest, ik heb geen nacht overgeslagen en ik heb mijn pessarium gecontroleerd.' Haar stem stokte.

'Behoor ik tot die ene procent? Die ene pechvogel van de honderd die zwanger raakt?'

'Als je echt voorzichtig bent geweest, dan ben je misschien helemaal niet zwanger, en je bent niet genoeg afgevallen om een nieuw
pessarium nodig te hebben.'

'Maar...'

'Ik vermoed dat degenen die bij die ene procent horen en in verwachting raken niet allemaal zo voorzichtig zijn.'

'Maar het is nu al tien dagen.'

'Nog even geduld, Laurel. Over een paar uur weet je het.'

Hoofdstuk zeventien

'Ik ben ook de jongste niet meer,' mompelde Rozsi terwijl ze haar boodschappenwagentje de drie treden naar het terras van haar flatgebouw omhoog zeulde. Eenmaal boven, hield ze geschrokken haar adem in en staarde in haar wagentje. 'Ik ben toch niet de pastinaakwortel voor de soep vergeten?' vroeg ze zich af. 'Nee, daar ligt hij, naast de wortelen en de selderie.' De verkoudheid die ze met kippensoep de baas hoopte te worden, zoog al haar energie weg, en ze steunde zwaarder dan gewoonlijk op haar wagentje toen ze het naar de voordeur duwde. Ze haalde haar sleutels uit de zak van haar rok, stak de sleutel in het slot en manoeuvreerde haar wagentje door de deuropening...

Te laat nam ze in haar ooghoek zijn schaduw waar. Hij duwde haar de hal in en rukte haar handtas van haar arm. Ze opende haar mond om te schreeuwen, maar de stalen deur sloot zich met een dreun achter haar. Ze lag dubbelgevouwen over haar wagentje en de handgreep drukte in haar borst. Er was maar een duw voor nodig geweest om haar kleine lichaam door de deuropening te doen zeilen. Ze ging rechtop staan, haalde een paar keer diep adem en betastte de pijnlijke plek op haar arm waar haar handtas had gezeten.

Rozsi luisterde naar haar hart alsof het van iemand anders was. Opeens werd ze zich weer bewust van haar omgeving, van de beklemmende stilte. Het schoolplein aan de overkant van de straat was nog leeg. De buren hadden hun boodschappen al gedaan. Het was zo'n stille tijd van de dag waaraan ze nooit aandacht had besteed – tot vandaag.

Toen ze haar wagentje naar de lift duwde, dook in haar geest het gezicht van de overvaller op, en haar hand beefde toen ze de knop indrukte. Ze luisterde naar het geluid van de omlaag rammelende lift, doodsbenauwd dat, voordat hij er zou zijn, de voordeur zou opengaan en dat haar belager haar ditmaal zou doden. Een onredelijke angst. De deur was op slot. Maar ze wachtte de komst van de lift af alsof het een kwestie van leven of dood was. Pas drie jaar geleden had ze, net een blok bij haar vandaan, een dertienjarige die van achteren zijn arm om haar nek had geslagen weten af te weren. Ze had zich op de een of andere manier van hem weten te bevrijden, hem er duchtig met haar handtas van langs gegeven, en moord en brand geschreeuwd waardoor al haar buren haar te hulp waren komen snellen. Wie had haar vandaag moeten redden?

De lift arriveerde bonkend in de hal en bracht haar zonder onderbreking naar de zesde verdieping. Ze maakte de deur van haar appartement open, deed hem goed achter zich dicht en schoof de zware grendel van het veiligheidsslot op zijn plaats. Met haar jas nog aan, liet ze zich in haar stoel zakken om een ogenblik bij te komen. Ze keek in de spiegel toen ze weer een beetje kleur op haar wangen had gekregen en controleerde haar nitraatpleister. Daarna betastte ze haar borst en glimlachte; ze was de boef te slim af geweest. Na de les die ze van de vorige overval had geleerd, borg ze haar geld ergens anders op en had ze altijd een paar bankbiljetten opgevouwen in een zakdoek met een veiligheidsspeld aan haar beha gespeld. De enige buit van de dief was een oude handtas, met wat papieren zakdoekjes, een lippenstift, en een kam! En het zachte pakketje in haar blouse had haar val op de handgreep van het wagentje gebroken.

Ze strekte haar hand uit naar de telefoon op het tafeltje naast haar. Ze hoefde alleen maar de knop in te drukken met Jessica's naam erop. Maar ze aarzelde. Ze wilde het Jessica vertellen. Maar ze zou niet twee keer dezelfde fout maken. Bij de vorige overval had ze haar dochter trots verteld hoe dapper ze was geweest, wat bij Jessica een eindeloze stortvloed van woorden had losgemaakt.

'Verhuis.' 'Trek bij me in.' 'Verhuis naar een bejaardenflat.'

'Ik ga nergens heen,' had Rozsi haar dochter medegedeeld. 'Ik kan beter een armzalige handtas kwijtraken dan mijn vrijheid.'

Maar nu wilde ze het aan iemand kwijt. Ze wilde erover praten. Toch weerstond ze de verleiding. Als Jessica te weten zou komen dat ze weer was beroofd, dan zou ze alle registers opentrekken.

De telefoon stond uitnodigend naast haar. Ze liet haar blik door het appartement dwalen, langs een mensenleven lange verzameling van bezittingen. Alles wat nog aan haar al lang overleden familie herinnerde, bevond zich tussen deze muren: foto's in oude albums, stapeltjes met de hand geborduurd linnengoed in de kast, vergelende brieven in scheurende kartonnen dozen, en schilderijen van het oude Europa aan de muren. Het slaapkamerameublement dat ze vijftig jaar geleden met haar man had gekocht, het bed waarop ze hadden geslapen, stond – natuurlijk met een nieuwe matras – nog steeds in haar slaapkamer. Zelfs Jessica's babyhaartjes en haar melktandjes waren bewaard gebleven in een met de hand beschilderd houten doosje uit Hongarije. Dit waren haar herinneringen, en ze betekenden alles voor haar.

Ze wierp een blik op de telefoon. Ze kon haar vriendin Ester bellen, maar Rozsi had even geen behoefte aan hysterie, ze had Jessica nodig. Ze liep naar de kraan in de keuken, vulde een glas en dronk wat. Weer terug in haar stoel, luisterde ze langdurig naar het tikken van de staande klok.

Net toen de klok sloeg, ging de telefoon. De wereld is vol verrassingen, dacht ze, de hoorn opnemend. Ze was blij om een bekende stem te horen. Zelfs die van Kevin.

Rozsi kon haar stem horen trillen en ze vocht om hem onder controle te krijgen.

'Is alles goed met u?' vroeg Kevin onmiddellijk. Rozsi vroeg zich af of het hem werkelijk interesseerde.

'Ja, ja hoor, ik ben zo gezond als een vis.'

'U klinkt anders niet zo goed. Zal ik Jessica even bellen?'

'Absoluut niet!'

'Vertel me dan wat er aan de hand is.'

Rozsi wist dat ze geen keus had. Ze moest het hem vertellen anders zou hij haar verraden. 'Ik ben beroofd. Maar ik mankeer *niets*. Ik ben niet gewond – alleen geschrokken. Laat Jessica erbuiten.'

'Waarom?'

'Ik heb niet de puf om dat nu uit te leggen. Doe me nu maar gewoon dat plezier.'

'Bent u alleen?'

'Ja, maar mijn deur zit goed op slot.'

'Bel direct de politie. Ik kom vanavond.'

'Maar – '

'Ik zal het aan niemand vertellen – zelfs niet aan Laurie.'

De verbinding werd verbroken. Hij had opgehangen voor ze de kans had gekregen om hem te zeggen dat hij niet moest komen.

Eindelijk riep de verpleegster Laurie de spreekkamer binnen. Wachtend op de dokter bekeek ze, het wijsje fluitend dat Kevin altijd neuriede als hij gespannen was, de ingelijste getuigschriften aan de muur. Ze kon aardig fluiten, maar ze hield abrupt op. Als Kevin dat deuntje neuriede, was het een soort veiligheidsklep op zijn temperament. Het betekende dat hij op het punt stond zijn zelfbeheersing te verliezen. Ze klikte nerveus met haar hak en floot een ander wijsje. 'Nobody knows the trouble I've seen.'

De dokter kwam binnen en sloot de deur.

'Goed nieuws, veronderstel ik. Je bent niet in verwachting.'

Lauries hele lichaam ontspande zich. De druk op haar schouders verslapte. 'Wauw! Dat *is* goed nieuws. Heel goed. Maar... wat is er dan aan de hand met mijn lichaam?'

'Aangezien je niet overmatig aan sport doet, is het volgens mij te wijten aan stress. Spanning kan ervoor zorgen dat je een menstruatieperiode overslaat. Zo ongewoon is dat niet. Heb je de laatste tijd onder abnormale druk gestaan?'

'Mijn studie. Mijn vriend. Mijn moeder!'

De arts glimlachte. 'Het is altijd hetzelfde liedje.' Ze wachtte tot Laurel zou antwoorden, maar die leek in diep gepeins te zijn verzonken. 'Waarom bel je met een paar dagen niet nog eens op. Lichamelijk is er niets met je aan de hand.'

Bij het horen van de telefoon, griste Jessica de hoorn van de haak en antwoordde bijna snauwend 'hallo!'

'Wat is er aan de hand, mam?' vroeg Laurel. 'Belt die halve gare je nog steeds op?'

'Is dat zo duidelijk te horen?' Jessica wurmde zich uit haar jas en liet haar koffertje op de bank vallen. 'Ik ben gewoon moe. Ik ben net thuis. Ik heb een zware dag achter de rug en mijn taxi kwam op Park Avenue in een verkeersopstopping vast te zitten.'

'Waarom ben je niet gaan lopen?' Laurel wist dat haar moeder het heerlijk vond om te lopen.

'Ik was vandaag nogal moe. Die maniak heeft afgelopen nacht gebeld en ik kon niet meer in slaap komen. Daarna kwamen de vuilnisauto's, met alle gepiep en geknars van dien. Ik kreeg neigingen om de banden lek te schieten.'

'Rustig aan, mam. Waarom neem je geen ander – '

'Ik weet het. Een ander nummer. Maak je geen zorgen. Dat zal ik ook doen. Je hebt me net op het verkeerde moment getroffen. En je weet hoe vreemd ik kan doen als ik uit mijn slaap wordt gehaald. De dingen lijken midden in de nacht altijd erger dan ze zijn. Dan heb ik nog weleens de neiging om in paniek te raken.'

Laurel lachte. 'Toen ik nog een kind was en 's nachts soms hoestte, moest pa je ervan weerhouden om me mond-op-mondbeademing te geven.'

'Leuk hoor. Je klinkt vandaag nogal opgewekt, kindje.'

Laurel was in de zevende hemel. Ik ben niet zwanger, zong het door haar hoofd.

Nadat ze het goede nieuws had gehoord, was ze in een euforische stemming van de dokter naar huis gezweefd. En toen ze het briefje vond dat Kevin onder haar deur had doorgeschoven, waarin hij haar liet weten dat hij die avond tot laat op het atelier moest werken, was ze extra opgelucht. 'Ik heb een goede bui,' antwoordde ze.

'Maar *dat* is goed nieuws.'

'Maar ik heb nog wel een appeltje met je te schillen.'

Jessica nam de draadloze telefoon mee naar de woonkamer, zodat ze voor zichzelf een drankje kon inschenken.

'Heb je Kevin gebeld?'

'Alleen maar omdat ik je niet kon bereiken.' Zich het gesprek voor de geest halend waarbij Kevin haar had bedrogen, maakte Jessica de bar open en haalde de whisky te voorschijn. Ze schonk een beetje in een glas. 'Het is al enige tijd geleden – '

'Ma-am, je behandelt me nog steeds als een *kind*.'

Jessica zweeg. Zich afvragend wat ze moest antwoorden verdunde ze de whisky met wat water.

'Doe dat niet meer alsjeblieft.'

Die smeerlap, dacht Jessica. Die manipulator! Ze nam een fikse slok van haar drankje. 'Ik zal het niet meer doen, lieverd,' zei ze. 'Dat beloof ik je.'

Rozsi is de bijenkoningin, dacht Kevin toen hij de trap op liep naar de begane grond. Volgens de kaart was haar flat zeven blokken verwijderd van de ondergrondse. Het werd donker en op het trottoir krioelden mannen en vrouwen door elkaar die boodschappen deden voor het avondeten of van hun werk onderweg waren naar huis. Uit de ondergrondse stroomden honderden lushangers. Kevin probeerde de in het Spaans geschreven namen op de winkels te lezen en hij keek verwonderd naar de in de etalages van de kruideniers uitgestalde vreemde etenswaren. Exotische geuren dreven de straten in en vermengden zich met de tintelende lucht. Tot bij de speelplaats tegenover Rozsi's flat had hij geen woord Engels meer horen spreken. Plotseling werden zijn oren belaagd door een vloedgolf van geluiden. Een kolkende kakofonie van het gerommel van de nabij gelegen ondergrondse, het door merg en been gaande geclaxonneer van auto's, en voortdurend luidruchtige kinderstemmen vormden een schril contrast met het ritmische bonzen van een basketbal op beton.

Kevin herinnerde zijn eerste afspraakje met Laurel, toen ze het over stadsgeluiden hadden gehad. 'Heb je wel eens van John Cage gehoord, de componist?' had Laurel hem gevraagd.

Kevin had snel geleerd om wanneer hij iets niet wist dat ook gewoon toe te geven. Zelfs studenten konden niet alles weten. Hij had ook gemerkt dat Laurel het leuk vond om hem iets te leren. 'Nee, nooit,' had hij geantwoord.

'Hij was een componist die storende geluiden, zoals geclaxonneer of het gekletter van vuilnisbakken als een vorm van muziek beschouwde.'

'Ik snap het… zoiets van, het mag dan afschuwelijk klinken, maar misschien is het wel kunst.'

'Precies.'

Hij wist dat hij in haar achting was gestegen. En nu beluisterde hij de geluiden van de straat met andere oren.

Rozsi liet hem binnen via de intercom, en hij gebruikte de tijd in de lift om zijn das recht te trekken en zijn jasje af te kloppen.

De bos margrieten die hij op het Grand Central Station had gekocht voor zich houdend, drukte hij op de bel en wachtte geduldig voor haar deur.

Het kijkgaatje ging open, en daarna de deur, waarna hij, toen Rozsi hem gereserveerd begroette, de bos bloemen in haar handen duwde. Het woord dat hem was ontschoten, wist hij zich plotseling weer te herinneren.

Een matriarch. Dat was wat Rozsi was. En hij was gekomen om haar gunsten te verwerven.

Bij het gebrom van de blikopener kwam de kat de kamer binnensnellen, en Rozsi deed de helft van de inhoud van het blikje in Matchka's bakje.

'Het was een duwen en wegwezen-overval,' vertelde Rozsi in de pan kijkend aan Kevin. Maar goed dat ze op tijd de kippensoep had gemaakt, zodat ze hem wat te eten kon geven. 'Dat zei die politieagente tegen me. Ik vertelde haar en haar leuke mannelijke collega hoe de overvaller eruitzag. Het blijkt dat hij alle oude vrouwen in de buurt heeft beroofd.'

Ze ging zitten om Kevin gezelschap te houden toen hij nog een lepel van zijn soep nam en vol medeleven zijn hoofd schudde.

'Ik was nadat het gebeurde nogal de kluts kwijt.' Ze schepte het laatste beetje soep in zijn kom en deed het gas uit. 'Ik ben blij dat je me hebt aangeraden om de politie op te bellen. Ze kwamen helemaal naar boven.'

Hij was blij dat hij ze was misgelopen. Toen ze klaar waren met eten, ruimde hij de borden af en deed ze in de vaatwasser. De hete soep had zijn gezicht doen gloeien en hij schoof het beslagen raam wat omhoog. 'Nee, niet doen,' zei Rozsi waarschuwend. Ze wees naar Matchka. 'De kat vindt het leuk om over het richeltje te lopen.' Ze probeerde het klemmende raam weer te sluiten, waarbij Kevin haar te hulp schoot.

'Ik begin een beetje af te takelen, geloof ik,' zei Rozsi.

'U bent vandaag behoorlijk geschrokken,' zei hij geruststellend.

'Genoeg daarover,' zei ze, haar formica tafel met een schuimende spons schoonvegend, die ze daarna in de gootsteen gooide. 'Ik wil je iets laten zien,' zei ze, en ze ging hem voor naar de woonkamer.

'Jij bent kunstenaar. Kijk hier eens naar!' Plotseling deed ze het licht uit en knipte een andere schakelaar aan. Op de salontafel stond naast een geschenkverpakking een keramische sculptuur. Het was een achthoekige vaas met daarin verrassenderwijs een boeket fluorescerende bloemen in magenta, groen, en blauw.

'Wat gaaf,' zei Kevin.

'Het heet "Op het randje",' zei Rozsi, het licht weer aandraaiend. 'Het is een verrassing voor Jessica.'

'Ik heb weleens sculpturen gezien waarbij van licht gebruikt werd gemaakt, maar nog nooit eerder zoiets als dit.'

'Jessica's vriendin is expert op het gebied van belichting. Ze heeft me geholpen.'

'Wacht maar tot ik dit aan Laurie heb verteld.'

'Als je het maar laat!'

'Ik zal niets zeggen,' zei hij, bezwerend zijn hand opheffend. 'Niemand zal ooit weten dat ik hier ben geweest.'

'Het was erg vriendelijk om een oude dame in de problemen te komen opzoeken. Waarom *ben* je eigenlijk gekomen?'

'Ik had wat te doen in de stad, waardoor ik op het idee kwam om even langs te komen.'

Rozsi wist dat hij loog. Hij probeerde haar stroop om de mond te smeren. Geen grotere dwaas dan een oude dwaas, dacht ze. Maar hij had bij de verkeerde dwaas aangeklopt.

Kevin zag haar rug verstrakken.

Er viel niets met die oude heks te beginnen, dacht hij terwijl hij zichzelf verontschuldigde. Toen hij de badkamer in liep, zag hij die stomme kat in een kartonnen doos onder de wastafel liggen, en hij schopte tegen de doos.

Hij moest nog een heel stuk terugrijden, en tot nu toe had hij niets bereikt. Maar toen gleed zijn blik over de zwarte en witte tegels op de vloer naar het gematteerde badkamerraam... en hij kreeg een inval. Hij glimlachte toen hij het raam omhoog schoof, net ver genoeg om een kat door te laten.

Rozsi streelde Matchka, die spinnend naast haar op bed lag. Maar toen Rozsi zich onder de lakens uitrekte, sprong de kat van het bed. Ze strekte haar hand uit naar de afstandsbediening van de televisie, maar bedacht zich toen weer en knipte de lamp uit. Vreemd genoeg leek het donker haar goed te doen. Ze was uitgeput. Maar naar het plafond starend sprongen haar gedachten beurtelings tussen Kevin, de beroving, en de politie heen en weer...

Zich vermoeider voelend dan ze zich ooit kon herinneren, deed ze haar ogen dicht.

Toen de Greyhound bus wegreed, was Kevin blij dat hij op weg was, bij die geslepen ouwe tang vandaan. Hij had geprobeerd om met haar over zijn liefde voor Laurel te praten, over zijn plannen om te trouwen. Maar ze had hem geen kans gegeven. Die hele vervloekte familie was tegen hem.

Gewoonlijk sliep Rozsi door het slaan van de staande klok heen, maar nu gingen haar ogen met een ruk open. Er was iets mis. Ze tastte om zich heen op het bed. Matchka was er niet. Wachtend op het ogenblik dat ze 's morgens wakker werd en zijn ontbijt voor hem zou klaarmaken, nestelde hij zich 's nachts altijd tegen haar aan.

Rozsi greep haar kamerjas en liep blootsvoets over de koude

vloer. Ze keek in de stoel in de woonkamer waar Matchka overdag sliep. Niet daar. Zou ze ziek zijn? Ze zocht in de keuken. Ze keek in de kartonnen doos in de badkamer. Daar ook niet.

Toen zag ze het geopende raam, en er maakte zich een gevoel van paniek van haar meester. Geen kat op het richeltje. Ze schoof het raam verder omhoog, stak haar hoofd naar buiten, en keek naar beneden. Daar was Matchka, recht onder de straatlantaarn, duidelijk te zien door zijn prachtige witte vacht. Hij leek wel te slapen. Maar Rozsi wist wel beter. Matchka was dood.

Ze tastte om zich heen naar steun, en haar hand vond de betegelde wand. Haar afgrijzen begon voelbaar te worden en vulde haar borstholte. Ze nam een stap, maar iedere keer als ze ademhaalde werd de stalen band om haar borst heviger.

Zich langzaam en uiterst behoedzaam bewegend, bereikte ze na eindeloos lijkende minuten de woonkamer waar ze zich in haar stoel liet zakken. Haar bril lag vlak naast de telefoon. Ze vond Jessica's naam op het toestel en drukte met een bevende vinger de knop in. Een nieuwe golf van pijn overspoelde haar.

De telefoon deed Jessica opschrikken uit een diepe slaap. 'Hallo,' zei ze, langzaam tot haar positieven komend.

Ze hoorde niets. Daarna slechts wat gefluister.

'Wie is daar?' Opnieuw wat angstaanjagend gefluister.

Ze smakte de hoorn op de haak en wierp een blik op de klok. Het was twee uur 's nachts. Het was die vervloekte gek weer. Een ogenblik haalde ze zich Ed Polley's gezicht voor de geest. Ze was duf van de pil die ze had ingenomen.

Weer drukte Rozsi de knop in, zich tot het uiterste inspannend om harder te praten, maar de pijn snoerde haar keel dicht.

Na vijf keer overgaan nam Jessica ten slotte op. Nog meer spookachtig gefluister.

'Jessica, met Anyuka...'

Maar de woorden waren te onduidelijk om te kunnen verstaan. Jessica moest wel aannemen dat het Ed Polley was.

Rozsi probeerde het opnieuw. De lijn was bezet. Ze hing op. Ik ben bang, Jessica, bang... Ze voelde zich licht in haar hoofd worden. Ze zakte voorover, voelde zichzelf vallen. Ze wist niet meer waar ze was. Ze probeerde zich Jessica's gezicht voor te stellen, Laurika's gezicht.

Maar het was het gezicht van haar moeder dat verscheen. Rozsi strekte zich uit op de vloer en al snel voelde ze hoe een warme kus haar wangen beroerde. Een kus die ze in zeventig jaar niet meer had gevoeld. 'Anyuka,' zei ze, zich behaaglijk in haar moeders omhelzing nestelend toen de zachte armen haar wiegden.

Het was Rozsi's laatste woord op deze aarde.

Hoofdstuk achttien

Toen de rabbi in het Hebreeuws het gebed uitsprak, daalde Rozsi in een sobere vurenhouten kist omlaag in haar graf. Het ontzag voor de dood en de aanblik van haar vaders grafsteen naast het geopende graf hadden Jessica verdoofd. Bang dat haar beeltenis zou vervagen en wensend dat ze een broer of een zus had om haar samen te gedenken, probeerde ze zich Anyuka's gezicht voor de geest te halen. Anyuka's vage spottende lachje, de bezorgdheid in haar ogen, haar blik vol onvoorwaardelijke liefde… Wie zou ooit nog op die manier naar haar kijken – met de ogen van een moeder? Wie zou nog van haar houden op de manier zoals haar moeder dat had gedaan? Wie zou haar helpen? Voor het eerst in haar leven voelde Jessica zich eenzaam.

Ze voelde een koude huivering toen ze Kevin, stevig haar hand vasthoudend, dicht bij Laurie zag staan. Hij heeft haar in zijn greep, en jij moet haar bevrijden, zou Anyuka hebben gezegd.

De rabbi zong het familiegebed in de taal van haar voorouders. En plotseling kon ze de aanwezigheid van haar moeder voelen. Er waren zoveel vragen over het verleden van haar moeder die Jessica haar nog had willen stellen. Waarom heb je nooit iets verteld over je jaren in Europa tijdens de oorlog? Hoe is het je gelukt om jezelf te redden? Nu zou ze het haar nooit meer kunnen vragen.

Toen meende ze haar moeders stem te horen. Niet huilen, *eletem*, zong ze zacht. Jessica's ogen vulden zich met tranen. *Eletem*, mijn leven… haar moeder troostte haar vanuit het graf.

'Ik kan het maar niet van me afzetten dat Anyuka alleen is gestorven,' zei Jessica toen de laatste gast was vertrokken en lang nadat Laurel en Kevin afscheid hadden genomen. De restanten van de traditionele zoetigheden die na de begrafenis aan de rouwenden werden geserveerd waren opgeruimd, en Jessica zat naast Tom op de bank. Ze legde haar hoofd op zijn schouder en voelde zijn arm stevig om haar heen. 'Ik zie nog steeds voor me hoe Jamie Matchka oppakte in de steeg. Hoe hij en de conciërge Rozsi's deur openmaakten.'

'Schei uit, Jess. Dat hebben we allemaal al besproken.'

'En de politie die het appartement verzegelde. Ik mag er nog steeds niet in.'

'Dat is voorschrift als er iemand thuis overlijdt. Dat hebben de agenten je gezegd.'

'Ik vraag me af of ze heeft geleden.'

'De dokter zei dat het erg snel moet zijn gegaan. Waarschijnlijk is ze daarom uit haar stoel gevallen.'

'Waarom heeft ze me niet verteld dat ze was beroofd? Maar ik weet wel waarom. Ze was bang dat ik weer tegen haar zou gaan zeuren over verhuizen.'

'Je probeerde haar te beschermen, Jess. En je zult moeten toegeven dat je moeder erg op zichzelf was.' Tom stond op. 'Ik kan wel een glas sherry gebruiken. Jij ook?'

Jessica knikte. 'Ik vraag me af wat ze nog meer voor me heeft verzwegen.'

Ik ben je niet vergeten, Alan, dacht Kevin toen hij zijn vingers langs zijn gealfabetiseerde collectie cd's liet glijden. Hij beluisterde ze op volgorde en hij was nu bij de S. Wetend dat hij een heel uur voor zichzelf alleen zou hebben, pakte hij een cd van Bessie Smith en legde het schijfje voorzichtig in de cd-speler. Stevie had les in wijnproeven. Natuurlijk wist Kevin nooit precies wanneer zijn kamergenoot zou terugkomen. In tegenstelling tot Kevin was hij excentriek en grillig. Kevin prefereerde regelmaat.

Laurels angst om in verwachting te raken was hem bijna fataal geworden. Maar nu ze hem had verteld dat ze niet zwanger was, had hij het gevoel haar tenminste weer helemaal voor zichzelf alleen te hebben. *Als* bepaalde figuren hem tenminste niet voor de voeten liepen... figuren zoals Alan.

Kevin dwong zich om naar de muziek te luisteren. Eigenlijk was het niet zijn favoriete muziek, maar Laurie was er gek op. Vreemd en depri, dacht hij, een nieuw woord gebruikend. Tom en Jessica hadden het laten spelen na de begrafenis.

Terwijl hij zijn cd's afstofte, moest hij aan die ouwe heks Rozsi denken. Het was allemaal beter verlopen dan hij had durven dromen – de kat dood, en het ouwetje om zeep geholpen door een hartaanval. De dag na zijn bezoek hadden ze haar dood op vloer van haar woonkamer gevonden! Was ze van plan geweest om het raam dicht te doen en gestorven voordat ze de kans kreeg? Of was ze onwel geworden en had ze per ongeluk het raam opengelaten? Was ze aan een hartaanval overleden nadat ze haar kat op het trottoir had zien liggen? Niemand wist het. En zijn geheime bezoek was met haar meegegaan in het graf. Perfect.

Maar zijn voornemen om met Laurel te trouwen en deel van haar familie te gaan uitmaken werd nog steeds door een belangrijk obstakel gedwarsboomd. En dat obstakel heette Alan. Tijdens de hele begrafenis had die naam door zijn hoofd gemaald. Aan Alan zou hij dringend iets moeten doen.

Betsy Wilcox verschoof de riem van haar boekentas op haar schouder en liep over de stoffige weg naar huis. Het had al tijden niet geregend en het was ongewoon warm voor de tijd van het jaar. Het herinnerde haar aan die herfstdag, toen ze Kevin voor het eerst had ontmoet. En pas nu, na anderhalf jaar was de gedachte aan hem iets minder pijnlijk. Tot voor kort had ze de gedachte aan hem niet kunnen verdragen. Als haar moeder haar iets over Kevin vroeg, dan had ze haar tevredengesteld door haar te vertellen wat ze wilde horen.

Op die sprankelende morgen was ze pas veertien geweest en zorgeloos. Ze had net een gedicht geschreven waarmee ze een prijs had gewonnen en was op weg naar de bibliotheek om het voor te dragen, toen ze op het moment dat ze de deur van de bibliotheek opendeed Kevin in het oog kreeg. Hij slenterde wat rond op het kerkplein naast de bibliotheek en sloeg haar gade. Het ogenblik stond haar nog helder voor de geest, omdat het haar een gevoel gaf dat ze nog nooit eerder had ervaren. Nu ze eraan terugdacht, was het misschien de opwinding van het winnen van de poëzieprijsvraag geweest. Maar het was ook de manier waarop hij naar haar had gekeken. Hij had haar het gevoel gegeven dat ze het enige meisje op de wereld was, dat ze verlamd was door de blik in zijn ogen.

Hij was haar en haar ouders de bibliotheek in gevolgd en had in vervoering geluisterd toen ze haar gedicht voorlas. Ze was met haar hoofd in de wolken naar huis gelopen, gevleid dat zijn ogen haar niet hadden losgelaten, dat hij haar diepste emoties leek aan te voelen. En toch had ze zelfs nog geen woord met hem gewisseld. Toen ze ten slotte met elkaar bevriend raakten, hadden haar vriendinnen hem dwepend 'een stuk' genoemd, en ze had gedacht dat misschien nu wel iedereen zou ophouden om haar een boekenwurm te noemen. Maar na een poosje begonnen zijn bloemen en kaarten en de briefjes die ze op haar schoolbank vond haar te hinderen.

Daar stond tegenover dat Kevin serieus, intelligent, *en* aantrekkelijk was. Sommige jongens meden meisjes die op school uitblonken, maar Kevin koesterde zich in haar succes. Toen ze tot klassenoudste werd verkozen, nam hij haar mee naar de stad om met haar te pronken. Haar moeder scheen blij te zijn dat Betsy haar neus uit haar boeken had gehaald en wat belangstelling voor de andere sekse toonde.

Vreemd genoeg was het Anne Frank geweest die haar had geholpen om zich van Kevin te bevrijden. Toen ze de woorden van een in Amsterdam ondergedoken dertienjarig meisje had gelezen, realiseerde Betsy zich dat ze, hoewel fysiek vrij, meer een gevangene was dan Anne was geweest. Op de dag dat ze besloot zich van Kevin te bevrijden, nam ze *Het dagboek van Anne Frank* van school mee naar huis. En die avond deed hij iets dat ze zelfs niet aan haar beste vriendin had verteld.

Terwijl Kevin zich naar Laurel haastte, luisterde hij naar de in de schemering tjilpende vogels, het gebulder van een vliegtuig en het gedender van over de brug rijdende auto's.

Eindelijk had hij zijn leven bijna onder controle. Laurel was nu op hem aangewezen, en Jessica de Verschrikkelijke zou zich, overmand door verdriet, voorlopig niet met hun zaken bemoeien. Voor jou geen enge telefoontjes meer, Jessica, dacht hij. Trouwens, hij zou zich direct verraden als hij haar nieuwe, geheime nummer zou bellen. Korte, energieke stappen nemend, herinnerde hij zich de lange, voor hem enigszins onnatuurlijke passen waarmee hij normaal liep. Tegenwoordig permitteerde hij zich de luxe om aan zijn naamgenoot te denken, zijn idool en voorbeeld, de echte Kevin Glade. Kevin had vrienden en leraren geschokt door al hun verwachtingen jegens hem te beschamen. Geen glanzende toekomst, geen nieuwe getuigschriften. En hij herinnerde zich hoe verslagen hij zich had gevoeld toen Kevin na het vliegtuigongeluk van zijn ouders plotseling de stad had verlaten.

Eerst had Billy Owens zich verraden gevoeld. Kevin had hem geleerd hoe hij zich moest gedragen, kleden, eten, en hoe hij bij meisjes in de gunst kon komen. De jonge Billy was zelfs naar Kevins kapper gegaan om hetzelfde kapsel te nemen, hij had hetzelfde soort kleding gedragen en met succes zijn manier van lopen overgenomen. Op een keer, een paar jaar voordat de echte Kevin was vertrokken, had een oudere klasgenoot die Billy voor Kevin had aangezien, hem vanaf de overkant van de straat toegeroepen en zich naar Kevin gehaast voordat hij was blijven staan toen hij zijn vergissing inzag.

Na Kevins plotselinge vertrek uit hun provinciestadje, had Billy hem meer gemist dan hij tegenover zichzelf wilde toegeven. Als Kevin een meisje was geweest, dan had Billy van haar gehouden. Kevin Glade zou de nieuwe Billy, die van zijn naam gebruik maakte, niet meer herkennen. Zou, vroeg hij zich af, Kevin eigenlijk wel weten welke wijn bij welk voedsel hoorde? In feite had Billy de echte Kevin Glade achter zich gelaten.

'Wat erg voor je,' zei Alan. 'Ik weet hoeveel je van haar hield.'

Zodra hij de deur had geopend om haar binnen te laten, opende hij zijn armen en sloeg ze troostend om haar heen. Huilend tegen zijn schouder verzachtte ze iets van de pijn op een manier zoals ze dat nooit bij Kevin zou hebben gekund.

Alan hield haar in zijn armen tot ze hem ten slotte losliet. Toen ze samen op bed gingen zitten, verdween haar hand in haar boekentas. 'Ik ben de hele nacht opgebleven om mijn scriptie over Darwin te schrijven,' zei ze. 'Dankzij jou, maatje. Je hebt me echt gered.'

Alan glimlachte en liet zijn vingers zacht over haar haar glijden. 'Er is iets gebeurd, Laurel, wat?'

'Echt verdriet heeft me doen inzien hoe depressief ik hiervoor ben geweest. Is dat vreemd?'

'Helemaal niet.'

'Alan, ik wil mijn leven terug. In een tijd als nu heb ik mijn oude vrienden nodig.' Uit haar boekentas haalde ze een mapje te voorschijn. 'Lees dit eens.'

Alan pakte het aan.

'Hé, zou je het erg vinden als Doug en Mini met ons pizza gaan eten?'

'Natuurlijk niet,' zei Alan grinnikend. Hij maakte het zichzelf gemakkelijk op het bed en sloeg de eerste bladzijde van haar scriptie op. 'Bel ze maar even.'

Laurel wierp een blik op haar horloge. 'Lieve help...'

Alan keek op en zag een ogenblik van paniek in haar ogen.

'Ik ben Kevin helemaal vergeten.'

Alan zweeg.

'Nou ja, niets aan te doen,' zei ze zacht. 'Dit is mijn *nieuwe* leven.'

Kevin zocht koortsachtig tot hij Laurels gele kever had gevonden. En vrijwel direct nadat hij zich achter een voorraadschuur op het donkere parkeerterrein had verscholen, kwam Laurel naar buiten met... Alan? De hufter was lang, en niet eens aantrekkelijk. Kevin zag hoe ze in een onopvallende blauwe Toyota stapten. Voordat ze wegreden, rukte hij zijn bril af en probeerde hij bij het zwakke licht uit de ramen de kentekenplaat te ontcijferen.

Bij de voordeur liet hij zijn blik langs de naamplaatjes op de intercom gaan. Alan Levine! Hij sloeg met zijn vuist op de metalen plaat.

Die klootzak zou nodig een ongeluk moeten krijgen, dacht Kevin.

'Ik voel me *zo* triest,' zei Jessica tegen Laurel. Het was hun eerste telefoongesprek sinds de begrafenis.

'Dat zou ze niet gewild hebben, mam.'

'Weet je, al die ruzietjes die we in al die jaren hebben gehad... Ik geloof dat die de band tussen ons hebben versterkt. Ik mis ze. Snap je wat ik bedoel?'

Laurel knikte, zich afvragend of haar moeder ook op hen beiden doelde. 'Ik vroeg me al af waarom ik helemaal niets van je hoorde,' zei ze. 'Heb je me daarom niet gebeld? Was je te gedeprimeerd?'

'Ik voelde me ook schuldig. Ik kon er gewoon niet over praten – of veel dingen betreffende Anyuka onder ogen zien.'

'Dus jullie maakten ruzie. Misschien gaven jullie wel genoeg om elkaar om eerlijk te zijn.'

Emotie welde op in Jessica's keel. Had Laurie het, zo volwassen klinkend voor haar leeftijd, nu ook over hen?'

Na hun gesprek trok Jessica de gordijnen in de woonkamer open en het licht stroomde naar binnen. Ze werd verrast door de zonnige dag en de wolkenloze hemel. In de verte kon ze Matchbox-autootjes op verre wegen de heuvels van New Jersey zien beklimmen. Het leven ging verder. De zon verwarmde de wereld, zelfs nu haar *anyuka* dood was.

Jessica zat aan Ricky's piano afwezig met een vinger een wijsje te pingelen. Door het raam kon ze de met twinkelende lampjes versierde, gracieuze bogen van de Triborough Bridge zien. Ze dacht aan Laurie.

'Je voelt je zeker wat beter, Jess,' merkte Ricky op. 'Wat *is* dat voor liedje?'

Jessica haalde haar schouders op. 'Ik heb vandaag een hoogstaand gesprek met mijn dochter gehad. En nu zit ik met een gloednieuw dilemma.' Ze draaide zich om om Ricky aan te kijken die aan haar tekentafel zat. 'Marianne belde me net op om me te vertellen dat ze Kevins gedicht in een of andere onbekende bloemlezing heeft gevonden. Het was van de hand van ene William Griffith.'

'Vertel het haar!'

Jessica draaide zich weer om naar de piano en speelde steeds opnieuw dezelfde noten. 'Dat zal ik ook… Ik zal wel moeten…'

'Jess, dat oude musicaldeuntje maakt me gek, waar heb je dat gehoord?'

'Het is het wijsje dat Kevin Glade altijd neuriet.' Jessica speelde het nog een keer toen Ricky begon te zingen.

'Iets zoals, zoals… Kokomo Indiana.'

Jessica staarde Ricky aan. 'Kinderen kennen geen musicalliedjes. Die luisteren alleen naar hardrock.'

'Het is een *oud* liedje. Van *ver* voor Kevins tijd,' zei Ricky.

'Waar heeft hij het gehoord, denk je?' vroeg Ricky.

Jessica schoof het pianobankje achteruit en stond op. 'Maar *natuurlijk*, hij heeft het gehoord waar hij is opgegroeid. Daarom waren er in Putney, Vermont, geen gegevens over hem te vinden.'

Ricky sloeg haar hand tegen haar hoofd. 'Je hebt gelijk, dat kan niet anders.' Ze griste de draadloze telefoon van haar bureau en gooide hem naar Jessica toe.

'Inlichtingen van Kokomo,' zei ze op gebiedende toon.

'Daar gaan we weer,' zei Jessica.

Betsy was blij dat ze bij het onderwerp menselijke seksualiteit voor de vrouwenklas had gekozen. Pas na een week of twee begon ze te beseffen dat ze geen schuld droeg aan wat Kevin had gedaan. Vandaag bevestigde de lezing van mevrouw Henderson nog eens de raad die haar moeder haar had proberen mee te geven toen ze met Kevin begon om te gaan. Het was een geruststelling om het van officiële zijde bevestigd te horen.

'Voel je *niet* schuldig als je nog niet zover bent. Er wordt te veel druk op een jong meisje uitgeoefend om seks te hebben. We zijn allemaal anders, onze hormonen zijn anders. Lichamelijk ontwikkelen we ons allemaal op een andere manier. En sommige meisjes lopen psychologisch jaren achter bij hun vriendinnen.'

'En hoe moet het als je te vroeg zover bent?' vroeg Dorie.

De klas lachte.

Betsy stak haar hand omhoog. Haar gezicht gloeide.

'Stel dat een man heel andere gedachten in zijn hoofd haalt? Dat hij zegt dat je hem hebt uitgedaagd? Dat je op zijn avances ingaat en dan ophoudt?'

'Je hebt op ieder moment het recht om nee te zeggen. Zelfs op het laatste ogenblik. Nee betekent ook *nee*,' antwoordde mevrouw Henderson.

'We hebben alleen maar wat gevreeën,' riep Betsy uit.

'Dat stelt niks voor,' merkte Dory op.

'Als een man je tot het uiterste heeft geprikkeld en het dan voor gezien houdt, heb je dan het recht om hem te dwingen?' vroeg mevrouw Henderson.

De klas lachte.

'Een jongen kan ieder moment stoppen zonder daar lichamelijk of geestelijk enige schade van te ondervinden. Hij zal misschien teleurgesteld zijn, maar daar houden de ziekteverschijnselen wel mee op. Als hij je dwingt, dan is het verkrachting tijdens een afspraak. Dat is een misdaad, net als elke andere verkrachting.'

In het vertrek viel een ongewone stilte. Mevrouw Henderson keek haar leerlingen een voor een aan. 'Als zoiets je is overkomen... dan is er een vergrijp gepleegd. Dan is dat niet *jouw* schuld.'

Betsy meende even een collectieve zucht te horen. Het was duidelijk dat er nog anderen met kleine, smerige geheimpjes waren. Ze wilde zo graag met iemand over de hare praten. Dan zou ze misschien haar leven weer echt kunnen oppakken.

Nadat hij haar deur had opengemaakt, volgde Kevin haar naar binnen. Hij hijgt me gewoon letterlijk in mijn nek, dacht ze.

Ze dacht de laatste tijd bijna alleen maar aan Alan Levine – zelfs tijdens de begrafenis, toen Kevin haar hand zo stevig vasthield. In zekere zin wilde ze dat het niet zo was, maar na de afgelopen nacht met Alan… Nou ja, het was allemaal ook zo vanzelfsprekend geweest, zo ontspannen. Hij had haar geholpen met haar scriptie, en ze hadden samen gegeten en gepraat. Geen geruzie, geen druk. En ze was in de zevende hemel geweest toen ze uiteindelijk haar scriptie had ingeleverd.

Ze zette haar zak met boodschappen op haar bureau. 'Kevin, ik heb wat belegde broodjes meegenomen. Ik heb geen tijd voor de lunch – of om vanavond te gaan eten,' verklaarde ze. 'Frans,' voegde ze daar aan toe.

'Ik heb een cadeautje voor je meegebracht,' zei hij, haar een kleine knuffelhond gevend waaraan een kaartje was bevestigd.

Op de envelop had hij een rood hart getekend, doorboord met een pijl, waaruit bloed druppelde. Mijn God, dacht ze, word *volwassen*.

'Bedankt, Kev…' Ze deponeerde het presentje op de ladekast.

'Waar was je afgelopen vannacht, Laurie? Ik heb uren op je gewacht.'

'Dat was helemaal niet nodig, Kevin. Ik heb aan mijn scriptie gewerkt en het toen laten lezen door een vriend in de biologieklas. Ik heb het vandaag ingeleverd.' Gehaast sprak ze verder, om zijn reactie te vermijden. 'En vanavond moet ik blokken voor een herexamen – *en Française*,' voegde ze daar weinig overtuigend aan toe.

'Ik heb me de hele nacht zorgen gemaakt… Ik wil tenminste weten waar je vannacht bent.'

Ze stond daar, ver bij hem vandaan, zonder haar jas uit te trekken, hopend dat hij weg zou gaan. Ze keek naar zijn ongeschoren gezicht en zag dat zijn anders zo keurig verzorgde kapsel er onverzorgd uitzag. Zijn leren jasje was scheef dichtgeknoopt.

'Kevin, is alles wel goed met je?'

'Het is de begrafenis. Die heeft herinneringen losgemaakt. De gedachte om dood te gaan is weer terug – '

'Weer?'

'Ik heb me zo eenzaam gevoeld.'

De woorden die ze ooit had geloofd, klonken nu onecht. Kwam het omdat ze zichzelf zo verdrietig voelde? 'Kevin, ik weet dat dit misschien niet het juiste tijdstip is om erover te beginnen, maar ik heb wat meer armslag nodig. Ik heb wat tijd nodig om de zaken op een rijtje te zetten. Mijn cijfers zijn belabberd en – '

Kevin greep haar hand. 'Ik dacht dat alles goed tussen ons was.'

Zijn hand voelde klam aan, en Laurel had de neiging om zich los te rukken. Maar ze wilde hem ook niet kwetsen. Hij deed tenslotte zo vreselijk zijn best.

Op dat moment ging de telefoon, waardoor ze de kans kreeg om weg te komen.

'Mini, hoi. Sorry, ik ben je misgelopen... lijkt me enig...' Tijdens het spreken wierp ze een nerveuze blik in Kevins richting. 'Ik – ik bel je terug,' zei ze, geprikkeld doordat ze zich door Kevins aanwezigheid geremd voelde. Voor ze kon ophangen, draaide hij zich om en verliet met hangende schouders en gebogen hoofd de kamer. Ze riep hem tenminste niet terug.

Terwijl ze met Mini een afspraak maakte, wierp ze een blik op het cadeautje dat Kevin voor haar had meegenomen en daarna in een la van de ladekast had gegooid. Alle cadeautjes van Kevin leken nu eerder iets kleverig dan aandoenlijks te hebben. Zich niet op haar gemak voelend, betastte ze de envelop, die ze openscheurde nadat ze had opgehangen.

Op een vel papier had hij een gedicht geprint.

Schaduw
Ik was gelukkig
  Zo onder een steen
En vond het nooit erg
  Daar zo alleen

Hoewel donker en verstild
  En zeer klein behuisd
Vond ik het niet erg
  Om te worden vergruisd

Ik vond het nooit erg
  Met mezelf te leven
Tot de steen bewoog
  Om me mijn vrijheid te geven

'Verlaat me niet, Laurel,' stond er in slordig handschrift onder geschreven.

'Ik wil er echt niets over horen, mam.'

Wat is er "met elkaar voldoende vertrouwen om eerlijk te zijn" gebeurd, dacht Jessica. 'Maar het gedicht dat Kevin heeft geschreven – '

'Ma-am, je weet niet alles.'

'Ik ben nog te *jong* om alles te weten.'

'Touché, mam, maar – '

'Oscar Wilde heeft dat voor het eerst gezegd.'

Jessica beëindigde het gesprek op een luchthartige toon. Ze kon het zich veroorloven. Ze ging naar Kevins geboortestad om hem aan de kaak te stellen, en dan zou ze Laurel vertellen wat ze te zeggen had, of ze dat nu leuk vond of niet.

'O Jess,' zei Tom. 'Ik heb opgebeld om met *jou* te praten, om te horen hoe het met *jou* gaat. Ik wil helemaal niets horen over Kevins gedichten.'

'Maar hij heeft ze gepikt, Tom, overgeschreven.'

'Het joch blijkt dus een kunstenaar te zijn, en geen schrijver. Die wanhopig zijn best doet om indruk te maken.'

'Zijn tekeningen zijn – foutloos, mechanisch, ieder onderdeel tot in de perfectie, als het uurwerk van een horloge. Ze hebben geen schoonheid… geen ziel.'

'Jess, lieve schat, hij is ook overduidelijk tot over zijn oren verliefd op Laurel. Heb je hem tijdens de begrafenis gezien? En nu je moeder er niet meer is, hebben jullie het allebei moeilijk. Ik ben blij dat Laurie op college iemand heeft op wie ze kan steunen – '

Voor ze antwoord kon geven, kwam er storing op de lijn en werd de verbinding met Brazilië verbroken.

'Geweldig,' zei Jessica, de telefoon neerleggend. De telefoonmaatschappij had haar net een afgang, een uitputtende woordenstrijd over Kevin bespaard. Tom was zo rationeel, en hij zat er, naar haar vaste overtuiging, waar het Kevin betrof zo vreselijk naast.

De volgende ochtend zou ze naar Kokomo vertrekken. Wat haar betrof was Kevin, van wie een dossier bestond, een… Wat eigenlijk? Was hij tenslotte niet op Cornell toegelaten? Twijfel bekroop haar. Had Tom hem dan toch goed ingeschat?'

Maar die ochtend hadden een paar strategische telefoontjes haar vermoedens over Kevin bevestigd. Hij had in Kokomo vanaf de kleuterklas tot en met de high school op school gezeten.

Ze wilde dat ze met Anyuka over haar plannen kon praten. Voor morgenavond zou Kevin Glade, zogenaamd pianist, valse dichter, en Weeskind van het Jaar, worden ontmaskerd. Bijna kon ze Anyuka haar succes horen wensen. '*Bon voyage, draga* Jessica. Goede jacht.'

McKenzie bracht zijn mok dampende koffie mee naar Sandy's kantoor en liet zich in haar stoel ploffen terwijl zij rapporten in een stalen dossierkast opborg.

'Ik haat papierwerk,' mompelde hij, kleine slokjes van zijn koffie nemend. Sandy's lege mok stond op het bureau en McKenzie keek begerig naar de met chocolade geglaceerde donut in de geopende papieren zak. 'Weet je zeker dat je die donut niet meer moet?'

'Uh-huh,' zei ze, haar laatste dossier opbergend.

'Zo, Ungar, wat is er aan de hand? Je hebt iets voor me verzwegen.'

Sandy keek op een lachte. Ze schoof de dossierkast dicht. 'Wilkerson heeft me uitgenodigd voor een dineetje.'

'De officier van justitie? Echt waar?'

'Wat vind jij ervan?'

'Lunchen is zakelijk. Dineren is genoegen.'

Sandy maakte een beetje een opgelaten indruk toen ze in de bezoekersstoel naast haar bureau ging zitten.

'Hoe is dat zo gekomen? Ik wist niet dat hij een zwak voor je had.'

'Ik ben bij hem langs geweest. Om hem zover te krijgen de aanklacht tegen de seriemoordenaar betreffende April Meadows te laten vallen. Misschien wil hij erover praten.'

McKenzie lachte. 'Ja hoor, Sandy, vast wel.'

'Hij heeft niet op mijn verzoek gereageerd. Maar als hij de aanklacht handhaaft, dan ben ik misschien een heel klein beetje overtuigd; hij begint tenslotte niet aan een zaak die hij niet kan vervolgen. Ik heb de laatste tijd trouwens genoeg aan mijn hoofd.'

'Romantiek.'

'Ha-ha.'

'Je kunt uit twee kerels kiezen. Wie wordt de gelukkige?'

'Doe me een lol, ik ken ze niet eens. Jij wel?'

McKenzie keek verrast. 'Vraag je om *mijn* mening?'

'Je had het bij Dan bij het goeie eind. Misschien luister ik wel naar je.'

McKenzie glimlachte. 'Bedankt Ungar. Jij hebt trouwens een verdomd goed agent van hem gemaakt…'

'Dus, wie wordt het, de aanklager of Martin?'

'Ik ben voor Martin. Hij is behoudend, en een betweter, maar het is een prima kerel, die je goed zal behandelen. De aanklager is te oud voor je. Maar het hangt er natuurlijk vanaf wat je zoekt,' zei hij schouderophalend.

'Iemand die me goed behandelt,' antwoordde ze snel.

'Ben je eerder getrouwd geweest?'

'Met iemand die dat niet deed.'

'Ik dacht dat je zo'n harde tante was.'

'O, maar dat ben ik ook. Zo ben ik opgevoed. We woonden in een harde buurt. Maar als ik ooit een kind heb, dan zal ik het opvoeden voor een goed leven, niet voor een slecht.'

'Het is een harde wereld, zeggen ze.'

'Vertel mij wat.'

'Laat me weten hoe het tussen jou en de aanklager afloopt,' zei McKenzie, op zijn weg naar buiten de laatste donut meenemend.

Het laatste gedicht bewees het, dacht Laurel. Kevin bevond zich op het randje van een zenuwinzinking, en een verkeerde actie van haar kant zou hem misschien het laatste zetje kunnen geven. Ze moest aan de kloof bij Cascadilla denken.

Goddank weet hij niets over Alan, dacht ze.

Hoofdstuk negentien

De snelweg werd overvloedig geflankeerd door reclameborden voor kunstmest, insecticiden en John Deere tractors. Het lange, vlakke traject van de luchthaven naar Kokomo was typerend voor het midden van de Verenigde Staten, en voor Jessica exotischer dan Rome of Parijs.

Maar afgezien van de afwezigheid van bomen en de woekerende klimop, had Kevins high school in elke voorstad van New York kunnen staan. Ze haastte zich tussen de witte pilaren door en liep de centrale, ronde trap op. Ze vond het vreselijk om misbruik van het vertrouwen van goedwillende mensen te maken, maar ze moest die school binnenkomen en met iemand praten die Kevin kende. Ze had om twee uur een afspraak met een coach, die ook Kevins geschiedenisleraar en studiebegeleider was geweest.

Er rinkelde een bel, en ze belandde in een stroom van leerlingen, maar niemand duwde haar opzij terwijl ze naar boven liep. Geen rauw gelach of schelle stemmen belaagden haar oren; leerlingen wisselden gedisciplineerd van lokaal. Verloedering en bedrog zouden in deze streek snel opvallen, dacht ze.

Dick Delilo wachtte haar op bij de deur van zijn klaslokaal. Hij leek meer op een geschiedenisleraar dan op een coach, dacht Jessica, hoewel hij fors gebouwd en ruim een meter tachtig lang was. Zijn peper en zoutkleurig haar en zijn hoornen bril gaven hem iets van een wetenschapper.

Hij begroette haar en stak een met krijtstof bestoven hand uit.

'Meneer Delilo, ik stel het bijzonder op prijs dat u terwille van Kevin tijd heeft willen vrijmaken. Zoals ik al heb verteld, maakt hij momenteel een moeilijke tijd door – hij ligt een beetje met zichzelf overhoop. U zou me erg helpen als u me wat meer over zijn jaren op de high school zou kunnen vertellen. In de tijd dat hij opgroeide was ik in het buitenland.'

'Voor Kevin doe ik alles. Maar helaas moet ik over een paar minuten surveilleren bij een examen, als invaller voor een zieke collega.'

'Ik vroeg me alleen maar af of er in die tijd *iets* is gebeurd waaruit bleek dat er iets aan de hand was.'

'Ik heb bij Kevin nooit iets bijzonders kunnen ontdekken. Maar ik zal u even snel bijpraten. Kort samengevat, was Kevin op onze school een held. Hij was *de* uitblinker, redacteur van het literaire blad, aanvoerder van het rugbyteam, noem maar op'

'Rugby? Daar heb ik hem nooit over gehoord. Daar is hij het type niet voor.'

'Ik weet het. Hij is niet bepaald een mannetjesputter. En buiten het veld droeg hij een bril. Maar hij was snel, slim, en fel.'

'Maar hij heeft artistieke vorming als hoofdvak…'

'Kevin kan alles. Hij speelde piano, zong zelfs in musicals. U kunt erg trots zijn op Kevin. Hij was een van mijn favorieten. Geliefd bij leerlingen, *en* leraren.'

'Hij weigert om over zijn tijd op de high school te praten.'

'Tja, ik weet wel zeker dat hij iets aan zijn hoofd had. Misschien heeft hij na de dood van zijn ouders te veel van zichzelf geëist. U kunt zich wel voorstellen dat we geschokt waren toen hij verdween.'

'Wat?'

'Toen hij vertrok om skileraar te worden, bedoel ik. Hij kon kiezen uit iedere universiteit van de Ivy League. Ik ben blij dat hij op Cornell heeft weten te komen. Een academische studie zou hem geen problemen mogen opleveren.' Hij wierp een blik op zijn horloge. 'Het was een genoegen om een familielid van Kevin te ontmoeten. Zijn ouders kende ik natuurlijk. Het was een vreselijke tragedie.'

'Ja, dat was het zeker,' zei Jessica, die van onderwerp wilde veranderen. 'Wat dat jaarboek betreft. Kevin schijnt er geen te hebben.'

'Dat ben ik niet vergeten. Dat heb ik met mevrouw Mooney, de jaarboek-consulente, besproken, en zij zal u een exemplaar sturen wanneer ze het heeft gevonden. Maar nadat we elkaar aan de telefoon hadden gesproken, bedacht ik me opeens dat Kevin daar niet in staat. Hij was in zijn examenjaar, en nogal veel afwezig. Ik herinner me nog dat ik hem heb gevraagd om naar de fotostudio te gaan voor de groepsfoto, maar dat heeft hij nooit gedaan. Begrijpelijk natuurlijk. Allebei je ouders verliezen als je zeventien bent. Ik vermoed dat het hem na het vliegtuigongeluk allemaal te veel werd. En dat net voor het eindexamen. Wat een nachtmerrie.'

Delilo's volgende woorden drongen nauwelijks meer tot Jessica door. Vliegtuigongeluk! Examenjaar? Ze probeerde haar opwinding te verbergen.

'Als u verder geen vragen heeft...' Hij wierp weer een blik op zijn horloge.

'Nee, nee, het spijt me dat ik u heb opgehouden. Ik was in de stad voor een vergadering, dus ik dacht...' Ze stak haar hand uit.

'Het was me een genoegen,' zei hij, krachtig haar hand schuddend. 'Doe Kevin de groeten. Ik weet dat het Kevin zal lukken. Het is een fantastische knul.'

Steeds wanneer Betsy aan die scène uit het verleden terugdacht, waren de indrukken altijd vaag geweest. Maar nu stond de lens waar ze door tuurde op scherp gesteld. Direct na het avondeten vertelde ze haar ouders wat Kevin die augustus had gedaan.

Het was een warme nacht geweest. Betsy lag in haar bed te slapen. Gekraak van het raamkozijn, handen die het schuifraam omhoog tilden, een onscherp gezicht in het maanlicht. Voordat ze het licht kon aandoen, lag Kevin naast haar in bed, met zijn gezicht tegen het hare gedrukt, haar met woedende ogen aanstarend.

'Ga weg, Kevin,' had ze gefluisterd. Hij perste zijn vochtige lippen op haar mond en zijn hand verdween in haar nachthemd en betastte haar borst. 'Mijn ouders zijn beneden – '

Angst verlamde haar. Vingers klemden zich om haar mond. Zwaar ademend ritste hij zijn broek open en drukte met zijn benen haar benen uit elkaar. Ze voelde hoe hij met zijn penis bij haar binnen probeerde te dringen.

'Een innig afscheid, mijn liefje.'

Ze beet in zijn vinger en duwde hem tegen het nachtkastje, waardoor de porseleinen lamp op de vloer aan scherven viel.

Toen hij haar vaders stem hoorde, stoof Kevin naar het raam. Er werd op deur geklopt, ze trok het laken omhoog, en terwijl de deur openging, glipte Kevin naar buiten. Een lichtbundel uit de gang viel op de versplinterde lamp.

'Het spijt me, pap,' wist ze moeizaam uit te brengen. 'Ik moet een nachtmerrie hebben gehad of zo en wakker zijn geschrokken.' Ze was blij dat hij haar gezicht niet duidelijk kon zien. Haar wangen brandden en haar lichaam gloeide, alsof het door angst en schaamte werd verteerd. Nog steeds voelde ze Kevins hand op haar borst, en zijn penis tussen haar dijen. Ze zag de uitdrukking op haar vaders gezicht. Ze wilde het hem vertellen, maar ze kon het niet.

'Geeft niks,' zei haar vader.

Haar moeder verscheen in de deuropening. 'Ik voel me niet zo lekker,' zei ze. Haar moeder ging naast haar op het bed zitten en voelde haar warme voorhoofd.

Kevin vertrok morgen naar Cornell! *Iedereen* bewonderde en vertrouwde Kevin. Misschien had ze hem wel uitgedaagd, zou ze zich later voorhouden. Misschien was het in ieder geval wel gedeeltelijk haar schuld.

'Waarom heb je het ons niet *verteld?*' vroeg haar moeder. 'Waarom niet?' Haar vader begroef zijn hoofd in zijn handen.

'Hij heeft me niet echt… verkracht –'

'Ik maak hem af, ik –'

'Ik wilde niets meer met hem te maken hebben, ik schaamde me te erg om het aan de grote klok te hangen.'

'Je had het *ons* kunnen vertellen,' zei Nicole, Betsy's handen tegen haar wang drukkend.

'Kon ik dat, mam? Je was altijd zo begaan met Kevin. *Arme Kevin.*'

'O, lieve God, het spijt me zo, lieverd.'

'Het is niet jouw schuld, mam.'

Nog steeds ongelovig zijn hoofd schuddend, probeerde haar vader te verwerken wat niet langer over de volmaakte Kevin kon worden ontkend. 'Wat zijn we stom geweest,' zei hij.

'En, wat doen we nu?' vroeg haar moeder, hen aankijkend.

'Bijt op zijn onderlip tot je tanden elkaar raken,' las Sandy. Zouden vrouwen hier onpasselijk van worden? vroeg ze zich af. Ze was een hoofdstuk over verkrachting aan het bewerken van de 'Handleiding voor zelfbescherming voor burgers', die ze voor haar departement aan het schrijven was. Ze legde haar potlood neer en greep een chipje uit de zak op haar bureau. Binnen twintig minuten zou ze zich naar huis moeten haasten om zich om te kleden voor haar afspraak met Wilkerson.

Dan McKenzie stak zijn hoofd om de deuropening. 'Heb je het

druk? Er is hier iemand – uit New York – die een vrouwelijke agent wil spreken.'

'Laat haar maar binnenkomen.' Toen ze de goedgeklede vrouw die kwam binnenstappen in het oog kreeg, ruimde Sandy haar papieren bij elkaar en borg ze op in een mapje. Duur mantelpakje, smaakvolle gouden juwelen, lakleren pumps. FBI? Ze propte de zak met chips in haar bureaula. Ze ging staan. 'Sandy Ungar,' zei ze, haar hand uitstekend.

'Jessica Lewisohn.'

'Ordehandhaving?'

Jessica lachte. 'Als u het lichten van de doopceel van je dochters vriend zo zou willen betitelen.'

Sandy ging zitten en verzocht Jessica met een handgebaar om in de stoel plaats te nemen. 'Als u daarvoor helemaal hier naartoe bent gekomen, dan moet het nogal belangrijk zijn,' zei Sandy. 'Wat is het probleem?'

'Ik denk dan mijn dochters vriend een oplichter is. Hij is een leugenaar en hij voert iets in zijn schild. Hij zit achter mijn dochter aan, maar niet op een *normale* manier. Ik ben net naar zijn oude high school geweest om inlichtingen over hem in te winnen. Het is vreemd. Zijn leraren waren kennelijk bijzonder op hem gesteld, zijn cijfers waren uitstekend en zijn gedrag was onberispelijk. Tot dusver zult u wel denken met een neurotische, sterk dominante moeder te maken te hebben. Nou, tot mijn schande moet ik bekennen dat dat gedeeltelijk ook zo is. Maar dat verandert niets aan mijn indruk over hem.'

'Gaat u verder, mevrouw Lewisohn. Ik luister.'

'Aangezien ik toch hier was, ging ik ervanuit dat ik maar beter meteen kon informeren of er hier iets over hem bekend was. Iets dat anderen niet kunnen weten.'

'De moeilijkheid is,' antwoordde Sandy, 'dat ik, alleen maar op grond van uw bewering dat hij nergens voor deugt, geen onderzoek kan instellen. Kijk, als hij nu iets van u had *gestolen*, dan zou dat een reden kunnen zijn om hem door de computer te halen.' Ze hield haar hoofd schuin, wachtend tot haar suggestie was doorgedrongen.

'Wel… hij heeft gelogen over een *ring*. Ja, de ring. Hij heeft een opalen ring gestolen.'

'Juist!' zei Sandy knikkend. 'Wat is zijn naam?'

'Kevin Glade.'

Sandy pakte de telefoon. 'Dan, voer eens een controle uit op Glade, Kevin. Kijk eens of je iets over hem kunt vinden.'

Jessica ijsbeerde onrustig heen en weer terwijl Sandy twee telefoontjes pleegde. Ze stopte voor het mededelingenbord aan de muur, waarop tientallen vastgeniete en opgeplakte mededelingen en posters prijkten. Op een van de foto's was een meisje te zien dat een angstaanjagende gelijkenis met Laurie vertoonde. Jessica voelde haar maag samentrekken toen ze het woord 'Vermoord' op de foto gestempeld zag staan.

Sandy zag de uitdrukking op Jessica's gezicht veranderen. 'Is er iets?' vroeg ze, nadat ze had opgehangen.

'Die foto. Dat is precies mijn dochter. Wat is er met haar gebeurd?'

'Vermoord door een seriemoordenaar. Of misschien door haar vriend.'

Jessica's keel werd dichtgesnoerd. 'Zo jong...'

'De vriend, een zekere Billy Owens, was helemaal geobsedeerd door een zekere Lorna Barrett – ' Sandy liet de huiveringwekkende details achterwege.

Dan kwam binnenlopen met een brede grijns op zijn gezicht. 'Ik heb hier een fax van de officier van justitie,' zei hij, met een vel papier wapperend. Hij legde hem op Sandy's bureau.

Vertraagd door werkzaamheden. Ontmoet me om 19.00 uur bij de Red River Grill. Oké? Ze las het bericht met een onbewogen gezicht. Toen keek ze op naar Dan. 'Kevin Glade?'

'Brandschoon. Noppes, nul komma nul.'

'Sterkte met uw vermoedens,' zei Sandy. 'En hou uw dochter in de gaten.'

Dus Kevin was de ideale schoonzoon, en zijn ouders rechtschapen burgers. Maar waarom had hij dan gelogen – beweerd dat zijn ouders toen hij vijf was bij een auto-ongeluk om het leven waren gekomen, terwijl ze tijdens een vliegtuigongeluk waren omgekomen toen hij in de examenklas van de high school zat?

Jessica maakte haar veiligheidsriem wat losser toen het vliegtuig hoogte begon te winnen. Ze had om een plaats bij het raam gevraagd, maar ze was te afwezig om van het uitzicht te genieten. Ze schoof haar kussen goed, liet haar rugleuning zakken, en bedekte haar benen met een deken met het groene logo van de luchtvaartmaatschappij. Kevin had gelogen over de dood van zijn ouders, over zijn leeftijd, over de Putney School, zijn geboortestad, zijn vermoorde 'Tante Tina', over Betsy's gedicht, en nu weer over het gedicht 'Herfstlied'.

Ze stelde zich zijn gladde, knappe gezicht voor, zijn onnatuurlijke donkere haar. Kleurde hij het bij? Waarom? Op zijn leeftijd? Ze hoorde zijn geneurie, het getrommel van zijn lange vingernagels op het tafelblad – om zijn gespannenheid te verbergen, of om de echo van zijn leugens te overstemmen? En toch zou Kevin volgens meneer Delilo piano moeten spelen. Maar mensen die piano speelden hadden geen lange nagels.

Ondanks het feit dat haar bezoek aan de politie niets nieuws over Kevin had opgeleverd, huiverde ze toen ze aan het vermoorde meisje op de poster dacht – een jongere uitgave van Laurel.

Wat zie ik over het hoofd? Wat zien we *allemaal* over het hoofd? vroeg ze zich telkens af.

De uitbundige roze en dieprood gekleurde bloemblaadjes op de scheefhangende poster van Georgia O'Keeffe deden haar aan schaamlippen denken. Misschien heeft Kevin er daarom zo'n hekel aan, dacht ze, een loshangende punt rechttrekkend. Ze bracht hem op zijn plaats, drukte er een punaise in, en sloeg hem met haar schoen vast. Ze zette de twee andere loszittende hoeken vast, waarna ze van bed klom en haar werk met voldoening bekeek.

Toen de telefoon rinkelde, negeerde ze hem en ging door met het wegstouwen van de berg wasgoed op haar bed in een kussensloop. Ze pakte de overige her en der in haar kamer neergegooide kledingstukken op en stopte ze in een tijdens het stofzuigen onder haar bed teruggevonden nylon waszak.

De telefoon bleef rinkelen, waardoor ze ten slotte haar oren dichthield tot het was afgelopen.

'Jij bent niet voor hem verantwoordelijk,' had Alan haar gisteravond voorgehouden. Geprikkeld leegde ze de inhoud van haar prullenmand samen met lege bierflesjes en limonadeblikjes in een grote plastic zak. Ten slotte pakte ze een mok van de vensterbank en schoof het raam omhoog om de kamer te luchten.

'Verdomme,' schold ze hardop, naar de zwijgende telefoon starend. Hij had de afgelopen twee uur hardnekkig gerinkeld. Ze was er zeker van dat het Kevins laatste tactiek was, zijn reactie op het afzeggen van hun afspraakjes om negen uur.

Wat moest ze doen? Ze kon hem niet eeuwig blijven ontlopen.

En het aanhoudende gerinkel van de telefoon maakte haar gek. Ze moest een manier vinden om hem haar gevoelens duidelijk te maken. En gauw ook. Ze gooide een stel gymschoenen en een stel laarzen onder in de kast en hing de overal rondslingerende schone kleren op. Ze pakte een vochtige handdoek van haar bureaustoel en hing hem aan een haakje aan de binnenkant van haar kastdeur. Ze pakte haar rugzakje met boeken van de vloer en zette het op haar bureau. Voelde ze nog steeds iets van liefde voor Kevin, of was het medelijden? Ze wist niet meer wat ze moest doen. Was het wel juist om vanavond naar Alan te gaan? Waarom niet? Waarom voelde ze zich net een halve misdadigster of zoiets, wanneer ze stiekem naar hem, of naar Mini en Doug wegsloop. Aanwezig of niet, Kevin had haar nog steeds in zijn macht.

Ze deed een stap achteruit en bekeek haar kamer met een kritische blik. Het was het hele jaar nog niet zo netjes geweest. Ze schoof het raam verder omhoog en staarde naar buiten. Het begon donker te worden, en ze zag een heldere volle maan. De volledige stilte en de spaarzame voetstappen op het pad brachten haar tot rust. Het was een heldere vriesnacht, en ze keek tussen de schaduwen, alsof ze daar een verborgen gestalte kon ontwaren.

Ze sloot het raam en liet de jaloezieën zakken. Opeens schoof ze de lamellen dicht om denkbeeldige nieuwsgierige blikken buiten te sluiten, waarna ze alle lichten aandeed en de geluidsinstallatie keihard aanzette.

Met toenemende ergernis sjokte Kevin naar Lauries flat. Waar was ze verdomme? Ondanks de opvallend over zijn schouder geslagen boekentas, had hij geen plannen om te studeren. In plaats daarvan had hij in de bibliotheek naar Laurel gezocht, waarna hij in een poging om haar te vinden langs Alans flat in de Stewart Avenue was gelopen. Hoewel ze thuis had moeten zijn, was haar telefoon de hele avond onbeantwoord gebleven. Hij had het net nog een keer vanuit de supermarkt op de campus geprobeerd. Hij naderde haar flat. Hij moest weten waar ze was. Misschien zou hij naar binnen moeten gaan om in haar dagboek te kijken. Hij passeerde haar raam en hield plotseling stil. Tussen de gesloten jaloezieën scheen licht. Ze was thuis! Hij dook weg bij de ingang. Was Alan bij haar? De deur ging open en er kwam een stelletje naar buiten. Kevin glipte snel naar binnen en liep in de richting van Laurels kamer.

Gespitst op het geluid van voetstappen op de trap of van een opengaande deur, drukte hij zijn hoofd tegen haar deur of hij Alans stem hoorde. Hij hoorde stemmen – de geluidsinstallatie. Zolang mogelijk luisterde hij ingespannen of hij iets hoorde. Plotseling werd de knop omgedraaid. Hij haastte zich naar de trap en verborg zich in de schaduw. Haar deur ging open en weer dicht. Hij hield zijn adem in tot hij haar sleutel in het slot hoorde ronddraaien. De buitendeur sloeg dicht, en terwijl hij zich achter haar aan haastte, hoorde hij achter haar deur het geluid van keiharde rockmuziek.

Hij volgde haar – te dichtbij – in de veronderstelling dat ze al om de hoek was verdwenen, in de richting van de parkeerplaats. Maar ze liep rechtdoor. En hij wist waarheen. Hij bleef staan en volgde haar met zijn ogen. Binnen enkele ogenblikken was ze uit het gezicht verdwenen. Geen boeken, geen auto. Hij draaide zich om en keek naar haar raam. Ze had het licht laten branden en hij kon haar geluidsinstallatie horen.

Wilkerson bestelde een vermout en Sandy dacht aan een pure Jack Daniels, maar zo tegenover hem zittend, met het witte tafelkleed tussen hen in, besloot ze toch maar een witte wijn te nemen. Haar lege, nerveuze maag, bedacht ze, zou wel eens tegen sterke drank in opstand kunnen komen.

Ze ving een reflectie op van haar spiegelbeeld in de spiegelwand tegenover haar en was blij met het compromis dat ze had gesloten tussen het sexy zwarte jurkje en het getailleerde mantelpakje. Ze droeg een kort wollen rokje, een zijden blouse, met daarop een leren vest. Ze droeg haar haar los, dat, nadat ze het had geborsteld, flatteus op zijn plaats was gevallen.

Onwillekeurig vroeg ze zich af of de aanklager alleen maar met haar aanpapte omdat hij wist dat April Meadows haar verantwoordelijkheid was en hij op het punt stond Jukes voor de moord op April aan te klagen. Had ze zich belachelijk gemaakt door zich voor een afspraakje op te tutten?

'Naar ik heb vernomen ben je nogal een feministe,' onderbrak Wilkerson haar stilzwijgende monoloog.

Hij zat er niet bepaald op zijn gemak bij, dacht Sandy. En de opmerking waarmee hij van wal stak, leek van tevoren te zijn gerepeteerd.

'Een feministe is iemand die gelooft in gelijkwaardigheid tussen mannen en vrouwen.'

'Wilkerson lachte. 'Wat een bescheiden ambities.'

De knoop in haar maag begon zich te ontwarren.

De ober bracht de menukaarten en de drankjes, en nadat Wilkerson een paar suggesties had gedaan, besloten ze de kreeft te nemen.

'Kom je hier regelmatig?'

'Vroeger wel, voor de dood van mijn vrouw.'

'O, neem me niet kwalijk. Wanneer…?'

'Twee jaar geleden – kanker.'

'Ik wist niet dat je getrouwd was geweest.'

'Zeven jaar. En jij? Ben jij ooit getrouwd geweest?'

Sandy knikte aarzelend, maar besloot hem toen in vertrouwen te nemen. 'Met een hufter. Ik zat nog op school. Door schade en schande…'

'Was het zo beroerd?'

'Hij was verslaafd en asociaal.'

'Ik kan me jou in zo'n soort relatie helemaal niet indenken.'

'Waarom niet? Vergeet niet dat ik toen nog een kind was. Maar ik heb ook een hoop sterke vrouwen meegemaakt die in zo'n rampzalige relatie terecht zijn gekomen. Terwijl ze er niet voor hadden *gekozen*. Maar volgens de zielenknijpers moet de schuld toch eerder bij de vrouwen worden gezocht. Maar daar trap ik niet in.'

'Interessant,' hij proefde zijn drankje. 'Ben je daarom zo betrokken bij de moord op April Meadows?'

'Gedeeltelijk, denk ik,' antwoordde ze, haar glas oppakkend. 'Dat heb ik nooit zo met elkaar in verband gebracht. Natuurlijk is het een soort zaak die je ten koste van alles wilt oplossen.' Ze nam een slokje wijn. 'Heb jij in deze zaak al besloten wat je gaat doen?'

'Ze is helemaal van jou. Ik heb net de aanklacht tegen Jukes wegens moord op haar laten schrappen. Je presentatie heeft me overtuigd.'

'Dank je,' zei Sandy, verheugd kijkend en ze hief haar glas in zijn richting.

'Graag gedaan,' zei hij. 'Het lijkt erop dat er bij jou in de buurt een moordenaar vrij rondloopt.'

'Heb je Kevin de laatste tijd nog gezien?' vroeg Mini. 'Hij ziet eruit als Humphrey Bogart na een zware nacht.'

'Ik hoop dat Laurie die engerd heeft thuisgelaten,' zei Doug. 'Hij heeft haar aderen tussen zijn tanden.'

'Ik heb haar gezegd dat we haar wilden spreken en dat we tussen twee oefenronden kort zouden pauzeren.'

'Heb je haar gezegd om zonder graaf Dracula te komen?'

Mini gaf Doug een por toen ze Laurie in de vrijwel verlaten eetzaal naar hen toe zag komen. 'Denk je dat ze op haar achterhoofd is gevallen?' fluisterde Mini.

Ze sprongen op om haar te begroeten. Ze leunde over de tafel en ze gaven haar allebei een kus op haar wang.

'Zullen we iets te eten halen?' vroeg Laurie, die zag dat het personeel al begonnen was met het wegruimen van het eten. 'Ik ben uitgehongerd,' zei ze, toen Doug en Mini weer gingen zitten.

'Ja hoor,' zei Mini, maar ze maakte geen aanstalten om op te staan.

Laurel ging onwillig zitten. 'Ik heb jullie in geen eeuwigheid gezien. Ik heb jullie gemist. En het debat, het zal me wel in mijn bloed zitten.'

'We hebben in een eeuwigheid niets van *jou* gehoord,' zei Doug.

'Dat is waar,' zei Laurel. 'Ik heb het nogal druk gehad.'

Mini en Doug keken elkaar aan.

'Dat is nogal zwak uitgedrukt, Laurie,' zei Doug tenslotte.

'We zijn al te lang met elkaar bevriend om elkaar wat op de mouw te spelden,' viel Mini bij. 'Laurie, ik wil je een serieuze vraag stellen. Wil je nog steeds met ons bevriend zijn? Een eerlijk antwoord graag.'

'Natuurlijk wil ik dat!'

Doug keek haar recht aan. 'Beloof je dat je dit niet aan Kevin zult vertellen?'

'Goed...'

'Echt waar?'

Laurie knikte. 'Dat beloof ik.'

'Goed dan, de zaak zit zo. Kevin heeft ons gezegd dat we bij je uit de buurt moesten blijven. Dat je wilde dat we je niet langer meer lastig zouden vallen. Het klonk als een soort dreigement. Als het waar is – het zij zo. Zo niet, dan vind ik dat je het moet weten.'

'*Nooit*! Ik heb nooit... dat is een leugen.' Lauries gezicht werd rood, en de honger in haar maag maakte plaats voor woede.

Nicole kwam Betsy's kamer binnen met een blad met een glas melk en zelfgebakken chocoladekoekjes en zette het neer op het bed. 'Ben je klaar met je huiswerk?'

Betsy knikte, en schoof haar boeken opzij om plaats te maken voor haar moeder om naast haar te komen zitten.

'Ik ben blij dat we pa zover hebben gekregen om zich rustig te houden,' zei Betsy. 'Ik wilde je onder vier ogen spreken.'

Nicole zag toe hoe haar dochter op de chocoladekoekjes aanviel en ze met melk naar binnen werkte. Eigenlijk nog een kind, dacht ze.

'Hoorde ik pap weggaan om cursus te geven?'

Nicole knikte. 'Lieverd, *waarom* heb je ons niets over Kevin verteld?'

'Ik wilde je niet teleurstellen, mam. Ik wilde niet dat je zou denken dat ik een trutje was. Ik wist dat je graag wilde dat ik een vriendje had, om er eens uit te komen...'

'Ik heb mijn eigen kind onder druk gezet, als een of andere eerzuchtige moeder die haar kind het toneel opjaagt. Ik had natuurlijk het beste met je voor. En Kevin *leek* gewoon ideaal.'

'Dat *was* in het begin ook zo. Maar hij nam me helemaal in beslag. En ik wist niet hoe ik me daarvan moest bevrijden. En hij ging weg om te studeren – '

'Weet je *zeker* dat je er niet mee naar de politie wilt gaan? Je vader en ik staan helemaal achter je!'

'Dat weet ik, mam. Maar ik weet het zeker. Probeer dat papa duidelijk te maken. Het is bijna twee jaar geleden.'

'Toen die vrouw uit New York hier was, zei je dat alles in orde was. Ik wou dat je toen wat had gezegd.'

'Maar je hebt me toen niet gezegd dat ze verdenkingen had. Je hebt me alleen maar over het gedicht verteld. En ik was zo blij dat ik van hem af was, dat het me niets kon schelen.'

'Lieve God, wat voel ik me schuldig tegenover die vrouw. Ze voelde dat haar dochter gevaar liep en ik geloofde haar niet. Betsy, lieverd, ik wil haar waarschuwen. Vind je dat goed?'

'Doe het. Nu direct!'

Nicole knikte en belde informatie. Maar als antwoord op haar verzoek hoorde ze een bandje, en haar hart zonk in haar schoenen toen ze de boodschap hoorde. 'Het telefoonnummer van Jessica Lewisohn is gewijzigd. Op verzoek van de abonnee is het nummer geheim.'

Hoofdstuk twintig

Beseffend dat de hel zou losbarsten als hij zou worden gesnapt, opende Kevin Laurels deur. Maar hij kon gewoon niet anders. Als hij haar niet zelf kon hebben, dan toch tenminste haar meest intieme dingen – haar achteloos weggeworpen ondergoed op het bed, de opengelaten tube tandpasta op de wastafel. Het was heerlijk om alleen met ze te zijn, met de dingen die bij haar hoorden.

Maar de kamer was opgeruimd, wat hij als een persoonlijke belediging opvatte. Hij zat haar altijd achter haar vodden om wat netter te zijn. Gisteren had het hier nog een zwijnenstal geleken. Maar de verandering was niet om hem te plezieren… maar Alan.

Hij trok de bovenste la van haar ladekast open en zocht naar haar dagboek. Ze kon ieder moment terugkomen – met Alan. Het was tien minuten lopen naar Alan, en vijf minuten met de auto. Zijn vingers woelden door haar lingerie. Haar dagboek was verdwenen. Hij doorzocht de andere laden, en haar nachtkastje. Hij bereikte een punt waarbij hij alle voorzichtig liet varen en zelfs tussen het afval zocht. Hij begon zijn gebruikelijke kalmte te verliezen en tartte het lot. Voordat hij helemaal door het lint ging, viel zijn oog op de nu keurig recht hangende, door hem zo verafschuwde poster op de muur.

Toen hij weg ging, sloot hij de deur weer af. Hij voelde zich licht in zijn hoofd. Hij wist dat er alleen maar een eind aan zijn ellende zou komen als hij Laurie terug had. Voorgoed. Hoe dan ook.

'Wat scheelt eraan,' vroeg Alan, met een arm om Laurels schouder geslagen toen ze samen op zijn bultige bank zaten. 'Was mijn spaghetti zo beroerd?'

Laurel nam het laatste slokje rode wijn uit haar glas. 'Nee, helemaal niet…met al die wijn in de saus en…' Ze staarde in haar lege glas en hield het schuin.

'Dat is het geheim van de kok. Of ligt het aan mij?' vroeg hij.

'O, nee, *echt* niet.'

'Je bent zo vreselijk stil vanavond. Is het de school of je moeder? Als die het niet zijn, dan blijft er maar een persoon over.'

'Ja, Kevin. Ik ben er net achter gekomen dat hij Doug en Mini onder druk heeft gezet. Nee, niet onder druk gezet – *bedreigd!*'

'Wat bedoel je? Hoe dan?'

'Hij heeft ze nota bene gezegd om bij me uit de buurt te blijven. Dat ik niet wilde dat ze me *lastig* vielen!'

'Wauw!'

'Ik zou hier waarschijnlijk beter niet kunnen zijn –'

'Ho 's even, Waarom *ben* je hier dan?'

'Omdat ik dat wil.'

Hij kuste haar op haar lippen. Ze beantwoordde zijn kus, maar trok zich toen terug. 'Het is tussen Kevin en mij lang fijn geweest. Maar als ik bij jou ben, besef ik pas hoe fijn ik me voel als hij niet in de buurt is. Ik moet een besluit nemen. Ik kan het niet blijven uitstellen. Ik moet het hem vertellen.'

Met een niet brandende sigaret in zijn mond, zogenaamd op een vuurtje wachtend, zijn excuus om in het donker bij Alans huis rond te hangen, leunde Kevin tegen de voorraadschuur. Het begon koud te worden. Hij had niet verwacht zo lang bij de schuur te moeten staan. Hij had er al gestaan voor Laurie kwam, en gezien hoe ze via de intercom was binnengelaten. Hij had ze zelfs boven voor het raam zien staan. Uren had hij ineengedoken in de schaduw op haar staan wachten. Zijn voet sliep, maar hij bleef waar hij was. Zijn ogen bleven gefixeerd op het verlichte venster.

Nu doofde het licht in het raam en het appartement werd donker. Hij wist het – ze sliep met die zak. Beelden bestormden zijn geest: de bloedige klauw van een hamer in een van het lichaam gereten keel, een opengespleten schedel. De bijtende wind bracht hem weer bij zijn positieven. Hij stampte met zijn voeten om de bloedcirculatie op gang te brengen en hij knipperde met zijn ogen om de beelden te verdrijven. Hij kwam te voorschijn. Alans auto stond tien meter bij hem vandaan geparkeerd. Voor het ogenblik zou zich hij tevreden moeten stellen met een ramp van beperkte omvang, zoals het verwijderen van een bougie of knoeien met de ontsteking, zodat de auto niet zou starten. Maar het was te riskant om de motorkap te openen als hij niet precies wist wat hij aan het doen was. Misschien kon hij beter suiker in de benzinetank gooien en zo de motor ruïneren. Alan was een minkukel, een getekende. Zijn auto naar de verdommenis helpen was nog maar het begin.

Plotseling zag Kevin op de grond een scherp, gekarteld voorwerp liggen. Het was een stuk gebroken glas van een versplinterd bierflesje dat glinsterde in het maanlicht. Hij keek om zich heen. Aan de overkant van de straat passeerden twee nachtbrakers. Hij liep naar de auto en liet zijn sleutels bij het achterlicht vallen. Toen zocht hij het scherpste stuk glas uit dat hij kon vinden en klemde het vast tussen de voorkant van het voorwiel en de grond, zodat het glas de band zou openrijten als de auto naar voren reed.

Hij wilde dat hij zijn woede met dat stuk glas op Alans keel kon botvieren.

Nicole lag behaaglijk in de armen van haar man Nat.

'Betsy wil niet naar de politie,' zei ze. 'Ze zegt dat ze er niets mee opschiet, en – '

'Wraak,' zei Nat.

'Dat is helemaal niets voor jou.'

'Het is gemakkelijk om ruimdenkend te zijn als het je dochter niet is.'

'Aangezien ze niet echt is verkracht, is de kans erg klein dat ze iets ondernemen tegen – '

'Dat stuk schorem.'

'Momenteel maak ik het me het meeste zorgen om de dochter van die vrouw.' Ze pijnigde haar geheugen. 'Ze heette Laurel.' Nicole fatsoeneerde haar nachtjapon en ging rechtop zitten. 'Jij bent altijd zo vindingrijk. Heb jij een idee hoe ik achter haar nieuwe telefoonnummer kan komen?'

'Informeer bij de politie. Vertel ze wat hij heeft gedaan. Ze hebben beslist toegang tot die nummers.'

'Ik zou ze kunnen vertellen wat er is gebeurd. Vertrouwelijk, natuurlijk...'

'Wacht eens, als haar nummer pas is veranderd, dan moeten haar oude nummer en haar adres nog in de huidige gids staan.'

'Nat, je bent geniaal. Wij kunnen haar schrijven en haar vragen of ze *ons* wil bellen.'

Kevin kon zich nauwelijks herinneren dat hij naar huis was gelopen en zijn deur had opengemaakt. Wat hij voelde leek veel op wat hij had gevoeld toen April hem had afgewezen. Hij wist dat hij er zich voor moest afsluiten. Maar het beeld van April, liggend op de vloer, maakte zich langzaam meester van zijn geest. Weer voelde hij razernij in zich oplaaien.

Hij wist dat hij die nacht – en de volgende dag, niets kon ondernemen. Er zouden geen colleges zijn, geen telefoontjes, geen bezoek. Hij beschouwde zichzelf als een gewonde soldaat, die in shocktoestand in zijn schuttersputje op de vijand ligt te wachten, terwijl hij zich afvraagt of het vlees dat hij voelt branden werkelijk het zijne is.

Laurel nam de telefoon op. 'Ik wilde net de deur uitgaan om te ontbijten,' zei ze toen ze haar moeders stem hoorde. Ze was net even snel langs haar kamer gegaan om iets anders aan te trekken en haar boeken te halen. Ze moest opschieten. Toen Alan wilde wegrijden om haar naar huis te brengen, bleek zijn auto een lekke band te hebben, zodat ze naar haar kamer had moeten lopen.

Alan… Ze besloot haar moeder voor de verandering eens aangenaam te verrassen.

'Mam, zal ik je eens wat vertellen? Ik heb een nieuwe jongen leren kennen! *En* hij is *joods*!'

Jessica vroeg zich af of ze het echt meende. Ze bedwong haar enthousiasme en concentreerde zich direct weer op de reden waarom ze had gebeld. 'Wat fijn voor je, lieverd, maar hoe moet het dan met Kevin?'

Het was even stil. Toen: 'Ik mag omgaan met wie ik wil,' zei ze, alsof ze het tegen zichzelf had. 'Kevin of geen Kevin.'

Jessica deed haar mond open om iets te zeggen, maar ze was bang dat ze in gejuich zou uitbarsten. Goedkeuring kon dodelijk zijn.

'Aarde roept moeder. Mam, ben je er nog?'

'Ja hoor, ik ben er. Wie is de gelukkige?'

'Hij heet Alan. Hij heeft kort haar, draagt gymschoenen, en hij koopt zijn kleren bij Brooks Brothers. Helemaal jouw type. De droom van een moeder komt in vervulling.'

'Werkelijk?' Jessica probeerde haar genoegen niet te laten blijken.

'Je zou het geweldig vinden als ik Kevin de bons zou geven en met sloddervos Alan Levine thuis zou komen, hè?'

Rustig aan, Jessica, je staat op glad ijs. 'Hij mag dan misschien joods zijn, maar heeft hij ook een graad?'

'Helemaal niet,' antwoordde Laurel lachend. 'Hij wordt een arme leraar.'

'Nu is het mijn beurt,' besloot Jessica. 'Ik heb al eerder gebeld omdat ik de hele nacht niet heb kunnen slapen.'

'O,' zei Laurie.

'Er is iets dat ik je wil vertellen over Kevin.' Ze sprak gehaast, bang dat Laurie haar zou onderbreken. 'Ik weet dat je erg veel om hem hebt gegeven, maar er is iets dat je moet weten.' Hij is een oplichter, een sjoemelaar zou Rozsi zeggen, wilde ze zeggen, maar ze hield zich in. 'Dat gedicht – dat over de herfst?'

'Ja?'

'Dat gedicht is niet van hem. Dat is geschreven door William Griffith!' Ze stond op het punt om Laurel alles te vertellen, om te beginnen met Betsy's gedicht over Vermont. Maar Laurel onderbrak haar gedachten.

'Je kon gewoon niet wachten om het me te vertellen.'

'Laurie, wacht – '

'Je wordt *bedankt*, mam. Bedankt dat je hem in de gaten hebt gehouden.' Ze smeet de hoorn op de haak, snelde naar haar bureau, en vond het gedicht dat Kevin zogenaamd speciaal voor haar geschreven zou hebben. Terwijl ze het las, wist ze dat hij dit nooit had kunnen schrijven en ze kon gewoon niet begrijpen dat ze dat niet eerder had opgemerkt.

Vail lag twee dagen achter hem, en daarmee ook zijn leven als skileraar, dacht Kevin Glade toen hij het geluid van de uit de luidsprekers van zijn autoradio dreunende Spin Doctors wat zachter zette. Natuurlijk, hij had er tegenop gezien om naar zijn geboortestad terug te keren. Maar de verkoop van het huis had hem gedwongen de feiten onder ogen te zien, om volwassen te worden. Een snelle verkoop van zijn huis was geheel volgens zijn leefstijl en liet hem geen tijd voor gevoelens van spijt. Hij probeerde zich het huis uit zijn jeugd voor de geest te halen: zijn eigen kamer, de tuin achter het huis, de huiskamer, de stenen schoorsteenmantel – een doordringend geluid.

Zodra hij het geluid van de sirene hoorde, wist hij dat hij behoorlijk in de nesten zat. En zeker nu bij zijn laatste tankstop in het benzinestation zijn portefeuille was zoekgeraakt, of ontvreemd.

Wensend dat hij de cruisecontrol maar had ingeschakeld, begon hij af te remmen. In de veronderstelling dat hij na het passeren van een snelheidscontrole niets meer te vrezen had, had hij de Porsche op zijn staart getrapt. En dat terwijl hij bijna thuis was. Ex-thuis. Kokomo, Indiana.

Ten slotte reed hij langzaam genoeg om de auto de berm in te sturen en onmiddellijk betreurde hij het dat hij een T-shirt had aangetrokken waarop 'Weg met betutteling,' stond te lezen, en dat hij eruit zag als een paria omdat hij zonder contant of plastic geld de hele nacht in auto had moeten slapen. Hij wierp een snelle blik in de spiegel, naar zijn stoppelbaard en zijn slordige haar. Had hij zijn dure leren jasje maar aangetrokken in plaats van het gebarsten en afgedragen jack dat hij liever droeg.

Naast zijn raam verscheen een agent. Weer een fout. Voordat de agent was uitgestapt, had hij uit zijn auto moeten springen en naar de politieauto toe moeten lopen. Dat deden zijn kameraden altijd, maar zijn vader was altijd blijven zitten. Wanneer de agenten op zijn rijbewijs zagen dat hij arts was, dan werd hij direct met alle egards en voorkomendheid behandeld.

'Dat was dik over de honderdtwintig, vriend,' zei de agent. Zijn blik dwaalde door de auto. 'Rijbewijs,' zei hij.

'Ik ben pas mijn portefeuille kwijtgeraakt, agent.'

'Best hoor, vriend.' De agent wenkte naar zijn collega.

Kevin begon weer wat hoop te krijgen. Zijn partner maakte een jonge en energieke indruk. Maar agent nummer een deed het woord.

'Uitstappen. Je zult worden gefouilleerd en de auto wordt doorzocht. Je zult moeten voorkomen. Als je wordt veroordeeld en de boete niet kunt betalen, dan wordt je in hechtenis genomen totdat de boete is voldaan.'

Op die manier had hij veel andere stomkoppen in zijn autoval weten te vangen, dacht Kevin terwijl hij uitstapte. Ook een manier om de county wat extra inkomsten te bezorgen. Gewoon rustig blijven, je advocaat bellen, en je bent zo weer weg, hield hij zichzelf voor.

'Controleer eens of er een auto is gestolen,' zei de agent tegen zijn jongere collega. 'En... wat is je naam?'

'Glade, Kevin, agent.'

De agent knikte naar zijn collega, die op een drafje naar de politieauto liep.

'Omdraaien.'

Zoals hij in films had gezien, ging Kevin met zijn gezicht naar de auto gekeerd staan en legde zijn handen op het dak.

'In het bezit van drugs of wapens?'

'Nee agent,' antwoordde Kevin, verbaasd zijn stem te horen beven.

Jessica draaide de sleutel om in het slot van de zware vergrendeling, draaide de knop naar rechts, en duwde de deur open. Rozsi's woonkamer heette haar welkom alsof er niets was gebeurd. Er lag nauwelijks stof op de meubels.

Het was de eerste keer dat ze het appartement betrad nadat de politie het had vrijgegeven. Ze liep behoedzaam het halletje in, alsof ze iemand stoorde, iets deed wat niet hoorde. Ze verwachtte bijna haar Anyuka onder de douche vandaan de badkamer uit te zien komen. 'Jessica, *draga eletem!*' Wat een onverwachte verrassing!' Maar er was geen Anyuka, alleen haar appartement, dat een afwachtende atmosfeer uitademde.

Jessica liep de stilte tegemoet, naar de woonkamer, en ze zette de radio aan om zich te troosten met de muziek waar haar moeder altijd naar luisterde. De klanken van Rubinstein die Chopin speelde... het was bijna alsof de geest van haar moeder het appartement vulde.

Toen zag ze het, de sculptuur en de geschenkdoos op de salontafel. Ze probeerde haar tranen terug te dringen toen ze dichterbij kwam. Ze pakte de wenskaart voor Chanoeka op. De sculptuur was Rozsi's laatste cadeau aan haar. Ze knipte de schakelaar aan om de fluorescerende bloemen te verlichten, en toen het licht in de kamer uit, waarna ze huilde bij de etude waarvan ze wist dat Rozsi ervan zou hebben genoten.

Nadat agent nummer een, Parker, vermeldde zijn naamplaatje – Lucas, agent nummer twee, had opgedragen om een sleepauto op te roepen, wist Kevin dat verder argumenteren zinloos was. Tijdens de rit naar het hoofdbureau voor het afhandelen van de formaliteiten zat hij zwijgend op de achterbank van de politieauto. De rechter, zetelend in een rechtszaal kleiner dan een kantoorvertrek, had er slechts drie minuten voor nodig om tot een uitspraak van vijfhonderd dollar te komen, waarna hij weer was vertrokken voordat Kevin een woord van protest of verweer had kunnen laten horen.

'Wanneer kan ik mijn advocaat bellen?' vroeg hij voor de derde keer tijdens de twintig kilometer lange, door onbekend gebied voerende rit naar de gevangenis.

'Te zijner tijd,' antwoordde Parker met zijn flegmatieke stem. Toen ze de parkeerplaats opreden en Kevin het enorme, met prikkeldraad omgeven, uit betonblokken opgetrokken gebouw in het oog kreeg, met de op de binnenplaats basketballende gevangenen, zonk zijn hart hem in zijn schoenen.

De agenten lieten hem achter in een open, door cellen omgeven ruimte. In aanwezigheid van de gevangenen was hij gedwongen zich tot op zijn ondergoed uit te kleden om de bewaker in de gelegenheid te stellen om zijn lichaam op littekens te inspecteren. Hij trok een groene kiel en broek aan, die aan de kleding van een chirurg deden denken. Hoe hij zich er ook van probeerde te overtuigen dat alles weer goed zou komen, het mocht niet baten. Toen ze zijn horloge in beslag namen, keek hij erop hoe laat het was. Sinds ze hem voor te hard rijden hadden aangehouden waren er drie uur verlopen. En niemand ter wereld wist waar hij was.

'Ik zou nu graag willen opbellen,' zei hij tegen de bewaker die hem naar een cel begeleidde.

De bewaker opende de hek van de cel en sloot dat weer zodra Kevin naar binnen was gegaan. 'Hoe heet je?'

'Glade, Kevin Glade.'

'Ik zal eraan denken om er een notitie van te maken,' zei hij, terwijl hij wegliep en uit het gezicht verdween.

Jessica sleepte een met fotoalbums, zilveren kandelaars, en haar vaders postzegelverzameling volgepakte koffer naar de lift. Jamie had haar aangeraden om alle kostbaarheden van Rozsi weg te halen voordat de junkies haar onbewoonde appartement in bezit zouden nemen. Nerveus drukte ze krampachtig haar hand tegen haar jaszak waarin ze Rozsi's trouwringen, het polshorloge ter ere van haar verloving, en de ketting met parels die haar vader haar op haar twintigste verjaardag had gegeven, had opgeborgen.

Ze haastte zich naar haar dubbel geparkeerde auto, vandaag eens zonder parkeerbon, dankbaar dat ze hier geen taxi hoefde aan te houden.

Eenmaal thuis, voelde ze zich beschaamd door de opluchting die ze had gevoeld toen de portier haar begroette en haar koffer aan de liftbediende overhandigde. In haar woonkamer, nippend aan een glas sherry, en luisterend naar een andere vertolking door Rubinstein van Chopin, nog steeds uitgezonden door QXR, kwam ze langzaam tot rust. Ze sorteerde Rozsi's bekende art-decosieraden, en niet lang daarna bladerde ze herinneringen ophalend in een oud fotoalbum.

Toen de telefoon ging keek ze op de klok. Ze was bijna een uur in gedachten verzonken geweest. Dat moest Tom zijn, dacht ze. Hij belde altijd graag na tienen.

Maar het was Nora, de hoofdverpleegster van de psychiatrische inrichting.

'Ik hoop dat ik niet te laat bel, Jess, maar ik heb hemel en aarde moeten bewegen om aan je telefoonnummer te komen.'

'Het spijt me Nora, ik had het je moeten laten – '

'Maakt niet uit. Het heeft me alleen wat opgehouden. En ik had het al zo druk. Het is trouwens goed nieuws. Gekke Ed Polley zit weer achter slot en grendel. Op Ward's Island. Hij was weer stoned en was gestopt met zijn medicatie. Hij heeft geprobeerd een klein meisje voor een auto te duwen. Hij zit al twee weken binnen en is tenminste voor twee jaar opgeborgen.'

Er kroop een kille huivering over haar rug. 'Zit hij al twee weken opgesloten? Weet je dat *zeker*?'

'Nou en of.'

'Maar hij heeft me in die tijd gebeld. Hij heeft me gebeld op de nacht dat mijn moeder stierf!'

'Het spijt me Jess. Ik wist het niet van je moeder.'

Haar woorden drongen nauwelijks tot Jessica door. 'Nora, weet je het zeker? Ik ben midden in de nacht gebeld – tot voor een paar dagen…'

'Ed Polley is ontoerekeningsvatbaar. Hij zit in een isolatiecel. Het is uitgesloten dat hij na werktijd zou kunnen bellen.'

Jessica was op dat ogenblik te verbijsterd en te bang om zich te realiseren wie de geheimzinnige opbeller was.

Kevin Glade wierp een vluchtige blik op het pakketje dat de bewaker hem had overhandigd. Hij keek naar de plompe tandenborstel met de ronde steel, en het boekje met een beknopte samenvatting van de rechten van een gevangene. Met zijn armen over elkaar leunde hij tegen een zijmuur van de drukbezette cel, en probeerde een soort houding van 'met mij haal je geen geintjes uit' aan te nemen. De meeste van deze mensen waren waarschijnlijk armzalige dieven en parttime drugdealers. De vraag 'waarom zit je hier', vormde het hoofdbestanddeel van de conversatie. Een oude gevangene klampte hem aan om zijn boete van tweehonderd dollar voor hem te betalen. Een of andere ondernemende gevangene had een laken weten te ritselen – er was geen laken in een van de vier kooien te bekennen – om het als een soort scherm aan het ventilatierooster vóór het toilet te hangen, maar niemand van de mannen leek erop gebrand te zijn om van deze faciliteit gebruik te maken.

Een in het oranje geklede gevangene met handboeien om en kettingen om zijn enkels werd de cel in geduwd. Hij schold en probeerde de bewakers van zich af te duwen, waardoor enige opschudding ontstond. 'Wanneer ga ik naar boven?' riep een man tegen de bewaker.

'Ik wil naar boven,' echode een ander.

Boven bevonden zich de permanente, de betere cellen. Toen de opwinding toenam, kwamen nog twee bewakers aanrennen. Degenen met nachtdienst, hadden er geen bezwaar tegen om zich met een woedende misdadiger met een zware straf boven zijn hoofd bezig te houden. De mannen weken achteruit om de gevangene in het oranje de ruimte te geven.

'Wanneer mag ik opbellen?' riep Kevin naar een bewaker.

'Heb je een boete gekregen?'

'Ja!'

'Wat is je naam?'

'Glade, Kevin.'

De bewaker nam de situatie in ogenschouw, die kennelijk weer onder controle was en voegde zich bij de andere vertrekkende bewakers. 'Oké, Glade. Ik kom terug.'

'Tom, ik heb op je telefoontje zitten wachten. Ik stond net op het punt om je zelf te bellen toen de telefoon ging.'

'Je lijn was steeds bezet, Jess. Wat is er aan de hand?'

'Ik ben net terug uit Anyuka's appartement – een uur geleden. Ik was er voor het eerst zonder haar.'

'Jess, het spijt me dat ik niet bij je ben. Ik weet hoe moeilijk het is. Kun je het volhouden tot Kerstmis?'

'Tom, er is nog iets anders. Nora belde. Ed Polley zit weer op de psychiatrische afdeling.'

'Goed nieuws.'

'Helemaal geen goed nieuws. Hij zit daar al twee weken, en ik ben *daarna* opgebeld. Op de nacht dat Anyuka stierf. Het is niet Ed Polley die me heeft opgebeld, heeft geterroriseerd. Het is *Kevin!* Ik had het moeten weten. *Het is Kevin.*'

'Het is midden in de nacht!'
   'Ik weet het Eric, sorry.'
   'Al goed, Kevin. Hé, waar zijn advocaten anders voor? Laat het antwoord maar zitten.'
   'Ik zit al zo'n uur of acht in de gevangenis. Ik heb het gevoel dat ik in een ander land zit. Op een andere planeet.'
   'Ik kom je halen.'
   'Stuur alleen maar die vijfhonderd dollar – maak er duizend van. Nee, tweeduizend. En een auto.'
   'Komt voor mekaar.'
   'En, Eric?'
   'Ja?'
   'Nog een ding. We slepen ze voor de rechter!'

Hoofdstuk eenentwintig

'Billy, ben jij dat, Billy?'
    'Ja mam, ik ben het!'
    'Van harte gefeliciteerd met je verjaardag, jongen.'
    Hij verbrak de verbinding. Hij wist dat de politie als ze maar genoeg tijd kregen een gesprek konden traceren.

Terwijl de rij voor het loket op het postkantoor tergend langzaam korter werd, vroeg Nicole zich af of ze in haar brief aan Jessica wel genoeg had aangedrongen. En haar Engels was natuurlijk ook nog niet honderd procent. Ze las de brief nog een keer.

> *Geachte Jessica Lewisohn,*
> *Tot mijn spijt moet ik u mededelen dat uw mening over Kevin volkomen terecht was. Hij heeft geprobeerd mijn dochter seksueel te belagen. Gisteren heeft Betsy ons pas onthuld wat Kevin haar heeft aangedaan. Het voorval heeft afgelopen juni plaatsgevonden.*
> *Ik ben ervan overtuigd dat u onze wens om deze informatie met de nodige discretie te behandelen ,zult respecteren. Ik schrijf u dit als de ene moeder aan de andere om uw dochter te waarschuwen. Om persoonlijke redenen heeft Betsy ervanaf gezien om een aanklacht in te dienen.*
> *Belt u me alstublieft zodra u deze brief heeft ontvangen. We maken ons ernstige zorgen over Laurel.*

Nerveus stuurde Nicole de brief per expresse weg. Hopelijk ben ik niet te laat, dacht ze, terwijl ze zich wel voor het hoofd kon slaan dat ze Jessica niet serieus had genomen. Maar de jonge Kevin was

230

zo voorkomend geweest… Ze kon zich nog steeds niet voorstellen dat hij… Ze had zelfs nog moeite met de gedachte.

Lieve Kevin,
Ik heb dit steeds uitgesteld omdat ik om je geef. Maar ik voel me niet meer gelukkig. Weet je nog die dag aan het meer toen we el-kaar voor het eerst zagen?
Laten we alles wat we samen hadden niet bederven…

Laurel smeet haar pen op haar bureau en sloeg haar dagboek dicht. 'Wees niet zo'n bange trut,' zei ze hardop. 'Zeg het hem zelf. Vertel hem de waarheid en maak schoon schip.' In belang van ons beiden. Waar ben ik eigenlijk bang voor? Kevin kon haar soms angst aanjagen, maar de laatste tijd liet hij haar met rust. In zekere zin leek hij eerder te beklagen dan om bang voor te zijn.

Hij had hem zien liggen bij een juwelier in Ithaca. En iedere keer als hij er voorbij kwam, zag hij in gedachten Laurel in een witte, kanten bruidsjurk met die ring om. En hij stond naast haar, in smo-king, en toen ze hem haar hand toestak, schoof hij een trouwring om haar vinger. Tot de dood ons scheidt, dacht hij, de winkel bin-nenstappend.

'Ze houdt nog steeds van me,' fluisterde hij hardop, toen hij het dagboek weer zorgvuldig op Lauries bureau teruglegde. Hij voelde in zijn zak naar de ring. Zou hij hem hier voor haar neerleggen? Nee, dat zou niet erg slim zijn. Hij zou buiten haar kamer op haar wachten en haar meenemen naar dat nieuwe, chique restaurant in Ithaca, om hem dan na een dineetje bij kaarslicht aan haar te ge-ven, en haar ervan te overtuigen hoe gelukkig ze de rest van haar leven met hem zou zijn.

Hij verliet snel de kamer, deed de deur op slot, en ging op de koude stoep voor het gebouw zitten. Hij steunde zijn hoofd met zijn handen. '*Alan is een goede vriend.*' Daar zo buiten zittend, mompelde hij de woorden keer op keer voor zich heen. Het waren de woorden uit haar dagboek. En het boek had daar vandaag zo-maar gelegen, open en bloot. Alleen maar *vrienden*? Had ze soms de nacht niet bij hem doorgebracht? Alan was een gevaar, of hij nu met haar sliep of niet. Hij moest hem zien te lozen.

Laurel was naar Kevin gegaan om met hem te praten, maar hij was niet thuis geweest, waarna ze ontdekte dat hij zijn tenten bij haar voordeur had opgeslagen. Haar ergernis werd er bepaald niet minder door toen hij haar als een hoopje ongeluk gedwee naar haar kamer volgde.

Kon ze hem maar zeggen dat ze wist wat hij tegen Mini en Doug had gezegd, maar ze had haar woord gegeven. Ze zou met het gedicht beginnen.

'Kevin, mijn moeder belde vandaag. Ze had een paar dingen over je ontdekt...'

Kevin toonde geen enkele reactie.

Ze haalde een blaadje papier uit haar bureau en hield het hem voor. 'Zegt de naam William Griffith je iets? *Hij* heeft "Herfstlied" geschreven Kevin, niet jij.'

Nog steeds geen reactie.

'En wie heeft dit gedicht geschreven?' Ze las voor: '"Ik vond het nooit erg met mezelf te leven, tot de steen bewoog om me mijn vrijheid te geven." Was het dezelfde dichter die al je andere gedichten heeft geschreven?'

'*Sorry* hoor. Hij greep het stuk papier met beide handen beet en verfrommelde het tegen zijn borst. 'Ik ging er gewoon vanuit dat een lotgenoot er geen bezwaar tegen zou hebben als ik van zijn woorden gebruik maakte. Hij is dood, Laurie. De gedichten zijn publiek eigendom.'

'Daar gaat het niet om, Kevin.'

Ze ging op bed zitten en zag hoe hij het papier in stukjes scheurde en ze boven de prullenmand naar beneden liet dwarrelen.

'Ik geef het toe,' zei hij mistroostig. 'Ik zou geloof ik tot alles in staat zijn om je bij me te houden, Laurie, om je te laten zien hoeveel ik van je hou.'

Laurie voelde haar ergernis wat wegebben, maar toen moest ze weer denken aan zijn dreigement aan Doug en Mini.

'Kevin, het gaat niet alleen om de gedichten. Dat weet je best. We zijn gewoon niet gelukkig samen.' Ze hield hem nauwlettend in de gaten, hopend op een of ander teken waaruit zou blijken dat dit misschien toch minder problematisch zou verlopen dan ze had durven hopen. Zijn reactie was zowel typerend als onverwacht.

Opeens knielde hij bij het bed voor haar neer. 'Laurie, neem nu alsjeblieft nog geen besluit, niet nu je boos op me bent. Het is niet eerlijk tegenover ons beiden – '

'*Hou daarmee op*, Kevin. Het klikt niet meer tussen ons.'

'Geef me nog een kans.' Hij sloeg zijn handen voor zijn gezicht. 'Laurie, ik weet niet wat ik zonder jou moet beginnen. Ik maak mezelf van kant als je – '

'Kevin, doe niet zo belachelijk.'

'Geef me nog een kans. Nog een weekend. Meer vraag ik je niet.' Hij greep haar rok beet. 'Laurie, alsjeblieft.'

Ze rukte zich van hem los en liep rusteloos heen en weer in haar kamer.

'Ik wil dit weekend niet alleen zijn,' zei hij, achter haar aan lopend. Hij wilde dat hij haar de waarheid kon zeggen – dat hij vandaag jarig was – maar hij had gelogen en tegen haar gezegd dat het volgende maand was. 'Je hebt beloofd dat we dit weekend zouden weggaan. Weet je nog?'

'We hebben het erover *gehad* om te gaan...'

'Ik rekende er helemaal op.'

'Waarom moet het speciaal *dit* weekend zijn?'

'Het is... ik heb iets dat ik je wil laten zien.'

'*Kevin,* het spijt me, maar...'

'Voel je dan *helemaal* niets voor me?'

'Natuurlijk wel. Maar het is niet meer hetzelfde...'

Alan! Hij *wist* het. Razernij begon in hem te groeien. Ik moet haar hier weg krijgen, haar de ring laten zien. Hij sprak langzaam, terwijl zijn hand in zijn zak sidderend de ring betastte.

'Heb je soms andere plannen?' Hij zocht koortsachtig naar een manier om haar naar Hartewoods te krijgen. Plotseling wist hij het. 'Ik heb kaartjes voor het concert van de Stones! Ik had je willen verrassen als we in Hartewoods waren. Het is daar vlakbij, in de Middletown Arena. We zouden 's nachts in het huis kunnen slapen.'

'Kevin, het concert is uitverkocht. Hoe heb je – '

'Ik heb de kaartjes al sinds augustus. Ik heb ze gekocht zodra ze in de verkoop kwamen. Ik weet hoe gek je bent op de Stones. Wil je soms niet?'

'Dolgraag, maar – '

'We zijn zondag weer terug. Het is waarschijnlijk hun laatste optreden.' Hij probeerde zijn stem rustig te houden. 'We nemen afscheid van de Stones. En als het tussen ons echt voorbij is, nou, dan is het ook ons afscheid.' Hij genoot van die laatste sentimentele toevoeging. Dat zou haar over de streep moeten trekken.

'Kevin...'

'We denken aan de heerlijke tijd die we samen hebben gehad en maken er gewoon een fijn weekend van. Slechts *een* weekend uit je leven, Laurie.'

'Gewoon als vrienden?'

'Afgesproken. Gewoon als vrienden.'

Toen Kevin de uitdrukking op Lauries gezicht zag, wist hij dat hij had gewonnen.

Zo gauw hij weer terug was op zijn kamer, toetste hij het nummer in van een mobiele telefoon in Manhattan. Het was zijn dealer in Manhattan.

'Met mij, maat. Uit de rimboe. Je moet me matsen.'

'O ja? Wat heb je nodig?'

'Twee kaartjes voor de Stones.'

Zijn dealer lachte.

'Het is voor mijn vriendin...'

'Dat gaat je een smak kosten,' zei hij, weer lachend. 'Maar geen probleem, amigo. Ik heb daar een adres waar je ze kunt oppikken. En veel lol met het mokkeltje, maat.'

'Jongen keert terug naar zijn geboorteplaats. Een stelletje hersenloze macho's houdt hem aan voor te hard rijden, stoppen hem daarna in een cel en laten hem pas na acht uur zijn wettelijk toegestane telefoontje plegen. Hij heeft lang haar, draagt zo'n ouderwets brilletje, en ziet eruit als een hippie. En tot overmaat van ramp rijdt hij ook nog in een Porsche!' Al pratend, zwaaide McKenzie heftig met het dossier boven Sandy's bureau door de lucht.

'Dus nemen ze aan dat de Porsche is gestolen. Maar ze hadden zijn verhaal kunnen natrekken.'

'En nu dient hij een aanklacht in.' McKenzie liet het dossier op haar bureau ploffen.

'En de knapen boven zitten hem te knijpen, nietwaar?' merkte Sandy op.

'Precies.'

Sandy wierp een blik op het dossier. 'Ik handel het wel af.'

'Waarom zou je erbij betrokken raken? Het is commissaris Lovetts probleem.'

Sandy kon zich Jessica Lewisohn, die bezorgde moeder uit New York, nog goed herinneren. Wat een prachtkans om die vriend in hoogsteigen persoon te ontmoeten, dacht ze.

Sandy pakte het dossier en stond op. 'Dat vertel ik je nog wel eens. Kevin Glade heeft mijn speciale belangstelling.'

Toen Jessica de deur van het donkere theater openduwde, kwam het geluid van gelach en orkestmuziek haar tegemoet. In haar haast was ze de middagvoorstelling van *Pinafore* helemaal vergeten. Ze moest Ricky spreken, en toen ze Kleine Boterbloem een van Jessica's favoriete liedjes hoorde zingen, wist ze dat het pas het eerste bedrijf was. Ze maakte een kwartslag rechtsom en stapte over het fluwelen koord, waarna ze de trap naar het balkon op liep totdat ze bij de belichtingcabine was gekomen. Voorzichtig deed ze de deur open. Ricky droeg een koptelefoon met microfoon en riep aanwijzingen naar de show. Stefan en Dennis, de technische managers, stonden bij het raam de gang van zaken op het toneel te bekijken. Ze draaiden zich om voor een glimlach en het fluisteren van een korte begroeting. Dennis schoof een stoel voor haar bij en ze ging zitten toen Ricky waarschuwend een vinger omhoogstak. 'Attentie,' zei ze in de microfoon. 'Volgspot cue zeventien op Boterbloem – *nu*.'

'Wat is er aan de hand?' fluisterde Ricky.

'Het is Kevin! *Hij* heeft steeds opgebeld.' Jessica verspilde geen woord. Ze wist dat Ricky tot de volgende aanwijzing misschien maar een paar seconden had. 'En ik kan Laurel niet bereiken. Ik ga naar Cornell. Ik had gehoopt dat je – '

Ricky staarde geconcentreerd naar het toneel en sprak in de microfoon. 'We hebben meer licht nodig aan de voorkant van het achterdek. Laten we kanaal eenentwintig opvoeren tot vijftig procent.' Tijdens het applaus keek ze Jessica aan en fronste haar wenkbrauwen.

'Ik hoopte dat je met me mee zou kunnen rijden naar Cornell.'

Een lang solonummer gaf Ricky de gelegenheid om zich naar Jessica om te draaien. 'Is het zo belangrijk?'

'Voor mijn gevoel wel. Er is iets niet in de haak en ik ben bang.'

'Ik ga met je mee.'

Ricky richtte haar aandacht weer op het toneel. 'Kanaal eenendertig tot en met drieëndertig vol vermogen – *nu*.' Ze wachtte even. 'Nee, terug naar vijftig procent.' Nog even om geduld vragend haar vinger opstekend naar Jessica, controleerde ze de belichting op het toneel en keek toen in de richting van Stefan en Dennis. 'Deze knapen nemen het tweede bedrijf voor hun rekening,' zei ze, hen glimlachend aankijkend. 'Nietwaar, jongens?'

'Op naar de redding,' zei Dennis.

'Attentie,' riep Ricky. 'Cue zevenentwintig, *nu*.'

Jessica wierp hen een kushandje toe, en terwijl het publiek lachte om weer een humoristische passage die de heer Gilbert voor de heer Sullivan had geschreven, rende ze de trap af.

Kevin Glade staarde Sandy aan en liet zich achterover zakken in zijn stoel. Hij had een overhemd en een katoenen, kakikleurige pantalon aan, en droeg instapschoenen met kwastjes. 'Ik heb geen strafblad.'

'Daar ben ik me terdege van bewust,' antwoordde Sandy. Hij mocht natuurlijk nooit weten dat ze hem had nagetrokken vanwege Jessica. En dat was een meevaller, want door alle haast om hem daar weg te halen was het papierwerk ergens in de molen blijven steken.

'Je hebt je huiswerk gemaakt.'

Zittend op een hoek van commissaris Lovetts bureau, vroeg Sandy zich af waarom ze zich eigenlijk zo ongedwongen gedroeg. De commissaris had haastig zijn draaistoel ter beschikking gesteld toen ze had aanboden de zaak met Kevin af te handelen.

'Dit vraagt om een vrouwelijke aanpak,' had hij gezegd, blij dat de klus hem uit handen werd genomen.

'Ik zorg dat ik mijn zaakjes ken,' antwoordde Sandy. 'Geloof het of niet, maar sommige van ons hebben het hart nog op de rechte plaats zitten. En ik weet dat er misstanden zijn die moeten worden rechtgezet.'

Kevin knikte en ging rechtop zitten.

'Gevangenisbewakers behoren niet bepaald tot het meest scherpzinnige gedeelte van onze burgerij.' Ze zweeg even om zijn reactie af te wachten. 'Je bent zonder je advocaat gekomen, dat waardeer ik.'

'Ik ben hier niet om er een slaatje uit te slaan. Ik wil alleen maar dat er iets aan het *systeem* verandert.'

'En ik ben hier om daarbij te helpen. De commissaris wil niet dat dit nog een keer gebeurt. Ik sta aan jouw kant, net als de meeste agenten. En de paar die het je moeilijk willen maken, moeten tot de orde worden geroepen.'

'Meer verlang ik niet.'

'Vertel eens wat meer over jezelf,' vervolgde Sandy snel, in de hoop zijn aandacht van dit onderwerp af te leiden en wat meer over hem te weten te komen. 'Ik heb begrepen dat je hier vandaan komt.'

'Kwam... Ik ben hier om mijn huis te verkopen. Ik heb het zo lang mogelijk uitgesteld – om terug te komen.'

'En dit ontvangstcommité heeft het er niet beter op gemaakt. Ik weet dat je vindt dat we ons met belangrijkere zaken zouden moeten bezighouden.'

'Ik krijg de plaatselijke krant en ik las over April Meadows. Ze zat bij mij op school. Ik heb haar nooit gekend.' Hij schudde ongelovig zijn hoofd. 'En nu een seriemoordenaar.'

'Ik weet dat we een slechte indruk hebben gemaakt, maar we doen ons best, en dat is de waarheid. De commissaris heeft me gemachtigd om een team te formeren om dit probleem aan te pakken en op te lossen. We willen onze energie voor de echte boeven bewaren.'

'Volgens mij staan we aan dezelfde kant. Toen ik hier opgroeide was dit een veilige stad,' zei Kevin hoofdschuddend.

'Wonen je ouders nog steeds hier?'

'Die zijn bij een vliegtuigongeluk om het leven gekomen.'

'Dat spijt me.'

Kevin wierp een blik op zijn horloge en stond op.

'We houden contact met elkaar,' zei Sandy, haar hand uitstekend. 'Ik hou je op de hoogte hoe de zaak zich verder ontwikkelt, gedurende het hele proces.'

'Dank je.' Hij schudde haar de hand.

'Graag gedaan,' zei Sandy, en ze meende het.

Had Sandy maar geweten dat hij niet Laurel Lewisohns vriend was. Dat ze met de verkeerde persoon had gesproken. Dat Billy Owens zich in New York als Kevin Glade voordeed.

'Je moeder wil je spreken, Laurel. Ben je ooit wel eens op je kamer?'

'Ik wil momenteel niet met haar praten, pap.'

'Anyuka's appartement is net door de politie vrijgegeven, en je moeder vond een sculptuur. Iets speciaals waar Anyuka mee bezig was. Een verrassing voor je moeder die ze op de dag dat ze stierf nog heeft afgemaakt. Ze heeft het zich erg aangetrokken.'

'O, pap.' Ze had een brok in haar keel. 'Ik heb het momenteel ook niet gemakkelijk. Ik ben mijn relatie met Kevin aan het beëindigen. Maar dat moet ik op mijn eigen manier doen.'

'Dat heeft ze me verteld. Dat is iets dat je zelf moet beslissen, lieverd. Maar ze had het idee dat Kevin verantwoordelijk was voor die middernachtelijke telefoontjes.'

'Dat is gewoon *bespottelijk*. Pap, ik ga met Kevin naar Hartewoods. Bij wijze van afscheid. Dat heb ik hem duidelijk laten weten, en hij *lijkt* het te hebben begrepen. Pap, wil je het niet tegen mam zeggen? Alsjeblieft?'

Je moeder straffen omdat ze gelijk heeft? vroeg hij zich verwonderd af.

Kevin schroefde de dop van de benzinetank van Alans auto los. Zich herinnerend hoe hij Laurel had aangeboden om bij haar te wachten totdat ze een weekendtas had ingepakt, en hoe ze had geprobeerd om hem weg te krijgen terwijl hij had geweten waarom, goot hij de geschatte hoeveelheid van ongeveer twee kopjes suiker in de tank.

'Ik moet nog even een paar dingen regelen,' had ze door de intercom gezegd. 'Het duurt niet lang.'

'Geeft niet, doe maar rustig aan,' zei hij, de dop weer op de tank schroevend.

Ze haastte zich naar de telefoon en draaide Alans nummer. Ze wachtte op de pieptoon en noemde haar naam. 'Ik heb besloten om mijn probleem op naar wat ik hoop de beste manier op te lossen. Ik breng het weekend toch met Kevin door, maar uitsluitend platonisch. We gaan naar de Stones. Nog drie dagen, dan is het achter de rug.' Ze legde snel neer, greep haar tas, en haastte zich naar Kevin.

Hoofdstuk tweeëntwintig

Schoten galmden over het meer toen Laurel de bochtige, in het groen verscholen oprit opreed.

'Jachtseizoen?' vroeg Kevin.

'Uh-huh. Herten, beren, konijnen.'

Ze stapten uit en liepen over het smalle pad naar de voordeur.

'Mijn vader heeft ons leren jagen. Hij heeft zelfs van hertenhuiden vesten voor ons gemaakt.' Laurel pakte de sleutel uit het profiel boven de deur en maakte een koud en donker huis open. Rillend liep ze vooruit naar de keuken om een zaklantaarn te pakken. Over de muur schijnend zocht ze de zekeringkast. 'Maar dat is een eeuwigheid geleden. We hebben al jaren niet meer gejaagd.' Het geweer onder het bed in de logeerkamer lag te verstoffen. Zonder er verder bij stil te staan, zei ze hier niets over.

Kevin deed geschrokken een stap achteruit toen hij iets hoorde wegschieten. 'Wat is dat?'

'Muizen,' zei Laurel. Ze liet de lichtstraal langs de onder het spinrag zittende plinten spelen. 'Als wij vertrekken, trekken zij erin. Je raakt aan ze gewend.'

'Zijn hier beren?' vroeg Kevin, door het gaas van de afrastering van de veranda het bos in turend, opgelucht dat Laurel de schakelaars van het licht had weten te vinden.

'En vleermuizen en bevers en bijtschildpadden.' Nadat ze hun parka's en tassen op de vloer van de woonkamer hadden laten vallen, boog Kevin zich over de houtblokken heen en streek een lucifer aan. Over de vloertegels van de open haard rende een muis.

'Au,' zei hij toen hij het topje van zijn vinger brandde. Hij streek weer een lucifer aan en het hout vatte vlam. Hij keek naar Laurels door de vlammen beschenen gezicht. Toen het vuur oplaaide, werden zijn verkleumde botten weer een beetje warm en zijn gezicht begon weldadig te gloeien. De diamant in zijn zak verspreidde een gloed als een magische steen. Spoedig zou hij zijn liefste toedrinken en haar voor zichzelf opeisen. Helemaal van hem. Ze had nog geen flauw idee van zijn bedoelingen. Nou ja, de verlovingsring zou het bewijs zijn.

Laurel trok haar Shetland-wollen sweater over haar hoofd en rekte zich uit. Ik ben altijd gelukkig in Hartewoods, dacht ze. Ik hou van ieder stukje grond, van iedere straatsteen. 'Kom, ik zal je bij het meer de bomen laten zien die de bevers hebben omgeknaagd,' zei ze.

'Nee, dank je. Het is al bijna pikdonker buiten.'

'Behalve de maan dan!' Laurels uitdagende lach deed hem denken aan de eerste keer dat ze elkaar hadden ontmoet. Wat had hij zich heerlijk bij haar gevoeld. Ze deed het licht uit en ging naast hem zitten. Ze scheen met de zaklamp onder haar kin, waardoor haar gezicht spookachtig werd vervormd. 'Deed jij enge spelletjes toen je nog klein was?'

'"En," vroeg Stefan, "heb je het geweer?" En Dennis zei: "Ja! het is tijd om erop los te knallen!"' Ricky zweeg even om adem te halen. 'We stonden op Broadway, en het was druk op straat en de mensen stonden op het punt om dekking te zoeken. Je had al die benauwde gezichten moeten zien. Stefan had een richtmicrofoon in zijn hand, snap je? En Dennis had de camera.'

Jessica wist een zwak glimlachje op te brengen terwijl ze haar krampachtige greep op het stuur wat verminderde. Ze kreeg een roodstaartbuizerd in het oog, maar ze nam niet de moeite om Ricky erop te attenderen. Haar gedachten waren bij Laurel.

Ricky liet haar opwekte pose vallen. 'Stel dat hij heeft opgebeld. We zijn het erover eens dat het niet helemaal vast staat. Waarom zou hij Laurie iets aandoen? Hij *begeert* haar.'

'Ze geeft hem de bons.'

'Dat heeft ze nog niet gedaan. Je hebt zelf gezegd dat ze het nog niet zeker wist. Ze kan wel zijn gaan picknicken, of bij een vriendin zitten. Het is tenslotte weekend…'

'Ik weet het, ik weet het.' Wees thuis, wees alsjeblieft thuis, dacht Jessica. Gezond en wel. 'Maar ik ben pas gerust als ik haar zie.'

'Zal ik het nog een keer proberen?' vroeg Ricky, haar hand naar de autotelefoon uitstrekkend.

'We zijn er bijna.' Ze sloeg van de snelweg af en reed door het heuvellandschap naar Cornell. 'Als hij die telefoontjes heeft gepleegd, dat zit hij vol haatgevoelens.'

'Wat geef je als reden voor je komst – als je haar vindt?'

'Dat we hier zijn vanwege een belichtingsklus van jou in – hoe heet dat theater waar we op de terugweg langs gaan?'

'Het Salt City Theater. In Syracuse.'

'Aannemelijk?'

'Aannemelijk. Zeg maar dat het een spoedgeval is. Dat er een elektricien is overleden. Aan een elektrische schok.'

Jessica glimlachte niet. En poosje reden ze zwijgend verder. Een paar minuten later reed Jessica de parkeerplaats achter Laurels flat op.

Ze haastten zich naar de voordeur en Jessica belde aan.

'Weg,' zei ze, verwoed de bel indrukkend. Vanwaar ze stond tuurde ze naar Laurels raam. Het woord blindering is goed gekozen, dacht Jessica. Ik zie geen barst.

'Ik wil je iets speciaals laten zien.' Kevin schonk haar nog een glas wijn in. 'Het is heel bijzonder, voor een bijzondere gelegenheid.'

Hij stak zijn hand in zijn zak en haalde een klein, in goudkleurige folie verpakt pakketje te voorschijn. 'Volgens mij had Rozsi me wel in de familie willen hebben, ze was een geweldige kunstenares. Ik wil niet beweren dat ik aan haar kan tippen, maar ik doe mijn best. Ik ben gefascineerd door die fluorescerende sculptuur – die is zo gaaf.'

Het doosje in Lauries hand trilde. Hoe wist hij het van de sculptuur? Was hij in Rozsi's appartement geweest? Waren die telefoontjes naar haar moeder zijn werk? De gedachten waren te beangstigend, te ver gezocht. Maar stel dat het waar was? Ze herinnerde zich hoe Doug en Mini haar hadden gevraagd om voor Kevin te verzwijgen dat ze wist dat hij hen had bedreigd. Ja, zo hadden ze het genoemd – een dreigement.

Ze keek Kevin aan. Zijn ogen verraadden niets.

'In gesprek,' zei Jessica toen ze ophing. Ze trommelde nerveus op de autotelefoon. Ze keek Ricky aan die naast haar zat. 'Wat zou je ervan zeggen om Kevin, nu hij thuis blijkt te zijn, met een toevallig bezoekje te vereren?'

'Prima idee. Aanval is de beste verdediging.'

Jessica reed achteruit de parkeerplaats af, keek toen op de kaart van de campus, en zette vervolgens koers naar Kevins flat.

Laurel vermoedde wel wat er in het doosje zat, maar ze moest het openmaken. Een diamanten ring. Hij had hun afspraak volkomen genegeerd en was er tegenin gegaan. Dit zou hun laatste weekend samen worden – en weer had hij gelogen. Haar moeder had gelijk. Er was iets heel erg mis met Kevin.

'Vind je hem mooi?'

Ze kon geen woord uitbrengen.

'Heb je soms een spelletje met me gespeeld?' Het klonk als een beschuldiging.

'Nee, natuurlijk niet,' zei ze, proberend haar angst te verbergen.

'Ik begrijp nu precies hoe het zit, Laurel. Je hebt gewoon nooit beseft hoe serieus ik het meende. Daarom wilde je ermee ophouden. Jij wilt gewoon *zekerheid*.' Hij sloeg zijn handen als in een smeekbede tegen elkaar. '*Trouw* met me, Laurel. Je weet hoeveel ik van je hou –'

'Kevin, ik weet niet wat ik moet zeggen. Ik…' Ze probeerde om razendsnel na te denken, om haar angst de baas te blijven. Maar *als* hij in Rozsi's appartement was geweest op de nacht dat ze stierf…

Haar ogen gingen onwillekeurig naar de deur.

'Wat is er?'

Ze staarde naar de ring en koos zorgvuldig haar woorden. 'Kevin, het is de mooiste ring die ik ooit heb gezien.'

De telefoon rinkelde.

'Niet opnemen,' snauwde hij.

'Oké,' zei ze, blij dat haar stem haar niet had verraden.

'Vannacht zal onze huwelijksnacht zijn.'

'Mevrouw Lewisohn, ik sta net op het punt om weg te gaan. Ik was even naar de flat teruggekomen omdat ik iets was vergeten,' zei Stevie. Hij keek Jessica en Ricky, die in het midden van de kamer stonden met een verontschuldigende blik aan. 'Ik kan helaas niet blijven, maar als u op Kevin wilt wachten –'

'Bedankt,' antwoordde Jessica snel. 'Dat stellen we op prijs. Als je er geen bezwaar tegen hebt.'

'Helemaal niet. Ik heb een banket in het Hilton en ik ben laat. Als stagiaire, niet als gast. Ik moet er vandoor.' Hij pakte zijn jas van de stoel, deed de deur open, en bleef toen even staan met een verwonderde uitdrukking op zijn gezicht. 'Kevin heeft een briefje neergelegd dat hij het hele weekend weg was. Ik hoop voor u dat hij komt opdagen.' Voordat hij de deur achter zich sloot, stak hij zijn hoofd nog even naar binnen. 'Leuk om u beiden te hebben ontmoet. Trek de deur maar gewoon achter u dicht. Hij valt vanzelf in het slot.'

'Ik kan het niet helemaal meer volgen, Jess,' zei Ricky toen hij was vertrokken. 'Waarom heb je tegen hem gezegd dat we een afspraak met Kevin hadden?' Ze liet zich in een stoel vallen. Terwijl ze antwoordde, beende Jessica met heen en weer flitsende ogen de kamer op en neer. 'Ik wist dat hij weg zou zijn. Maar wat een buitenkans. Hij zal ons niet lastig vallen terwijl we zijn kamer doorzoeken – '

'Zijn kamer doorzoeken?'

'Ik moest een smoes bedenken om hier na het vertrek van Stevie te kunnen blijven. Ik *moet* meer over Kevin te weten zien te komen. En hoe kun je dat beter doen dan in zijn spullen te snuffelen?'

'En wat als Stevie hem vertelt dat we hier waren?'

'Een goede vraag. Daar moet ik nog iets op bedenken.'

Ze hield op met ijsberen om de muren te bekijken. 'Zijn die tekeningen van Laurel niet bizar?'

'Ik weet het niet, Jess. Ik vind ze lang niet slecht.'

'Maar het zijn er zoveel…'

Toen er voetstappen klonken, sprong Ricky op en liep naar de deur. 'Laten we geen tijd verspillen, Jess. Ik wil niet op heterdaad worden betrapt als Stevie terugkomt voor zijn handschoenen.'

'Je hebt gelijk.'

'Ik neem de kast,' zei Ricky.

'En ik zijn bureau.' Toen ze zijn la probeerde open te schuiven, voelde Jessica Laurel op zich neerkijken. Wat ze zag toen ze hem openschoof, benam haar de adem.

'Niet doen, Kevin,' zei Laurel, proberend zijn vingers van haar schouders los te trekken. 'Je maakt me bang.' Hij probeerde haar te kussen, maar ze kon het niet opbrengen om te doen alsof en ze draaide haar hoofd weg. 'Alsjeblieft, Kevin. Dit hebben we niet afgesproken.' Wat dwaas en *belachelijk* klonken die woorden haar nu in de oren.

Hij duwde haar bruusk bij zich vandaan, waardoor ze bijna viel. 'Wacht je soms op Alan? Dus daarom ging de telefoon.' Hoe wist hij van Alan? Kevin moest haar zijn gevolgd en zo achter zijn naam zijn gekomen.

'*Nee*, Kevin,' zei ze, achteruit in de richting van de deur bij hem vandaan schuifelend. 'Alan is alleen maar een vriend. Eerlijk. Hij zou me hier niet opbellen,' zei ze, biddend dat ze ongelijk had en dat het *wel* Alan was geweest, die, ongerust over haar en Kevin, had gebeld.

Ze hoorde het verre geluid van geweerschoten en ze besefte dat

ze helemaal alleen was met Kevin. Hartewoods was een recreatiege-
bied voor de zomer, en de enkele jagers die zich in de bossen ophiel-
den bevonden zich ver van het huis.

'Ik – ik ga naar de drogist. Ik heb iets nodig – je weet wel, vrou-
wenzaken.'

Hij liet haar sleutels voor haar gezicht bungelen.

'Geef hier, Kevin.' Ze wilde ze pakken, maar hij trok ze vlug weg.

'Oké, dan ga ik wel lopen.'

Kevin liep naar de deur en hield hem dicht.

'Dit is niet leuk meer, Kevin.'

Met zijn rug tegen de deur, trok hij haar stevig tegen zich aan en
overdekte haar gezicht met kussen. 'Ik zal zorgen dat je van me
houdt,' fluisterde hij. 'Ik zal het makkelijker voor je maken om van
me te houden dan om me te verlaten, Lorna.'

Lorna? Wie was Lorna?

Vanuit de geopende la staarde Lorna Barrett Jessica aan. Haar vingers gleden behoedzaam over glossy tijdschriften, vergelende kran-
tenknipsels, en een videoband. De gelijkenis was onmiskenbaar –
met haar eigen Laurel, Betsy Wilcox... *en* met het dode meisje in Indiana! 'O, mijn God.' De jongen die het meisje had vermoord was
een Lorna Barrett-freak. Alle drie de meisjes hadden zusjes kunnen
zijn.

Ricky hoorde de doodsangst in Jessica's stem en keek gealarmeerd op.

Jessica zocht koortsachtig in de la, en vond een bril en een oude
gedichtenbundel. Ze wist de verfomfaaide bladzijden nauwelijks om
te draaien. Ja, daar waren de gedichten die hij aan Laurel had gegeven. Allemaal gestolen uit dit boek.

Ze hield de bril tegen het licht. Ongeslepen, zoals ze al had vermoed. Proberend haar zelfbeheersing onder controle te houden,
vouwde ze hem weer dicht en legde hem met trillende vingers weer
terug in de la.

'O, Ricky,' zei ze. 'Het is erger dan ik ooit heb vermoed. Kevin... *is
in werkelijkheid Billy Owens. Hij heeft April Meadows vermoord.'*

Hoofdstuk drieëntwintig

Wie was Lorna? vroeg ze zich af. Een verspreking? Laurel probeerde hem bij de deur weg te krijgen, maar hij drukte er zijn rug nog harder tegenaan en hield nog steviger vast. Ze zat in de val. Als ze zich bewoog, duwde hij zijn vingers nog pijnlijker in haar vlees.

'Kevin, je doet me *pijn*.'

Stilte. In de hoop dat zijn stalen omhelzing zou verminderen, liet ze haar lichaam onder zijn greep verslappen. Maar hij sloot alleen maar zijn ogen, alsof hij in een soort trance verkeerde. Terwijl zijn rechterhand haar arm omklemde, streelde zijn linkerhand haar keel. Zijn vingers gleden omlaag naar haar borsten. 'Lorna...' fluisterde hij weer.

Ze durfde bijna niet te ademen. Ze keek naar zijn ogen terwijl zijn vingers de welving van haar borst volgden – en stopten. Ze dwong zichzelf om haar ogen te sluiten.

Speelde hij een spelletje met haar. Plaagde hij haar, zoals een kat een muis kwelt met zijn klauw? Om hem daarna te doden wanneer hij probeert te ontsnappen?

'Niemand zal me geloven, maar Kevin Glade is Billy Owens!'

'Wordt nou niet hysterisch, Jess. Dat kun je niet zeker weten,' zei Ricky.

'Ik *weet* het zeker. Zie je het dan niet? Ik heb je gezegd dat hij een leugenaar was. Jezus, ik heb nooit kunnen vermoeden dat hij een moordenaar was!'

'Beheers je – '

'Waar is Laurel? Waar is mijn meisje?'

'Heb je het al bij haar vrienden geprobeerd?'

'Op Mini en Doug had ik mijn laatste hoop gevestigd. Ricky, wat moet ik doen?'

'Laten we wat rond rijden, en haar proberen te vinden.'

'We verspillen tijd!' Jessica greep haar tas en diepte een papieren zakdoekje op. Ze haalde haar adresboekje te voorschijn, vond snel een nummer, en toetste het in terwijl ze haar ogen droogveegde. 'De politie – Sandy Ungar. Ik bel haar op,' zei Jessica, de hoorn tegen haar oor houdend.

'Dan McKenzie, politie,' klonk eindelijk een stem.

'Rechercheur Ungar alstublieft, dit is een noodgeval!'

'Kan ik u misschien helpen? Rechercheur Ungar is momenteel niet aanwezig.'

'Mijn dochter verkeert in ernstig gevaar. De moordenaar van April… van April Meadows – *hij is bij mijn dochter. Hij is Billy Owens.*'

'Wat is uw naam?'

'Jessica Lewisohn. U moet hem vinden!'

'Ik zal de informatie aan – '

De informatie is dat Kevin Glade Billy Owens is. Ik heb hem nooit vertrouwd. Zeg rechercheur Ungar alleen maar dat hij foto's heeft van Lorna Barrett.'

'Wat?'

'Ze begrijpt het wel.'

'Ik zal de informatie doorgeven, mevrouw.'

'Kunt u hem niet arresteren?'

'Hij wordt alleen gezocht voor ondervraging. Zijn er nog andere dingen die u ons kunt vertellen?'

Jessica dacht aan de bril, de gedichten, en de foto's van Lorna Barrett. Voor iedereen zonder samenhang en betekenis, behalve voor Sandy. 'Ik heb geen tijd. Ik moet mijn dochter vinden. Breng rechercheur Ungar op de hoogte en geef haar deze nummers.' Jessica las de nummers op van de telefoon, gaf ook het nummer van haar mobiele telefoon, en hing toen op.

Ze keek Ricky aan. In haar ogen stonden tranen. 'Hij denkt dat ik geschift ben. We zullen haar zelf moeten vinden.'

Bij de ingang van het flatgebouw waar ze woonde, net toen Sandy Lloyd Martin wilde bedanken voor het dineetje en een wat kort uitgevallen dansavondje, nam hij haar in zijn armen en kuste haar vol op de mond, en hij scheen het te menen. En ze voelde zich prima, net zoals ze zich samen met hem op de dansvloer had gevoeld. Tot haar verbazing liep hij voordat ze iets kon uitbrengen snel de stoep af en zwaaide haar beneden aan de trap gedag voordat ze de buitendeur achter zich sloot. Wat was er in 's hemelsnaam met die brutale, ambitieuze Lloyd Martin, hoofd van de rechercheafdeling, gebeurd? Een enkele kus. Was hij buiten het bureau een beetje verlegen? Of probeerde hij juist indruk te maken? Als haar hartslag een indicatie was voor zijn succes, dan had hij hoog gescoord.

Ze glimlachte toen ze haar deur opendeed en haar schoenen uitschopte. Ze genoot ervan dat twee mannen naar haar gunsten dongen. Mijn hart zegt Lloyd Martin, maar mijn hoofd zegt de aanklager, dacht ze. Toen ze het licht wilde aandoen zag ze aan het knipperende lichtje van het antwoordapparaat dat er een boodschap was ingesproken. Ze was niet in de stemming voor weer een spoedeisende politie-oproep. Lloyds pieper had hun afspraakje onderbroken. Niettemin drukte ze plichtsgetrouw op 'Play.'

'Hoi, Sandy. Ik weet niet of het iets te betekenen heeft, maar een zekere Jessica Lewisohn wil dat je haar ergens in het noorden van New York opbelt.' Hij las de nummers op. 'Ze is in alle staten en denkt dat haar dochter in ernstig gevaar verkeerd. Ze beweert dat Kevin Glade Billy Owens is. Geniet van de rest van je weekend. Geen rust voor de ploeteraars. Je weet wel wie, over en uit.'

Toen ze Jessica's stem hoorde, was Sandy blij dat ze direct had gebeld.

'Je kunt gerust zijn, Jessica,' zei ze. Ze deed snel haar leren jasje uit, ging op de bank zitten en legde haar voeten op de salontafel.

'Kevin Glade is hier terug in de stad. En ik heb hem ontmoet. Het een is fantastische vent. Je hoeft je nergens zorgen om te maken – '

'Maar Sandy – de foto's van Lorna Barrett, en de gelijkenis met April en – '

'We kunnen niet iedere zwijmelende fan van Lorna Barrett arresteren, Jessica. Lorna Barrett heeft duizenden fans.'

'Ik weet gewoon dat hij Billy Owens is!'

'Ik heb Billy Owens ontmoet. Ik weet hoe hij eruitziet. Ik heb hem na de moord op April verhoord. *Kevin Glade is niet Billy*. Geloof me nu maar. Kevin is een aardige jongeman. En we hebben hem nog gecontroleerd, weet je nog?'

'Maar de telefoontjes die hij heeft gepleegd – ik kan het niet bewijzen, ik *voel* het gewoon. En hij heeft tegen me gelogen. Ik heb angst om mijn dochter. Ik weet niet waar ze is.'

'Kevin is het hele weekend *hier* geweest, in Indiana. Ik verzeker je dat zijn ergste misdaad te hard rijden is.'

'Ik ben pas overtuigd als ik mijn dochter zie.'

Jessica hing op en keek Ricky aan. 'Ze zeggen dat Kevin in Indiana is.' Ze liet zich in een stoel zakken. 'Goddank is hij niet bij mijn dochter in de buurt.'

Alans pizza was net bezorgd toen Laurels moeder opbelde en hij haar had uitgenodigd om langs te komen. Nu zij en haar vriendin zenuwachtig op de bank zaten, verkeerde hij in tweestrijd. Het zou Laurel bepaald niet aanstaan als hij verklapte dat ze met Kevin in Hartewood zat. Maar de uitdrukking op het gezicht van haar moeder en de angst in haar stem spraken boekdelen.

'Ik weet niet waar ze is, Alan en ik maak me ongerust over haar,' zei Jessica. 'Ik vertrouw Kevin niet.'

Alan knikte, maar hij zei niets. Maar zo gauw de twee vrouwen de deur achter zich hadden dichtgetrokken, besefte hij hoe zelfzuchtig hij was geweest om Laurels ongenoegen te vermijden en zodoende Kevins plaats in te nemen als deze van het toneel was verdwenen. En Laurels moeder had gelijk. Kevin *was* een beangstigend heerschap. En Alan zat tussen hamer en aambeeld. Iemand zou hem dit aanrekenen. Het zij zo. Hij kon niet gewoon werkeloos blijven afwachten.

Hij belde Hartewoods. Toen Laurel niet opnam, begaf hij zich naar zijn Toyota.

'Maak je niet druk, Jess,' zei Tom. 'Ze zit in Hartewoods met Kevin.'

'*Kevin?*'

'Het is waarschijnlijk hun laatste weekend samen. Ze gaan naar een rockconcert, en ik weet dat je dit heerlijk zult vinden... ze gaat het met hem uitmaken.'

'Tom, *begrijp* je het dan niet? Sandy Ungar heeft me net verteld dat hij in Indiana zit.'

'Nou, dan is hij dus teruggegaan naar zijn geboorteplaats om zijn liefdesverdriet te verwerken. Dat is alleen maar begrijpelijk. Heeft de rechercheur niet tegen je gezegd dat hij oké was?'

'Ja, maar... Tom, ik ben haar moeder, en ik zeg je dat onze dochter echt gevaar loopt.'

'Schat, je maakt je altijd zorgen om Laurel. Dat is begrijpelijk, het is je enige kind… maar weet je niet meer wat jij op de universiteit allemaal voor heftige toestanden hebt meegemaakt? Je leeft nog steeds.'

'Puur geluk.'

'Dat was geen geluk. Hoe dan ook, kinderen nemen nu eenmaal bepaalde risico's. Dat heet volwassen worden.'

En soms gaan ze dood, dacht ze bij zichzelf.

Kevin was naakt. Ze huiverde toen hij haar kleren uittrok. Hoe kon ze dit nog langer verdragen? Maar de blik in zijn ogen vertelde haar dat ze geen keus had. Ze moest hem ervan zien te overtuigen dat ze nog steeds om hem gaf. Dat ze hem begeerde. Dat hij het bij het juiste eind had gehad, dat ze zekerheid wilde, een diamanten ring. Ze moest een manier vinden om dit te doorstaan, hoewel zelfs de gedachte om met hem te vrijen haar onpasselijk maakte.

Hij kreunde toen hij haar spijkerbroek uittrok. Nu nog haar panty.

De rinkelende telefoon verbrak weer de stilte. Voor hij haar kon tegenhouden, veerde haar lichaam op van het kleed en pakte ze de telefoon. Hij greep haar bij haar keel. Ze vocht om kalm te blijven. Hij had haar in zijn macht, en zolang hij dat geloofde, kon hij het zich veroorloven om haar te laten praten. Haar enige hoop lag aan de andere kant van de lijn. Als het Alan was, zou Kevin door het lint gaan, en Kevin hield zijn oor tegen de hoorn gedrukt. Ze had geen keus.

Toen ze haar mond opende om te spreken, klemde zijn hand zich vaster om haar nek.

'Hallo,' zei ze met een ijle stem.

'Laurel, lieverd…'

'Mam!' zei ze. Kevin liet zijn greep wat verslappen. Tijdens het meeluisteren raakte zijn hoofd het hare.

'Goddank ben je – '

'Ik heb nu geen tijd, mam! Ik moet er vandoor.'

'Laurel. Nee! Ik moet je – '

'Maak je geen *zorgen*, mam. Ik knoop mijn jas helemaal dicht en ik heb mijn overschoenen aan.' Een vreemde opmerking, de omstandigheden in aanmerking genomen. Ze hing snel op, voordat haar moeder kon antwoorden.

Glimlachend greep Kevin haar bij haar schouders en trok haar boven op zich.

'De gevangenis heeft ons de papierwinkel van Kevin Glade ge-faxt,' zei Dan McKenzie. Hij deponeerde een pak papier op Sandy's bureau. 'Waar ben je naar op zoek?'

'Dit ben ik jegens Jessica Lewisohn verplicht. Het is wel het minste wat ik kan doen. Als ze helemaal van New York hier naartoe is gekomen om met me te praten, en ze nog steeds bezorgd is over haar dochter…' Sandy bladerde al pratend door de rapporten. 'Ze denkt dat Kevin Billy Owens is – wat hij duidelijk niet is. Ik ken Billy Owens.' Ze keek hem aan. 'Om je de waarheid te zeggen, Dan, weet ik niet waar ik naar zoek. Misschien naar een aanwijzing dat deze knaap *toch* gevaarlijk is, dat Kevin een spelletje met me heeft gespeeld.'

'Anderzijds heb je een goed instinct. En je bent ervaren,' zei Dan, op een hoek van haar bureau plaatsnemend. 'Een vent die iets op zijn kerfstok heeft, dreigt niet met een proces.'

'Hier heb ik iets!' Sandy gaf hem een vel papier. 'Zijn rijbewijs. Het komt uit Colorado.'

'Vail, Colorado. Was er niet iemand die zei dat hij skileraar was?'

'Ja, maar hij woont in de staat New York.'

Ze ging weer terug naar de vorige pagina. 'Hier! Zijn opgegeven adres is in Vail! Zou de gevangenis dat niet hebben opgemerkt? Ze zochten naar iets waarop ze hem konden pakken.'

'Misschien wel, misschien ook niet. Hij gaf zijn huisadres op, niet zijn studieadres.'

Sandy bladerde snel door de resterende papieren. 'Hier is verder niets te vinden, zei ze, er weer een stapeltje van makend. 'Hier kan ik verder weinig mee beginnen,' zei ze, 'maar ik zal eens wat navraag doen.'

'Kevin, ik ben blij dat je nog niet weg bent,' zei Sandy.

'Ik ben een langzame starter. Misschien heb ik bij nader inzien minder haast om mijn geboortegrond weer te verlaten dan ik dacht. Problemen?'

'Nee hoor, wat het departement betreft, gaat alles naar wens. Ik bel over iets anders. Zei je niet dat je weer terug zou rijden naar Vail?'

'Daar woon ik.'

'Zit je niet op Cornell?'

'Hoe kom je op dat idee?'

Sandy haalde een keer diep adem. 'Woont er in de stad familie van je met dezelfde naam?'

'Ik ben naar mijn vader genoemd, maar die is dood. Verder is er niemand. Waar gaat dit allemaal over?'

'Ik weet dat dit bizar klinkt, maar ik geloof dat iemand zich voor je uitgeeft.'

'Waarom?'

'Ik heb geen idee. Ken je iemand die...'

Kevin lachte. 'Wel, nu ik erover nadenk, had ik indertijd een soort schaduw, een joch dat me als een jong hondje volgde in de tijd dat ik op de high school zat. Hij zat toen in de overgangsklas. Hij kleedde zich net als ik – imiteerde zelfs mijn manier van lopen. Er waren zelfs mensen die dachten dat het mijn broer was.'

Sandy had het gevoel alsof er een kei in haar maag was geploft. 'Wat was zijn naam?'

'Billy... ja, Billy Owens.'

Doe alsof, huichel, hield Laurel zichzelf voor. Geef hem wat hij wil; hij *wil* je geloven.

Krampachtig haar armen tegen de grond drukkend, drong hij, hijgend 'Lorna, Lorna' uitstotend, bij haar binnen. Zijn stem klonk vlak, en zijn vingers begroeven zich steeds dieper in haar.

Doe alsof, dacht ze. Denk dat het iemand anders is. Doe alsof het Alan is. Als hij maar lang genoeg doorgaat, valt hij misschien in slaap. Het zou niet voor het eerst zijn...

Maar kwam ze hier weg? Ze kon natuurlijk wegrennen, maar hij zou haar zo weer te pakken hebben. En waar zou ze trouwens heen moeten? Ze dacht aan het onder het bed geschoven geweer in de achterste kamer. Het was haar enige kans.

'Laat me uitgerekend niet nu in de steek,' smeekte Alan zijn Toyota toen de auto tegen de heuvel op rijdend weer vermogen verloor. Dit was al de tweede keer dat hij langzaam tot stilstand kwam. En terwijl hij de berm instuurde, hoorde hij aan het geluid dat het afgelopen was, over en uit.

In de hoop dat er een politieauto voorbij zou komen, wachtte hij langs de kant van de weg. Zo niet, dan zou hij naar de dichtstbijzijnde praatpaal sjokken om de auto te laten wegslepen.

Auto's zoefden voorbij, maar er was er geen een die stopte.

'Ik hoop dat alles goed met je is, Laurie,' riep hij luidkeels tegen de sterren. 'Want het ziet ernaar uit dat ik vanavond helemaal nergens heenga.'

'Is Pazzolini, Hollywood Privat Investigators ook tijdens het weekend geopend?'

'Ik werk thuis, Ungar.'

'Ik ben blij dat ik je tref. Ik heb Billy Owens gevonden, maar ik moet kunnen bewijzen dat hij het is. Ik kan niet zomaar de cavalerie op hem afsturen om daarna te ontdekken dat ik de verkeerde knaap heb gepakt.'

'Wat kan ik voor je doen?'

'Die brieven aan Lorna Barrett. Heb je die bij de hand? Ik zou graag willen dat je daar even naar kijkt.'

'Geen probleem. Ik wil die zaak zelf ook wel eens kwijt. Momentje graag.'

Sandy zat ongeduldig in haar stoel heen en weer te schuiven.

'Ze liggen hier voor me.'

'Oké. Kijk eens of je iets bijzonders opvalt. Ik weet dat je geen grafoloog bent, maar alles wat je ontdekt, kan misschien helpen.'

Sandy hoorde papier ritselen.

'Rond handschrift. Regelverloop stijgt en daalt, maar daalt hoofdzakelijk. Zet kleine cirkeltjes op zijn i's in plaats van punten.'

Sandy maakte notities. 'Blijf doorgaan.'

'Kijk hier eens!' Hij draaide de bladzijden om. 'Hij besluit iedere brief met een hart. Een bloedend hart met een pijl erin. Oubollig, maar mooi getekend. En in het hart staan zijn initialen.'

'*Iedere* brief?'

'Jawel.'

'Bedankt, je hebt iets van me tegoed.'

Ze hing op en belde onmiddellijk het nummer dat Jessica had gegeven. Er werd niet opgenomen.

'Waarom praatte Laurie op die manier met me,' zei Jessica, verward het hoofd schuddend. 'Wat ze zei sloeg helemaal nergens op...'

'Wil je dat ik rijd?' vroeg Ricky. 'Je lijkt nogal behoorlijk van streek.'

Jessica startte de motor zonder te antwoorden. 'Waarom had ze zo'n haast om van me af te komen?'

'Luister, alles is goed met haar. Wat zei ze eigenlijk?'

'"*Maak je geen zorgen, mam. Ik knoop mijn jas helemaal dicht.*" Wat heeft dat verdomme...?'

Plotseling reed Jessica met een schok, waardoor Ricky naar voren schoot, met gierende banden achteruit de parkeerplaats af naar de straat. '*Het woord voor gevaar!* Ik was het vergeten. Laurie heeft problemen!'

Ze raasde op topsnelheid door de bochtige heuvels. Ricky deed haar veiligheidsriem om en hield haar adem in.

'*Knoop!* Dat woord hadden we afgesproken toen ze klein was. Ons geheime woord.' Ze miste bijna een bocht. 'Had ik het me maar herinnerd, dan had ik haar tenminste kunnen zeggen dat we onderweg waren.'

'Jessica, weet je het wel zeker?'

'Bel nu meteen de politie van Monticello voor me.'

'En wat ga je dan tegen ze zeggen?'

Jessica trapte het gaspedaal tot op de bodem in. Ze reed op de snelweg, en haar snelheid was over de honderdveertig.

'Ik zal ze vertellen dat mijn dochter in handen is van een moordenaar!'

Hoofdstuk vierentwintig

Laurel greep haar kleren en bedekte Kevin met een deken. 'Ik ga naar de badkamer,' fluisterde ze.

Ze kleedde zich vlug aan, trok het toilet door, en zette de douche op volle kracht aan. Toen liep ze zo zacht als ze kon naar de slaapkamer en tastte in het donker onder het bed. Eindelijk wist ze het foedraal onder het bed uit te trekken. Maar toen ze Kevin in de woonkamer hoorde bewegen, liet ze het geschrokken op het bed vallen.

Behoedzaam naar de deur lopend, vanwaar ze een gedeeltelijk uitzicht had, kon ze Kevin zien staan. Hij had een mes in zijn hand en was kennelijk op zoek naar de telefoonkabel.

Ze stapte weer achteruit de slaapkamer in en opende snel het foedraal. Ze haalde het geweer eruit, trok de bovenste la van de ladekast open, vond een doos met patronen en haalde er zes uit. Proberend om geen geluid te maken, duwde ze zo zacht mogelijk een patroon in de kamer. Maar het kostte te veel tijd – het op zijn plaats brengen van de kogel was moeilijker dan ze zich herinnerde.

Ze hoorde voetstappen en haar naam. Het zware geweer schokte in haar sidderende handen, en ze schoof snel het geweer en het foedraal onder het bed – maar nu makkelijker bereikbaar.

Alan keek over zijn schouder naar zijn geliefde Toyota achter de sleepwagen. 'Ik had al zo'n idee dat er iets mis was,' zei hij tegen de bestuurder. 'Er kwam rook uit en het stonk zo raar.'

'Klinkt niet al te best,' stemde de bestuurder in.

'Hij wilde niet meer starten. Alleen maar geknars. Heb ik nog nooit eerder gehad.'

'Er valt pas wat van te zeggen als Sam de motor uit elkaar heeft liggen.'

'Volgens mij is dit ouwe karretje rijp voor de schroothoop. Wat denk jij?'

'Ik denk niet, ik sleep alleen maar.'

'We hebben het twee keer gecontroleerd, meneer,' zei de chef van inlichtingen tegen Tom. 'De telefoon is absoluut defect.'

'Dat begrijp ik niet. Mijn vrouw heeft zonet nog op dat nummer met mijn dochter gesproken.'

'In dat gebied zijn geen andere lijnen defect meneer, de fout schijnt alleen bij dat nummer te zitten.'

Tom hing op en probeerde zichzelf ervan te overtuigen dat er niets was om zich bezorgd over te maken. Een bril, gestolen gedichten, Lorna Barrett. Allemaal nonsens...

Hij zat even peinzend aan zijn bureau. Behalve dan dat Jessica niet op haar achterhoofd is gevallen. En ik ook niet.

Hij greep de telefoon weer. 'Hallo Jake. Met Tom. Mijn vrouw belde net. Ik weet dat het slecht uitkomt, maar ik neem dit jaar een vroege kerstvakantie. Mijn gezin heeft me nodig.'

Nadat Ricky de politie had gebeld, hield ze de hoorn tegen Jessica's oor.

'U spreekt met Jessica Lewisohn. Ik heb uw hulp nodig. Het is een noodgeval. Mijn dochter Laurel zit met haar vriend in ons vakantiehuis in Hartewoods, en ik geloof dat hij zeer gevaarlijk is. Volgens mij heeft hij een meisje in Indiana vermoord.'

'U *gelooft*? Hoe weet u dat hij degene is die...'

'U *moet* gaan kijken hoe het met mijn dochter is, *alstublieft*. Het bewijs dat ik heb, zal u niets zeggen – een bril met vensterglas, drie gedichten die hij heeft gestolen – '

'*Wat!*'

'Luister, ik heb nu geen tijd om het uit te leggen. Het belangrijkste is dat ik net mijn dochter heb gesproken en dat ze me een teken heeft gegeven – iets dat ze gebruikte toen ze een klein meisje was – om me duidelijk te maken dat ze in moeilijkheden was. Gelooft u me toch, *alstublieft*.'

'Wat zei ze dan tegen u?' vroeg de agent.

'Ze zei ons geheime woord.'

'Geheime woord?'

'Ik weet dat het belachelijk klinkt, maar ze gebruikte het woord *knoop* – dat was ons woord.'

'Weet u zeker dat het niet zomaar een woord was…'

'Ze zei: "Ik *knoop* mijn overjas dicht." Ze draagt een ski-jack. Met een ritssluiting!'

'Al onze auto's zijn momenteel bezet.'

Jessica remde af voor een bocht. 'Alstublieft. Ik ben er zo snel mogelijk op weg naar toe, maar u kunt daar eerder zijn. Laurel is pas achttien. Ik weet dat ze echt in gevaar verkeert.'

'Hartewoods – afslag 42 op Lake Road. Zo snel we de gelegenheid hebben, mevrouw Lewisohn. We gaan kijken hoe het met uw dochter is.'

Zou hij het doen? Geloofde hij haar?

'Wat denk je? Een of andere rijke dame belt me net op met haar autotelefoon om me te vertellen dat ze alle snelheidsregels aan haar laars lapt om bij haar dochter in Hartewoods te komen. Ze denkt dat de vriend misschien een moordenaar is. En wat is haar bewijs? Het schijnt dat haar dochters vriendje drie gedichten heeft gestolen, en dan was er ook nog iets met zijn bril.'

Agent Jong keek op van zijn computer in het kantoor dat hij met agent Short deelde. Short was zijn meerdere die op het punt stond om met pensioen te gaan, en Jong probeerde interesse te tonen.

'Drie gedichten?' vroeg Jong. Hij wilde zijn werk af hebben om vroeg genoeg thuis te zijn om zijn kinderen te zien. Binnen een kwartier zat zijn dienst er op.

'Wilt u soms dat ik hem arresteer voor het stelen van drie gedichten? *Dat* had ik haar moeten vragen,' zei Short. 'Ja, een inval vanwege het stelen van drie gedichten. Doe me een lol, ik zit al tot over mijn oren in de *echte* zaken.'

Jong keek weer op en knikte beleefd.

'Daarna vraagt de moeder me – op topsnelheid rijdend, nota bene – om een auto helemaal naar Crescent Lake te sturen. Dat is een vakantieoord. Wat doet die dochter van haar daar trouwens? Het is er uitgestorven.'

Hij wachtte Jongs reactie niet af. 'Zich waarschijnlijk ver bij mamma uit de buurt wezenloos neuken.'

'Berg het op en vergeet het,' zei Jong, verder werkend.

'Geheim woord, ammehoela,' zei Short. Hij liep terug naar zijn eigen bureau en gooide zijn notities in een la.

'Geheim woord?' vroeg Jong, opkijkend.

'En 's winters zouden de vrouwen hun gezicht bij gebrek aan stromend water met sneeuw wassen. En de nonnen van het klooster hier vlakbij zouden aan een touw aan een esdoorn rondzwieren, en over het meer zeilen, net zoals wij dat elke zomer deden.'

Laurel keek omlaag naar Kevin. Hij was helemaal aangekleed en lag met zijn hoofd op haar schoot, zich koesterend in haar armen en luisterend naar verhalen over Hartewoods. Kevins voorhoofd strelend, zocht ze haar geheugen af naar meer verhalen. Slaap, dacht ze, iedere keer dat ze hem streelde. *Slaap.*

Kevin sloot zijn ogen, en Laurel wierp een snelle blik op haar horloge. Mam? Waar ben je? Maar tenzij haar moeder plotseling vleugels had gekregen, zou ze hier vanuit de stad pas tegen middernacht kunnen zijn. En er was geen mogelijkheid om te bellen om hulp.

Kevin opende zijn ogen. 'Op een weekend,' ging ze snel verder, 'schaatsten we op het bevroren meer.' Zijn ogen gingen dicht toen ze over zijn haar streelde.

Misschien had mams de politie gebeld, dacht Laurel. Lieve Heer, laat het zo zijn.

Eindelijk leek Kevin te zijn ingedommeld.

'Knoop, knoop, knoop,' herhaalde ze in stilte.

Haar hand rustte op Kevins voorhoofd. Het voelde door de hitte van het vuur warm aan. Maar haar handen werden klam. Stel dat haar moeder hun geheime woord had vergeten. Het stamde uit een lang vervlogen tijd.

Ze moest zichzelf zien te redden, besloot ze. Haar moeder zou misschien niet komen. Ze mocht er niet van uitgaan dat er iemand zou komen. Ze stond er helemaal alleen voor.

'Denk je dat ik niet goed bij mijn hoofd ben, Ricky?'

Ricky haalde een keer diep adem. 'Trap dat gaspedaal tot op de bodem in – zelfs al heb je het mis!'

Jessica voerde haar snelheid op tot honderdvijftig.

'Kijk uit dat de politie ons niet aanhoudt.'

Toen de telefoon ging, nam Jessica gas terug tot honderddertig.

Ricky nam razendsnel op. 'Rechercheur Ungar,' zei ze tegen Jessica, de telefoon tegen haar oor houdend.

'Ik heb slecht nieuws, vrees ik,' zei Sandy. 'De vriend van uw dochter bevindt zich niet in Indiana.'

Jessica's handen klemden zich krampachtig om het stuur en ze minderde vaart.

'Waarom vertelt u me dat?'

'Omdat ik niet voor *uw* Kevin Glade kan instaan. Waarmee ik wil zeggen dat uw intuïtie wel eens juist zou kunnen zijn. Ik wil u waarschuwen dat – '

'Hij is Billy Owens, nietwaar?'

'Misschien, misschien ook niet.'

'Billy Owens is bij mijn meisje! In godsnaam, arresteer hem!'

'Ik kan hem niet arresteren. We kunnen niets tegen hem aanvoeren. We hebben geen bewijs dat hij April Meadows heeft vermoord.'

'Ik ben er bijna.' Jessica minderde vaart tot tachtig, en toen tot vijftig om de afslag te nemen. 'Ik heb de politie van Monticello gewaarschuwd.'

'Hou vol, Jessica. Wees voorzichtig. Doe niets onbezonnens. Nog een ding, kun je me soms ook vertellen of er iets opvallends was aan de manier waarop Kevin zijn brieven ondertekende?'

'Was dat bij Billy zo?'

'Ja.'

Jessica passeerde het politiebureau en gaf gas. Nog maar vijftien kilometer. Ze dacht aan de Oost-Indische kers en toen aan zijn handtekening.

'Harten. Hij schreef zijn initialen in een hart – met rode inkt. En die van mijn dochter in een ander.'

'Hij *is* Billy,' zei Sandy.

Jessica's armen prikten zoals ze dat het afgelopen jaar hadden gedaan toen de bliksem een boom had verschroeid en bij de trap voor het huis was ingeslagen.

Kevins ogen waren dicht, maar Laurel vroeg zich af of hij nog steeds wakker was. Haar stem klonk zacht en kalmerend. 'Als het zomer was zeilde ik, of zwom ik in het meer, of gleed met mijn speelkameraadjes van de glijbaan het water in.' Haar stem stokte toen ze aan haar jeugd dacht. 'Ik kende ieder weggetje, iedere boom, iedere steen. Ik kon zonder zaklantaarn de weg van het huis van mijn vriendinnen naar mijn huis vinden, zelfs als de maan niet scheen.'

Ze keek door het raam naar de volle maan. Hij verlichtte de kamer en het meer. Het spiegelgladde meer, er viel zelfs geen rimpel te bekennen, met zijn ijzige, vijandige diepte, leek haar aan te staren.

Kevins rustige ademhaling gaf Laurel enige hoop dat hij sliep. Terwijl ze zich behoedzaam onder hem vandaan manoeuvreerde, schoof ze tegelijkertijd een kussen onder zijn hoofd. Heel zacht, om te zien of hij sliep, fluisterde ze: 'Kamer 101. Laten we het spelletje spelen over onze grootste angsten.'

Kevins ogen gingen open. 'Wat? Oké...'

Laurel was geschokt, verrast dat hij klaarwakker bleek te zijn. Maar ze reageerde snel. 'Je ergste angst. Ik weet wat dat is!'

Kevin keek haar aan.

'Als je echt van me houdt, bewijs het dan!'

'Hoe dan?'

'Als je je angst kunt overwinnen – net als die prins in het sprookje – dan is de prinses van jou.'

'Trouw je dan met me?'

'Dat zweer ik.'

'Wat moet ik dan doen?'

'Kom met me mee naar het water.'

'Laurel vloog overeind, greep haar jack, en rende door de huiskamer naar de keuken. Ze maakte de deur van de veranda open en vloog naar buiten. Ze rende in de richting waar het struikgewas het dichtst begroeid was en de bosbessenstruiken tot aan het meer doorliepen.

Achter zich hoorde ze Kevin door de struiken banjeren. Ze kroop langs de oever, ging toen op haar hurken zitten, en wachtte af. Geen geluid. De tijd verstreek en ze had geen flauw benul waar hij kon zijn. Ze wist dat ze dicht bij het water het minste gevaar liep. Ze moest iets ondernemen. Tergend langzaam bewoog ze zich langs het meer in de richting van het boothuis. Het lage, vermolmde, bouwsel stak uit over het meer. Ze keek naar binnen. Het was donker en ze hoorde water klotsen. Vleermuizen vlogen in en uit. Vliegende muizen, dacht Laurel. Muizen – een van Kevins grootste verschrikkingen, had hij haar verteld. Maar ze kende zijn grootste angst – water! Hij zeilde niet, en hij zwom niet. Er was een kano. Misschien...

Ze keek achterom. Kevin zou nu waarschijnlijk wel de weg zijn kwijtgeraakt. Ze stapte het donkere boothuis binnen. Ze hoorde iets rammelen, en een slang glibberde over de grond het struikgewas in. Bevend hield ze zich op de smalle rand in het boothuis schuil en staarde in het modderige, ondiepe water. Ze kon haar zeilboot onderscheiden, en een uit het water getrokken roeiboot, maar in de schaduw zag ze de kano drijven. Behoedzaam naderbij komend, stak ze haar rechtervoet in de boot om hem naar de kant te trekken.

Een ijskoude hand greep haar enkel beet en rukte haar de boot in. Terwijl ze haar evenwicht probeerde te bewaren, hoorde ze Kevin lachen.

Toen, voordat hij haar kon tegenhouden, duwde ze af met de peddel, en enkele ogenblikken later gleden ze langs de bocht het meer op.

Toen Jessica over een hobbel vloog, greep Ricky het dashboard beet.

'Jezus, Jess, voorzichtig, anders komen we er nooit.'

'We zijn er bijna.' In een poging om een groot stuk rots te ontwijken, raakte een band een uitstekende punt waardoor de auto op een boom af raasde. Jessica rukte uit alle macht aan het stuur toen ze voelde dat de wagen het contact met de weg verloor.

Toen de wagen weer neerkwam, was Ricky te geschokt om een woord te kunnen uitbrengen.

'Alles goed met je?'

Ricky knikte.

Jessica scheurde de oprit op en kwam achter Laurels auto tot stilstand.

'Oké Kevin, jij hebt gewonnen. Ik geef het op. Zo, waar zijn mijn autosleutels? Het wordt weer tijd om naar school te gaan.'

Kevin trok ze uit zijn achterzak en hield ze naast de kano.

Laurel hield haar adem in, maar weerstond de aandrang om ze te grijpen.

Toen Kevin de sleutels in het water liet vallen, voelde Laurel haar hoop naar de bodem van het meer zinken.

'Hoe weet ik dat je woord zult houden?' vroeg Kevin.

De kano dreef stuurloos rond. Laurel bukte zich naar de peddel.

'Nu zul je wel bij me moeten blijven – de hele winter. Ik kan je nu niet meer laten gaan.'

'Hoe moet het dan met school?' Haar stem klonk haar armzalig in haar oren.

Ze begon te peddelen in de richting van de straatweg.

'Waar gaan we heen!' Hij greep naar de peddel, maar ze zette door.

'Jij hebt mijn sleutels weggegooid!'

Kevin stond nu rechtop. 'Het is doodsimpel. Als *ik* je niet kan hebben, dan maar niemand.'

De kano schommelde heftig. 'Hou op, Kevin. Ga zitten!' Ze trok de peddel naar binnen. 'Ik heb je gezegd dat als je zou winnen, ik met je zou trouwen. Dat heb ik gezworen.'

'Ik ben niet gek, Laurie, ik geloof je niet.'

'Ga zitten, Kevin, alsjeblieft!'

'Nee, dat doe ik niet.'

'Waarom ben je naar het meer gekomen? Je bent doodsbang voor water.'

'Om het je te bewijzen...'

'Wat?'

'Dat ik geen lafaard ben.'

'O, Kevin. Dat heb je nu bewezen. Laten we teruggaan. Terug naar school.'

'Trouw je daar dan met me?'

'Ja!'

'Leugenaarster!' Hij sprong op haar af, en de boot helde sterk over.

Laurel klemde zich vast toen hij overboord sloeg.

'Agent Short, bent u opgebeld door een zekere Jessica Lewisohn?' vroeg Sandy.

'Nou en of. Ze had een of ander krankzinnig verhaal dat haar dochter gevaar zou lopen. Eddy Jong, mijn maat hier, stond erop dat ik het serieus zou nemen. Eddie heeft kinderen, en met al die gestoorden tegenwoordig, hebben zijn vrouw en haar dochter *ook* een geheim woord afgesproken.'

'Bent u naar het vakantiehuis gegaan?'

'We zijn net terug. We hebben het rustig aan gedaan. Niets geforceerd vanwege een of andere maffe melding. Daar moet een goede aanleiding voor zijn, ziet u. We hebben de motor afgezet en de verlichting uitgedaan, waarna we heel stil naar de ramen zijn gelopen.'

'Ja...'

'We zagen alleen een stel vrijende teenagers. En zo te zien was het een wederzijds genoegen.'

Agent Short wuifde achterover geleund in zijn stoel naar agent Jong, die wegging.

'Kunnen we verder nog iets voor u doen?' vroeg hij aan Sandy.

'Ja, ga er direct heen. Het vriendje heet Billy Owens, en die wordt gezocht voor ondervraging in verband met een moord.'

'Godsamme!' Short sprong op. 'Wacht even.' Hij rende Jong achterna. 'Terugkomen!' riep hij. Hij kwam terug bij de telefoon.

'Hij is ook een verkrachter,' zei Sandy. 'Maar het slachtoffer dient geen aanklacht in. Hij is gevaarlijk.'

Short betastte de revolver in zijn holster. 'We zijn onderweg.'

'En ik ook. Ik vlieg daar vanavond nog heen om die smeerlap in te rekenen.'

'Het is Laurie. Ik hoor haar!' Jessica was uit de auto gesprongen en zette het op een rennen.

'Laurie, ik kom eraan,' riep ze, en toen tegen Ricky: 'Bel 911. Waarschuw een ambulance. Bel de brandweer!'

Struikelend naar het huis rennend, hoorde ze stemmen op het meer, maar ze zag niets.

'Ik pak het geweer,' zei ze, de trap naar de veranda op stormend. Ze rende de slaapkamer in, liet zich op haar knieën vallen, en zocht onder het bed naar het foedraal. Ze vond het geweer en trok het te voorschijn. Ze kwam overeind, rukte de la van de commode open, greep een handvol patronen uit de doos, propte ze in haar zak, en rende naar het raam van de woonkamer dat uitkeek op het meer. Het enige wat ze zag, was de maan, spiegelend in het water.

Toen hoorde ze Laurel gillen.

'Laurel!' Kevin was al een paar keer kopje onder gegaan en sloeg woest om zich heen.

Hij deed een wanhopige uitval naar de kano en probeerde zichzelf in de boot te trekken.

Laurel aarzelde even, maar sloeg hem toen met de peddel op zijn hoofd. Hij liet niet los. Weer hief ze de peddel op en sloeg op de vingers die zich aan de rand van de kano vastklemden. De boot kiepte om, waardoor ze boven op hem terecht kwam. Terwijl de kano afdreef, verdwenen ze allebei onder water.

Met het zware geweer in haar armen, kwam Jessica de veranda oprennen. Tegen de tijd dat ik het geladen heb, is er een hoop kostbare tijd verstreken, dacht ze. Wensend dat ze de buitenverlichting had aangedaan, rende ze over het pad naar het boothuis.

Plotseling bleef ze staan. Ze hoorde geritsel in de struiken. Uit de struiken sprong een hinde te voorschijn, met in haar voetspoor een hertenkalf.

Jessica spurtte naar het boothuis. De kano was verdwenen. Ze legde het geweer naast de riemen, maakte de touwen van de roeiboot los en liet hem in het water zakken. Ze stapte in de boot, greep de riemen en begon harder te roeien dan ze ooit in haar leven had gedaan.

Kevin klemde zich vast aan Laurel en trok haar naar beneden. Hij duwde haar hoofd verder omlaag totdat hij de oppervlakte bereikte. Ze probeerde zich uit zijn greep te bevrijden, maar hij was te sterk.

Jessica kreeg de omgeslagen kano in het oog. Haar hersens weigerden dienst en haar benen leken van rubber. Maar toen ze geluiden van een worsteling opving, begon ze harder te roeien. Plotseling zag ze Kevins hoofd, en toen dat van Laurel. Ze zette koers naar haar dochter.

Verdwaasd en met blauwe lippen, bevrijdde Laurel zich hoestend en proestend uit Kevins greep, waarna ze haar armen uitstrekte. Met inspanning van al haar krachten wist Jessica haar dochter in de boot te hijsen.

Plotseling begon de boot hevig te schommelen. Kevin probeerde erin te klimmen. Jessica tilde het geweer op, waarna ze het op hem richtte om hem af te schrikken. Maar tegelijkertijd haalde ze instinctief de grendel over.

'*Billy* Owens!' Ze beet hem de woorden toe. Geschrokken liet hij los. De boot rolde heftig, en Jessica's oren suisden van de knal. Ze was perplex. Ze had gedacht dat het geweer ongeladen was. Ze legde het geweer neer en greep de riemen.

Ze stond in de deuropening van de eetkamer. Plotseling hoorde hij een klik en voelde het kille metaal van zijn vaders revolver tegen zijn slaap. Hij zag de ontzetting in zijn moeders ogen. Hij ging dood!

'Help me,' riep Billy Owens. Maar er was niemand die hem hoorde. Zijn ogen zagen niets in de angstaanjagende duisternis, maar hij hoorde een stem.

'Ze houdt toch van me, of niet soms?' Het was zijn eigen stem. En eindelijk kon hij de vrouw in de deuropening duidelijk zien. Het was

zijn moeder. 'Ik hou van je,' zei ze verdrietig. 'Ik heb altijd van je ge-houden.'

Maar zoals eerder kon ze hem niet redden. Hij voelde haar warme adem toen ze hem in haar armen sloot en hij in de diepte van het meer verdween.

'Mam, nee...' hijgde Laurel.

'Nu kan hij je geen kwaad meer doen,' zei Jessica, sneller roei-end.

'Hij kan niet zwemmen,' zei Laurel klappertandend. Ze kon de woorden nauwelijks uitbrengen.

Jessica bleef roeien.

'Hij kan niet zwemmen...'

Te laat. Laurel kon niets op het meer ontdekken, nog geen rim-pel, alleen het maanlicht op het gladde water, met achter hen het spoor van haar moeders boot.

Epiloog

Jessica was zich nauwelijks bewust van de knipperlichten van de brandweerwagen en de twee politieauto's die na Ricky's oproep waren komen opdagen. Toen ze de oever van het meer bereikte, zag ze een ambulance staan, met Ricky ernaast. Haar armen stonden op het punt om het op te geven. Een politieman en twee ziekenbroeders trokken hen aan de kant, waarna Laurel snel op een brancard werd gelegd. Terwijl de ziekenbroeders Laurel zuurstof gaven en met dekens bedekten, klommen Ricky en Jessica in de ziekenauto. Een jonge agent roeide naar de plek waar Billy was verdwenen. Het licht van een schijnwerper gaf het water een spookachtige, onwerkelijke gloed.

De ziekenwagen scheurde met huilende sirene weg. Laurel was in veiligheid. Maar Jessica wist dat het voor Billy Owens, alias Kevin Glade te laat was. En ze kon er niet om treuren.

'De meren in de Catskills zitten tjokvol met geesten van misdadigers die daar in de jaren dertig zijn gedumpt,' zei Margo. 'Pittsburg Phil is daar met zijn fruitmachine in de diepte verdwenen.'

'Sst,' gebaarde Jessica, met haar vinger tegen haar lippen. Ze ademde de onaangename ziekenhuislucht van de kamer in. Laurel bleef slapen. Margo bij haar arm pakkend, voerde ze haar met zich mee de gang op, waar Sandy Ungar haastig naar hen toe kwam lopen.

'Ik trakteer mezelf op een kop koffie en wacht hierbuiten wel met Ricky,' zei Margo, weglopend.

'Ik ben zo snel mogelijk gekomen,' zei Sandy. 'Ze hebben Billy Owens lichaam teruggevonden. Dood door verdrinking...'

'En de schotwond?'

'Een schampschot. Daar zou je geen problemen mee moeten krijgen.'

'Laurel weet niets van Billy Owens.'

'Is alles goed met haar?'

'Ze slaapt. Een beetje onderkoeld, maar volgens het onderzoek is alles in orde. In de ambulance raakte ze over haar toeren, maar de dokter heeft haar iets gegeven. Ze zal wel gauw wakker worden.'

'Ik praat wel met haar.'

'Sandy, voordat we naar Laurel gaan, wil ik je iets vragen – waarom heb je Kevin eigenlijk verder nagetrokken?'

'Om een aantal redenen. Nadat je had gebeld, dacht ik dat alles achter de rug was. Zijn plagiaat met de gedichten leek onbetekenend, maar toen herinnerde ik me dat er een gedicht van de muur van April Meadows slaapkamer was weggenomen. Daar kwam nog jouw opmerking bij dat Laurel het met Kevin ging uitmaken. En ik weet dat vijfenzeventig procent van de vermoorde vrouwen wordt omgebracht wegens het beëindigen van een relatie. Het was bijna te onbelangrijk – om aandacht aan te besteden.'

Jessica wierp een snelle blik in Laurels kamer. 'Ze is wakker.'

Jessica liep voor Sandy uit Laurels kamer binnen en ging naast haar bed zitten terwijl Sandy een stoel bijschoof.

'Hoe gaat het met je, lieverd?' vroeg Jessica, Laurels arm strelend. Laurel staarde naar Sandy's uniform.

'Dit is rechercheur Sandy Ungar,' zei Jessica.

Laurel ging rechtop zitten. 'Hij is dood, hè?'

'Hij is verdronken,' zei Sandy.

'Hij kon niet zwemmen…' Laurel keek Sandy aan. 'Het geweerschot…'

'Het geweer van je moeder ging af – per ongeluk. Het was alleen maar een vleeswond.'

'Ik snap er niets van dat er een kogel in het geweer zat,' zei Jessica. 'We hebben nooit een geladen geweer in huis.'

'Mam, dat geweer heb *ik* geladen.'

'Waarom?' vroeg Sandy.

'Omdat ik doodsbang was. Hij deed zo vreemd – hij wilde me niet uit het huis laten.'

'Hij was een gevaarlijk heerschap,' zei Sandy. 'Zijn echte naam was Billy Owens. Waarschijnlijk heeft hij twee jaar geleden in Indiana een veertienjarig meisje vermoord. Ze was zijn vriendinnetje op de high school. Hij vermoordde haar, liep toen weg – en nam een nieuwe identiteit aan, Kevin Glade, de naam van iemand die hij op school bewonderde. Een paar jaar daarvoor verkrachtte hij een klasgenootje.'

'En ik had nog wel met hem te doen.'

'Je moeder had het vanaf het begin bij het rechte eind,' zei Sandy.

Laurel keek haar moeder aan en pakte haar hand. 'Ons geheime woord. Je wist het nog. O, mam, wat ben ik stom geweest. Je vermoedde vanaf het begin al iets, en ik heb je nooit willen geloven!'

Jessica drukte een kus op haar voorhoofd. Moederinstinct, dacht ze.

De zon was net opgegaan toen Patricia Owens haar voordeur opendeed om Kathleen en haar kind binnen te laten.

'We hebben elkaar al eerder ontmoet,' zei ze, met dikke ogen van het huilen. Ze friemelde wat met de zakdoek die ze de laatste tijd in haar rokzak bewaarde om, zelfs wanneer ze niet aan Billy moest denken, onverwachte tranen weg te vegen.

'Ja, in de supermarkt,' bracht Kathleen haar in herinnering.

'Je zei door de telefoon dat het dringend was, dat je mijn zoon hebt gekend.' Ze ging ze voor naar de woonkamer en gebaarde naar de bank. Toen ze allemaal waren gaan zitten, kon ze haar ogen niet van het kind afhouden.

'Dat klopt, mevrouw Owens. Ik heb uw zoon gekend.' Kathleen nam Brendans handjes in de hare. 'Mevrouw Owens, hierbij wil ik u aan uw kleinzoon voorstellen.'

Kathleen boog zich voorover en zei zacht, 'Brendan, dit is je oma.'

Marjorie Meadows begroef haar hoofd in haar handen.

'Eindelijk is het voorbij,' zei Gary, zijn vrouw over het haar strelend. 'Nu we weten dat hij geen gezin meer verdriet kan doen, kunnen we de zaak eindelijk laten rusten.'

Marjorie droogde haar tranen. 'Dank je Sandy, voor alles wat je hebt gedaan.'

'Die dank komt mij niet toe.'

'Ik zou Jessica graag eens ontmoeten,' zei Marjorie. 'Denk je dat ze zich bij onze groep zou willen aansluiten?'

'Bij een belangengroep voor jonge vrouwen? Dat weet ik wel zeker. Daar zorg ik wel voor. Heb je al een naam?'

'S.O.S. Safe our Sisters.'

'Zou je er iets voor voelen om consulente te zijn?' vroeg Gary.

'Nou en of. Bel me maar op om de details uit te werken. Ik ben voorgedragen voor het landelijke onderzoeksteam.'

'Gefeliciteerd,' zei Gary.

'Je verdient het,' viel Marjorie bij.

Sandy wierp een blik op haar horloge. 'Ik heb een lunchafspraak,' zei ze.

'Met iemand in het bijzonder?' vroeg Marjorie.

'Met Lloyd Martin. Hij is het hoofd van de afdeling. We gaan met elkaar om.' Ze glimlachte. 'Hij is een eigenwijze opdonder, maar hij lijkt van het huiselijke soort te zijn. Hij wil een hoop kinderen.'

Ze kwamen in de hal.

'Je zult een prima moeder zijn,' zei Marjorie toen ze de voordeur opendeed.

'Ik voel me zo schuldig,' zei Kathleen. 'Als ik over die verkrachting had gepraat, dan zou April misschien nu nog hebben geleefd. Maar ik schaamde me zo en ik kon mijn vader het proces niet aandoen. En Brendan, die dan zou weten dat zijn vader een…'

'Deze keer heb je gedaan wat je moest doen – door het aan Billy's moeder te vertellen. Wat zeg je tegen Brendan?' vroeg Sandy.

'Ik heb nog tijd om daarover na te denken. Misschien wel dat hij is verdronken.'

'De waarheid is dat er niet met zekerheid is bewezen dat hij April heeft vermoord. Als Billy nog zou leven, betwijfel ik of een aanklager de zaak zou aandurven.'

Dat wist Jessica ook, dacht Sandy. 'Billy was een moordenaar,' had ze tegen Jessica gezegd, voor het geval dat ze enige wroeging mocht hebben. 'Maar als hij niet verdronken was, dan zou hij nu vrij rondlopen.'

Maar vandaag sprak Sandy haar gedachten niet uit. Als Kathleen Brendan in bescherming wilde nemen door hem te vertellen dat zijn vader was verdronken, dan was dat haar zaak. Kathleen had een nieuwe minnaar, en als er iemand een nieuw leven verdiende dan was zij het wel.

'Waarom heb je eigenlijk Lloyd boven de aanklager verkozen?' vroeg Kathleen opeens.

'Hij drinkt vermout. En hij had nog nooit van Billy Joel gehoord.'

Kathleen lachte. 'Mijn nieuwe vriend is stapel op Brendan.'

Als een toost stak Sandy haar koffiekopje omhoog. Op gerechtigheid, dacht ze. 'Op de liefde,' zei ze, vaststellend hoe vreselijk jong Kathleen nog was om moeder te zijn. Dat ze gelukkig mocht worden.

Jessica's hand trilde toen ze de envelop openmaakte. Ze had hem in Anyuka's bureaula gevonden. 'Voor Jessica, van Anyuka – 1955,' stond er op de voorkant te lezen. Het jaar dat mijn vader stierf, dacht Jessica, de brief openvouwend. Ze liep met de brief naar de woonkamer en ging in Anyuka's leunstoel bij de telefoon zitten.

Liefste Jessica,
Ik hou niet van geheimen. Maar een heb ik er bewaard. Je vader vond het verkeerd om dit te verzwijgen, dus heb ik tot een compromis besloten. Ik heb je deze brief nagelaten zodat je de waarheid zult weten hoe je vader en ik elkaar hebben ontmoet.

Na een razzia werd ik door de nazi's met vele anderen in een veewagen van mijn huis in Boedapest naar een werkkamp gestuurd. Ik wist dat de nazi's me zouden doden. Er waren veel joden die de leugens die ze vertelden echt geloofden. Ze zijn later in Auschwitz vergast. Toen de vrachtwagen vaart minderde, ben ik eruit gesprongen. Ik was jong en had er de moed voor. Maar een nazi-zwijn vuurde op me en raakte me een keer in mijn rug. Het was in een bos in Polen, waar je vader me vond en me verpleegde totdat ik weer hersteld was. Hij zat in het verzet, en we hebben ons de rest van de oorlog schuil moeten houden. We hadden geluk. We overleefden het.

Maar dat gold niet voor een nazi die op zoek was naar partizanen. Hij ontdekte onze schuilplaats en stond op het punt om je vader dood te schieten. Hij had zijn geweer op je slapende vader gericht. Ik schoot het eerst. Hij heeft me nooit gezien, maar ik zag de verbazing in zijn blauwe ogen. Ik denk vaak aan zijn moeder. Maar hij was een moordenaar. En ik verdedigde ons leven.

Mijn liefste, draga, Jessica. Ik wilde je de last van mijn verdriet besparen. Ik wilde niet dat de as van je voorouders deel van je herinnering zou uitmaken. Ik wilde dat mijn dochter een onbekommerd en vrij Amerikaans hart zou hebben. Vergeef me als ik er verkeerd aan heb gedaan om het voor je te verzwijgen... of omdat ik het je nu wel heb verteld. Maar de waarheid is dat wij heel veel

van je hebben gehouden. Ik hoop dat we je een goed leven hebben
gegeven. We hebben gedaan waarvan we dachten dat het goed
was.

Veel liefs en kussen, je Anyuka.

Jessica keek om zich heen en verafschuwde het ogenblik dat het
appartement zou worden ontruimd. Anyuka's meubelen en schatten droegen Rozsi's magische stof.

Tom zette Jessica's theekopje naast de telefoon neer. Net toen
Jessica de brief aan Tom gaf, kwam Laurel binnen, en Laurel en
Tom gingen op de bank zitten om hem samen te lezen.

Terwijl ze wachtte, drukte Jessica impulsief op de redial-knop op
de telefoon. Dit was de laatste keer dat haar moeder had gebeld.
De telefoon ging over.

'O, mijn God, mijn God!' riep Jessica uit. 'Het is *ons* antwoordapparaat. Ze heeft op de nacht dat ze stierf geprobeerd om *mij* te
bellen.' Tom en Laurel keken geschrokken op. 'Stel dat ze mijn
hulp nodig had. Ik heb de verbinding met haar verbroken!'

'Jij dacht dat het Kevin was,' zei Tom.

'Ik vergeef het mezelf nooit – '

'Geef de schuld maar aan Kevin. Owens,' zei Tom.

'Kevin was die avond *hier*,' zei Laurel. 'Daar ben ik zeker van.
Hij wist van de sculptuur. Ze heeft hem afgemaakt op de avond dat
ze stierf.'

'Hij heeft Anyuka gedood!' zei Jessica.

'En Matchka,' zei Laurel. 'Anyuka zou nooit het raam hebben
opengelaten.'

'Tenzij ze ziek was en gedesoriënteerd,' zei Tom. 'Waarom zou
hij Rozsi kwaad hebben willen doen?'

'Ik weet het niet,' zei Jessica. 'Ik begrijp het niet – '

'Weten we zeker dat hij die avond bij haar is geweest?' vroeg
Tom.

'De dag na haar dood zag ik verse bloemen in een vaas staan. Op
dat moment dacht ik dat Anyuka ze zelf had gekocht.'

'Maar waarom heeft hij ze meegebracht,' vroeg Tom.

'Om haar te lijmen. Dat was typisch iets voor Kevin,' zei Laurel.
Haar stem brak. 'Dat van Rozsi en Matchka is allemaal mijn
schuld…'

Jessica ging naast Laurel zitten die haar armen om haar moeder
heen sloeg. 'Als ik naar jou had geluisterd, zou Rozsi nu misschien

nog leven.' Laurel begroef haar hoofd in haar moeders schouder.

'Lieverd, Rozsi was tachtig,' zei Jessica, over Laurels haar strelend. 'En ze had een zwak hart. Voor zover we weten, was Matchka's dood een ongeluk. Misschien heeft je vader gelijk, en heeft Anyuka het raam opengedaan, of heeft Kevin het gedaan zonder zich te realiseren dat Matchka naar buiten zou klimmen.'

'Ik heb je zo'n rottijd bezorgd, mam. En kijk nou eens wat ik allemaal heb aangericht.'

Jessica trok haar stevig tegen zich aan. 'Denk je nu echt dat Rozsi haar *draga* Laurika iets zou verwijten?' Toen haar moeder dat zei liepen er tranen over Laurels wangen.

'Je bent onbevangen, precies zoals iemand die jong is moet zijn. En wanneer je dan je vleugels uitslaat, lieve schat, dan sla je daarmee soms in je moeders gezicht.'

Laurel lachte alweer toen ze van Jessica een tissue kreeg, haar neus snoot, en naar Rozsi's sculptuur liep.

'En wat is mijn excuus?' vroeg Tom. 'Ik was er zo verdomd zeker van dat je gebukt ging onder een leeg-nestsyndroom, Jess, dat ik je niet serieus heb genomen. Je moet *mij* vergeven dat ik, zoals Anyuka zou zeggen – zo'n koppige ezel ben geweest.'

'Teveel "als-ik-maars,"' zei Jessica. 'Als Betsy's moeder die brief maar twee dagen eerder had verstuurd...' Jessica's stem werd zachter. 'Misschien was wel het Rozsi's tijd. Haar hart gaf het op.'

Laurel knipte de lamp aan. 'Kijk toch eens,' zei ze. 'Die kleuren zijn zo warm. Net als *nagymama*. Hebben jullie niet het gevoel dat ze op de een of andere manier bij ons is?'

'In ons. Voor altijd,' zei Jessica. 'Anyuka zal *altijd* in ons zijn.'

De telefoon rinkelde en Laurel nam op.

'O, mijn God,' riep Laurel in de telefoon. 'O, *Alan*, niet je auto. Wat vreselijk voor je.' Ze praatte nog een poosje voordat ze ophing.

Voor het eerst sinds Laurels thuiskomst, zag Jessica weer levenslust in haar ogen schitteren. Ze lachte toen Laurel naast haar ging zitten om haar een stevige pakkerd te geven.

Jessica staarde Laurel onderzoekend aan.

'Zo, vertel me nu maar eens wat meer over die Alan...'

Tom en Laurel keken elkaar aan, en barstten toen in schateren uit.

Mijn grote dank gaat uit naar: Caroll, Andrew en Stefan; mijn lieve vriendin Jo Ann Miller voor haar steun en aanmoediging; Stacy Prince voor haar vriendschap, haar advies, en alles wat ze me heeft geleerd, Jennifer R. Walsh, Donald Fine, Carol Brennan, Anita Rich, Cherrill Colson; Loraine Schimolar voor haar buitengewone vriendelijkheid en begrip; en naar Nancy en Herb Katz voor hun hulp met de titel.